LA LEYENDA DEL VOLCÁN

BÁRBARA GIL

LA LEYENDA DEL VOLCÁN

PLAZA & JANÉS

Papel certificado por el Forest Stewardship Council®

Primera edición: mayo de 2023
Primera reimpresión: mayo de 2023

Printed in Spain – Impreso en España

ISBN: 978-84-01-03054-3
Depósito legal: B-5.812-2023

Compuesto en Pleca Digital, S. L. U.

Impreso en Liberdúplex
Sant Llorenç d'Hortons (Barcelona)

L 0 3 0 5 4 3

Para mi padre, al que adoro, y su mujer, Sara, por su cariño.
Especialmente para mi hermana Natalia, que es mi heroína,
y para Blanca, que es como una hermana. Y para mi tía Amparo,
que ha hecho el camino conmigo

A la memoria de mi madre, de mi hermana Irene y de mi tía Anita

Los personajes de esta novela, así como sus narradores, son ficticios. Si bien algunos personajes están basados en la vida de personas que sí existieron, estas han sido ficcionadas con fines dramáticos y nada tienen que ver con la realidad.

Cuando sonó la trompeta, estuvo
todo preparado en la tierra,
y Jehová repartió el mundo
a Coca-Cola Inc., Anaconda,
Ford Motors, y otras entidades:
la Compañía Frutera Inc.
se reservó lo más jugoso,
la costa central de mi tierra,
la dulce cintura de América.
Bautizó de nuevo sus tierras
como «Repúblicas Bananas»,
y sobre los muertos dormidos,
sobre los héroes inquietos
que conquistaron la grandeza,
la libertad y las banderas,
estableció la ópera bufa:
enajenó los albedríos,
regaló coronas de César,
desenvainó la envidia, atrajo
la dictadura de las moscas,
moscas Trujillos, moscas Tachos,
moscas Carías, moscas Martínez,
moscas Ubico, moscas húmedas
de sangre humilde y mermelada,
moscas borrachas que zumban
sobre las tumbas populares,

moscas de circo, sabias moscas
entendidas en tiranía.
Entre las moscas sanguinarias
la Frutera desembarca,
arrasando el café y las frutas,
en sus barcos que deslizaron
como bandejas el tesoro
de nuestras tierras sumergidas.
Mientras tanto, por los abismos
azucarados de los puertos,
caían indios sepultados
en el vapor de la mañana:
un cuerpo rueda, una cosa
sin nombre, un número caído,
un racimo de fruta muerta
derramada en el pudridero.

PABLO NERUDA,
«La United Fruit Company»,
Canto General (1950)

Yo no quiero un cuchillo en manos de la patria.
Ni un cuchillo ni un rifle para nadie:
la tierra es para todos,
como el aire.

Me gustaría tener manos enormes,
violentas y salvajes,
para arrancar fronteras una a una
y dejar de frontera solo el aire.

Que nadie tenga tierra
como tiene traje:
que todos tengan tierra
como tienen el aire.

Cogería las guerras de la punta
y no dejaría una en el paisaje
y abriría la tierra para todos
como si fuera el aire...

Que el aire no es de nadie, nadie, nadie...
Y todos tienen su parcela de aire.

JORGE DEBRAVO,
«Nocturno sin patria»

PRIMERA PARTE

Forastera

Eran gentes de vidas lentas, a las cuales no se les veía volverse viejas, ni enfermarse ni morir, sino que iban desvaneciéndose poco a poco en su tiempo, volviéndose recuerdos, brumas de otra época, hasta que los asimilaba el olvido.

GABRIEL GARCÍA MÁRQUEZ, *Cien años de soledad*

1

Buena chica

Tierras Altas del valle de Turrialba,
cantón de Paraíso, Costa Rica
4 de diciembre de 1883

I

La joven forastera contemplaba la cumbre vieja del Turrialba en la distancia, extenuada por el esfuerzo de sostenerse encima del caballo. Desde hacía horas avanzaban por un paso estrecho rodeado de bosque selvático; ella y el hombre que la seguía detrás a lomos de un corcel bastante más brioso que el suyo, que resoplaba continuamente, inquietándola. En las hojas sueltas del diario de un antepasado, don Íñigo de Velasco Tovar y de la Torre, la muchacha había leído una antigua leyenda según la cual ese volcán era una puerta del infierno que, de vez en cuando, escupía demonios, aunque, por supuesto, daba a aquellas creencias la misma consideración que a los monstruos que dicen ver los niños por la noche. En su cabeza había preocupaciones mucho mayores, o al menos más terrenales e inmediatas, que los sacrificios que —según su antepasado Velasco— los indígenas hacían antaño para contener a sus chamucos dentro de aquel cráter. Pero sí sentía un gran respeto por esas formaciones ciclópeas de garganta ardiente y boca insaciable, un miedo irrefrenable, diríase, causado por un delicado asuntillo familiar que quería ocultar a cualquier precio.

Así que esta es la tierra que tiembla entre ríos, a los pies del volcán, pensó. Y la voz imaginaria del conquistador español, que de tanto leer sus diarios casi se había hecho real dentro de su cabeza, le dio la bienvenida: «Al fin, mi muy cara, en la fermosa Veragua ves agora el grande corazón inmortal mío, el cual tan claro habló de estas tierras». ¿No era increíble haber llegado hasta allí? Por fin estaba en las Tierras Altas de Costa Rica, frente a la poderosa «Torre Alba», como llamaba don Íñigo a ese volcán. Y sin embargo... Su ánimo, inquieto y desorientado, percibía en aquel entorno idílico un algo perturbador, como el chillido de un animal antes de morir.

Vamos, no es nada, solo tu imaginación.

Quiso sacudirse esos pensamientos, pero no pudo. Su madre solía decirle que distorsionaba la realidad por leer tanto: «Te imaginas cosas que no son, cariño». Muy al contrario, ella se consideraba pragmática y realista, pero no por eso había que restarle importancia al instinto y, definitivamente, intuía en el aire un algo sigiloso, como el veneno de una araña al penetrar en el cuerpo de una mariposa. Pero esa sensación, fuese lo que fuese, era atenuada por la belleza embriagadora del valle. Volvió a mirar la cumbre vieja que emergía entre la foresta de porós, unos árboles de flores anaranjadas que daban sombra a los cafetales. Las altas temperaturas habían adelantado su floración esa temporada, ruborizando el paisaje antes de lo previsto. Como la sangre en las mejillas de una joven pillada por sorpresa, los porós lo teñían con su furia contenida y cálida.

En aquel óleo insuperable, la cara este del volcán que miraba al mar Caribe era una suave pincelada verde-bronce del mismo tono resplandeciente, tenaz y soñador que los ojos de la joven; una coloración medianamente oscura e inocente, como sacada del paisaje de una pintura de William Turner, el pintor de la luz, su preferido. El sudor resbalaba por sus párpados nublándole la visión, así que tal vez por eso aquella pincelada se distorsionaba y adquiría un trazo impresionista en el horizonte nuevo y desconocido. Lo cierto era que, desde tan lejos, la joven no podía ver los pliegues de lava asimétricos e inclinados, endurecidos y cenicientos como pellejos de muertos; solo distinguía la sombra lejana de aquella mancha coriácea que bien podría ser la piel de Cipactli, el lagarto marino cuyo cuerpo usaron los dioses de los indígenas para crear la tierra.

Un aullido a su izquierda hizo que se girara estremecida.

Y entonces se le apareció, apostado en la rama baja de un arrayán que sobresalía en la angosta vereda, una presencia inesperada, pero que encajaba mucho más que ella en el paisaje: un mono. Por su larga cola supo que se trataba del mono ardilla que salía en las ilustraciones de alguno de los muchos libros que había leído antes de emprender su «Gran Aventura» —así había titulado su diario de viaje—. De cara blanca y cuerpo anaranjado, sus ojos oscuros en los que apenas se distinguían las pupilas respondieron al arrobo de la muchacha con descortesía; tras mirarla con indiferencia, el pequeño primate pasó a rascarse el sobaco con ahínco hasta que, aburrido, se escabulló entre la foresta, donde se reunió con otros monos armando un gran barullo.

La divertida presencia hizo brotar un pequeño hilo de risa de su garganta, pero no podía más. Era la primera vez que montaba a caballo. Habían salido antes que el sol y ya era casi mediodía. Llena de miedos e incertidumbres, solo el cansancio le había permitido dormir encima de la paja en una cabaña solitaria a escasa distancia de aquel hombre, sin poder cambiarse de ropa después de un largo trayecto en ferrocarril, pero, sobre todo, tras el extenuante viaje a través del océano. Aquel tipo que cabalgaba a su espalda se le antojaba un demonio,

¿por qué no?, escapado de la Torre Alba. Y si no un demonio, un forajido, un malhechor del que se había fiado como una tonta. ¿Qué sabía de él? Nada. Era rudo e inexpresivo, vestía pantalones color crema con ceñidor de hebilla detrás y botones en la cintura, aunque no llevaba tirantes ni parecía necesitarlos a juzgar por su camisa blanca sin abotonar que dejaba al descubierto un pecho robusto y moreno y le confería un aire desastrado. No era mucho mayor que ella, unos veinte o veintidós años, calculaba, aunque, por su presencia y maneras tan curtidas, parecía que se llevasen toda una vida. Apenas le había dirigido la palabra desde que la recogiera en Puerto Limón el día anterior. Su boca, de labios gruesos, se mantenía cerrada en un rictus tenso; sostenía un cigarrito que no había encendido y poco más se podía ver de su rostro, tapado bajo la sombra de su sombrero Panamá.

En el puerto había sido la única persona en acercarse a ella.

—¿Aitana Ugarte? —había mascullado.

Ella había asentido. Entonces él señaló con el dedo índice la estación de ferrocarril y empezó a andar hacia el tercer vagón, sin ni siquiera ayudarla a cargar las dos pesadas maletas que ella había tenido que arrastrar acarreando primero una para volver después a por la otra. Tampoco le había preguntado por qué no traía más baúles o enseres de su querida España, algo que, por otro lado, Aitana agradeció. Ni por qué no iba acompañada de un guardaespaldas o de una dama de compañía.

Nada de nada.

Ni una palabra más en todo el trayecto que hizo el tren por la abovedada jungla hasta detenerse en La Junta. Aitana tampoco echó en falta el entretenimiento de una conversación, le bastaba con mirar el paisaje del litoral atlántico y la majestuosa espesura de palmeras y flores tropicales. La selva era tan densa y salvaje a ambos lados de las vías férreas que le admiró imaginar la hazaña que debía haber sido construir el ferrocarril. La excitación que sintió al ver los primeros pájaros exóticos, entre ellos varios tucanes y *lapas*, como llamaban a los coloridos guacamayos en Costa Rica, estimulaba su espíritu explorador. ¡Y no solo eso! Había visto gente negra por primera vez en su vida, decenas de hombres que carreteaban en el muelle de Puerto Limón y también alguna mujer de sonrisa tan blanca y agradable que Aitana hubiera deseado no tener que correr detrás de aquel hombre —qué sabio habría sido no hacerlo— y poder comprar algunas de esas semillas de cacao que cargaban en cestos sobre sus cabezas o pararse a observar con más detenimiento todas las maravillas de la costa caribeña. Se extrañó después de no ver gente de color en los vagones. Cómo lamentaba no haber comprado las tortillas y frijoles que un niño indígena vendía a los recién llegados que bajaban del vapor; las tripas le rugieron, demandantes. Ansiaba ahora el agua de uno de aquellos cocos que abrían a machetazos bajo la sombra refrescante de las palmeras.

Pero ¿cómo iba ella a saber que estaría horas sin apenas probar bocado? Al menos el tipo le había dado un poco de agua. Ese hombre era un salvaje, a pesar de su porte regio. Si no fuese por el mal fario que le daba, le habría parecido atractivo, pero su aire distante, desdeñoso, le afeaba el rostro. No había parado de fumar en el vagón ni se había inmutado ante los suspiros ahogados de Aitana cada vez que algo del paisaje la maravillaba, como la cascada de aguas turquesas que había asomado en un claro en la lejanía, después de alejarse de la costa.

No se recibía así a una muchacha extranjera que venía desde tan lejos, que estaba ansiosa por conocer la tierra de uno. No, señor. Si bien el día anterior se había mostrado jovial y animosa, ahora, en cambio, su buen talante empezaba a disiparse. A lomos de aquel caballo, que le tenía molidos todos los huesos del cuerpo, se sentía desfallecer. ¿Quedarían muy lejos el cafetal y la hacienda que iban a ser su nuevo hogar? Cuánto ansiaba quitarse aquel ridículo vestido de paseo. De haber sabido que iría montada en un caballo en lugar de en un carromato, no se le habría ocurrido emperifollarse así. El vestido consistía en una prenda de dos piezas, de cuerpo ajustado a la cintura, falda y sobrefalda en seda moaré granate y, sobrepuesto en el pecho, un bordado negro de flores abiertas y capullos de rosas. El aparatoso armazón del polisón, hecho con diez alambres de acero que se plegaban al sentarse, le suponía un verdadero estorbo en la silla de montar. Abullonaba la falda por detrás y, aunque estilizaba su figura, la hacía sudar copiosamente. Apenas podía moverse sin arriesgarse a caer del animal.

—Apéese, carajo.

La imprecación del hombre la sacó del sopor en que estaba sumida; se dio cuenta de que tenía el tronco tan inclinado hacia delante que podía oler el sudor terroso y caliente que oscurecía el pelaje del alazán. ¡Había estado a punto de quedarse dormida!

—¿Cómo dice? —preguntó recolocándose el sombrero.

Al detener ambos la marcha, se dejaron de oír los cascos sobre las piedras del sendero y los demás sonidos del bosque se amplificaron: el canto de las ranas arborícolas, las llamadas de los pájaros, los aullidos de los monos y el resuello de los pobres caballos. De fondo se escuchaban el viento entre las hojas de las palmeras, que recordaba la vibración de una lluvia fina y el rumor del río Turrialba, que corría unas millas más allá, paralelo a aquel camino para mulas.

—Apúrese. —El hombre, que ya había desmontado, jalaba hacia atrás una de las riendas del animal.

Aitana no sabía muy bien cómo bajarse, sacó los pies de ambos estribos y pasó la pierna izquierda por delante para llevarla al lado de la otra y bajar por la derecha, con tan poco tino que resbaló de la silla; si no hubiera sido por el polisón de su falda, que quedó enganchado en el fuste, y porque se agarró como pudo a las crines del corcel, que resopló y dio un par de pasos adelante, se habría caído de bruces contra el suelo.

Que sea lo que Dios quiera, murmuró entre dientes.

Terminó por descolgarse malamente, dejando a la vista sus enaguas, pero, al tocar el suelo, sus escarpines de satén resbalaron en el barro. Un desastre, en fin, porque cayó sobre sus posaderas. Aguantó como pudo un grito de dolor apretando bien párpados, labios y puños. *Dignidad ante todo.* Sentía calambres en el vientre, le dolía el interior de los muslos, los tobillos, las plantas y los dedos de los pies, la espalda, los hombros; tenía marcas rojas en las palmas de las manos de sujetar las riendas, ¿y por qué no decirlo?, hasta la mismísima rabadilla le escocía horrores.

El hombre, ahora sí, agarró sus maletas; el peso de una de ellas le hizo inclinarse más hacia la derecha y, por un momento, pareció sorprendido. Con una indicación de la barbilla señaló hacia una trocha entre la foresta apenas visible. Aitana tardó en reaccionar. Al fin, dijo:

—¿Se ha vuelto loco? No creerá que voy a meterme con usted en esa jungla infestada de Dios sabe qué bichos venenosos. ¡Puede haber depredadores salvajes!

El muy canalla hizo un chasquido con la lengua y desapareció con las maletas en la espesura.

—¡Oiga! —le gritó la joven que todavía seguía en el suelo; luego, muy bajito, murmuró—: Hijo de Satanás.

Guardó silencio mientras barajaba si subirse de nuevo al caballo y huir deshaciendo el camino hasta la única aldea —de apenas cuatro ranchos de maderos y techos de palma— por la que habían pasado antes de coger ese sendero, pero descartó la idea porque no se sentía capaz de montarse en aquella bestia sin ayuda. Se quedó pensativa. A su entero juicio, por donde se había escabullido el hombre no podía intuirse el perfil de ninguna casa, mucho menos de una hacienda de grandes hectáreas, ¿no era un lugar de lo más extraño para detenerse? Eso le parecía. Ni una señal ni un letrero, ningún tipo de entrada insinuaba que hubieran llegado a su destino. Era raro. Había imaginado que en aquellas tierras solo encontraría cañadas encharcadas, pasos para el ganado, senderos de caza... ¡pero es que ni cafetales veía! Y herr Rudolf Haeckel era el dueño de un enorme cafetal que abarcaba terrenos de unas mil hectáreas. Aitana supuso que su hacienda debía de hallarse por la zona del valle de porós que se veía a lo lejos, no allí. Pasados unos segundos, el hombre regresó de entre la espesura sin las maletas, miró hacia atrás en el camino, como si esperase ver a alguien —durante el trayecto no se habían cruzado con ningún ser humano—, algo que terminó de confirmar las sospechas de Aitana. Aprovechando que no la miraba, cogió un pedrusco más grande que su mano antes de levantarse del suelo.

Que sea lo que Dios quiera, pero mejor estar prevenida.

Ahora tenía clarísimo que ese granuja no venía de parte de su prometido. De hecho, empezaba a ver con asombrosa lucidez lo que había sucedido: el tipejo probablemente se habría enterado de que la futura esposa de un rico terrateniente llegaba en el vapor de la mañana, imaginó que traería una buena dote y, tras ganarse su confianza —qué fácil se lo había puesto ella, se recriminó—, se las ingenió para abordarla antes de que herr Rudolf Haeckel apareciese en el muelle.

Claro, por eso me metió tanta prisa para subir al ferrocarril.

¿Pero entonces por qué había esperado tanto, por qué no atacarla o robarle por la noche, en la cabaña? Aitana escondió la mano en la que portaba el arma improvisada entre los pliegues de la falda. Fuese lo que fuese, ella no había navegado en un barco de vapor durante cuarenta y ocho días, sin saber nadar, para dejar que ese malandro arruinase lo que tanto le había costado conseguir. Peores adversidades había enfrentado para llegar hasta allí, para burlar a un destino en absoluto halagüeño. Si se creía que era una joven melindrosa, sin recursos, estaba muy equivocado.

—¡Camine, so mula!

Y aunque su corazón latía aceleradamente, poniéndola en guardia, no tuvo más remedio que seguir al desconocido que, esta vez, señalaba el camino recién dibujado en la maleza con un machete largo como su pierna.

II

Dentro de una zanja estaban sus dos maletas igual que dos cadáveres esperando sepultura; al lado, un rimero de arbustos recién cortados y un montón de tierra todavía húmeda. Por más que aguzaba sus sentidos, la pobre Aitana no veía por dónde escapar. El hombre bloqueaba el exiguo sendero desde el que habían accedido —tras varios minutos caminando y macheteando— a un claro de hierba rodeado de árboles tan altos y frondosos que apenas se intuía el cielo. Solo el flujo de una corriente de agua se escuchaba a lo lejos; probablemente, una cascada. Era imposible que su «Gran Aventura» acabase allí —pensaba mientras apretaba bien fuerte el pedrusco con la mano—, como la historia de un cuento aún no inventado; que no pudiera cumplir con la misión por la que había cruzado aquel gigantesco océano; que... Pegó un salto hacia atrás aun a riesgo de caer en la zanja al ver cómo el forajido, plantado ahora a su lado, echaba hacia atrás el brazo, confirmando sus sospechas. El destello febril del filo de su sucio machete restalló en el aire.

—Usted me disculpe, pero la voy a matar. —Con cierta tristeza, añadió—: Parece buena chica, irá al cielo.

Hecha la revelación, un fluido oscuro cayó del mentado firmamento y se estrelló en su mano. El hombre se sacudió y maldijo.

—¡*Wakala!* ¿Qué madre…?

Y miró hacia arriba.

Desde sus alturas, un gallinazo con aire despreocupado y satisfecho emitió un graznido que sonó a carraspeo de viejo que quiere sacarse un esputo del pecho. Nada majestuoso para tratarse del canto de un ave. Aitana levantó el brazo y, más rauda que el proyectil que acababa de caer del cielo, al tiempo que lanzaba un indigno alarido troglodítico, le asestó con el pedrusco en la cabeza al rufián. El hombre, totalmente desprevenido, ni siquiera pudo reaccionar, los ojos se le nublaron tras varios parpadeos que acompañó de un baile de pies, trastabilló con una raíz retorcida a mala leche y cayó dentro de la zanja. Sus piernas quedaron dobladas una encima de la otra y los brazos retorcidos en la postura aberrante de un ser deforme.

Por un momento, Aitana no supo qué hacer. Temblaba como un cachorro abandonado por su madre. Pasaron unos minutos. Al fin, se decidió a coger el machete del suelo. No sabía usarlo, pero lo mantuvo en alto; la mano temblorosa, su rostro arrugado en una mueca intimidatoria tan infantil que, de haber abierto un ojo, al villano le habría provocado ternura. Pasaron otros tantos minutos. Ni uno ni dos ojos abría. Entonces vio un reguerillo de sangre que salía de su nuca, del lugar donde lo había golpeado.

—Santo Dios —se persignó—, ¿lo habré matado?

Caminó unos pasos y alargó el cuello para asomarse dentro del abismo en que se había convertido aquella zanja; negó con la cabeza, asintió, negó más frenéticamente. *Bendito azar.* Si ese buitre negro no hubiera defecado con tanto tino sobre su asesino… *¿Cómo que bendito?* Sentir alivio la hizo desfallecer, ¿no empezarían así las buenas personas a perder el juicio? ¡Había matado a un hombre y eso era, inventó un palabro, *imbendecible*! Se apoyó con la mano izquierda en un árbol.

¿De verdad lo he mat...?

En lugar de acabar la frase, soltó un grito, aterrorizada: una miríada de aguijonazos acababa de abrasarle la mano. *Pero ¿qué?* Miró instintivamente la palma abierta llena de puntitos de sangre y de una sustancia lechosa, y después al árbol. Su corpulento tronco estaba cubierto de púas gruesas como las de los manguales usados en el medievo para romper cabezas. El gallinazo emuló otra gárgara repulsiva desde lo alto de su rama. Esta vez sonó a risa macabra en la atmósfera tenebrosa de una pesadilla. Ya no tenía expresión inocente; sus pupilas, agrandadas, eran más negras que las intenciones del mismísimo diablo Mefistófeles tratando de llevarse al infierno dos almas por el precio de una.

—¡Vete! —Aitana agitó los brazos para espantarlo—. ¡Vamos, vete, engendro infernal!

El buitre torció el cuello y miró hacia abajo con la perplejidad de quien observa soliloquiar a un loco. Agitó sus alas lúgubres.

—¡Dios mío, lo he matado! Yo no he venido hasta aquí para matar a un hombre. No soy una asesina. Él me...

Incómodo por los lloriqueos de aquel absurdo ser humano, el pajarraco alzó sus alas regias y decrépitas, exhibiendo un plumaje que tenía la iridiscencia gris ámbar de los volcanes apagados, y se alejó de allí. Ella dejó de mirarlo y se sentó sobre el tronco de un árbol partido. Creía que ese algo perturbador, silencioso y delirante que hacía un rato había intuido en el paisaje se le había metido dentro del cuerpo. El zarpazo de una náusea le arañó el estómago. Por si fuera poco, la pena se le atravesaba en la garganta; todo aquello con lo que había soñado durante años se le escurría de las manos igual que a una chiquilla el hilo de su cometa.

Si pudiera volver atrás en el tiempo, al momento en que se bajó del barco en Puerto Limón... ¡Qué distinto pensó que sería todo entonces! Recordó al joven atractivo, vestido de traje claro, pero sin corbata y con el cuello de la camisa desabotonado, rubio, con aires extranjeros, a quien había descubierto observándola apoyado en la baranda de una terraza en galería que rodeaba la pared de un edificio de madera de dos pisos. ¡Qué poderosa y atractiva se sintió entonces! Tanto que le sacó la lengua, burlona, desafiando su descaro. Él se había reído ante el atrevimiento infantil de la joven recién llegada al ajetreado Puerto Limón y la miró de un modo tan arrebatado que no sabía si había sufrido un flechazo nada más verla o si era una estrategia bien ensayada para engatusar a jóvenes extranjeras inexpertas. Pero le había funcionado, porque ella notó un latigazo en el pecho y el calor se le enredó en el estómago, como un viento cargado de electricidad, y luego le había subido hasta las mejillas. ¿Quién sería ese hombre? El deseo de volver a verlo, de experimentar un romance novelesco, la había acompañado durante toda la travesía en el *Tren de la selva*, incluso en sus sueños. Cada vez que pensaba en su mirada incendiaria y nada discreta, sonreía con un incontrolable azoramiento. Se le escapó un suspiro. Por un momento había deseado que él fuera herr Rudolf Haeckel. Pero su prometido, del que solo tenía una fotografía y unos documentos de matrimonio firmados —lo de llamarlo «prometido» era solo una pequeña farsa antes de que se celebrara el ritual de la boda con los novios presentes—, le cuatriplicaba la edad y eso descartaba al joven extranjero. Pensaba en el amor incluso sabiéndose ya casada con un viejo por el que, lo tenía claro, nunca sentiría nada. Abatida, siguió recordando cómo unos hombres se habían acercado a hablar con el joven y su galán se giró hacia ellos. Y ya solo vio su espalda cuadrada. Fue entonces cuando apareció aquel malandro que ahora se pudría dentro de la zanja. *¡Qué distinto habría sido todo!*, volvió a lamentar. Si no hubiese sido tan confiada, si no se hubiera ido con el hombre que acababa de intentar matarla.

¿Cómo es posible que un completo extraño desvíe el curso de mi vida, así, de un segundo a otro? ¡No es justo!

Había estado tan segura de que solo encontraría la gloria y la aventura en el Nuevo Mundo que no esperaba ese golpe del destino. Mucho menos ahora. Negó con la cabeza. La gloria que ansiaba no podía transformarse en una triste charada sin resolver en la primera vuelta del camino. Con el machete todavía temblándole en la mano y un desasosiego en el corazón que le encorvaba el cuerpo, Aitana no quería recordar ni pensar ni seguir lamentándose. Un crujido extraño hizo que mirase a su derecha, tal vez algún animal temible. Casi al mismo tiempo se giró a la izquierda alertada por el chasquido de una rama. Hasta el roce de una sombra habría percibido; estaba tan asustada que ni el castañeteo suave de su mandíbula acallaba los rumores del bosque. Miró hacia el pasillo de hierba pisoteada por el que habían venido y luego al frente donde dos pequeñas serpientes bocaracás trenzaban sus cuerpos de escamas amarillas sobre el tallo espigado de una bella heliconia; copulaban con una indiferencia impúdica, casi insultante, colgadas en esa planta exótica de hojas con forma de brácteas de piel fucsia y brillante. La bella Costa Rica tenía el punto ácido e indolente de una broma de humor negro.

—¡Basta ya! —se ordenó—. O te serenas, o te atrapan los demonios.

Cuando las cosas iban mal, siempre aplicaba un lema recurrente de su madre: «Lo que viene conviene». Así que ahora solo tenía que hacer lo que ella le había enseñado antes de morir: buscar la solución más adecuada. Pero pisar tierra, dormir en un pajar mientras te devoran los mosquitos, matar al primer hombre que se cruza en tu camino y abrasarte la mano con el tronco de un árbol no puede convenirle a nadie. ¿Qué solución tenía eso? Su situación era peor que mover por mover trebejos cuando ya solo te quedan peones en una partida de ajedrez. Un avispero de miedo, culpa y no-saber-quéhacer corroía sus entrañas. Solo se le ocurría largarse de allí *echando leches*, como decían en España, mal y pronto, en alusión al reguero que dejaba a su paso la carreta de los lecheros. Pero antes... Aitana soltó el machete y se metió dentro de la zanja. Si el hombre se despertaba, si la agarraba por el tobillo, si no estaba muerto... Soltó las correas laterales de una de sus maletas, sacó toda la ropa que había dentro sin preocuparse de dónde caía, seleccionó varias prendas, se limpió el sudor de la cara con la manga, colocó la maleta abierta fuera de la zanja; volvió a meter dentro solo las vestimentas escogidas. Respiró hondo. Abrió la otra maleta y quedaron al descubierto un montón de libros. Cogió un cuaderno de viaje con tapas de cuero y el título «La Gran Aventura» grabado en la portada, un manojo de hojas del diario de don Íñigo de Velasco que había sujetado con un cordel rojo, su cédula de identidad, los documentos de matrimonio y tres libros: *Las flores malditas*, de Baudelaire; *El Quijote*, de Miguel de Cervantes, y *Fausto*, de Goethe. Los metió en la otra maleta, que era la que pensaba llevarse. Con el corazón ladrándole en el pecho, salió de la zanja. Le costaba respirar y la náusea en el estómago se había acrecentado.

Nadie te ha visto matar a este hombre, solo el bosque es testigo.

De pronto la heliconia tembló por el peso de las dos lascivas serpientes, que brillaban con una intensidad diabólica; el amarillo ácido de las pequeñas bocaracás y el fucsia caliente de la planta centellearon en una tiniebla delirante, espectral, oleaginosa. ¿Qué me pasa? Se frotó los ojos, la cara, intentando quitarse la desagradable sensación de que una telaraña le envolvía el rostro. El fragante aroma que flotaba en el ambiente se había intensificado, aturdiéndola. Olía a flor de cedro, azahar, *cacho de venado* y arrayán; a líquenes, bromelias y barbas de chivo viejo; a materia en descomposición y al propio sudor de su cuerpo que emanaba confusión, fatiga y un terror absoluto a partes iguales. Estornudó. *Pero ¿qué me pasa?* Volvió a estornudar. Las pestañas seductoras de una de las bocaracás le parecieron tan grandes como la yema de uno de sus dedos. La serpiente oropel aumentaba de tamaño en una proyección singular, extravagante, imposible; se dividía en copias translúcidas de sí misma, sus cabezas triangulares se multiplicaban de manera irreal en el aire aglutinado por la bruma del trópico, igual que en el fondo de un caleidoscopio. *¿Qué me pasa?* Sintió como una mano se apoyaba en su hombro, por detrás. Se giro, bruscamente.

Nadie.

Estaba cansada, muy cansada. Quería dormirse, despertar solo con las fuerzas ya recuperadas. ¿Y si las serpientes la mordían? Había escuchado que algunos venenos te recorrían las venas provocando un calor placentero. Veneno, ambrosía, alucinaciones. *¿Qué me restraparasando?* Sacó la lengua, la ensanchó, la estrechó dándole forma de tubo, la volvió a ensanchar para espabilar la musculatura que se le había quedado dormida. ¡Veneno! Miró la palma de su mano, hinchada, emponzoñada. Se metió de nuevo en la zanja y rebuscó de manera frenética en los bolsillos del hombre que seguía inmóvil. Una alianza de oro con una diminuta hendidura en forma de medialuna, una navaja con cachas de asta de ciervo, un mazo de tabacos, cerillas, algunos dólares arrugados, unas llaves metidas en un aro de hierro, un escapulario y, ¡bravo!, una petaca con whisky. Se lo roció en la palma de la mano herida y el resto se obligó a beberlo de un trago, que le supo repugnante. Echó la navaja a la maleta y el resto lo devolvió a los bolsillos del hombre.

Salió del hoyo, erró varios pasos, se abrazó el estómago, sintió una ola haciéndose grande dentro de él. Al fin, la arcada. Vomitó bilis, nervios y ese algo perturbador que la estaba enloqueciendo. O eso le pareció. Cuando acabó, sus ojos lagrimeaban, pero la realidad volvió más o menos a su sitio y las serpientes siguieron enredadas a lo suyo. Tras echar unas cuantas maldiciones al árbol de púas venenosas, alucinada todavía por el subidón de aquella ponzoña, supo qué hacer. *Nada de maletas.* Procedió a desnudarse, empezando por los escarpines, sin dejar de echar ojeadas al cuerpo del bribón, no fuera que... Quitarse todas aquellas aparatosas prendas superpuestas no le resultó fácil, menos aún estando, como estaba, intoxicada. Los dedos no atinaban a liberarla del corsé, pegó un chillido, histérica; por fin se zafó de él, desató de su cintura la faltriquera donde guardaba el dinero; se quitó la falda, el polisón de alambres, las enaguas y demás perifollos; solo se dejó los calzones y un collar de su madre, una baratija con valor sentimental. El cuerpo languideció al quedar gloriosamente al descubierto.

—Aleluya —resopló.

Tenía la piel tan blanca que parecía una ninfa en contraste con la asombrada vegetación; una mancha nívea en un bosque encantado por los pinceles de su admirado William Turner. Sus pechos resultaban exagerados comparados con la flaqueza de sus extremidades; en la cintura, quebradiza como el tallo de una flor, las caderas apenas habían empezado a ensanchar. Se soltó el pelo y lo alborotó en una cascada de rizos castaños que se desparramaron hasta la altura de los codos puntiagudos. Cogió una falda blanca con vuelos en los bajos y una camisa también blanca de tela sencilla, y se vistió con ellas. Se ató de nuevo la faltriquera a la cintura. Por último, cambió los escarpines por unas botas de cuero planas.

Había pasado de parecer un formidable ranúnculo a una sencilla margarita silvestre. Y eso era justo lo que quería, no llamar la atención. Desharía el camino hasta la última aldea y preguntaría en alguno de los ranchos por la hacienda de herr Rudolf. Así vestida y con el pelo suelto, nadie podría relacionarla con la joven peripuesta que había pasado por allí hacía apenas unas horas acompañada de un hombre que, posiblemente, conocerían. En los sitios pequeños todo el mundo se conocía. O no. Pero, si así fuera, si lo encontraban muerto, a nadie se le pasaría por la cabeza que ella pudiera ser una asesina accidental.

Ahora solo quedaba deshacerse de las maletas, no dejar huella de su presencia en el lugar del crimen. Sacó otra vez las cosas que había seleccionado, menos el drama de Goethe, *Fausto* —a algo más tenía que renunciar—, y las puso dentro de la tela de un vestido. Con todo ello hizo un lío e improvisó un hatillo con una rama. Volvió a rellenar las maletas, las cerró y cargó con ellas. Encorvada por el peso de la que contenía todos sus libros y todavía mareada, enfiló en dirección al ruido susurrante de la cascada, que no tardó en encontrar. Era más alta de lo que hubiera esperado, cuarenta o cincuenta varas, y en el flanco izquierdo, el que quedaba al otro lado, había una enorme explanada. Intentando no resbalar en las piedras, se acercó hasta un borde donde la poza se veía más profunda y, tras hacer acopio de todas sus fuerzas, lanzó —primero una, después la otra— las dos maletas, que se sumergieron rápidamente hacia el fondo. Luego se roció de agua para terminar de espabilarse y mostrar un aspecto todavía más desarreglado. Con sus manos entrelazadas en forma de cuenco bebió en abundancia. Por fin empezó a sentirse un poco mejor, aunque no más alegre. Haber cargado a través de un océano con todos los libros que amaba y pensar que ahora se ahogaban como tesoros inservibles en aquel fondo mágico...

—Nada es más importante que la propia vida —dijo para acallar sentimentalismos disparatados.

Y les dio la espalda.

Cuando regresó al claro, una bruma siseante y malsana brotaba de la zanja, se enredaba en las ropas del hombre como si quisiera embeber su forma, amortajar el cuerpo. Por un momento Aitana temió que la ánima de aquel malandro, en una suerte de metempsicosis, se liberase de aquel cuerpo y adoptara una forma espectral como la de esa bruma pegadiza, igual que un ave fénix vaporosa. Cerró bien la boca para no tragarse aquellos humores malignos, solo faltaba que esa ánima sucia volviera de entre los muertos y se le metiera a ella dentro, que el karma jugara al *samsara*, al eterno retorno, por mucho que esas cosas solo pasaran en los libros y en la India.

—Ni dos días llevas en esta tierra y ya empiezas a creer en los espíritus —se recriminó.

Agarró los arbustos y los lanzó dentro de la zanja, como imaginó que tenía pensado haber hecho aquel canalla. Sin embargo, no lo cubrió con el montón de tierra. Pinta de muerto tenía, pero ¿y si...? Y si nada. Lanzó a la zanja el machete. Se lo imaginó despertando, persiguiéndola con él. Cambió de idea, entró de nuevo en la zanja aguantando una vez más la respiración y lo cogió. Podría llevárselo, pensó. *No, no, mejor no. Qué locura.* Y lo lanzó todo lo lejos que pudo; cayó entre unos matorrales.

Echó una última ojeada al villano y se despidió de él, contundente:

—Las chicas buenas van al cielo; las malas, a todas partes.

Y deshizo el camino de hierba hollada y macheteada para volver al lugar donde estaban los caballos. Las bestias no se habían movido. En las alforjas del caballo del hombre encontró un racimo de frutas largas, curvas y amarillas, las famosas bananas de las que había oído hablar en el vapor, pero que nunca había probado. Las devoró, deleitándose en su sabor dulce y sustancioso. Comió hasta saciarse y sacó una cantimplora y una botella que contenía un líquido marrón. Al abrir esta última, su aroma a miel, tierra ácida del volcán y hueso de cereza, fundido en un espeso y envolvente dulzor achocolatado, le hizo cerrar los ojos y respirar más fuerte: ¡café! Justo lo que necesitaba para terminar de revivir. Sin hacerle ascos a que estuviera frío y la botella herrumbrosa, se lo bebió de un trago. Y arrampló con el resto de las cosas que había en las alforjas: un montón de papeles, una baraja de naipes y frutos secos. No quería dejar nada que sirviera para identificar al dueño de aquellos caballos si los encontraban vagando solos por ahí. Ya se desharía de todas aquellas pertenencias más adelante en el camino. A continuación cogió una rama suelta del suelo, larga y elástica, se alejó prudencialmente, y la hizo restallar tan fuerte como pudo en el aire. Los caballos apenas se movieron de su sitio.

—Por los clavos de Cristo —se desesperó.

Entonces golpeó con todas sus fuerzas el improvisado látigo contra las posaderas de uno de los corceles asestándole tremendo zurriagazo, y los dos animales relincharon y se alejaron al galope. Sola, con nada más que su hatillo y el corazón desinflado de cansancio, Aitana, que parecía ahora una campesina exhausta después de una mañana de trabajo, enfiló sendero abajo, en dirección opuesta a la que habían tomado los caballos, para deshacer el camino y volver a la aldea, dándole la espalda al volcán y a sus malditos demonios.

La Gran Aventura I

25 de agosto de 1883
Villa de Bilbao

En pocos meses comenzará mi Gran Aventura, que es así como he llamado a este diario de viaje. Mi madre murió hace tres meses y, aunque sólo tengo diecisiete años, ya no puedo seguir en la casa en la que he vivido hasta ahora —ni quiero—, así que en breve partiré a tierras desconocidas. Ella me regaló este cuaderno y me dijo: «Estoy segura de que algún día serás una gran escritora». Yo no quiero ser escritora, sino aventurera. Pero ¿cómo serlo si apenas he salido a la calle? Cuando le preguntaba a ella por qué no me dejaba salir, siempre me decía lo mismo: «Confía». Es un verbo talismán: nadie sabe lo que significa «confiar» porque su significado sólo puede revelarlo el futuro.

Mi nombre es Natalia Karolina Amesti Unzurrunzaga. Aunque da un poco igual porque yo, para la gente que me conoce (muy pocas personas), soy simplemente «La huérfana». Ni Unzurrunzaga ni Amesti ni Karolina ni Natalia. La huérfana. La señora doña Virginia y su hijo Juanito le añaden un apellido a ese nombre: la pobre huérfana. Unas veces lo ponen delante y otras detrás. «La pobre huérfana»; «la huérfana pobre». Eso creen, que soy «pobre» y «pobrecita». Lo primero es verdad, pero va a dejar de serlo. Y, lo segundo, los define a ellos más que a mí. Al menos eso dijo el otro día su marido y padre, don Gonzalo de Velasco Tovar, antes de irse de viaje, después de que le leyera en voz alta una crítica del periódico sobre su novela favorita: La vuelta al mundo en ochenta días.

Escribo aquí un párrafo de la crítica: «Esto es lo que nos han traído la Ley de imprenta de Sagasta y la prensa de masas: folletines llenos de fantasías absurdas y cursis para distraer la atención de los problemas políticos».

Y lo que yo dije (refiriéndome al crítico): «Tiene muy poca sal en la mollera». Lo copié de Don Quijote de la Mancha *y don Gonzalo, que lo sabía, soltó una carcajada, aunque me llamó pedante. Luego dijo (más o menos, porque no lo recuerdo):*

«Cualquier excusa les vale para mentar la crisis ministerial, pero la única persona a la que verdaderamente expone quien critica es a sí misma. Este individuo debe de ser un escritor frustrado que sólo deja en evidencia su falta de gusto, de criterio y de conocimientos literarios. Probablemente fantasea con que él lo haría mejor. Dicho lo cual, no perdamos más el tiempo, Natalia. Deja que sean otros los que expongan su insustancialidad».

**Nota aclaratoria: Lo que digan los demás me lo medio invento —pero es lo que querían decir— porque no recuerdo exactamente lo que dijeron, y la verdad es que me importa un pepino si no soy del todo fiel a las palabras. Lo importante es la intención, lo que se quiere decir, no exactamente lo que se dice, según mi madre.*

A todo lo que no merece dedicarle tiempo de nuestras vidas, don Gonzalo lo llama «insustancialidad». Cuando se asoma a la ventana y ve a los viejos sentados en los bancos del parque echándoles migas de pan a las palomas, me dice: «Míralos, qué insustanciales»; a la cotilla de su mujer, cuando le viene con los chismorreos que le ha contado la portera sobre los últimos infundios y desdichas de los vecinos, le responde invariablemente: «Menuda insustancialidad»; a su hijo, cuando asegura que quiere dar clases de canto: «Anda, no seas insustancial».

Para don Gonzalo, prácticamente todo lo que no tenga que ver con los viajes y la literatura es una ramplonería, así que yo procuro pensar bien lo que digo antes de hablar. Si mencio-

no que quiero ser exploradora, como sus antepasados, que cuando sea mayor me iré a ver todos esos lugares que salen en los mapas con los maragatos, él chasquea la lengua contra los dientes y me dice que «para qué diantres». Escribir un diario también le parece una actividad insustancial porque hasta que yo no tenga por lo menos cuarenta y ocho años, como él, no voy a saber lo que es la vida. Cuando mi madre me lo regaló, él me dijo a escondidas: «Tú sigue con tu ejercicio diario de escribir las frases que más te gusten de tus lecturas en los cuadernillos que yo te regalo, que eso sí alimenta con algo de sustancia tu cerebro, más que ir a la escuela. Y no dejes de memorizarlas todas las noches porque es lo que te salvará de ser una don nadie. ¡Y sigue escribiendo listas de vocabulario!».

Hasta ahora no tenía nada que contar, así que hice caso a don Gonzalo y guardé este cuaderno en un cajón, a pesar del disgusto que le di a mi madre. Si lo saco ahora es por lo que ya he dicho. Hace tres meses ella murió del «mal francés», que ni sé lo que es ni lo quiero saber por la cara que puso doña Virginia cuando se lo contó a sus amigas que vinieron a tomar las pastas después del funeral (que no sé dónde se celebró porque a mí no me dejaron ir y es algo que no les voy a perdonar en la vida). Cuando sus amigas se fueron, don Gonzalo y ella vinieron a mi habitación a darme sus objetos personales. Un collar, varias pulseras, ropas viejas y el vestido de los domingos. Lo he metido todo debajo de la cama para no verlo. A veces tengo la tentación de tirar su ropa y sus zapatos a la basura, porque no me valen y están muy viejos, pero no lo hago porque huelen a ella.

Ese día los señores discutieron a gritos. Don Gonzalo quería que me quedara; doña Virginia, que me fuera. Aborrezco a doña Virginia. Es una vieja gurrumina repugnante, avariciosa y malparida. Sí. No me importa nada que pueda cogerme el diario y leer esto, que me limpie la lengua con un estropajo si quiere. Y el trasero también. Me da igual estar ~~hablando~~

~~fatal~~ escribiendo fatal. Ella siempre nos habló mal a mi madre y a mí. No ya con superioridad, sino con absoluto desprecio. Hace dos años, un día que mi madre tardaba demasiado en volver del mercado y estaba lloviendo, quise salir a la calle a buscarla, pero ella había echado el cerrojo. Discutí con doña Virginia porque no me quería abrir la puerta. Yo no lloro, pero ese día lo hice, estaba harta, tenía rabia dentro, solo quería ir a buscar a mi madre. Y chillé muchísimo. Pero la señora me clavó las uñas en el brazo y me empujó hasta una de las terrazas que dan al patio interior:

—¿Quieres salir a la calle? Pues, hala, vas a ver qué bien te sienta estar a la intemperie.

Lo decía porque estaba lloviendo. Qué hija de Satanás. Me dejó allí horas. Hasta que por fin volvió mi madre —ahora sé que ese día ella estaba en el médico—, y me abrió la puerta, y me abrazó porque yo estaba tiritando, calada hasta los huesos, muerta de frío y de rabia. Es que solo siento rabia, rabia, rabia, mucha rabia, cuando ~~hablo de ella~~ escribo de doña Virginia. Ese día, mi madre la encaró por primera y última vez. No le dijo más que unas palabras sobre que no tenía corazón, pero la señora se puso hecha un basilisco. Siempre lleva vestidos de cuello cerrado, y por un momento pensé que el gaznate le iba a reventar de lo hinchado que lo tenía, como la bolsa de un sapo. Hubiera bastado el pinchazo de un alfiler para que estallara y escaparan los mil satanases que viven encerrados en sus entrañas.

Habló de forma grosera perdiendo su pose y el disfraz de aristócrata, mostrando su verdadero ser. Gritó cosas como «¿Qué te pasa, estúpida, te has acostumbrado a vivir tan bien que te crees que ya no nos necesitas?». La tenía cogida de la muñeca y se la iba retorciendo más y más, doblegándola, hasta que mi madre se quedó a ras del suelo, retorcido el cuerpo del dolor, pero doña Virginia no la soltaba. «¡Escúchame, barragana astrosa —lo he buscado en el diccionario y es un insul-

to horrible—, ese engendro no saldrá de esta casa nunca! ¿Me oyes?». Y la muy cínica luego fingía calmarse, estiraba el cuello, aunque no la soltaba: «Si no fuese porque soy cristiana, no habría dejado ni que naciera. Pero tú, en lugar de agradecer mi generosidad, vas a mendigarle dinero a mi marido porque dices que ahora quieres irte». Y la seguía insultando, sin importarle los lagrimones de dolor que le caían a mi madre. «¡Chupóptera asquerosa, andrajo de paramento, parásito miserable y ruin, recuerda que fui yo, no él, quien te sacó del cantón! Y no te escogí al azar, te escogí porque eres fea, zafia y sin aspiraciones, no se fuera a enamorar. Y luego le dijo esto que yo he tardado años en entender, pero que se me quedó bien grabado: «Le das solo lo que yo no quiero darle. ¿O qué te crees? ¿Que no sabía lo que había entre vosotros? ¿Por qué piensas que te traje? Si ni cocinar sabías. ¡Para no tener que cumplirle yo, estúpida!». Al final la soltó y la miró con total indiferencia: «Si te vas, acepta que solo tienes dos posibles destinos: la calle o el burdel. Y ahora me vas a decir dónde estabas si no quieres que llame a la policía».

Yo me había lanzado como una loca a ~~apartarla~~ separarla de mi madre en cuanto empezó a insultarla, pero doña Virginia me apartó de un empujón y me golpeé con un mueble en el estómago que me dejó sin respiración. Me quedé encogida en la alfombra, junto a la puerta de la terraza, empapada por la lluvia como estaba.

~~Estuve con~~ Tuve fiebres altísimas esa semana.

Algunas veces he soñado que la persigo con un cuchillo grande que hay en la cocina. Y me asusto de mí misma. Antes de que insultara así a mi madre, yo solo la veía como una cotilla avinagrada que usaba palabras que me hacían mucha gracia, como «comemierdas», «mercachifles», «chirimbaina», «pisaverdes», «botarates», «mésalliance», «paseante en Cortes»... No creo que las usara en sociedad, o igual sí. Mi madre decía que eran palabras «clasistas», me pedía que no las usara nunca porque no debía aprender el lenguaje de las víboras. Por supuesto yo hacía caso omiso a sus consejos y las apuntaba todas en mis cuadernos de estudio. Al contrario que mi madre, yo creo que en esta vida hay que ponerle una vela a Dios y otra al diablo.

Después de ese día, ya nada fue igual.

Un saco de ruindades es esa mujer.

Antes de aquello, nunca me había atrevido a mirar directamente a los ojos a doña Virginia porque brillan con un odio que puede extinguir la esperanza de cualquiera, como las velas encendidas consumen el oxígeno de la despensa. Pero desde ese día, mi mirada se ha vuelto un espejo de la suya, y es ella la que acaba desviándola, y me importa un rábano que diga: «Hay que llamar a un cura para exorcizar a este engendro». Pero, claro, ¿de qué manera nos iba a mirar a nosotras doña Virginia? Si ella es una Bamford —cada vez que pronuncia su apellido parece que se está atragantando con un mantecado—, la hija de un industrial inglés ilustre, que tiene una fábrica de maquinaria agrícola, y proviene del linaje de los Linehen.

[Flecha apuntando a una nota en el margen, escrita con prisa a juzgar por la caligrafía que va deshilachándose: «*Que a saber quiénes son esos*». Junto a la nota: carita de cerdo sonriente dibujado dentro del contorno de un escudo en tinta verde. Anotado en el boceto: «*Blasón de los Linehen*»].

La señora Bamford guarda documentos familiares de pleitos sobre ~~filación~~ filiación, nobleza y limpieza de sangre, o algo así, en un cajón con llave, y también quiere guardar ahí los de don Gonzalo porque dice que desciende del Cid, pero él no le dice dónde los guarda.

**Nota aclaratoria: Según decía mi madre, no hay español que se precie que no descienda de la pata del Cid. (Me parece que esto es un dicho popular).*

La adorable señora Bamford ~~le gusta tener todo bajo control.~~ ejerce un control férreo sobre cosas y personas. Por ejemplo, antes se irritaba si mi madre colocaba un jarrón un milímetro fuera de su sitio después de limpiarlo y le parece asqueroso que a su propio hijo se le caiga un macarrón con tomate en el mantel de encaje Richelieu. Vigila todo lo que hacen las personas que la rodean para poder corregirlo. Su marido y su hijo se achantan porque cuando rebuzna resulta insoportable, aunque ~~en su presencia haya que~~ eso suponga adoptar el papel de perros sumisos. A mí me parece humillante, pero mi madre me dejó muy claro que no debíamos hacer ni decir nada: «Cuidado con lo que cacareas; depende de ella que mañana comamos o no. Así que, ya lo sabes: callar y cocer y no darse a conocer».

Pero a mí esa señora ya me conocía muy bien. Creo que en el fondo su mayor miedo siempre fue que un día un terremoto (metafóricamente hablando) echara abajo sus dominios, y por eso se esforzaba tanto en mantenerlo todo unido con el pegamento de su mirada. Y el terremoto fueron la muerte de mi madre y la reacción inesperada de don Gonzalo.

No quiero hablar más de doña Virginia. Se me han revuelto tanto las tripas que siento como si tuviera una comadreja dentro del estómago mascando y triturando todo lo que pilla. Además, me duele la mano.

2

Una hacienda entre dos ríos

I

Al volver a la última aldea por la que ella y el malandro habían pasado, Aitana se topó con una familia que salía de la propiedad más grande de todas en una carreta tirada por dos bueyes y les preguntó por herr Rudolf Haeckel. No solo lo conocían, sino que se ofrecieron a llevarla hasta las inmediaciones de Aquiares, donde estaba su hacienda, por seis pesos. Su plan había funcionado y la confundieron con una humilde campesina que buscaba trabajo. Le explicaron que eran boyeros y que se dedicaban a acarrear sacos de café desde las fincas de todo el Valle Central hasta Puntarenas, en la costa del Pacífico. El Guayabal, la hacienda de la que salían, daba nombre al incipiente poblado en el que estaban y disponía de un comisariato que servía de centro de abastos para todos los ranchos de la zona.

Al ver que Aitana admiraba los dibujos florales de tonalidad roja amarillenta de la carreta, la madre del clan, llena de orgullo, le explicó que la había pintado ella misma con un producto nuevo, llegado de ultramar, que ellos llamaban «óxido de minio», y que ese polvo disuelto en aguarrás protegía la madera tanto del sol como de la lluvia. Había decorado hasta el yugo bajo el cual se encorvaban dos bueyes de impresionante cornamenta usados para tirar de la carreta arrastrando aquellas enormes y macizas ruedas.

—No hay barreal ni cuesta ni quebrada ni curva, por muy cerrada *qu'esta* sea, que detenga estas ruedas. La *verdá*, muchacha, va *usté* a subirse en la mejor carreta de todo el valle.

Para acompañar la vehemencia con que clamaba sus cualidades, el boyero agitó en el aire el chuzo que usaba para guiar a las bestias de carga. Hasta dos cabezas le sacaba aquella lanza de punta metálica y cortante. El hombre tenía la camisa mojada de sudor y la piel tan tostada que su mano casi se confundió con el lomo de la yunta de bueyes cuando los acarició para tranquilizarlos, pues habían echado a andar al ver sus aspavientos.

Si supiera que acabo de matar a un hombre, tal vez me ensartase con ese chuzo, pensó Aitana. Pero ellos no podían sospecharlo. Parecían buena gente. La maraña de pelo negro y rizado del boyero, lleno de briznas de paja como si hubiera dormido en un corral, asomaba bajo el sombrero blanco rodeado por una tira de cuero, y Aitana pensó que su sonrisa, despreocupada, daba la impresión de un sol saliendo tras la montaña. Igual de sucios y felices, dos de sus hijos correteaban gritando, saltando y riendo. A su celebración se unían, con sus ladridos, un par de perros pulgosos.

—¡Acomódese, muchacha!

La madre, de expresión también risueña, le hacía señas para que se sentara con ella dentro del carro y a tal fin apartó el faldón de su vestido de paños rudos, que se derramaba sobre los sacos de grano prestándole el aspecto de una henchida reina del café; solo ella debía pesar más que la mitad de la mercancía. A su lado, una niña de rostro enfermizo y piel amarillenta jugaba a esconder y enseñar la estatuilla de una Virgen negra dentro del puño de su mano. La niña la miró de forma discreta, al contrario que su madre, que observó cada detalle de la extranjera. Finalmente, le lanzó una mirada simple, intuitiva, poderosa, con la que ponía de manifiesto que ya había adivinado el pasado, el presente y el futuro de Aitana.

—¡*Mirá*, Antonio! ¡Una *españoleta*! —exclamó con su cante abierto y melodioso—. Con lo *delgaditica qu'está* no puede *usté* ser de otro lado. Ahí no hay *di'onde* agarrar. ¿No más trae ese bulto? Raro me parece —continuó arrastrando mucho la primera «r», algo habitual en aquellas tierras y, tras llevarse la mano a la barbilla, añadió—: Ahí me disculpa, pero, siendo *qui'ustedes* los de afuera son tan vivos y siempre saben cómo hacer plata por estos lados, pues mal le tuvo que ir si anda buscando *brete* en casa de los *Jacol, ¿verdá?* ¿Y no será que a *usté l'engañó* algún infeliz?

Al principio a Aitana le costó entender que cuando la mujer decía los Jacol se refería a los Haeckel; también habían castellanizado el nombre de herr Rudolf, ellos lo llamaban don Rodolfo.

—Desembarqué ayer en Costa Rica, señora. No me ha engañado ningún infeliz —contestó alzando la barbilla con gesto orgulloso.

—¡Ah, pues! No me diga más, de seguro alguno de los barcos la dejó en Limón y allá le dijeron que en el valle encontraría *brete*, *¿verdá?*, que preguntara no más por los *Jacol*. En esa finca siempre andan faltos de *cogedoras*, pero ya le digo yo por qué: el viejo don Rodolfo paga la mitad del jornal. Ese viejo está *camote*.

Aitana escondió las manos para que no viese que le temblaban y que no había recogido un grano de café en su vida. Si aquella desatinada adivina esperaba que ella le contase las circunstancias por las que había acabado allí, tenía enfrente un hueso duro de roer.

—Qué bonita —dijo esquivando la mirada inquisitiva de la madre y dirigiéndose a la niña, al tiempo que digería lo poco esperanzador que resultaba saber que su prometido era un tacaño y se aguantaba las ganas de preguntarle a qué se refería con eso de que «el viejo estaba *camote*».

—Es la Virgen de los Ángeles —le informó la pequeña, y, luego, adoptando una expresión muy seria, explicó—: Tiene grafito, jade y roca volcánica. Me lo contó mi *tato*, que *bretea* en una mina.

—¡Menudo tesoro! —Y al ver que la niña miraba su collar, Aitana añadió—: ¿Te gusta? Te lo doy si me dices cómo te llamas.

Respiró hondo, su treta para desviar la atención de la familia parecía haber tenido éxito y ahora la niña la miraba con los ojos bien abiertos, para cerciorarse de que la forastera le decía la verdad, y la madre aplaudía encantada.

—¡Dale, *güila*, no te *pongás* colorada!

—Juana. Y mi mamá se llama Maruja; mi papá, Antonio; mis hermanos son Toñito y Domingo, y los *zaguates*, Capitán y Piojo. —Señaló a uno de los perros, que en ese momento se rascaba una oreja con la pata izquierda.

Aitana apenas memorizó aquellos nombres, ¿para qué, si no volvería a verlos? Se quitó el collar, dejó que la chiquilla admirase las perlas falsas y aprovechó para sentarse con ella en el espacio despejado por la madre. Le apartó el pelo con suavidad y le colocó la joya. Como los boyeros no le hicieron más preguntas, y por fin se pusieron en marcha, pudo terminar de acomodarse y apoyar la cabeza en la granujienta almohada de los sacos de café. Se preguntó si sería posible dormir y olvidar que había matado a un hombre con aquel traca-traca-traca del cantar de la carreta, que entre la bocina y el choque del eje contra el suelo evocaba el serpenteo escandaloso de una ristra de latas. De buenas a primeras no le pareció factible, pero la cháchara de Maruja calentaba el aire en una fricción incesante, como si esa mujer hubiera desayunado cigarras, y amodorraba tanto o más que una nana, así que Aitana cerró los ojos y se fue ovillando como un bebé, cogiendo la forma de esa tripa de alucinaciones líquidas y reparadoras que es el sueño, con la profunda esperanza de olvidar lo que había pasado y que su Gran Aventura volviese al inicio de su gestación.

Mientras ella se sumergía en esa ilusión placentera, el boyero orientó a los soberbios bueyes hacia la desviación de la derecha en el primer cruce de caminos, dejando atrás el camino paralelo al río por el que hacía unas horas el villano había conducido a Aitana. Se escuchó entonces el rumor de otro río que discurría por la izquierda, el Aquiares, que llevaba el mismo nombre de las tierras en las que iban a entrar. Los pequeños varones caminaban alegres detrás de Antonio; la madre preguntaba cosas al aire y se respondía ella misma aseverando, refutando o divagando en su grata chifladura; y la pequeña Juana le contaba quién sabía qué confidencias a su Virgen negra sin dejar de observar a la exhausta forastera.

Así fue como, paradójicamente, Aitana entró dormida en el lugar que tantas veces había soñado; en la tierra entre dos ríos, el Turrialba y el Aquiares, que se extendía a lo largo de la salvaje llanura que llegaba hasta las faldas del misterioso y distante volcán.

II

Solo una hora después, Aitana se despertó sorprendida por una suave llovizna que le mojaba la cara. Pensó que estaba anocheciendo, pues la tarde había quedado oscurecida por una legión de nubes negras y ella se sentía igual de grávida que aquel cielo plomizo. Abrió la faltriquera para sacar un pequeño reloj de bolsillo que emergía entre varios fajos de dólares enrollados y sujetos con gomas; las cuatro de la tarde y ni siquiera había comido. Cerró los ojos otra vez, deseando dormir dos días más, pero los volvió a abrir al percatarse de que la carreta se había detenido.

El matrimonio, que estaba de espaldas a ella, cuchicheaba a un lado del camino.

—Qué poco juicioso, Antonio. *¿Cómo no entendiste? L'explicamos* que no la podemos acercar hasta la puerta de la hacienda porque no nos hablamos con esa familia y ya.

—Pero a ver, mujer, ¿por qué a todos les *tenés* que contar tus pullas con los hijos de los *Jacol*?

—Yo no le ando a contar a nadie. No más que no quiero *qu'esta muchachita* crea que somos unos *desalmaos* que no la acercamos hasta la puerta.

—Pues más vale *amistá perdía* que tripa *torcía* —sentenció Antonio.

—Mami, está despierta —los avisó la niña.

El matrimonio se giró entonces y ambos sonrieron a Aitana, que se sintió igual de turbada que ellos. Antes de que Maruja hablase, el hombre se le adelantó:

—Me disculpa si la dejamos acá, muchacha, qué pena con *usté*, *¿verdá?*, pero nosotros aún tenemos que *jalar* varios sacos *di otras* fincas. —Miró al cielo y añadió—: Y al ratito se *va'poner* a *llorar*. Para cuando nos alistemos, el *viajecito* hasta el puerto fácil es que nos lleve de doce a quince días…

—Bastante han hecho con traerme —dijo Aitana mientras sacaba las piernas del cajón de la carreta para bajar al suelo—. No se preocupen, por favor.

Maruja se acercó a ella y le dio un abrazo que Aitana no se esperaba.

—Le darán *brete* —sentenció, probablemente porque necesitaba quedarse tranquila—. Una muchacha *qu'es* tan valiente *pa'viajar* sola, ya dice mucho de su buena disposición. Además, tiene *usté* carita de ángel.

Carita de ángel. Un demonio se sentía Aitana, pero no le importó que la mujer pensara aquello. Esa «carita de ángel» estaba resultando ser su mejor baza. Pagó al matrimonio al pie de la carreta después de cargarse su hatillo al hombro y, como empezaba a formarse un barro espeso por la lluvia, se recogió los bajos de su falda para empezar a andar, pero la pequeña la detuvo.

—Espere. —Extendió su manita por encima del tablero del cajón de la carreta y le mostró la estatuilla—: La Virgen quiere *andarse* con *usté*.

Aitana la cogió. Estaba pintada de negro y cubierta por un manto que la rodeaba por completo, y sostenía en sus brazos al niño Jesús.

—¿Estás segura? —preguntó escudriñando los ojitos color café de la pequeña.

Juana asintió y Aitana le acarició el rostro, conmovida por su gesto.

Después de hacer girar a sus bueyes y de que madre e hijos se hubieran subido a la carreta, Antonio señaló un patio enorme al final del camino, en el lado izquierdo, tras el cual se alzaba una construcción rectangular de grandes dimensiones, paredes de adobe y techo de hojalata.

—Las jornaleras estarán trabajando en ese *beneficio*, díga-les que la lleven *pa'casa* de los *Jacol*. Si ese viejo *malhumorao* no tiene nada *pa'usté*, pregunte por los Montenegro, y a ellos les dice que va de parte de nosotros, los Montealegre.

Montenegro y Montealegre, sería fácil acordarse. Una vez más, Aitana agradeció su ayuda. Estuvo tentada de explicarles que era la prometida del viejo «malhumorao», pero se contuvo. Siempre era bueno guardarse un as en la manga, y el ofrecimiento de esa buena familia podía serlo algún día, así que solo dijo:

—Ojalá nos volvamos a ver.

Tras desearles buen viaje, Aitana se quedó agitando la mano, igual que la pequeña Juana, en una manera de estirar la despedida mientras la alegre carreta deshacía el camino para regresar a su ruta. Los contempló hasta que no fueron más que un diminuto sol negro que se fundió con el punto de fuga que unía las líneas del camino en el horizonte, quedando amalgamados en esa ilusión infinita e irreal.

Algo en su interior le dijo que sí, que se volverían a encontrar. Pero al verse de nuevo sola, el pecho se le llenó de una congoja contra la que no luchó. *Mejor llorar ahora que no después, frente a una familia de extraños*. El cansancio aguijoneaba sus músculos, adormecía la voluntad, y la grandeza de las tierras de los Haeckel que se extendían frente a ella era apabullante y desoladora a partes iguales. Pero había que seguir. Llamar a la puerta y ver qué le esperaba al otro lado. Abismarse en el destino, creer que los dioses estaban de su parte. ¿Lo estaban? Solo había una manera de saberlo.

Al toro, por los cuernos.

Siguió adelante.

El follaje que flanqueaba la vereda estaba manchado de barro, y el aire cargado de electricidad arrastraba basuras y guijarros que ella fue esquivando a medida que avanzaba. Era un viento muy particular; su ronroneo tenebroso se sentía adentro, suplicante. Don Íñigo de Velasco había escrito que los indígenas dejaban que el ulular se les metiera en el cuerpo para crear un sonido hondo, visceral, con el que alargaban su pena en los cantos fúnebres; que ellos entendían la música como un espíritu de la naturaleza al que solo se podía complacer bailando, dejándose poseer; que era casi tan bello como hacer el amor. Esas lecturas la habían enfermado hasta el punto de querer ser ella la protagonista, de soñar cada noche con experimentar en carne propia todas esas maravillas que él contaba. Y allí estaba. Solo que no había contado con el miedo que llevaba todo el día agarrado a sus tripas. Ni, por supuesto, con tener que matar a nadie. El viento venía de todos lados, alborotaba su melena, enredándola, y ella se la tenía que apartar continuamente para poder ver. A lo lejos, recorriendo en escaleras asimétricas la ladera del valle, apenas había unas pocas hileras de cafetos de porte escuchimizado entre los cuales se enmarañaban matas y malezas que, en las lindes del terreno, se confundían con la selva. Tanta majestuosidad desatendida le quebraba las esperanzas, ¿cómo saber si se hallaba en el paraíso o en el infierno? Las tierras altas estaban tan cerca de aquel cielo cargado de oscuridad que no le hubiera extrañado que una mano divina se abriese paso entre los nubarrones para arrancarla de allí.

Tal fue su primera impresión.

Siguió caminando pese a la sombra de ansiedad que le tenía barrido el rostro: Aquiares, la tierra entre ríos, no era como ella la había imaginado. En el horizonte, la línea roja de un sol febril, sangrante, del que apenas quedaban ya trazas. A su izquierda, una mancha apenas visible en la lejanía. ¿El volcán? Y mucho más cerca, en lo alto de una colina, una casucha cercada por un muro antaño señorial, pero ahora destartalado, hecho con piedras de distintos tamaños, muchas de ellas caídas en el camino, y cuyas contraventanas golpeteaban sin control contra las paredes de adobe.

Debe de estar abandonada, pensó.

A la derecha del camino había un patio de varias yardas, al final del cual se encontraba el armazón del beneficio que había mencionado el boyero, la fábrica donde debían guardar toda la maquinaria para el procesado del café. Tomó esa dirección. Entonces lo vio, como si acabara de aparecer en el paisaje, justo detrás de la fábrica, desenvolviéndose de aquellas nieblas grisáceas, en lo más alto de una loma: un árbol de ceiba milenario, hermoso, de copa grande y redondeada, velando el valle. Aquello bastó para acelerarle el corazón y despertar sus esperanzas de nuevo. Sacó de su faltriquera un mapa repujado sobre cuero de gacela en el que don Íñigo había dibujado aquel árbol, «El arcángel solitario», marcándolo con una X roja para señalar el punto de inicio de una ruta que llevaba hasta un tesoro precolombino: El Guayabo. En sus diarios, Velasco contaba cómo había ayudado a Garabito, un monarca del reino Huetar, a huir muy lejos de sus dominios, pues lo perseguía el conquistador español Juan Vázquez de Coronado, y cómo habían llegado hasta una ciudad abandonada llena de estatuas, monumentos, tumbas y oro. Luego don Íñigo volvió a España para curarse de una extraña enfermedad y murió antes de regresar a Costa Rica. Aitana guardó de nuevo el mapa para que no se estropeara con la fina llovizna. Esa ceiba era el verdadero motivo por el que ella estaba allí, el secreto por el que había olvidado su propio nombre, que se había arrancado de la memoria para adoptar el de Aitana.

Porque Aitana no era Aitana.

Pero estaba prohibido pensar en eso.

La única manera de que nadie conozca tu pasado es olvidarlo primero tú misma. Había que golpear al recuerdo como a un topo que intenta salir a la superficie, en la cabeza, devolverlo a las profundidades y taponar el agujero por el que había salido. *En algún momento me enfrentaré al fantasma de mí misma, pero no ahora.* La vida no la determinaban ni un nombre ni el lugar ni la casa en la que habías nacido, solo lo que una quería y demostraba ser. Apretó la Virgen de los Ángeles en el puño de su mano, cerró los ojos y se mordió los labios, contenía así la sonrisa que buscaba abrirse como una flor en la tempestad. *Qué locura.* Se tapó la cara con las manos, pero no pudo reprimir una carcajada. Lo había conseguido: estaba allí, frente al árbol de la vida, el árbol divino de los mayas. Un ruido que no era el viento la puso de nuevo en guardia. En una esquina del edificio, a cubierto por la techumbre de aluminio curvado, un gato hurgaba entre un montón de basura. El felino levantó la vista y se quedó observándola fijamente, maulló, y un segundo después echó hacia atrás las orejas, con la mirada enloquecida, como si acabara de escuchar algún sonido pavoroso.

Tú y yo sabemos lo que es arrimarse al miedo para que te dé de comer.

Pero el codiciado tesoro de los indios huetar, El Guayabo, iba a cambiar la suya. Eso creía. Salió del camino y atravesó los campos sin trabajar esquivando las zarzaparrillas. Cruzó deprisa el patio de hormigón, que estaba saturado de grietas por las que la hierba crecía en un intento de reconquistar el territorio robado. Mientras, reflexionaba sobre qué inventar para justificar la facha que llevaba. Los bajos se le habían llenado de barro y la humedad había trepado por su falda hasta la altura de las rodillas. En realidad, solo tenía que alargarla mentira que ya pensaba contar antes de que el malandro que se pudría en la zanja la hubiera desviado de su camino: que ella era Aitana Ugarte Aberasturi, hija de don Enrique Ugarte Lequerica y de doña Alejandra Aberasturi Petit, propietario él de una botillería en Bilbao que hacía un año se había convertido en el Gran Café Ugarte, donde se reunían grandes intelectuales, como en La Fontana de Oro. ¿No habían oído hablar de La Fontana? ¡Oh, ella les daría más detalles! Los detalles eran la clave para hacer una gran mentira verosímil.

Hasta donde ella sabía, el padre de la verdadera Aitana había conocido a herr Rudolf en la feria de Valdemoro de Madrid, y allí habían arreglado el casamiento para unir ambas familias a fin de abastecer no solo el Café Ugarte, sino de distribuirlo a toda España e incluso a Europa. Y herr Rudolf solo tenía de la hija una descripción física en la que ella encajaba perfectamente: dieciocho años, melena castaña, piel blanca como la leche y ojos verdes. Además, en el largo viaje cruzando el océano había ensayado todas las posibles respuestas a las preguntas que pudieran hacerle sobre la ilustre familia Ugarte. La parte escabrosa era la que se correspondía con su periplo desde su llegada a Costa Rica, que se había visto alterada por el joven que se pudría en la zanja. Debía cambiar el discurso que había preparado para esa parte, que su guardaespaldas y su dama de compañía eran amantes, y la traicionaron en el último momento, robándole todo al atracar el vapor en Puerto Limón. *Es cierto que no se me escapó algún intercambio de miradas sospechoso entre ellos* —pensaba contar—, *pero lo atribuí a un amor pasajero entre sirvientes, cómo iba yo a saber que...* —En este punto soltaba alguna lagrimilla y desviaba la mirada con pesar.

¡Pero ahora tenía que justificar las fachas con las que llegaba! Diría que la habían acompañado en el ferrocarril, que luego la abandonaron en una posada y solo le dejaron aquellos trapos viejos... No, eso no era creíble, los Haeckel sospecharían. *¡Ay, Dios! Esto no va a salir bien.* Haría sus mejores pucheros para que su prometido prestase más atención a su dolor que a los hechos. *Los hombres son muy tontos si una sabe seducirlos bien*, al menos eso había leído en alguna novela.

¿Cómo no iba a poder camelar a un viejo de sesenta años?

A un leve roce de la mano de ella sobre la de él, herr Rudolf se disculparía por no haber ido a buscarla, caería en sus martingalas, pondría el grito en el cielo, organizaría una batida para que detuvieran a su dama de compañía y al guardaespaldas... ¡Era herr Rudolf quien debía justificarse por no haberla atendido como Dios mandaba! ¡Qué diantres!

—Me haré la ofendida, le pediré explicaciones yo a él. —La joven irguió la espalda y asintió, reafirmándose; levantó bien la cabeza y lanzó una mirada altanera a la ancha entrada del edificio que estaba ya a solo dos pasos—. Y, si no me creen, los mando a todos a hacer puñetas y me voy a buscar el tesoro de Garabito, que a eso he venido. Pero no hoy, mañana. Hoy solo quiero dormir.

De pronto se sintió más tranquila. Ese señor se desharía en disculpas por no haber llegado a tiempo.

Coraje, Aitana, coraje, que así empiezan las grandes gestas.

¿Acaso no era eso lo que en verdad quería decir su admirado Alexandre Dumas en boca del padre de D'Artagnan en su puro *patois* de Béam? «Ne craignez pas les occasions et cherchez les aventures»: «No temáis las oportunidades y buscad las aventuras». Claro que sí. *¿Y qué aventura que merezca la pena no entraña peligros?* El mismo don Quijote había explicado a su escudero Sancho que «la ventura va guiando nuestras cosas mejor de lo que acertáramos a desear».

—Siendo «aventura» y «porvenir» la misma cosa: el puro acontecer, lo que está por llegar, la vida misma, la gloria a la vuelta de la esquina..., no hay que temerle al destino. ¡Que acontezca, pues! ¡Vamos —se alentó—, coraje!

Pero «coraje» no era sinónimo de «imprudencia», así que, tras dar las dos últimas zancadas adoptando el aire invencible de una mosquetera, de una damisela andante, de una vasca merecedora del mejor de los *aurreskus*,[1] se detuvo en la puerta del beneficio y asomó solo la cabeza, sin decidirse a entrar todavía.

1. Danza tradicional del País Vasco.

26 de agosto de 1883
Villa de Bilbao

Vivimos en la calle Don Diego López de Haro, en una casa que tiene dos torreones. Mi habitación da a un patio por el que suben todos los humos de las cocinas y siempre huele a bacalao en salazón. Está en la parte más alejada de la entrada y paso horas leyendo en ella, las que me quedan libres después de limpiar toda la casa. He cogido un par de veces el ferrocarril, nunca he subido al famoso monte Artxanda, y sólo por mi cumpleaños íbamos a una chocolatería que está en Artecalle. A mí me hubiera gustado ir al Café Suizo, ese que llaman La pastelería, pero no sería «discreto» porque van todas las amigas de la señora. Una vez mi madre me llevó a pasear por la ribera del Nervión y llegamos hasta la playa de Ereaga, fue el mejor día de mi vida porque pude ver el mar y jugar entre las rocas. Cuando nadie me ve, me asomo a alguno de los balcones que dan a la calle para ver pasar a la gente y las fachadas de enfrente, que con sus ventanales de cuarterones me permiten espiar a los vecinos.

El cielo tiene hoy un color aciago.

De pronto parece haberse llenado de una capa de cenizas; se ve extrañamente ocre a la hora del crepúsculo y al alba. No sé, a lo mejor simplemente lo veo todo más raro desde que mi madre se murió y don Gonzalo se fue; desde entonces, la vida en esta casa es aún más miserable de lo que ya era, pero, por lo que sea, tengo un mal presentimiento. Es el cielo más raro que he visto en mi vida.

Hoy quiero contar lo de don Gonzalo, que para mí, hasta hace poco, era como dicen que era Vasco de Quiroga, un gran maestro, y no sólo el señor de la casa en la que trabajaba cocinando y limpiando mi madre. Ayer dije que se comportaba como un perro sumiso con doña Virginia, pero no es verdad, sólo a veces. Creo que, en realidad, huye de la discusión porque le avergüenza perder los papeles delante de otros. También creo que siente que es su deber aguantarla por sus creencias de la religión católica. La familia de Velasco Tovar todo lo que hace en público lo hace porque son cristianos; en privado es otro cantar. Eso decía mi madre. Ella también era muy devota, pero de otra manera. Yo no tengo claro si lo soy, porque me encanta la mitología y pienso que existen muchos dioses; ¿~~para qué iban a inverntarse~~ por qué hay historias sobre tantos si no? Digamos que creo en los dioses de la naturaleza y en Dios; en todo y en nada. Todavía lo estoy decidiendo.

¿La religión es una ~~decisión~~ elección?

Don Gonzalo se marchó el 15 de julio a dar la vuelta al mundo como su personaje favorito: Phileas Fogg. Salió de casa a las 6.33 de la mañana, con tres minutos de retraso por mi culpa, que me escapé de mi habitación a despedirle, aunque me lo había prohibido. Se enfadó un poco, pero me regaló su reloj de bolsillo.

El día antes de irse me contó un secreto que va a cambiar mi vida y que me ha confirmado algo que yo ya intuía después de aquella discusión entre mi madre y doña Virginia. Creo que es mi padre, es decir, que no lo sé seguro, pero creo que sí lo es.

No sé por dónde iba, ah, sí, esa misma tarde vinieron sus amigos de la Sociedad Geográfica, desde toda España e incluso desde distintos países de Europa, sobre todo de Inglaterra y Francia; una vez vino un chino con bigote. Entraron al salón y algunos se sentaron en unos sofás de cuero granate ~~que hay nada más entrar y~~ que rodean una mesa de cristal que te destroza las rodillas; en ella, los invitados dejaron un montón de libros, mapas y revistas que eran regalos para don Gonzalo. En la cheslón en la que se tumba a leer envuelto en su batín, dejaron los abrigos y los sombreros. Se sirvieron ellos mismos ron, whisky y aguardiente del mueble bar que está junto a un globo terráqueo que a mí me llega hasta los hombros. Mientras don Gonzalo iba señalando con el dedo los lugares del recorrido de su viaje, doña Virginia les ofrecía una caja con bombones de chocolate de naranja, mis preferidos, y pastas del Café Suizo.

Un inglés trajo un pointer inglés, un perro blanco con motas negras, que se tumbó frente a la chimenea. En pocos segundos, el salón era un caos. Un hombre le preguntó a don Gonzalo si no le preocupaba la propagación del cólera fuera de Egipto; otro dijo que los cordones sanitarios impuestos en las ciudades infestadas de Egipto estaban siendo inútiles; otro, que los franceses amenazaban con poner en cuarentena los buques que llegaran a sus puertos procedentes de Inglaterra; otro, que las Cortes habían aprobado un presupuesto de un millón de pesetas para impedir su penetración en España, pero que en Palma de Mallorca había ya un caso. Y las mujeres le decían a doña Virginia que su marido era un temerario por partir ante semejante panorama internacional.

Yo lo escuchaba todo desde mi escondite. Aunque claramente ya no tengo edad para hacerlo, me sigo metiendo dentro de un armario vacío que hay en la planta de arriba y dejo la puerta entreabierta para oírlos mejor —si subía el perro, estaba perdida—. ¡Ah!, es que no he explicado que se trata de un salón a dos alturas. Es un salón-biblioteca ~~y tiene~~ con una pared de ventanales con cuarterones negros, que dejan entrar toda la luz de la calle y que recorren las dos plantas; el resto de las paredes son estanterías bellísimas repletas de libros. Al fondo del salón, en la esquina contraria a los ventanales, hay una escalera de caracol por la que se sube a la galería de la planta de arriba en la que yo me escondo. Lo hago desde que tengo ocho años, ahora casi no quepo en el armario y me asfixio un poco, pero estas reuniones trimestrales son mi ventana al mundo.

Si me pierdo una, es el día más triste de mi vida.

La galería de arriba recorre las tres paredes y es una continuación de la biblioteca de abajo. Está limitada por una ba-

randilla de roble y el pasillo entre ésta y las estanterías es muy estrecho. Si te asomas más de la cuenta al piso inferior, te puedes precipitar. Ese día, una de las mujeres había subido a curiosear libros y estaba encaramada a una escalera móvil que se usa para poder acceder a los que están en las estanterías más altas. Por un momento pensé que iba a caerse porque sólo usaba una mano, en la otra sostenía un cigarrito al que le iba dando caladas, pero no fue así y, cuando encontró lo que buscaba, se bajó, apagó el cigarrito dentro de la maceta de una planta tropical exótica, y volvió abajo con los demás.

Esa señora es la mujer del inglés que tiene el perro inglés. Es pelirroja. Me cae bien porque fue ella la que hace unos años le trajo un montón de números de Le Temps *a don Gonzalo, a cambio de no sé qué otro periódico español (los dos son coleccionistas). Gracias a ella, y a sus periódicos, empezamos a leer* La vuelta al mundo en ochenta días. *Desde entonces, don Gonzalo no paró de darle vueltas al deseo de emular esa hazaña porque, dice, por sus venas corre la sangre de los grandes exploradores y conquistadores. Mi madre llamaba a eso «el mal de la familia».*

[Notas añadidas posteriormente en letra más pequeña entre las líneas: «*Esa señora también le ha conseguido números de* El mensajero ruso *y* All the Year Round. *También hemos leído por entregas* Los tres mosqueteros, Los miserables *y* El conde de Montecristo»].

Cuando ya estaban todos sentados, asomé demasiado la cabeza y don Gonzalo me pilló, pero lo único que hizo fue sonreír y seguir charlando, fumando y bebiendo animadamente con sus amigos. Ese día no presté mucha más atención a sus conversaciones, estaba demasiado triste pensando que él se iba. Miraba cada uno de sus gestos intentando grabarlos en mi cabeza. Él, en cambio, parecía muy feliz. Cuando todos sus amigos elevaron sus vasos para brindar en el aire, sus ojos brillaron con una emoción que a mí me gustaría sentir algún día, una alegría que no le había visto nunca.

—¡Por el gran don Gonzalo de Velasco Tovar, que va a cumplir su sueño, que nosotros seguiremos con gran atención: dar la vuelta al mundo en ochenta días, igual que Phileas Fogg!

Hasta que marcaron las ocho en el reloj de pared de marquetería de limoncillo, no se marcharon todos los invitados. En el aire sólo quedó su rastro: un aroma a alcohol, oxígeno consumido, sudor y humo de los Vegueros que había traído un señor de Cuba.

—Vamos, Natalia, ya puedes salir. Estoy solo —dijo entonces don Gonzalo.

Salí de mi escondite roja como un tomate, pero, cuando bajé al salón, él no parecía enfadado porque los hubiera espiado, sólo estaba fumándose un habano, sentado en uno de los sofás, y tenía una enorme sonrisa.

—¿No pensarás que no sé que llevas escondiéndote ahí toda la vida? Ya estás un poco mayor para esas cosas.

La revelación me dejó boquiabierta, pero es que, además, sin soltar el puro de sus labios, metió otro en la guillotina de plata, cortó la boquilla, dejó el suyo en el cenicero para encender el otro con un mechero de yesca, ¡y me lo pasó a mí! Le di varias caladas seguidas, tan rápido que él soltó otra carcajada, y como yo no paraba de toser, me lo quitó enseguida, y me hizo beber un trago de ron.

Entonces se quedó mirándome de una forma muy extraña, como cuando observas algo por última vez porque intuyes que no volverás a verlo, con la pena infinita de lo que te hizo feliz, pero ya nunca más se repetirá. Parecía que no estuviera viéndome a mí, sino el recuerdo de mí. No sé cómo expresarlo mejor. No entendí esa mirada entonces, pero era tan profunda y nostálgica que la he rememorado un montón de veces, y me da miedo pensar que anticipaba la pérdida, como si no tuviera intención de regresar. Lo cual es una tontería, porque esto es lo que pasó después:

Fuera lo que fuese lo que estaba pensando, lo borró de su semblante y adoptó una sonrisa gloriosa.

—¡Ven! Quiero que busques un botón aquí y digas «shabriri-briri-riri-iri-ri».

Me llevó hasta el retrato de su bisabuelo que cuelga en la pared que está encima de la chimenea y me hizo palpar los bajorrelieves de la pared. ¡Efectivamente, un botón activaba un dispositivo de apertura y cierre invisible camuflado en un tabique extraíble! Dije shabriri-briri-riri-iri-ri, y, mágicamente, el cuadro, que era en realidad un armario oculto, se abrió. La verdad es que está tan bien disimulado en la moldura de estuco que, salvo don Gonzalo, el arquitecto y ahora yo, nadie más sabe de su existencia. Bueno, eso me dijo él.

Dentro del armario había un arcón, que sacó para mostrarme su contenido. Supongo que es raro que me lo enseñara a mí y no a su esposa ni a su hijo, pensé. Pero como siempre he creído que a él le hubiera gustado tener un hijo más inteligente —o al menos que compartiera sus gustos por la literatura y por los viajes como hago yo—, lo atribuí a eso, aunque él me dio otra explicación:

«Sabes que mi familia es enormemente conocida, Natalia, que en ella hubo varios exploradores de renombre. Hoy te voy a hablar de don Íñigo de Velasco Tovar y de la Torre, que dejó escritos varios diarios sobre el tiempo que pasó explorando Tierra Firme. Si lo que cuenta es cierto, descubrió una ciudad abandonada en las inmediaciones de un río llamado Guayabo mientras ayudaba a huir a un rey indígena. Aquella ciudad debía haber sido un enorme centro de comercio, pues había montículos, restos de madera de templos cónicos erigidos sobre ellos, un camino empedrado, un centro ceremonial, tumbas llenas de oro, petroglifos..., incluso habla de un acueducto; pero nadie conocía su existencia y él se guardó mucho de darla a co-

nocer, ya que no quería atraer a buscadores de tesoros que descubriesen a Garabito. En sus diarios se refiere a ella como «La ciudad sin nombre» y habla de un tesoro, «El Guayabo», imagino que lo llamó así por el río. Todo está en estos diarios, Natalia. Siempre dices que quieres salir a explorar el mundo, así que dime, querida: cuando vuelva de mi viaje, ¿te gustaría que te llevara conmigo en busca de la ciudad sin nombre? Quién sabe, si no la encontramos, tal vez conozcas allí a algún rico finquero y encuentres tu lugar en el mundo. Ahora que tu madre no está, no podrás quedarte aquí para siempre. Virginia ha accedido a esperar a que yo regrese, pero quiere que te vayas. No es justo, lo sé. Hay muchas cosas que quisiera explicarte, Natalia, lo haré cuando vuelva. Mira, hasta un mapa del tesoro en cuero repujado, como el de Piris Rey, mandó hacer mi antepasado. ¿Guardarás este pequeño tesoro hasta mi regreso? Mientras tanto, te encargo la misión de leer todos los diarios de don Íñigo. Por otro lado, desde hace años guardo recortes de periódicos con noticias sobre Costa Rica y, aunque no son muchos, en alguno hay información de ese río Guayabo.

Prepárate, Natalia. En unos meses te convertirás en la gran exploradora que siempre soñaste. Ah, y lo más importante. En este sobre están todos los ahorros de tu madre. Quiso que los guardara yo, que te aconsejara como tu tutor hasta que cumplas dieciocho años, pero, como eres una chica con una gran madurez, es hora de que lo guardes tú.

Estaba triste porque él se iba, impresionada por su propuesta, feliz de que me confiara semejante secreto, pero tenía miedo y ganas de llorar. Un aluvión de pensamientos y emociones me revolvieron el estómago, así que no sabía qué decir porque quería decirle muchas cosas y no había tiempo: que para mí era como un padre (¡qué ingenua!); que me sentía agradecida por su generosidad; que esperaba con ansía su vuelta para que me relatara sus aventuras, aunque preferiría acompañarle como Picaporte a Phileas Fogg.

No dije nada.

Se me quedó todo atascado en la garganta y me puse a llorar. Él me acarició la cabeza y se despidió con una misteriosa frase de su querido Julio Verne: «Todo lo que una persona imagina, otros pueden hacerlo realidad».

No he dejado de pensar en ese día.

También he estado la mayor parte del tiempo de este último mes leyendo los diarios de don Íñigo, y lo que cuenta es la historia más fascinante que haya leído nunca por un único motivo: don Gonzalo y yo podemos hacerla realidad. Quiero viajar hacia esas tierras desconocidas, ¡ir en busca de un tesoro, como los piratas de la novela de Stevenson! Pero es un sueño demasiado bonito para una chica que no conoce más que las paredes de esta casa.

Me voy a ver si le sonsaco a la nueva cocinera alguna noticia sobre el señor.

[Boceto de inscripción grabada sobre el bajorrelieve donde está el dispositivo de apertura y cierre del armario: palabra «ABRAKADABRA» escrita en una columna once veces, eliminando una letra en cada línea, para conseguir la forma de un triángulo isósceles invertido].

A B R A K A D A B R A
A B R A K A D A B R
A B R A K A D A B
A B R A K A D A
A B R A K A D
A B R A K A
A B R A K
A B R A
A B R
A B
A

3

La Guardiola

I

Varias lámparas de aceite iluminaban el interior del beneficio que se había construido de manera sencilla, como un gran establo sin pesebres. Cerca de la entrada, de espaldas a Aitana y sentadas a lo indio sobre el pavimento, un grupo de tres jornaleras compartían chismes y chanzas mientras comían una pasta blanca de arroz envuelta en tortillas y estas a su vez en hojas de banano. En el centro de la dependencia giraba una magnífica máquina secadora de café y el resonar de los granos rastrillando en el fondo hueco se mezclaba con el ruido pedregoso de la lluvia, que se había vuelto más intensa y arreciaba contra el tejado, creando la fusión de ambos una percusión hipnótica. Un perro negro y despelucado se acercó a Aitana y la joven temió que se pusiera a ladrar y llamara demasiado pronto la atención sobre su presencia o, peor, que la mordiese, pero no lo hizo, se limitó a chupar las heridas que el árbol de púas le había hecho en la mano. Lo apartó con el pie, temerosa de que las babas del animal pudieran contagiarle alguna enfermedad.

—Diablo —exclamó una de las jornaleras, que tenía una larga melena oscura y rizada—, el tiempo que nos ahorraríamos Juancho y yo si tuviéramos una Guardiola *comuesta*, que te seca todos los granos al tiempo y bien rápido.

—Pues sí, Colocha, con una *vaina* así *podés* recolectar hasta diez veces más, *¿verdá?*, pero *pos* es la única en Paraíso. Y los *Jacol* la usan no más que *pa* cuatro granos —le contestó la mayor del grupo, una mujer robusta, de piel amarillenta y agrietada, que llevaba un colorido pañuelo para sujetarse la melena.

—Dicen que la niña Cira se la agenció porque es amiga *na menos* que del tipo que las hace en Guatemala, el señor Guardiola, y que lo conoció cuando anduvo por Europa. Vos que vivís en su casa, *¿creés* que así sea, Rosarito? —siguió la que habían llamado Colocha.

La muchacha que estaba a su lado, de rasgos infantiles acentuados por su peinado de trenzas, se encogió de hombros haciendo una mueca exageradamente bobalicona.

—¡Ay, quién sabe, Colochita! Mi mamá dice *qu'es* una mañosa —respondió con una voz aniñada como toda ella—, una atrevida que no da más que problemas a esa familia. Pero si vieras cuánto sabe de plantas, más que don Rodolfo o que cualquier otro finquero, pero eso a él no le gusta, que una mujer quiera saber más que un hombre.

—Razón no le falta; la niña Cira se comporta como un hombre —intervino de nuevo la que era mayor—. Cuando todas las muchachas morían por hacerse con una Singer, ella no paró hasta hacerse con la Guardiola. El viejo la acusó de usar mañas muy sucias *pa* conseguirla.

—Ya ves, Panchita, cuando se *trata'e* nosotras las mujeres, así está la cosa —apostilló Rosarito.

—¿Y de qué les sirve tanta máquina *pa* tan poco grano? —Colocha negó con la cabeza—. En estos campos hay que plantar más y *san si'acabó.*

Las jornaleras terminaron de comer y al ver que empezaban a levantarse, Aitana decidió que era el momento de entrar, no había que demorar más la adversidad, pero, justo entonces, una chiquilla pasó como una exhalación por su lado sin verla.

Entró al beneficio gritando cosas que Aitana no entendía bien, en parte por las particularidades del tico, en parte por la velocidad con que las soltaba.

—*Idiay*, Martina, *parate* y *respirá*. ¿Por qué *corrés* como alma que lleva el diablo?

—Ay, Rosarito, qué desgracia. ¡Qué desgracia! Lo encontraron muerto —anunció la niña, que se había detenido y resollaba con el cuerpo inclinado hacia delante, las manos apoyadas en las rodillas.

Las jornaleras se llevaron la mano al pecho y lo mismo hizo Aitana desde su escondite. ¿Cómo podían haber descubierto tan rápido el cadáver? Un viento huracanado golpeó todo el armazón del techo. De pronto se le ocurrió algo lógico en lo que no había pensado hasta entonces: ¿Y si el malandro no era un forajido? ¿Y si era...? Un trabajador de la finca. ¡O un hijo de su prometido, por ejemplo! No, no, imposible, no tenía rasgos alemanes. Se llevó un puño a la boca y se mordió el nudillo hasta sentir dolor.

—¿A dónde? ¿A quién? —preguntó Colocha.

—En la cama. Al patroncito, don Rodolfo —respondió la niña Martina.

—Sesenta años tenía y se la pasaba tomando *guaro*, así que la noticia en nada me sorprende, pero aun así... —Panchita negó con la cabeza—. Qué hará esa familia *ahorita*.

Aitana soltó la bocanada de aire que estaba aguantando. Qué tontería haber pensado que habían descubierto el cadáver del malandro tan pronto, solo que entonces... ¡Don Rodolfo! ¿Su prometido? ¿Muerto? *Ahora sí, no tengo nada que hacer.* Esa posibilidad era una de las tantas que no había contemplado. Sin separarse de la pared, se dejó caer lentamente. Deslizó la espalda hasta quedarse sentada en el suelo, con la mirada perdida en el tronco de la ceiba centenaria, que era la única parte del árbol que alcanzaba a ver desde allí, aunque emborronada por la furia de la lluvia, como el futuro que había planeado durante tantos meses. Aitana miraba sin ver, ida, mientras se adentraba en el enorme vacío de lo que nunca había existido salvo en su imaginación. *Los dioses se ríen de mí, de mi arrogancia. Y me castigan.*

Las mujeres seguían hablando a voces.

—¡*Hablá*, Martina! ¿*Qui'hubo*? ¡No te *quedés* callada!

—Estaba *campaneando* en el salón cuando escuché a doña Cira que don Rodolfo murió *antier* —explicó la niña—. Pero es que lo encerraron ahí cuando *cantó viajera* y *ahorita* no *encuentramos* el *llavín*.

—¿Segura que no estás *hablando paja*?

—Pues se me hace a mí *qu'eso* no es lo *pior* —proclamó Colocha cuya voz se reconocía por su peculiar tono cantarín—. Esta mañana ha vuelto mi primo, el que trabaja como albañil en Limón; cada vez que regresa mamá le hace un buen desayuno *pa'que* nos cuente todas las noticias, *comuaquí* ni cartas llegan... Y adivinen: *antier* el hijo del patrón se jugó la mitad de la finca a los dados y perdió.

—Carajo, ¿contra quién?

Qué poco podían imaginar aquellas trabajadoras el devastador efecto que cada una de sus palabras tenía en la forastera: el esposo, muerto, y el hijo, jugándose la finca a los dados. Aitana atendía a lo que decía aquel coro de voces, aunque a ratos no alcanzaba a oír.

—Contra el señor Minor.

—¿Contra el Rey del banano?

—*Callate*, majadera. Si te oyen, nos quedamos sin *brete*.

—¡Pero si todos lo llaman así! Además, ¿quién me *va'oir*? El Gobierno no hace sino regalarle tierras y más tierras a ese *man*. Ningún terreno queda ya junto al Reventazón que no le pertenezca. Quiere llenarlas de bananos como hizo con toda la rivera de Limón *pa'alimentar* a sus chinos, negros *y'italianos*, y que le terminen ese demonio de ferrocarril. Es lo único *qu'importa* desde hace años en Costa Rica.

—Pues mi esposo dice que se gastaron tanto dinero en la construcción de los rieles que hay que devolver la deuda de alguna manera. Llevar solo gente no *deja plata* y hay que pagar a los extranjeros que prestaron el dinero, que son «tenedores de bonos» o algo así. Carajo, yo *d'eso* no entiendo, pero no lo necesito *pa* saber que Costa Rica está vendida.

—Si el viejo *cantó viajera* y el heredero perdió la mitad de las tierras, ya podemos buscar *brete* en otro lado.

—¿Vendrá el Rey del banano al funeral del *finao*? Como amigo *qu'es* de don Leonardo, digo.

—Yo nunca he visto a los hijos del patrón, ¿será cierto eso que dicen de que son bellos como arcángeles?

—¡No te haces una idea, Colocha!

Las jornaleras bajaron tanto la voz que Aitana no pudo escuchar las siguientes frases que provocaron varias carcajadas entre ellas. Luego volvieron al tono normal.

—El don Minor vendrá, pero a reclamar la tierra que se ha ganado a los dados.

—Y a convertir Aquiares en una bananera más.

—A mí me da lo mismo cortar bananos que coger café.

—A mí no.

—Pues, bueno, si como dicen ese Minor es un caballero, entenderá que un hijo que se juega la fortuna de su padre recién fallecido es porque quedó *tocao*... —La que hablaba bajó el tono, y Aitana no pudo escuchar el final de la frase.

—Es que ese hijo salió al padre, le gusta el *guarito* más que las mujeres.

—Chisss, *hablá* con más respeto.

—¿*Cuál* respeto? Si se ha jugado toda su herencia sin importarle nadie más *qu'él*.

—¿Y por qué das por *sentao* que ese es el heredero?

—Yo escuché una vez la historia de una mujer muy rica que tenía tres hijas horribles, y se lo dejó todo a su perro.

—Ay, ya, dejen de decir *tonteras*.

—El revuelo que debe haber en esa casa *ahorita*.

—Pues es que eso no es todo —dijo la niña—. ¡Sosténganse las nalgas!

—¡Niña, esa boca!

—¿Más? Dios mío, qué familia.

—Por lo visto el patrón iba a casarse. La novia llegaba ayer en un barco, desde España, pero con todo... ¡se olvidaron de ir a buscarla!

—¡Una española?

—¿Cómo que «se olvidaron»?

—¡Ay, no! Qué pena, si en lugar de una boda lo que se va a celebrar es un funeral... ¿Y *a dónde es que* está ahora esa *españoleta*?

Aitana ya no quiso escuchar más. Se levantó e hizo su entrada a tiempo de ver a la niña encogiendo los hombros. Carraspeó para hacerse notar. Las jornaleras se giraron y la contemplaron más pasmadas que si se les hubiera aparecido la Virgen. Panchita se adelantó y Aitana pudo verla más detenidamente: no era solo la mayor del grupo, sino también la más corpulenta de todas, tendría entre cuarenta o cuarenta y cinco años, gesto recio, y llevaba un buzo y botas de agua. Miró a Aitana de arriba abajo.

—Si *andás* buscando *brete*... —Terminó la frase torciendo la boca y el cuello en un gesto que manifestaba, de manera más significativa que cualquier palabra, lo imposible que era que le dieran trabajo allí.

Detrás de Panchita, las otras dos jornaleras intercambiaron miradas. Aitana iba a decir algo, pero calló, y durante unos segundos no se escuchó más que la lluvia, el rastrillar de la Guardiola y el roce de las piedrecillas que ella misma aplastaba y removía contra el suelo hacia donde miraba con la cabeza gacha porque no se decidía a prender la mecha de aquella dinamita. Tardó en levantar la vista y, cuando lo hizo, las miro una a una; por sus rostros adivinó que iban a reventar igualmente de la intriga.

—Soy la novia del muerto. La *españoleta*, como me han llamado ustedes.

Panchita abrió aún más los ojos.

—¿Quién?

—Aitana Ugarte.

—¡La *españoleta*! —grito sin contención Rosarito.

Aitana irguió el cuello como si ese gesto altanero pudiera darle peso a su afirmación, pero, como las mujeres no dejaban de mirar su vestimenta astrosa y embarrada con caras de lógico escepticismo, explicó rápidamente:

—He cruzado el océano en un vapor, desde España. Cuarenta y ocho días de travesía. Llegué a Puerto Limón ayer, por la mañana. Como vi que nadie venía a buscarme, tomé el ferrocarril hasta La Junta y allí dormí en una pensión —mintió—. Me levanté temprano y una familia de boyeros me ha traído hasta aquí en su carreta. Llevo viajando todo el día.

—¡Pero qué valiente viniendo sola! —la interrumpió Panchita—. ¡Nooo... y qué pena con *usté*! ¡Pobre muchacha! ¿*A dónde* están sus valijas? Hay que llevarla ahora mismo a la casa. Díganos, *a dónde* están sus *chécheres pa'que l'ayudemos* a cargar. ¿Comió algo? Estará *muertitica* del hambre, y de cansancio, ¡qué cara trae!

—No tengo equipaje. Mi guardaespaldas y mi dama de compañía se aliaron para robarme. Hasta mi ropa se llevaron y me dejaron las suyas en su lugar. Se bajaron del barco antes que yo, con todas mis pertenencias, y desaparecieron.

—Pero ¿cómo no avisó a la policía, mujer?

—Ya, Marisel, ¡no seas *metiche*! ¿No ves lo cansada que está la muchacha? —Panchita le pegó un empellón que Aitana agradeció, pues había recitado mal la puesta en escena que había preparado—. No es a nosotras a quien *tie* que dar explicaciones. El viaje desde España de seguro fue agotador. Llegar hasta acá *pa'descubrir* que su prometido… qué desgracia. ¡Y pensar que se echó al mar por amor! —Se santiguó.

A Aitana se le ocurrió entonces que podía impresionarlas, mostrarles su noble linaje para afianzar que era quien decía ser, algo que podía hacer asombrándolas con su labia. Apretó el hatillo contra su pecho para sentir el calor del libro de Baudelaire que tantas veces había leído y, con los ojos mirando al techo en una pose melodramática, recitó unos versos del poeta maldito como si fueran suyos.

—Sí, señora, por amor. «Una mañana zarpé, la mente inflamada, el corazón desbordante de rencor y de amargos deseos. Y nos marchamos, siguiendo el ritmo de la onda, meciendo nuestro infinito sobre el confín de los mares. Algunos, dichosos al huir de una patria infame; otros, del horror de sus orígenes…».

Rosarito le pegó un codazo a Colocha y, bajando la voz para que la forastera no las oyese, susurró:

—¿Qué dice esta?

—Trae el ánimo perturbado, ¿que no ves cómo habla? No me extrañaría que tuviese fiebre.

—Uff, no, el viaje sí la dejó *remal* —asintió Rosarito.

—Yo creo que habla así porque es de buena cuna —atajó Panchita, que había picado el anzuelo. Y añadió—: Es muy joven, no *creo tenga* ni dieciocho años. Rosarito, acompáñemela a la hacienda; anda vos también, Colocha, ¿no decías que querías conocer a los hijos de Los *Jacol*?, pues ya *tenés* la ocasión. Hagan el favor y se llevan a la niña Martina también. Cuando se terminen de secar los granos, iré yo.

II

Rosarito y Colocha prestaban apoyo con sus brazos a Aitana y le iban indicando el camino como quien redirige a un loco que ha perdido el rumbo, y Aitana, que lo que había perdido era todo su coraje, se dejaba arrastrar por las jornaleras. Martina llevaba su hatillo. Ya habían atravesado el patio y dejado atrás el beneficio cuando la lluvia empezó a arreciar. En cuestión de segundos estaban las cuatro caladas hasta los huesos.

—¿Queda muy lejos la hacienda? —preguntó Aitana.

Rosarito negó con la cabeza y alzando la barbilla señaló la casucha que hacía solo un rato la forastera había creído abandonada. Otra cosa más en la que se había equivocado. Estaban a pocos pies de distancia, y le flaquearon las piernas al saber que ese sería su nuevo hogar. *Al menos, podré descansar*, se animó. Rosarito, al ver que se tambaleaba, la sostuvo más fuerte.

—Agárrese a mí, niña, no se me vaya a caer.

Aitana le devolvió una mirada de agradecimiento con la que empezaba a mostrar la pena que tanto había ensayado. Aunque ya no fuera la prometida de nadie, tal vez le dejaran un cuarto para dormir, por cortesía. Rogaba a Dios que así fuera, tiritando de frío, mientras terminaban de subir la colina. No era la única que suplicaba, un perro al que habían dejado atado fuera de la casucha lanzaba aullidos quejumbrosos, penetrantes como el viento de un oboe, ajustando sus afinaciones lastimeras a la charanga de la lluvia. Para evitar pensar, Aitana empezó a recitar una oración al tiempo que apretaba, en el puño de su mano, la Virgencita negra que le había regalado la hija de los boyeros.

Señor Dios, Rey celestial,
tú que quitas el pecado del mundo,
ten piedad de nosotros;
tú que quitas el pecado del mundo…

La falda del vestido, empapada, se le enredaba en las piernas. La camisa se le pegaba al cuerpo transparentando la carne. Sintió un pudor repentino, ya no tenía el hatillo para cubrirse el pecho, pues lo llevaba la niña. Sus libros no aguantarían mucho más aquel chaparrón. Lo poco que tenía se iba a estropear irremediablemente si no entraban pronto a la casa.

Se detuvieron frente a un enorme portón que flanqueaba el muro de la entrada, y Rosarito llamó dando una voz.

—¡Upe!

Pasaron unos segundos eternos y, como nadie respondía, golpeó con energía el aldabón de hierro unido a una cabeza de demonio. La niña y Colocha también vocearon:

—¡Upe! ¡Ah de la casa! ¡Uoh, uoh!

Empezó a amainar la tormenta. No así su angustia. *Apiádate de nosotros.* Sentía una especie de vértigo, de zozobra ante lo desconocido, como si el cuerpo intuyera que había animales salvajes agazapados entre las sombras y que, de un momento a otro, se lanzarían sobre ella; el miedo del corazón se reflejaba en sus manos, que temblaban. ¿Qué diría don Íñigo si desde el cielo pudiera ver cómo siglos después de su muerte, una de sus descendientes buscaba emular sus hazañas, seguir sus pasos con tan poca fortuna? «No te congoje esta tan noble empresa que en breve tiempo se podrá haber mucho provecho». O tal vez: «No desmayes ni temas, por cuanto a vos compete acrecentar el señorío de nuestro linaje que de tanto tiempo fasta hoy se ocupó a conquistar el ancho mundo, porque a donde hay voluntad todo lo otro cesa». Voluntad. No luchar por luchar, sino recordar por qué se hace lo que se hace, el amor que impulsó la aventura. Pero qué fácil es olvidar eso cuando la vida te pone a prueba. *Vamos, Aitana, te espera la gloria. No temas,* se alentó. *No pierdas la esperanza.* Si el sueño se desmoronaba, la voluntad quebraba.

Tú que quitas el pecado del mundo.
atiende nuestra súplica;

La oración era una letanía hipnótica que distraía el pensamiento, que podía eliminar los miedos. Pero la cabeza no conseguía concentrarse, seguía recriminándose su necedad, su imprudencia. «¿Aitana Ugarte?». Ella había asentido. ¿Por qué? ¿Por qué había urdido esa gran mentira? La extranjera que venía de allende los mares, traída por los vientos de ultramar, para casarse con... un muerto. Todo hubiera ido mejor si no hubiese confiado en el enemigo. El enemigo. La adversidad. El miedo. Rosario y Colocha seguían llamando: «¡Upe! ¡Upe!». *Tú que quitas el pecado del mundo.* ¿Era aquella la gran aventura que había soñado? ¿Dónde quedaría ahora inscrito su nombre? En el cementerio de los imprudentes. Lo desconocido. El terror. ¿Quién sabía lo que sucedería ahora? *Los dioses pueden estar de nuestro lado, y aun así reírse de nosotros.* Miró al cielo, implorándole. Había dejado de llover, pero el frío erizaba cada parte de su piel, endureciéndola bajo las ropas ensopadas.

Se escucharon pasos y, al dirigir la vista al frente, leyó en un rótulo el nombre de la hacienda: LA ESPERANZA.

La puerta se abrió.

Descalzo y semidesnudo, con unos pantalones sueltos arrollados a la altura de las rodillas, tan bajos que un vello oscuro y rizado asomaba en la cintura, de manera salvaje, indecorosa; con el pecho al descubierto, lampiño y dorado, los músculos marcados como Aitana solo los había visto en ilustraciones de estatuas cinceladas por los griegos, el joven parado en la puerta había hecho una aparición tan impresionante que Colocha ahogó un suspiro y, sin poder contenerse, pero lo suficientemente bajo para que solo la oyesen ellas, soltó:

—¡Qué hombrazo, Virgen Santa, tenían razón!

Un sentimiento muy distinto al de la joven de voz cantarina tuvo Aitana. El *ten piedad de nosotros* se le quedó ensartado como una espina de pescado en la garganta. Dominada por un terror agónico caminó dos pasos hacia atrás, la vista clavada en aquel diablo aguachento que debía de llevar la herida de la cabeza oculta bajo un sombrero de paja. El *hombrazo* se agarraba con ambas manos sobre el jambaje del portón, como para evitar caerse encima de ellas. Apestaba a alcohol y, aunque lo lógico sería pensar que llevaba tremenda curda, Aitana sabía que no era el alcohol lo que lo afectaba, sino la flaqueza de estar aún dolorido por el golpe que ella le había asestado esa misma mañana. Incluso recién afeitado —un hilo de espuma le corría por el mentón cuadrado—, reconoció esa cara.

¿Por qué no lo habría ahogado, estrangulado, colgado, si «únicamente los muertos no vuelven», como afirmaba el ingenuo de Porthos en la novela de Dumas? O se equivocaba el mosquetero o definitivamente los dioses se burlaban. Se reían, vaya que si se reían, al ver la cara de la pobre *españoleta*, que se quedó sin resuello al entrecruzar su mirada con la del muerto que no estaba muerto, que la contemplaba tanto o más aturdido que ella con los ojos enrojecidos como heridas abiertas.

27 de agosto de 1883
Villa de Bilbao

El cielo sigue igual.

No sé cuánto me durará la tinta ni las velas, porque sobre todo escribo por las noches, y ya sólo me quedan cuatro. Nunca pensé que me gustara tanto escribir. Tengo que inventarme algo para que doña Virginia me deje salir a la calle.

Antes de que se muriera, mi madre solía arrodillarse junto a mi cama a la luz de las velas para que rezáramos juntas, yo le decía que prefería hacerlo en voz baja, y mientras ella repetía diez veces el Ave María y cinco el Padre Nuestro, yo repetía quince veces alguna frase o párrafo del libro que había leído ese día. En realidad, no la engañaba porque las repetía con mucha fe, como si fueran palabras de los evangelios, pues me parecía que estaban encriptadas, como las de estos; que sólo cuando me encuentre en una situación similar a la de los protagonistas de los libros que leo, podré entender sus verdades ocultas. Aún repito frases para poder dormir, pero, sobre todo, para sentir que mi madre sigue aquí. Fui muy injusta al querer más a don Gonzalo que a ella. Creo que en el fondo la culpaba por no dejarme salir de casa, porque entonces yo no sabía que la culpable de todo era doña Virginia.

No he dicho que mi madre se llamaba Maite, que es un verbo vasco muy bonito porque significa «querer». A mí me puso un nombre hebreo, Natalia, «la que ama vivir». Algunos padres eligen nombres con la esperanza de que su significado se transfiera a sus bebés. Prefiero eso a la costumbre de heredar los nombres de los padres o, peor, la de honrar a algún pariente o amigo muerto. Mi madre era pobre, pero me dio el apellido más bello de todos los apellidos vascos que existen, «Amesti», que significa «multitud de sueños».

Me entristece pensar en ella.

Todavía no he hablado del «señorito Juan». Les molesta que lo llame así. Su madre lo viste como si todos los días fuera a hacer la comunión, ignorando la falta de ángel en su rostro imberbe, y le engrasa el pelo, peinándolo hacia atrás. Está gordo de comer rosquillas de anís, pasteles y chocolate, como su madre. La verdad es que no hay en él ningún atributo que le confiera un poco de gracia; desde hace tiempo sospecho que es el hazmerreír de las hijas de los amigos de sus padres. Acaba de cumplir diecisiete años, como yo (le llevo un mes y veintiún días), y tiene la cabeza descalabrada por todos los elogios que le regala doña Virginia. A mí siempre me está llamando «espantajo» o «muerta de hambre» porque se lo escucha decir a su madre. Un encanto, vaya. Una vez, cuando éramos muy pequeños, me harté y lo llamé «oligofrénico», y cuando fue con el cuento a «su mamá» ya no se acordaba de la palabra. Resumiendo, que es más tonto que Abundio. Su padre le dedica una hora al día a repasar sus lecturas y le revienta compartir esa hora conmigo porque yo siempre escojo mejores frases que él y me llevo todos los cumplidos. Doña Virginia le ha explicado que es un acto de caridad, pero, uff, qué aburrimiento, no tengo ninguna gana de escribir de don Asno, la verdad.

Por algún motivo, los Velasco Tovar y mi madre decidieron que yo no iría a la escuela, pero que don Gonzalo se encargaría de mi educación. Él dice que no necesito más maestros que los libros y que la prueba es que soy cien veces más lista que su hijo. Por eso lo de hacerme escribir las frases que me gustan, y memorizarlas. También listas de vocabulario que me ayudan a redactar mejor. Me hincho a escribir redacciones. El salón es nuestra pequeña biblioteca de Alejandría, aquí están casi todos los libros importantes de la historia de la humanidad. Una vez me leí tres libros en un solo día, eran cortitos, claro (entre cien y doscientas páginas cada uno), pero don

Gonzalo me dijo que para qué hacía eso. «Con los libros no hay que pegarse atracones, niña, hay que disfrutarlos».

Voy a dibujar el salón en la página ~~de al lado~~ enfrentada. Bueno, más o menos:

[Boceto que ocupa una hoja entera. Título: *«Salón-biblioteca de don Gonzalo de Velasco Tovar».* Dentro del boceto de la estancia, figura de hombre de pie con la mano alzada señalando los libros; sentada en el suelo, figura de niña (autorretrato de Natalia). Encima del hombre, globo de viñeta: *«Desde aquí puedes conocer todos los rincones del mundo sin moverte, explorar la mismísima galaxia si quieres, Natalia, o adentrarte en el interior de la Tierra. Incluso lograr algo imposible en el mundo de ahí fuera: viajar adelante y atrás en el tiempo»*].

Normalmente, él me pone un montón de lecturas —de enciclopedias también (me llama «mi pequeña Cíclope»)—, pero también me deja escoger algunos al azar. A mí lo que me gustaría es acompañar a don Gonzalo a esos gabinetes donde dice que leen en voz alta* el Noti, el diario católico Beti-bat *o el semanario republicano democrático federal* Euskaldun-Leguia. *Va a distintos gabinetes y cafés porque quiere escuchar todas las posturas políticas, esté de acuerdo con ellas o no. «Hay que estar bien informado», dice. Siempre trae a casa números atrasados y yo dedico los martes y los jueves un par de horas a leerlos, aunque entiendo mejor lo que pasa en el mundo leyendo* Los miserables. *Eso es lo que más me gusta: los folletines. Como a Juanito no le gusta leer novelas por entregas, se las leo yo en voz alta a don Gonzalo. No sé si ya he dicho que también estudio el diccionario.*

**<u>Nota aclaratoria</u>: aunque «cíclope» y «enciclopedia» no comparten raíz etimológica, a él le gusta ese juego de palabras.*

[En renglones torcidos, algunos dispuestos en el sentido vertical de la página, apurando los márgenes: *«Sé euskara y un poco de labortano, francés e inglés, y un poco de alemán. Él me ha enseñado la gramática básica y desde pequeña me daba el mismo libro en español y otro idioma para que los leyera a la vez». «Doña Virginia no me deja hablar sobre estas cosas porque es de* niña muy pedante. *Supongo que lo es»*].

Ahora sólo ansío que lleguen más cartas y postales de don Gonzalo en las que le cuenta a su esposa y a su hijo cada aventura de su tour. *Mientras estoy escribiendo esto, puede que él esté rescatando a una princesa india u observando la bahía de Bombay desde la colina de Malahabar, o que incluso ya esté navegando el mar de Java. Eso explicaría que no hayamos recibido postales desde hace más de tres semanas. Lo que él está viviendo ahora, yo no lo sé hasta un mes después, que es lo que tarda en llegar el correo, aunque a veces más, claro. Voy marcando con equis un mapa que tengo escondido debajo de la cama, calculando dónde estará según su diario de ruta (del que me dejó una copia secreta). Las únicas tres postales que han llegado, las he leído antes de dárselas a doña Virginia (las cartas no me atrevo a abrirlas con vapor caliente como él me explicó, así que espero a que ella las lea para robárselas de su cajón. En total han sido cuatro).*

Esto que voy a explicar ahora no sé si es importante. Me ayudaría a entender mis orígenes, si de verdad es mi padre: don Gonzalo no trabaja porque es rico, por eso puede pasarse la vida leyendo, hablando y viajando. Su padre, don Emiliano, descubrió unas minas de hierro en un terreno heredado. A pesar de tener unos apellidos nobilísimos, no tenía mucho dinero, así que se las arrendó a la San Salvador Iron Ore Company. Ésta quebró y entonces se las arrendó a La Orconera. Le pagaban un alquiler de veinte mil pesetas anuales y una peseta por tonelada a partir de las veinte mil primeras (cuando a una no la dejan salir de casa durante tantos años, los oídos se le agudizan y escucha mejor que las paredes. Te enteras hasta de la vida de las chinches). Citando a Verne: «Un sordo acabaría aquí por oír perfectamente», aunque éstas no sean las profundidades de la tierra. Ese señor vivía espléndidamente porque, como dice mi madre, los ricos no necesitan gastar más de diez mil pesetas al año; nosotras, ni un cuarto de eso. Con el dinero de esas rentas creó un capital que podría mantener a tres familias durante cuarenta años. Tuvo una finca en Hoz de Anero, en Santander, la más grande del municipio, dedicada a la cría de ganado vacuno y caballar, y allí es donde nació don Gonzalo, pero, desde que vino a estudiar a Bilbao Filosofía y letras con dieciocho años, se enamoró de la villa y no ha vuelto a Santander más que de visita. Don Emiliano murió hará unos siete años y todo lo heredó su único hijo, o sea, don Gonzalo, que vendió la mina a La Orconera. La finca se la compraron unos frailes para convertirla en monasterio. Él quería seguir viviendo en su «bochito».

Quiero con todo esto decir que «mi padre» es millonario. No necesita ir en busca de ningún tesoro.

No sé qué pasa en la casa, pero hay un gran revuelo. Voy a ver. Lo dejo aquí.

4

El hambre de los dioses

I

Sabía que si una quiere conquistar la gloria, primero debe conquistar a los dioses. Y los dioses no se caracterizan por esperar de nosotros actos de bondad, sino más bien de sacrificio, sean estos cuales sean. ¿Pero aquello? ¿Que el muerto no estuviera muerto? El relativo consuelo de no ser una asesina lo solapó un pánico cerval. ¿Y si la emprendía a golpes con ella, allí mismo, en presencia de aquellas bondadosas jornaleras —¿cómo podían ellas imaginar?— por haber intentado matarlo de una vil pedrada? Dio otro paso atrás. El no muerto la miraba con la boca entreabierta, de una manera inquisidora que incomodaría a cualquiera. Se reencontraban en el mismo día, con las ropas cambiadas, pero bien podrían haber pasado semanas. Con un mutismo terco que parecía le hubiesen robado al propio silencio, ninguno de los dos soltaba prenda.

También Aitana lo observaba fijamente.

Encapuchados bajo los párpados, los ojos de aquel bellaco hediondo tenían el contorno afilado como el pico de un águila; daba vértigo abismarse en aquellas profundidades verdeantes que reflejaban las nubes del cielo atormentado. Hasta ese momento —pensó—, él siempre había parapetado la mirada bajo el ala del sombrero, pero ahora incluso podía apreciar el corte profundo que dividía su ceja izquierda aumentando su aspecto rudo y enigmático. Si de verdad los ojos eran el espejo del alma, la de aquel canalla era insondable. Y sin embargo, tras ese halo siniestro, Aitana reconoció un desespero, una súplica, un ligerísimo fulgor..., pero como fiera inquieta que acaba de ser descubierta entre la maleza, él apartó bruscamente la mirada.

—¿Quién es esta mujer y qué quiere? —gruñó al fin, marcando con intensidad cada palabra y enseñando unos dientes blancos y perfectos al hacerlo; se dirigió a la niña Martina en lugar de a ella.

Maldito cínico mentiroso. Así que ahora finge no conocerme. Muy bien. La ira que sentía le hacía arder las mejillas; sus puños apretados, la barbilla levantada, desafiante, expresaban bien lo que Aitana pensaba: *Yo tampoco imagino nada peor que reencontrarme contigo, engendro del mal, barrabás cobarde y retorcido.* Por desgracia, la vida iba a enseñarle que siempre puede haber algo peor y lo hizo a través de una muchacha no mucho mayor que ella, que lucía un vestido de luto gris ámbar, y que llegaba gritando y corriendo desde dentro de la casa.

—¡Leonardo! ¿Dónde te metiste? Llevo todo el día buscándote. ¡Desapareció! ¡No está, se lo llevaron, mi hermano! ¡Ay, Leonardo! ¿Cómo pudo pasar? Dime que fuiste vos quien se lo llevó.

La joven se detuvo junto al resucitado, que se irguió al posarse las delgadas manos de ella sobre su espalda, como el perro fiero que se pone en guardia ante la presencia de su dueña. Así pues, se llamaba Leonardo. ¿Serían ellos los hijos de su prometido? La muchacha lo había llamado «mi hermano», pero alemanes no parecían. Los dos tenían rasgos indígenas y Aitana recordó entonces que, aunque herr Rudolf Haeckel era alemán, había estado casado con una mujer de etnia bribri que había muerto hacía ya varios años, así que podían ser perfectamente sus hijos. Además, Colocha había preguntado en el beneficio si los hijos del patrón eran bellos como arcángeles y ¿acaso no estaba frente a ellas la respuesta? Una diosa se le antojó a Aitana aquella muchacha. Altísima. Inalcanzable. Tendría más o menos su edad, pero la tez olivácea, el rostro alargado por una mandíbula en forma de V y los pómulos altos y muy marcados le daban una apariencia más adulta. Un tipo de belleza muy opuesta a las facciones dulces de Aitana. En su carita de ángel, más redonda y llena, de nariz estrecha y respingada, lo que más destacaba eran sus ojos grandes y verdes, normalmente de expresión traviesa e inocente, que se había tornado temerosa y febril desde su llegada a aquellas condenadas tierras. En cambio, los de la muchacha, exóticos, rasgados bajo unas cejas gruesas y definidas, eran de una ligera tonalidad oscura, entre grises y celestes, pero sobre todo celestes, tan únicos que parecía que en ellos flotase una luz que ni la tormenta podía oscurecer. La expresión era similar a la de él: impetuosa, cautivadora y, en cierto modo, intimidatoria, como la de un puma que te observa con atención mientras se prepara para atacarte.

—¿Quiénes son ustedes? —preguntó. Su voz era tan dulce que resonaba como el agua fresca de un manantial.

Aitana siguió observando sus labios llamativamente carnosos, la nariz grande pero de líneas rectas que terminaban de conferirle un aire indómito y orgulloso, de superioridad, al rostro de la joven. Sin embargo, en un gesto que estaba a medio camino entre la timidez y la desconfianza, se retiró detrás de la oreja un mechón de la exuberante melena azabache, que caía sobre sus delicados hombros.

Rosarito, que entrelazaba y desentrelazaba las manos sin dejar de mirárselas, tomó la palabra:

—Disculpe que aparezcamos en tan mal momento, doña

Cira, pero es que le traemos a esta muchacha que dice ser la prometida del señor don Rodolfo, la española. Nadie fue a recogerla al puerto y pues se vino ella sola para acá, *¿verdá?*, desde Limón. Primero en la máquina esa del demonio y luego en una carreta de boyeros.

Los dos hermanos, si es que eran tales, se miraron de una manera que solo ellos entendieron.

—Pues me temo que ni el cadáver de su difunto prometido podrá velar: ha desaparecido. —Cira suspiró ligeramente.

—¿Se fue? —exclamó la niña Martina.

Cira chasqueó la lengua contra los dientes antes de responder con impaciencia:

—Pues, no, Martina, ¿cómo te parece?, no se puso a andar de resucitado. Alguien se lo robó.

—¿Se robaron al *finao*? *Ay, sucristo.* —Se santiguó la jornalera.

El que sí había resucitado de entre los muertos, al menos para Aitana, soltó un gruñido salvaje:

—Eso que dices son sandeces.

—No lo son. Yo desde ayer en la mañana que no entro y cuando iba a hacerlo la encontré trancada y pensé que tú tendrías el llavín, o tú o… Ay, da igual, porque ya Wilman abrió la puerta de un golpazo y nos encontramos la habitación vacía.

Leonardo torció e hizo crujir su cuello, como si así pudiera aliviar la tensión que le provocaba aquella noticia.

—Los dioses ahora sí, definitivamente, se volvieron locos —se lamentó Colocha.

Y, como para corroborar el vaticinio de la jornalera, llegó a caballo y al galope un hombre con ropas de faena, arrastrando otros dos corceles de las riendas. Con el rostro abatido por lo que tenía que decir, dirigió una mirada suplicante a doña Cira.

—Lo encontraron, señora, junto a la ceiba, pero… pues

mi recomendación es que *usté* no vaya, la *verdá*. Déjenos a los hombres.

Cira le respondió con autoridad, tajante:

—De ninguna manera, Wilman.

Y, tras decir esto, tomó una mano de Aitana, y, al ver que estaba aguijoneada de heridas supurantes, la examinó con preocupación. Recobrando su dulzura inicial, dijo:

—Mis bendiciones, querida. Qué dicha que supo encontrarnos, pero qué terrible que sea en estas circunstancias. Se la ve fatigada. —Luego se dirigió a Leonardo y añadió—: *Quedate* con esta muchacha y que le den de comer, mi hermano.

La sola idea de quedarse a solas de nuevo con aquel malandro hizo que Aitana se revolviera de miedo una vez más. Apretaba la Virgen negra en su puño, como hacía horas había apretado el pedrusco.

—Iré con usted. No está lejos esa ceiba —dijo con voz trémula, dirigiéndose a Cira.

Y, como todos la miraron atónitos, explicó:

—Era mi prometido. He cruzado un océano para encontrarme con él.

—No diga *babosadas*, si ni fuerzas tiene para sujetar esos *chunches* mugrientos. —Leonardo volvía a enseñar los dientes que ahora le parecieron más grandes. Señaló con la cabeza el hatillo que sujetaba Martina entre sus brazos—. Métase a rezar dentro con las muchachas si eso la hace sentirse mejor. ¿Dónde están sus maletas?

—A la señorita le robaron todo antes de bajar del barco.

Leonardo la miró con escepticismo, incluso con cierto desdén, y caminó tambaleante hacia ella.

—Iré con ellos. —Aitana no se arredró, aunque sí dio dos pasos hacia atrás de manera preventiva.

—Está bien, pues si quiere venir con *nosotros*, sea —dijo Leonardo, subrayando el nosotros para dar por sentado que él también iba, y exhaló una vaharada a alcohol mareante—. Pero montemos ya, o no quedará luz que nos alumbre en el camino.

En ese momento, Aitana se dio cuenta de que el cielo se había vaciado de nubes. Ya no llovía y una luz tenue se abría paso entre la negrura; el joven tenía razón, quedaría a lo sumo una hora de visibilidad.

—¡No! Tú no, Leo... —La voz de Cira perdió contundencia al girarse él y dirigirle una mirada de odio inusitado. Aun así, insistió—: La muerte de padre te ha afectado demasiado, solo nos falta que te *caigás* del caballo.

¿Sabrá Cira que su hermano intentó matarme y que yo escapé golpeándolo con una piedra? Le parecía que no.

Leonardo escupió en el suelo.

—No digas imbecilidades, mujer. No me voy a caer del caballo, nací encima de uno.

La violencia de aquel demonio no tenía límites. Amedrentada, la muchacha le dio la espalda y se dirigió a Aitana:

—¿Sabe montar?

Ella negó con la cabeza.

Pensar en subirse en una de esas bestias otra vez hizo que se sintiera desdichada, pero ya había expresado su deseo y, si mostraba ahora arrepentimiento, ¿no dudarían de ella? Tampoco tuvo tiempo para retractarse. En un movimiento brusco, Leonardo la agarró por detrás, asió con ambas manos su cintura y la alzó en volandas para aproximarla al más flaco de los jamelgos, que mascaba hierba en el camino y reaccionó haciendo un pajareo con la cabeza, moviendo ligeramente los cuartos traseros para alejarse. Aitana se asustó, y Leonardo la atrajo hacia sí para que no se cayera. El repentino contacto con el torso desnudo del hombre, que ardía como la piel de un animal sudoroso en contraste con la suya, con la única separación de sus ropas húmedas, le produjo una agitación desconocida que la azoró sobremanera. Tras unos segundos desconcertantes, intentó zafarse con todas sus fuerzas y la virgencita cayó al suelo.

—¡Suélteme, atrevido! ¡Que me suelte, le digo! ¡Andrajo del honor, canalla, sinvergüenza! —Cogió aire para poder seguir—: ¡Patán!

—Ya deje de revolverse, majadera, que solo la ayudaba a subir al caballo. Wakala, ¿si vieron la fiera esta? Tremenda loca, ¿qué se cree? ¿Que la voy a matar o qué?

Aitana dejó de forcejear y, volviendo la cabeza hacia él, le clavó una mirada llena de pánico e ira a partes iguales, ¿todavía se atrevía a hacer chistes con aquello? Pero el desconcierto de la joven solo provocó que Leonardo la escudriñara con una sonrisa cínica y la ceja levantada con fingido estupor, como si no la creyera, pero buscara un resquicio de verdad en el sobresalto de la joven.

—¡Leonardo! —Cira ya se había subido en uno de los caballos y lo hacía girar hacia ellos tirando de las riendas—. La joven tiene razón. No es una cabra del campo para que la cojas así, sino la mujer que iba a casarse con tu padre. ¡Suéltala!

Leonardo la dejó de nuevo en el suelo, pero aquellas manos grandes, con las que podría arrancarle el corazón de un zarpazo si quisiera, la seguían apresando por la cintura, y no solo eso, la había girado hacia él para tenerla de frente y escudriñarla. Durante solo unos segundos quedaron a un palmo el uno del otro. Un ardor sofocante la hizo languidecer. Nunca había estado tan a la merced de nadie. Bueno, sí, hacía unas horas, cuando ese malandro la amenazaba con el machete. Maldijo a la fuerza eterna y oscura que se empeñaba en volver a unirlos. Aquel ser irracional la estudiaba como si viera claramente que era una farsante, sabía que estaba atemorizada, y su mirada era tan intensa que ejercía una atracción poderosa sobre ella, que no podía mirar hacia ningún otro lado. Solo al notar que él aflojaba sus poderosos brazos, que sustituía la presión por una inusitada delicadeza, aprovechó para zafarse.

—De ninguna manera montaré en el mismo caballo que usted. Ni sé cómo se le ha pasado por la cabeza.

—Mejor. Hasta los rebuznos de un asno me sonarían más armoniosos que oírla jadear a mi espalda —terminó él la discusión y, con un elegante salto, se encaramó al caballo que pareció todavía más flacucho en contraste con la corpulencia de él.

Cira acercó su cabalgadura a una piedra alta y le indicó a Aitana que se subiera a ella para que, desde esa elevación, pudiera montar con facilidad y colocarse detrás, en la grupa del caballo. Cuando ya estuvo a lomos de este, Cira le agarró las manos y las colocó en torno a su talle, quedando sus cuerpos pegados.

—Le mojaré el vestido —dijo Aitana, pero ya había empapado la espalda de Cira.

—Qué importancia tendrá eso ahora. Abrácese bien.

Y, espoleando al caballo, iniciaron el descenso de la colina al trote para seguir a Leonardo y a Wilman, que ya les llevaban cierta ventaja.

II

Tardaron pocos minutos en llegar al lugar donde se erguía la ceiba. Apenas les había llevado tiempo atravesar la planicie donde estaba el beneficio y subir el camino de la loma, un poco escalado para los caballos que tenían que avanzar dando pequeños trancos. Encima del animal resultaba complicado estirarse, encontrar una postura cómoda que destensara los músculos agarrotados, así que para Aitana fue un alivio bajarse con la ayuda de Cira, que le cedió el estribo para que apoyara el pie, y de Wilman, que la sujetó por la cintura con sus grandes manos, hasta que ella encontró el suelo, que pisó con las piernas temblorosas por tanto esfuerzo. El trabajador era un hombre grueso, muy moreno, de pelo negro e hirsuto, cabeza redondeada y facciones relajadas incluso en aquellas circunstancias. Parecía una persona noble, leal, transparente; de esas en las que uno sabe que puede confiar desde el primer momento.

Ataron los caballos a una valla que había antes de llegar al árbol milenario.

—¿Dónde está mi padre? —preguntó Leonardo, con la voz quebrada de incertidumbre.

Ya no le prestaba ninguna atención a ella, así que Aitana lo escrutó a conciencia, sorprendida por su súbito semblante de niño temeroso. Sus ojos no estaban enrojecidos solo por el alcohol y el golpe, sino que tenía los párpados hinchados. ¿Era posible que hubiese estado llorando la muerte de su padre, que estuviera devastado como había dado a entender Cira? Pero entonces ¿por qué no le había notado triste ni el día anterior ni aquella mañana durante el largo trayecto si él ya sabía que su padre había muerto? Miserable farsante. Había algo inquietante en él que nada tenía que ver con que fuera un asesino, sino más bien con la falta de indicios de que pudiera serlo. Como si su sola existencia fuera un delirio incomprensible para Aitana, una ilusión que contenía dentro otra ilusión y, de alguna manera, ponía en duda su percepción de la realidad. A veces le sucedía eso, que sentía que su instinto le bisbiseaba algo por debajo de la razón. No era más que un ligerísimo cosquilleo en las tripas, una sensación parecida a la del esfuerzo por recordar una palabra o un momento que había olvidado, como si cerebro y estómago se enfrentaran, y que necesitaba calmar a toda costa para no dejar las frases descarriladas.

—Allá, pasada la ceiba. —La respuesta de Wilman la sacó de sus cavilaciones.

Ninguna gana tenía Aitana de ver el cadáver del viejo al que le había dado por morirse y llevarse sus sueños de gloria con él después de haberla hecho cruzar un océano. Por innobles que fueran aquellos pensamientos, para qué engañarse: ya solo quería que encontraran rápido su cadáver y que hicieran lo que tuviesen que hacer, volver a la casa o a donde fuera, y que aquel día se terminase de una vez y, si era posible, comer algo y dormir veinte horas seguidas. Cira parecía una buena muchacha, seguro que mantendría alejado al diablo de su hermano mientras ella dormía. Aunque su cansancio era ya tan infinito que lo mismo le daba. De hecho, se habría tumbado allí mismo si la voz de su padre no hubiese surgido entre sus pensamientos para recordarle que, si de verdad quería ser una gran aventurera, el pundonor va siempre el primero en las procesiones de la vida; nada debía adelantarlo, mucho menos el cansancio. ¿Qué era un paso más? *¡Aguanta, corazón!*, se alentó, animando, como Odiseo, «al corazón sufrido y obediente». Y las palabras, al invocar al espíritu del héroe, le concedieron energía al cuerpo. *Aguanta.* Caminó detrás de los Haeckel hasta la ceiba y al tener la misma perspectiva que aquel árbol, entendió por qué su antepasado don Íñigo había escrito que dominaba y vigilaba el valle como un «arcángel solitario» en un cementerio de tumbas.

—*Ene amatxu!*[2] —exclamó en vascuence al inundarse sus ojos de belleza.

La vastedad de aquellas tierras altas pulverizadas por la niebla ácida del volcán, que los rodeaba, se sentía como el abrazo de un dios: inconmensurable. Ese paso más había valido la pena, tanto que casi olvidó que buscaban el cadáver de su prometido, que alguien «se había robado». Desde allí arriba

2. ¡Ay, madre!

se podían observar la casucha y el beneficio con el patio alargado y rectangular. Eran las dos únicas manchas blancas de civilización en millas a la redonda. Advirtió entonces que solo había una salida natural, el camino por el que había llegado en carreta con los boyeros. Pues, aunque en la dirección opuesta se abrían trillos laberínticos, caminos para el ganado que recorrían los cafetos de las faldas del valle, todos parecía cerrarlos una contrapendiente. Vio también los campos de cosecha aojados, el río y la selva enlutada por la tormenta, ¡e incluso la cascada en la que había arrojado sus maletas!

Y el altivo volcán en la lontananza.

Donde sea que vaya, siempre la Torre Alba.

Cualquiera que estuviese allí apostado controlaría todos los movimientos de entrada y de salida del valle. Aitana distinguió a la jornalera Panchita, que salía del beneficio y caminaba hacia la casucha llamada La Esperanza. Pero lo mejor quedaba a su espalda. Se giró para contemplar el territorio más allá de la ceiba que desde el beneficio no había alcanzado a ver. Un relieve de naturaleza indómita que solo se detenía en el horizonte harto lejano, donde el tempestuoso mar Caribe se comprimía en una delgada línea madreperla. El paisaje se llenaba a los lados de cordilleras alargadas en las que despuntaban penachos que parecían espinas vertebrales encastilladas saliendo de la enorme vela dorsal de un dinosaurio; rodeaban los bosques nubosos, las selvas tropicales plagadas de palmeras, jacarandas, sauces, limoneros, robles sabana y tantos otros tipos de árboles que llenaban sierras y colinas. Desde allí se podían ver depresiones que abrían abismos, manglares que supuso infestados de malaria y animales peligrosos, cascadas de color celeste como los ojos de Cira, arroyos de agua fresca de la que beberían pájaros exóticos. Diseminados entre esos bosques y selvas despuntaban varios cerros y volcanes, aunque ninguno tan altanero como el Turrialba. Distinguió también algún puñado de casitas agrupadas en el centro de un par de mesetas separadas la una de la otra por la afluencia de un río caudaloso. *¿Será ese el río Guayabo?*, aventuró. Ante grandeza semejante, y acostumbrada solo a los edificios del casco viejo de Bilbao, fue más consciente que nunca de su insignificancia.

Qué alejados del mundo estamos. Cualquier cosa podría sucederme y nunca nadie se enteraría.

Como si atravesara siglos de aletargamiento, inconsciencia y civilizada mansedumbre, su instinto más primitivo dio un enorme bostezo. Así se despertaba el gran animal salvaje que pervive dentro de nosotros, el que nos alerta antes que la razón de los peligros acechantes, desconocidos, para avisar a Aitana de que en el aroma marino con que el viento agasajaba su olfato había algo «revelador». Cerró los ojos para descubrir qué era y entregarse a ese olor ácido de la ceniza, a la calidez de la tierra húmeda, a la deliciosa fragancia de las flores del café que confundió con el jazmín, y entonces... arrugó la nariz, asqueada, ¿qué era lo que desequilibraba aquellos olores fascinantes? Un hedor a grasa rancia, una pestilencia a algas en descomposición, un tufo tan fuerte como el de los orines acumulados en la esquina de una calle. Un graznido familiar, desagradable como la peste que corrompía el aire, le hizo voltear el rostro hacia arriba. Imposible no reconocer la iridiscencia gris ámbar de los volcanes apagados. Pero esta vez el buitre posado en una de las ramas del árbol no estaba solo, sino acompañado por varios compinches. Algunos volaban en círculos, ávidos de la carroña de la que procedía aquel efluvio pestilente.

—Zopilotes —dijo Cira, y su voz sonó realmente extrañada.

Con el batir de sus enormes alas, uno de los buitres negros que Cira había llamado zopilotes aprovechó una corriente de aire caliente para elevarse y planear majestuoso.

—¿Qué es eso? —preguntó Leonardo.

En la corteza del árbol milenario habían tallado un glifo de cabeza calva; el pico curvado y retorcido como un garabato y adornado con un pequeño silabograma.

—El dios Buitre —murmuró Cira.

Aitana ya lo sabía porque su antepasado había dibujado uno igual con tinta verde en una de las páginas de sus diarios para explicar que el tocado de buitre era símbolo de realeza entre los mayas. Una conexión con el inframundo.

Caminaron varios pasos más hasta topar con la carroña que tenía reunidos en cónclave siniestro a los zopilotes, los picos manchados de púrpura escarlata. *Aguanta, corazón, aguanta.* ¿Pero qué corazón estaba preparado para lo que iban a ver?

—¡Ocio! —gritó Wilman, usando las palabras que allí servían para espantarlos.

De poco sirvió.

Sobre un altar improvisado con piedras yacía el cadáver de herr Rudolf, si es que quedaba algo en él reconocible. Los brazos mancornados a un palo de madera que alguien había clavado en la tierra, a la altura de la cabeza; los pies entrelazados y atados con bejucos. Podía ser el hombre de la fotografía en miniatura que Aitana llevaba como prueba de amor en su faltriquera o cualquier otro. La piel muerta, como la de una oruga alimentada por las hojas de los lirios, ya se había empezado a desprender. «El prestigio de un hombre está en sus pantalones», había dicho una vez don Gonzalo. Esa era la única prenda que llevaba herr Rudolf, el único indicio de humanidad, ya que el pecho con el vello canoso estaba al descubierto; en el vientre, un agujero sanguinolento. Si había corazón que aguantase, desde luego no era el de Aitana. Tampoco el de Cira, cuyo grito desgarrado espantó al zopilote que picoteaba dentro de una de las cuencas de los ojos vaciadas por aquellos pájaros que disfrutarían hasta con los gases tóxicos del lago Averno. El hueso de la nariz, a la vista, y la mueca de la boca partida terminaban de desfigurar el rostro. El zopilote alzó el vuelo, se alejó con la carne. «Muerte y renovación», había escrito don Íñigo para explicar el porqué de esos rituales indígenas. «Los buitres elevan la carroña al cielo».

—¿Quién te hizo esto, padre? —La voz de Leonardo, detrás de ella, había perdido su vigor.

¿Qué alma no se conmovería? Aquel no era el tipo de sacrificios que esperaba que le pidieran los dioses en su camino hacia la gloria. Pero lo que consigue calmar el hambre de los dioses no puede con la voracidad del diablo. Tampoco ella soportó aquella visión despedazada del que podía haber sido su marido, su futuro convertido en carroña para las alimañas, pudriéndose; ni el tufo nauseabundo de lo que ha dejado de estar vivo. Los intestinos que se salían de las tripas abiertas, desatrincherados como las valvas de las navajas, esos moluscos de concha curva y alargada que había visto una vez entre las algas de la playa, con el caparazón roto y el cuerpo gelatinoso que después de secarse al sol había vuelto a bañar el mar, convirtiéndolo en una mugre morada y grasienta.

No era ya el fracaso prematuro de su aventura lo que le atenazaba el alma, sino el horror. No, el corazón no aguantó. Ni el horror ni la náusea ni la sensación sudorosa y húmeda de esa tarde viscosa que se negaba a acabar. Un pinchazo insoportable en el pecho se le extendió a Aitana como un latigazo abrasador hasta el hombro y le comprimió la caja torácica, impidiendo la respiración.

¿Qué es todo esto? ¿A qué tipo de tierra maldecida he venido? Apiádate, Dios, si de verdad estás ahí arriba, si es que no has abdicado en el diablo el gobierno de la tierra.

Una vez más, solo la fría oscuridad del sueño podía salvar a Aitana de aquella realidad pavorosa hacia la que había viajado cargada de esperanzas quijotescas; la razón se hundía, el porvenir se iba a pique... Se desmayó en los brazos de Leonardo, suaves y cálidos como un lecho de arena, que cayó de rodillas doblegado por el peso de la forastera, y probablemente abatido por el horror de ver al padre sacrificado en tan macabro ritual.

La Gran Aventura IV

30 de agosto de 1883
Villa de Bilbao

No tengo ganas de escribir, pero voy a hacerlo, aunque no sé si podré. He leído en el Noti *que un buque de vapor parte rumbo a las Américas dentro de unas semanas —el Febrero— al mando del capitán vasco Dionisio Amézaga Arana. Saldrá del muelle de hierro de Portugalete. Desde hace unos años están construyendo bloques de hormigón para solucionar los problemas de navegación que causan la barra de arena de Portugalete y las corrientes del Abra, así que el ingeniero Churruca sale siempre en los periódicos. Lo llaman el conde de Motrico y es más famoso que el alcalde. Estoy dando rodeos, lo que pasa es que me cuesta escribir sobre lo que tengo que contar. Es de otra cosa de la que tampoco paran de hablar los periódicos estos días. Y tiene que ver con el revuelo por el que dejé de escribir el último día, y con el color aciago del cielo.*

Lo que sucedió es que doña Virginia entró gritando que había erupcionado un volcán en una isla del océano Índico, el Krakatoa. Ahora ya sabemos también que esa isla —Rakata se llama— prácticamente ha desaparecido. En los periódicos se cuenta que la explosión se escuchó en Australia, e incluso en la India. Eso es una barbaridad. Empezó el día 26, y el 27 el mar se había tragado la montaña entera. El hundimiento de esa isla provocó un maremoto tan grande que dicen que han muerto miles de personas, que la cifra final será horrible. Ha arrasado aldeas enteras. Por eso el cielo está lleno de cenizas y tiene ese color ocre; dicen que se ve así en todas las partes del mundo, que tal vez sea el apocalipsis; la gente está muy alterada, eso cuenta doña Virginia. Pero en esta casa estamos especialmente nerviosos: don Gonzalo había comprado pasajes para ir de Calcuta a Hong Kong en barco y la travesía pasaba por el mar de Java...

No quiero escribir más. Me duele la cabeza de llorar y tengo tanto miedo que apenas he comido estos últimos días. Estamos a la espera de recibir noticias de él, pero no sabemos nada. Tengo...

Madre, allá donde estés, cuida de don Gonzalo. No podría soportar que él estuviera... que él ya no estuviera.

5

Falsas esperanzas

I

Antes de abrir los ojos, Aitana permaneció en un estado de confusión, inmovilizada por esa suerte de parasomnia del viajero que no sabe bien dónde se halla en algunos despertares. Sabía que estaba despierta, pero por algún motivo su mente trataba de recomponer el espacio antes de verlo, como si ya hubiera abierto los ojos. Y eso la hacía dudar de si seguía o no dentro del sueño. Veía perfectamente las paredes blancas decoradas con bajorrelieves en molduras de estuco de su habitación de Bilbao, el buró de roble desgastado y tapa redondeada, el suelo lleno de columnas de libros, la ventana que daba al patio cerrado que siempre olía a bacalao en salazón..., pero no podía abrir los ojos y, al intentar concentrarse en hacerlo, la imagen nítida de aquella habitación se descompuso. Trató de armar entonces la forma del camarote del barco en el que había viajado a Costa Rica, pero, apenas vislumbró una ventana de ojo de buey, ese espacio se deshizo también. En su lugar apareció el cono del volcán Turrialba y, a sus pies, la enorme ceiba junto a una tumba amortajada por una neblina baja, cuya lápida rezaba: «Natalia Karolina Amesti Unzurrunzaga». Aitana estaba montada en un caballo alazán, y Leonardo, detrás de ella en la montura, le rodeaba la cintura con sus brazos grandes y morenos. En lo alto de la ceiba, apostado en una rama, un zopilote los miraba con la cabeza ladeada.

—Los muertos vuelven, siempre vuelven. —El zopilote hablaba con la voz dulce de Cira—. El volcán exigirá más sacrificios, pero no perdáis la esperanza.

Entonces Aitana se dio cuenta de que una lengua de lava, roja y férvida como los ojos del diablo en la oscuridad, bajaba por la pared perezosamente, arrastrando su consistencia maciza y amenazadora. Tras varios relinchos, el alazán inició una huida al galope, y Aitana se aferró a sus crines con desespero, clavando los muslos a su grupa. Leonardo había desaparecido. Sabía que aquello no era real. *¿Por qué no consigo abrir los ojos? Si no despierto, ¿moriré aquí?* Sintió un terror numinoso a morir dentro del sueño. Fuera del tiempo; fuera del espacio. En una nebulosa de recuerdos entremezclados e ilógicos, en un presente continuo, en esa masa amorfa que era el pensamiento sin materia. El alazán galopaba más y más, enloquecido. Pero ¿realmente moriría o seguiría viva en otra dimensión donde el alma pudiera prescindir del cuerpo, en un plano indefinido, abducida por la serpiente alquímica de la eternidad? Quedaría demostrado entonces que las abstracciones no son una mera invención humana. ¿Será eso el cielo, un platonismo matemático? *Pero, si puedo hacer todos estos razonamientos, ¿por qué no consigo abrir los ojos?* Aitana miró hacia atrás, hacia el cielo lleno de brumas, sin dejar de agarrarse a las crines ásperas y cortantes del caballo sudoroso. Esas gradaciones de luz y oscuridad… sin púrpuras… de tonalidades vaporosas… la premura de los amarillos, el gris que calmaba la agresividad de los rojos… en ellos estaba la huella inconfundible de William Turner.

¡Era un cielo falso!

Al tomar conciencia del engaño, los grises ambarinos del volcán se derritieron en una pintura negruzca y blanda que fluyó hacia arriba como una flecha ascendente y, mientras se elevaba en el falso cielo, se fue transformando en un enorme zopilote. Antes de que Aitana pudiera asimilarlo, aquel buitre de acuosidad fulgurante bajaba en picado hacia ellos, pero ahora tenía decenas de enormes cabezas y cientos de patas llenas de excrementos y garras afiladas, como un Hecatónquiro alado. Una fuerza desconocida tiraba de ella hacia arriba, una gravedad a la inversa, una mano divina se abría paso entre las nubes para arrancarla de allí... El suelo temblaba, se resquebrajaba, y el caballo tuvo que saltar una grieta y luego otra para evitar el vacío luminoso y cegador que se colaba por ellas y que iba devorando el sueño con la misma hambre con que el olvido engulle la memoria, que avanzaba por los dominios inmateriales del ser buscando la manera de adentrarse en su corazón. Solo cuando el zopilote multicéfalo estaba a punto de alcanzar con una de sus garras el cuello de Aitana, esta abrió los ojos.

Entonces sí, su cuerpo despertó verdaderamente.

La joven aspiró una enorme bocanada de aire. *Estoy bien, solo ha sido una pesadilla, una horrible pesadilla.* Y la soltó, despacio, para calmar al corazón desbocado. No tenía ni idea de dónde se encontraba. Un rayo de luna crepuscular penetraba a través de las cortinas, alboreaba con su luz tímida en las paredes revestidas con palés de madera local, ordenados en vertical y pintados en color azul cielo que no reconoció. Era la primera vez que estaba en aquel cuarto. Apartó el edredón de encaje blanco que la cubría y se dio cuenta de que el sudor que rezumaba a causa del estrés de la pesadilla olía a jabón de bergamota, y llevaba puesto un camisón de tela burda. Eso significaba que alguien la había desnudado y lavado. También tenía la mano herida por el árbol de púas cuidadosamente vendada. Se incorporó y se sentó en el borde de la cama; los pies acariciaron una bella alfombra tejida con motivos indígenas. El corazón aún galopaba como el caballo alazán en su pesadilla, así que tardó unos minutos en recuperar la calma. *Pero ¿dónde estoy? Esta no puede ser la casucha de los Haeckel que vi ayer*, pensó. Desde fuera, le había parecido destartalada, ruinosa. ¿Cómo era posible? «Caras vemos; corazones no conocemos». El refrán le hizo recordar la historia de Quasimodo, el jorobado de *Nuestra Señora de París*, otro de los libros hundidos dentro de su maleta en el fondo de la cascada, perdido para siempre. La verdad era que todo podía ser. Muchas veces había pensado que la vida respondía a una única ecuación: «¿Por qué sí? = ¿Por qué no?». Simple, pero más lógico que todas las respuestas que inventaba el ser humano a la compleja y eterna pregunta sobre la existencia: «¿Por qué estamos aquí?».

—Espabila, diantres —se habló a sí misma, al tiempo que se incorporaba y sacudía la cabeza para terminar de despabilarse—. No vas a saber dónde *carajos* estás solo con el pensamiento.

Entonces recordó a los zopilotes picoteando dentro de las cuencas vacías de los ojos del hombre con el que ya no se casaría. Si no quería acabar igual, probablemente tendría que huir. Se acercó al ventanal de cuarterones blancos y descorrió las cortinas para atisbar el exterior. Una luz difusa y rosada iba tocando e iluminando como una varita mágica las cabezas de una fila de palmeras y de varios arbustos distribuidos por el césped; la luz se extendía por el jardín e iluminaba con suavidad plantas de orquídeas, bromelias, heliconias, girasoles y bastones del emperador; se posaba sobre varas florales de agapantos y sobre una enorme variedad de plantas de café, creando los primeros colores del alba. Definitivamente, Aitana no reconocía aquel lugar. Junto al alféizar había un arbusto leñoso con docenas de coralillos violetas que atraían a unos madrugadores colibríes que aleteaban con fervorosa intensidad, pero, cuando se acercaban a libar el néctar, apoyaban sus diminutas patitas sobre los pétalos y podía contemplarse con más atención su garganta rosa púrpura, la cabecita y el dorso verde-bronce en contraste con el resto del cuerpo blanco. ¡Qué grata se presentaba la vida tras la horrible pesadilla! Abrió la ventana y alargó la mano hasta situarla junto a las pequeñas flores, dejando entrar el frescor de la mañana.

—*Egunon!*[3] —saludó a los pequeños colibríes.

Las hermosas avecillas se alejaron, pero enseguida volvieron a polinizar la fucsia. Iban y venían como pequeñas ráfagas de viento. Un colibrí se posó unos segundos sobre la mano de Aitana. Su movimiento incontenible sonaba como el de unas hélices propulsoras, hacía vibrar el espíritu, era como la vida que una quería retener y no podía. El tiempo inaprensible era el aleteo de un colibrí; su propio pasado le parecía ahora el movimiento de aquel pájaro. La vida sucedía tan rápido que un siglo, visto desde la perspectiva de la historia, era el aleteo de un colibrí. Había atravesado un océano para empezar de cero, pero en aquel rincón alejado del mundo, la joven tuvo la sensación de haber retrocedido hasta el inicio de los tiempos, cuando el mundo era todavía un paraíso. Y es que, menos manzanos, se intuían todo tipo de árboles frutales en aquel jardín: mangos, bananeras, cocoteros, mandarinos, caimitos, guabas, guayabas y guanábanas. Entonces recordó el nombre en la inscripción de la entrada: «La Esperanza».

—Qué desgracia, despertar en el paraíso y tener que salir huyendo —suspiró desencantada.

La vida era una llave que, a veces, una dudaba de si realmente abriría alguna puerta. Y el sueño, tan caótico e ininteligible, no se equivocaba: había cavado su propia tumba. Su verdadero nombre, que había querido olvidar, volvía desde las profundidades para recordarle quién era: Natalia Amesti. Había llegado a creer que, si se convencía a sí misma de que era Aitana Ugarte, los demás también lo creerían. Mentir sin saber ya que estaba mintiendo. Pero las emociones siempre

3. ¡Buenos días!

encuentran una manera de salir, y habían trepado a la superficie a través del sueño traicionando sus propósitos.

—¡Oh, no! —exclamó al ver sobre un secreter pintado rústicamente de blanco el libro de *El Quijote* con las tapas de piel estropeadas por la lluvia y, encima, su diario.

En sus páginas había escrito quién era ella, todo lo que había sucedido en el barco y antes del barco. ¿Lo habría leído alguien? Sabía lo peligroso que era llevarlo consigo, pero no quería deshacerse de su objeto más preciado y se había convencido de que no lo perdería de vista un segundo. En él narraba su Gran Aventura como hacían los aristócratas en ese viaje formativo que era *Le Grand Tour*. Mary Shelley, lady Holland, lady Hamilton, la marquesa de La Tour du Pin, la princesa Amalia de Sajonia-Weimar-Eisenach... el coraje de aquellas mujeres intrépidas había despertado el de Aitana. Pero, maldita fuera su estampa, si los Haeckel lo habían leído estarían esperando ansiosos para interrogarla. Además, si como creía estaba en La Esperanza, en la casa de ese tal Leonardo, ese malandro querría saber qué había hecho ella con los caballos y con las pertenencias que robó de sus alforjas. Las había tirado en una zanja del camino y luego les había echado tierra encima, pero se había quedado con la navaja, con las cerillas y con los dólares. Abrió la faltriquera, que encontró apoyada en una silla. Allí seguían. Un gallo cercano jaleó con su canto al sol, que todavía se escondía debajo del horizonte y debía de estar a punto de salir. Cantaba con el entusiasmo de quien se asombra gratamente de que los días y las noches no dejen de repetirse. Buscó dentro de la faltriquera el reloj de bolsillo. Las cinco de la mañana.

—Tengo que huir de aquí cuanto antes.

Frente a ella había un armario ropero de dos cuerpos y dentro halló colgada su poca ropa y un par de blusas blancas y faldas muy coloridas. Se quitó el camisón, se puso una de las blusas, luego unos pololos y una falda de cuadros escoceses que le quedaba ridículamente grande porque estaba diseñada para ponerla encima del típico armazón de varillas de ballena, odiaba esos aparatosos miriñaques. Se la anudó bien en la cintura. Haciendo gala de una coquetería absurda, se cubrió los hombros con una capelina de plumas blancas que habían quedado aguachinadas y se armó un moño para resaltar su cuello de cisne. Era una extravagancia innecesaria adecentarse de aquel modo, pero tenía que seguir interpretando su papel de dama acaudalada que había ido a Costa Rica a casarse con un rico hacendado. Aunque, con aquellas ropas desastradas, parecía un «espantajo». Aquel adjetivo con el que doña Virginia siempre la insultaba. ¡No, no y no! Doña Virginia era el pasado. Ya estaba pensando demasiado, recordando demasiado.

—Bloquéalo —se ordenó.

Entonces, un apremio de las tripas casi la descoyuntó. Se dobló, haciendo un gran esfuerzo por aguantar aquel zarpazo de la naturaleza. *Espabila, Aitana, que tú no llevas paños de algodón como los bebés y esto puede acabar muy mal.* Debía aliviar cuanto antes el intestino o se iba a desmayar. Abrió una puerta y se encontró frente a un pasillo con grandes ventanales, que recorrían la pared en galería y daban a otra ala del jardín. Como no le pareció que por allí estuviese el baño, la cerró de nuevo y probó a abrir otra que había en el cuarto en el que había dormido. En lugar de a un baño se accedía a una habitación con tres camas pequeñas, muy pegadas unas a otras, separadas por sencillas mesitas de noche. Entró y abrió una tercera puerta que sí era el baño. Al fondo a la derecha, una tina de hierro fundido con interiores de porcelana y patas de garra; de frente, un aguamanil de peltre lleno de agua colocado sobre una palangana para lavarse las manos y un espejo resquebrajado de marcos dorados en el que se reflejó su cara de desespero: no había retrete. Y el cuerpo demandaba urgentemente uno. Volvió a la habitación de las tres camas y se acercó a una cuarta puerta, pero se detuvo antes de abrirla porque escuchó voces. Pegó la oreja y enseguida reconoció el tono imperativo de Leonardo.

—¿Dónde está el imbécil de tu marido? —Le gustaba aquel adjetivo al villano.

La voz de Cira, en cambio, sonó dulce:

—No me hables así, no soy yo quien se ha jugado la mitad de la finca a los dados. No quiero ni imaginar lo que pasará cuando tu querido amigo Minor venga a reclamar estas tierras. He estado preocupadísima por ti, no sabía dónde estabas, llevas dos días desaparecido, temía que...

—¡Y tú no me hables como si fueras una santa!

—Deja ya de mirarme de ese modo, no lo hagas, como si no creyeras ni una palabra de lo que digo. Tú me conoces; nadie mejor que tú me conoce, Leo. Con todo lo que he sacrificado por ti, no me rompas ahora el corazón.

—Te lo has roto tú misma.

«Y al hacerlo has destrozado, de paso, el mío», Aitana completó la conversación en su cabeza con la frase de una novela de Ellis Bell que había leído el verano anterior sobre un tormentoso amor entre dos hermanos, y se santiguó. ¿Era eso? ¿Tenían los hermanos una relación tormentosa? No le habría extrañado nada si Leonardo hubiera dicho a continuación, como el protagonista de la novela, un bruto martirizado por sus sentimientos: «¿Acaso te gustaría a ti si te encerraran el alma en una tumba?». ¿Sería ese el misterio insondable de la mirada de Leonardo? Una relación patológica con su hermana; un incesto condenado, monstruoso y apasionado. Y pensar que ella había envidiado esos sentimientos profundos mientras leía la novela, esas frases vehementes que le enardecían el alma. Pues aquellos dos parecían condenados. Escuchó un forcejeo.

—Si fueses mujer, entenderías por qué lo hice. Leo, mi amor...

—No me toques, me das asco. Si no te echo de esta casa es solo porque lo que nos une está por encima de cualquier ley humana.

—Porque me quieres.

—Maldigo a Dios por ese pecado. Esa será mi desgracia. Mi alma no va a descansar nunca. Nunca, Cira, ¿me oyes? Aborrezco todo lo que soy, en lo que tú me has convertido.

—Por eso sé que aún me amas, porque prefieres ser un desgraciado antes de que lo sea yo.

¿Ser un desgraciado? ¿A qué se referiría? Definitivamente existía entre ellos una endogamia llevada al límite. ¿Eso no era algo más propio de un vicio de aristócratas que habían perdido su fortuna y sentían nostalgia por tiempos pasados que de unos simples agricultores? Tal vez los Haeckel eran como los Austrias, que se casaban entre ellos. La voz de Cira se volvió casi un susurró, y Aitana acalló sus propios pensamientos para poner toda su atención en la pelea de los amantes.

—Pero ¿no te das cuenta de que, si Álvaro ha huido, ahora podemos estar juntos?

—¿Juntos? ¡Estás loca! Sería para mí una humillación.

—Oh, te odio, te odio, te odio. Todo lo que he hecho por ti, por nosotros.

—Suéltame. Ya no me engañas con tus arrebatos infantiles. Te conozco, eres fría como un témpano.

—Te equivocas, Leo, eres injusto conmigo, siempre lo has sido.

La urgencia de las tripas sacó a Aitana del drama que se vivía en la habitación de al lado, un retortijón imperativo estaba provocándole mareos. Mejor los dejaba allí, al libre contubernio, y se ocupaba de lo importante. Se apartó de la puerta, pero con tanta premura lo hizo que tropezó con la cama.

—Demonios.

¿Pero qué os he hecho yo, dioses, para que todo se me tuerza? Y fue implorarlos y abrirse la puerta. Leonardo y Cira la

contemplaron asombrados, a la luz de la vela de una palmatoria que Cira portaba en la mano. Él llevaba solo los pantalones del pijama, y su pelo bravío estaba despeinado; Cira, el mismo vestido de color gris ambarino del día anterior.

—¿Estaba *chismiando* detrás de la puerta? ¿Por qué se ha vestido así? ¿A dónde cree que va? —Leonardo arqueaba la ceja con auténtica curiosidad.

Aitana miró hacia otro lado.

—Buscaba el baño.

—Lo tiene ahí. —El joven señaló la puerta de la habitación en la que ella ya había entrado.

Aitana tragó saliva.

—Quiero decir «el baño».

Él tardó en comprender, pero por fin contestó desdeñoso:

—Si lo que quiere es un retrete, en esta casa no hay de eso. Tiene que salir al corral.

Lo miró horrorizada; la cara pálida y sudorosa.

—Vamos, la acompaño.

—¡No!

—Tienes la delicadeza de un mulo, Leonardo. —Lo detuvo Cira—. Venga conmigo y, por favor, no le haga caso, no está acostumbrado a tener invitados.

—Invitados que escuchan detrás de las puertas desde luego que no.

Aitana levantó la cabeza con orgullo cuando pasó por su lado para seguir a Cira. *Más avergonzado debería estar usted de sus amoríos pecaminosos,* pensó, pero no dijo nada. Siguió a Cira sin mirarlo a la cara, aunque sabía que él tenía los ojos clavados en ella. La joven la condujo a través de diferentes estancias, todas ellas revestidas con la misma madera de palés del cuarto en el que había dormido, pero pintadas en diferentes colores pastel: una recámara rosa, un salón de estudio amarillo con un buró lleno de papeles y libros de cuentas y, finalmente, un enorme salón verde al que Aitana no prestó atención porque caminaba como los burros con anteojeras para tapar la visión de los laterales y restringir distracciones, pues solo pensaba ya en lo que pensaba. Atravesaron el salón, salieron al jardín por un bonito porche y caminaron por una entrada flanqueada por una hilera de palmeras y madreselvas hasta salir por el portón que Aitana no había llegado a cruzar el día anterior, al menos conscientemente. Luego anduvieron varios pasos —Aitana sentía que no podía ya más— hasta llegar a un corral trasero que había junto a un pequeño huerto de autoconsumo familiar, con varios cuadros para verduras y hortalizas.

—Descárguese a gusto, luego lo recogeré yo con la pala para echárselo a las gallinas —le dijo Cira.

Aitana abrió mucho los ojos.

—Oh, no, por favor, preferiría hacerlo yo misma.

Cira se rio entonces con tantas ganas que Aitana se ruborizó todavía más.

—Bromeaba con lo de las gallinas. Allí está la pala. No tenga prisa. La esperaré dentro de la casa haciendo un buen desayuno. Estará hambrienta: ha dormido usted dos días enteros con sus dos noches. Estaba deseando que se despertara y que pudiéramos hablar. Que no la asusten las maneras de Leonardo, tiene un gran corazón, pero la muerte de... —La voz se le quebró y tuvo que tragar saliva para continuar—: Lo enterramos ayer, no podíamos esperar. Seguro que lo entenderá. Oh, no ponga esa cara. No tiene que preocuparse. Nosotros cuidaremos de usted, siento las circunstancias en las que ha llegado. Pero corra, corra, la estoy entreteniendo demasiado.

Y la joven se alejó, dejando por fin a la abrumada Aitana, ¡¿dos días enteros con sus dos noches?!, que se apresuró a entrar al corral y hacer lo que hacía rato estaba necesitando.

II

Aitana volvía del corral, arrastrando sus preocupaciones por la avenida flanqueada de palmeras, cuando vio salir a Leonardo y, para evitar cruzarse con él, en lugar de seguir el camino hasta la entrada de la casa, se apresuró a meterse por un sendero delineado por una hilera de arbustos lo suficientemente densos como para que él no la descubriese. Tras caracolear unos minutos por aquel pequeño laberinto, se detuvo junto a un estanque rodeado de helechos arborescentes, con la superficie acolchada por una cama de hojas de nenúfar donde cantaban las ranas. Allí escondida podría pensar con tranquilidad qué hacer.

—¡Oh! —exclamó maravillada sin poder contenerse, y se tapó la boca acto seguido.

Solo un par de pasos más adelante, otra ceiba centenaria marcaba el final del terreno que se cortaba de forma abrupta y, al pie de esta, un hermoso tucán de plumaje negro y pecho amarillo metía el pico dentro de una cesta llena de plátanos que alguien debía de haber colocado allí a tal propósito. El exótico ranfástido echó a volar al escuchar la exclamación de Aitana, pero ni tiempo tuvo la muchacha de lamentarse cuando escuchó un canto tan desconocido y peculiar que, si le hubieran dicho que pertenecía a seres de otro planeta, lo habría creído. Giró la cabeza en busca del origen de ese sonido y vio cruzar volando por su lado una oropéndola de Montezuma, de color café y cola amarilla como el fósforo de las cerillas. El ave se posó sobre unos enormes nidos que colgaban de las ramas de la elegante ceiba. Parecían gigantescas y longilíneas gónadas de toro. Entonces, al acercarse a contemplar aquellos fabulosos nidos desde abajo, presenció un pequeño e inesperado milagro. Todos, en algún momento de nuestras vidas, encontramos el lugar al que inevitablemente pertenecemos. Algunos tienen la suerte de haber nacido en él, y otros pueden pasarse toda una vida buscándolo. Y ese fue el milagro, aunque Aitana todavía no lo supiera: acababa de encontrar su lugar en el mundo, un mirador tan sin igual que ni la magia impresionista de William Turner podría recrear el impacto de aquella luz del amanecer que se derramaba sobre el valle.

—¡Qué paraíso! —exclamó embobada por la hechizante visión.

Un paso más y habría caído al abismo que se extendía a sus pies, pues el valle bajaba en picado hasta el remanso de un bosque de florecientes porós, como los que había visto en la distancia unos días antes. Una bruma esplendorosa bullía de sus copas, refulgente como el brillo que desprenderían las monedas de oro de un cofre abierto. Más allá, en el horizonte, empezaba a asomar una brasa ardiente y anaranjada, media carita de sol que refractaba sus rayos provocando una ligera distorsión en el aire, una *fiama* vibrante, un espejismo inferior que encharcaba el suelo de ese horizonte con su incandescencia acuosa. En esa pequeña franja se acumulaban toda la gama de los colores que van del rojo al amarillo; el resto del cielo era de un azul índigo profundo, como el que había pintado Isaac Newton en su famoso disco para explicar cómo se formaba el arcoíris. En lo alto, otro disco, el ya casi transparente de la luna, que parecía haberse extraviado entre la noche y el día. Y, más al norte, la cumbre verde-bronce del volcán Turrialba.

Ahora sí, Aitana empezaba a entender el porqué del nombre de la hacienda, «La Esperanza». Un amanecer como ese podía borrar los malos recuerdos, arrancar penas, pesadillas y dolores; su sola belleza iluminaría el corazón más desolado, confortándolo. ¿Cuántos amaneceres se había perdido enjaulada en las paredes de la casa en la que trabajaba su madre en Bilbao? Se quedó allí, muy quieta, mirando cómo el sol se derramaba sobre el valle de los porós, cómo lo incendiaba gradualmente sacándolo de su umbría, cómo penetraba con suavidad en los rincones, cómo centelleaba entre las hojas de los árboles creando la impresión de un titilar de estrellas entre las arboledas. Si le hubieran dicho que las flores de los porós gigantes recibían su color naranja del mismo sol, lo habría creído. También los pequeños *tanagers* que revoloteaban entre sus ramas podía haberlos coloreado ese sol anaranjado. Ojalá su madre estuviera allí con ella, para contemplar juntas tanta belleza. El pecho de Aitana se henchía llenándose del aire puro, de la tibieza fresca y picante de la mañana. *¿Cómo he podido vivir hasta ahora sin esto?* Su cuerpo le decía, de alguna manera inconsciente, que pertenecía a aquel lugar. Entonces se dio cuenta de que no estaba sola: sobre una roca cercana, una iguana con los ojillos entrecerrados contemplaba ese sol que salía solo para ellas. Sintió ganas de llorar, una conexión con la naturaleza, con Dios, inenarrable.

—Si hay un lugar perfecto en el mundo, desde luego, debe de ser este —murmuró.

Las tierras altas de Turrialba estaban hechas para la grandeza. La brisa fría, el aliento de la naturaleza, el jolgorio de las oropéndolas, la aurora abriéndose como una bella orquídea... Todo anunciaba que el mundo acababa de nacer.

—Está usted más extasiada que santa Teresa abrasada por el amor de Dios al ser traspasada por el dardo de oro de un ángel. Ni me ha oído llegar.

El corazón se sentía, en efecto, como atravesado por un fuego sobrenatural, pero la visión de Leonardo la devolvió a la realidad. Le confundió que un patán como él conociera la escultura de Bernini de santa Teresa, pero más aún su tono alegre y darse cuenta de que la contemplaba con cierto embeleso.

—Espero que se sienta descansada —continuó Leonardo, como si no se diera cuenta de la mueca de disgusto y confusión en el rostro de la española. *¿Cómo puede fingir así? ¿Por qué lo hace?*, pensaba Aitana mientras lo escuchaba—. Ha dormido más de treinta y seis horas, temíamos que no fuera a despertar, la verdad, como si la hubiera besado un sapo. Y hablando de anuros, venga, quiero enseñarle algo.

Leonardo se acercó al estanque y se agachó. Dio la vuelta a una hoja en cuya parte inferior dormitaba una rana verde fosforescente de grandes patas naranjas y la tocó para que abriera los ojos, que resultaron ser rojos y enormes, cruzados por una raya negra vertical. El joven miró a Aitana y esbozó una enorme sonrisa. Claramente esperaba de ella sorpresa y aplauso, como un mago de su público después de hacer un truco de magia. El animalito no pareció alterarse porque lo hubieran despertado, ni se movió de la hoja. La que sí se sentía molesta era Aitana, que no entendía nada. ¿Por qué Leonardo parecía ahora tan amable? Detrás de esa hipocresía no podía haber buenas intenciones. Y eso le daba mucho más miedo que si él se hubiera mostrado como la bestia asesina que era. De nuevo tuvo la impresión de que ese hombre era una ilusión que contenía dentro otra ilusión; reafirmó lo que ya pensaba de él, que era un miserable, un farsante. Pero no sabía qué decir ni qué hacer; todo su cuerpo estaba alerta. Y él, que cuando lo conoció no le había hablado durante un día entero, manifestaba ahora unas ganas incomprensibles de hacerlo.

—Este era el lugar preferido de mi padre. —El semblante de Leonardo se entristeció—. Decía que cuando era joven vivía aquí una familia de sapitos dorados. Un verano esta charca se secó y no nació ningún renacuajo de los huevos que habían quedado. Por algún motivo, mi padre temía que con ellos se hubiera muerto el último individuo de su especie, y lo cierto es que no conozco a nadie que los haya vuelto a ver en ningún lugar de Costa Rica. Él siempre andaba rebuscando en las charcas con la esperanza de encontrar algún sapito dorado. Lástima que haya muerto sin lograrlo. Creo que siempre lo recordaré con la mirada alegre que le vi en un viaje que hicimos a los montes nubosos de Monteverde donde un amigo tenía un ranchito. Pasamos una mañana entera en busca de estos sapos. Para que los pudiéramos identificar, nos explicó que su piel era del color de ese sol arrebolado del amanecer. ¡Mire, ya ha salido por completo!

—Déjese de sapos y teatros, que me importan un rábano. No sé a qué viene tanto fingimiento, pero le agradecería que deje de disimular.

Aitana no sabía de dónde había sacado fuerzas para decir todo eso, pero lo había hecho y el rostro amable de Leonardo se desfiguró en una mueca de desagradable sorpresa.

—Usted y yo no empezamos con buen pie, pero esa falta de educación no es propia de una dama —le espetó—. Claro que probablemente no sea ni una dama ni nada que se le parezca. He intentado ser amable con usted a pesar de haberla descubierto esta mañana espiándonos, porque imagino que no debe de ser fácil llegar a un país sin conocer a nadie y que tu futuro esposo se muera, pero ya veo que soy un ingenuo. ¡Una mujer dispuesta a casarse con un hombre cuarenta años mayor que ella no puede albergar ninguna buena intención! Sí, no me mire así, con esa cara de niña buena que no ha roto un plato, cuando acaba de delatarse a sí misma. ¿Qué cabe esperar de un alma tan interesada como la suya? Si ni siquiera llora la muerte de su esposo, ¿por qué iban a interesarle sus inquietudes? ¡Y todavía tiene la poca vergüenza de insultarme a mí!

Aitana se acercó, alzó su barbilla hasta que su rostro estuvo muy pegado al de él y bramó:

—¡Ah, por favor...!, no me venga con esas, no puede ser tan hipócrita. No... —Le tembló la barbilla mientras sacaba fuerzas de su interior para seguir enfrentándose a aquel hombre—. ¡No dejaré que me atemorice más! Creo que ya sé por qué actúa así: piensa que voy a quedarme con el dinero de su padre, por eso quiso quitarme de en medio. Pues sepa usted que no siento ningún interés ni por su padre ni por usted, ¡mucho menos por su dinero o sus tierras del diablo! —Aunque le temblaba todo el cuerpo por la cercanía del rostro de Leonardo, cada vez hablaba con más aplomo al ver que él no se movía. Eso hizo que se envalentonara hasta el punto de gritarle—. ¡Lo detesto con todas mis fuerzas! Por intentar matarme, por fingir delante de todos que no me conoce, pero, sobre todo, porque por su culpa perdí en la cascada lo que más estimo. Pero no se preocupe, lo único que quiero es estar lejos de un ser tan vil como usted. Ahora mismo cogeré mis bártulos y me iré por donde he venido.

Pasó por su lado con la intención de marcharse, pero Leonardo la agarró de la muñeca.

—Claramente aquí ha habido un malentendido y empiezo a pensar que ya se cuál...

Aitana no le dejó terminar la frase, gritó y forcejeó con él, intentando liberarse como un animalito de una trampa para conejos.

—¡Suélteme, batracio inmundo!

Cosa que no hizo falta porque ella misma se soltó dando tal tirón que Leonardo se resbaló y cayó dentro del estanque junto a sus ranas. Sus pies descalzos quedaron embarrados, al igual que los bajos de su pantalón, su camisa blanca y el pelo. Empoderada por su evidente éxito, Aitana le espetó con furia:

—No subestime la fuerza de una mujer vasca, hasta dos veces puedo matarlo si me lo propongo.

Leonardo arqueó las cejas, asombrado. Salió del charco y volvió a coger la mano de Aitana, pero esta vez de manera firme y solo para poner rápidamente algo que encerró dentro del puño de la muchacha.

—Solo quería devolverle esto que se le cayó, vasca.

Este último apelativo lo pronunció con hiriente retintín. Aitana abrió la palma de su mano para contemplar, sorprendida, la virgencita negra que le había regalado la niña de los boyeros. Ni siquiera había tenido tiempo de echarla en falta, pero se alegró enormemente de recuperarla. Abrió la boca con intención de decir quién sabe qué, pero las palabras se le quedaron atoradas en la garganta porque Leonardo ya le había dado la espalda y se marchaba por donde había venido, sin mirar atrás.

20 de septiembre de 1883
Bilbao

—Al final no fue el cólera lo que acabó con él —ha comentado un señor.

La casa se ha llenado hoy de gente que ha venido a darles el pésame a la señora y a Juan (ya no quiere que lo llamen Juanito). Hace una semana nos confirmaron la noticia que tanto temíamos: el barco en el que viajaba don Gonzalo desapareció durante el maremoto que provocó la erupción del Krakatoa.

En el salón estaban la familia de doña Virginia, algunos tíos y primos de don Gonzalo, y toda esa gente de la sociedad geográfica que no para de decir que era un hombre «sin igual» y que lo que ha pasado ha sido una auténtica desgracia, que ha conmocionado al mundo. Estaba la señora pelirroja también, traía el pelo recogido y atado con un sombrerito más pequeño que el puño de mi mano. Ha subido a fumar a la planta de arriba y se ha puesto a mirar por el ventanal.

—Crees que estás escondida, niña, pero yo sé perfectamente que estás ahí —ha dicho después de darle varias caladas a su cigarro, muy bajito, para que sólo pudiera escucharla yo—. Te vi también la última vez que estuve en esta casa.

He asomado la cabeza y me he llevado un dedo a los labios, para rogarle que guardara silencio. Entonces se ha apoyado en la barandilla, de espaldas al salón, tapando mi visión de la planta baja con su falda de luto negra festoneada de volantes. Lo ha hecho para poder verme mejor ella, pero sobre todo para que los de abajo no se dieran cuenta de que estaba hablando conmigo. En su mirada se podía leer una mezcla de reproche y dulzura aunadas con una pena profunda que me ha molestado.

—Es usted la periodista, ¿no? —le he preguntado en un susurro, para que vea que yo también sé cosas de ella.

Ha ahogado una carcajada, incluso ha tosido, atragantada con el humo del cigarro.

—¿Qué te ha hecho pensar eso, muchacha?

Entonces le he dicho que la he escuchado hablar en las reuniones de don Gonzalo, y que siempre parece saber de todo y de nada. No es que yo lo piense, la verdad, pero se lo escuché a unos señores y quería herirla porque me estaba sintiendo estúpida. Pero a ella le ha hecho gracia.

—No, no soy periodista. Soy cotilla.

—Usted es la mujer del licenciado Rochelt —he dicho entonces.

Se ha quedado mirando por la ventana un rato, como si tuviera que pensarlo, asintiendo con la cabeza como un muelle.

—Soy «la mujer de». Sí. Esa es mi profesión y la de la mayoría de las mujeres. Espero que algún día tu generación nos haga sentir orgullosas por alcanzar todo aquello que nosotras no pudimos. —Lo ha dicho como si en lugar de «esperar» que eso se cumpliera, «esperase» más bien que no.

Ha apagado el cigarro en el suelo, con la bota, sin ningún reparo por estropear el parquet. Se ha puesto a andar en dirección a la escalera, pero luego se ha detenido y ha vuelto. Ha encendido otro cigarro y de nuevo se ha apoyado en la barandilla.

—Y dime, ¿tú qué quieres ser de mayor?

Nadie nunca me había preguntado eso. A don Juanito se lo preguntaban siempre, ¿qué quieres ser de mayor? Hasta parece un juego divertido en el que él cada vez responde una cosa distinta, y todos se ríen. Pero a mí nunca nadie me había preguntado eso.

—Habla, querida, no creo que quieras pasarte el resto de tu vida fregando suelos y vaciando bacinillas como tu madre para que te acabe matando una sífilis.

De la furia que me ha entrado, las manos se me han agarrotado.

—Voy a ser escritora al vapor, escribiré novelas por fascículos y me haré muy famosa, y usted se arrepentirá de haberme hablado así.

Ha soltado un bufido y la palabra se le ha hecho bola en la boca:

—¿Escritora?

He cerrado la puerta del armario, pero dejando una ranura abierta, y se ha debido de dar cuenta, porque ha seguido hablando:

—Qué profesión más aburrida. Esperaba algo más de la hija de un gran aventurero. —Ha soltado una enorme carcajada que esta vez no se ha preocupado por disimular y ha metido un par de peniques por la ranura entreabierta que he cogido a tiempo para que no cayeran al suelo haciendo ruido.

—Para que te vayas acostumbrando a las limosnas, escritora —ha dicho.

Ha acabado el cigarro, lo ha apagado al lado del otro y ha añadido:

—No permitas que te escondan, querida. Mucho menos finjas que eres tú la que se está escondiendo.

Está más claro que el agua que mi padre es don Gonzalo.

Después de la conversación con esta señora he tomado una decisión por la que creo que puedo ir a la cárcel.

6

Los Haeckel

I

De vuelta a la casa, Aitana encontró a Cira en el porche aledaño al jardín que había visto desde la ventana. Bajo un pórtico había dos bancos alargados con coloridos cojines de motivos indígenas, y una mesa de madera en la que la joven disponía un copioso desayuno. Al verla llegar, se secó las manos con un trapo y le hizo señas para que se sentara.

—Leonardo no nos acompañará en el desayuno. Ha salido a caballo hacia la capital para arreglar unos asuntos y probablemente no vuelva hasta dentro de un par de días. No sé lo que ha sucedido entre ustedes…, pero le pido que disculpe su mal carácter, está muy afectado por la muerte de don Rodolfo. Estaremos más tranquilas usted y yo solas, bueno, con la alegre compañía de las *chispitas volcaneras.* —Cira se esforzó por sonreír y, por la indicación que hizo con la cabeza, Aitana entendió que se refería a los colibríes que revoloteaban en una fucsia que crecía junto a uno de los listones de madera que sujetaban el porche—. Siéntese, por favor. Yo misma he preparado el desayuno; seguro que ha escuchado hablar del «Gallo Pinto».

Aitana tenía unas ganas horribles de largarse de aquella casa, pero el enorme plato de arroz con chile dulce y frijoles, huevos fritos, plátano también frito y tortillas de maíz eran una tentación demasiado grande. Por otro lado, ¿por qué no comer tranquila si Leonardo ya no estaba? Incluso sabiendo de los amoríos que tenía con su propio hermano, Cira le inspiraba confianza y, además, aunque le escandalizara, aquello no era asunto suyo. Quería poder confiar en alguien y necesitaba comer. Mientras lo hacía, la joven de rasgos indígenas le explicó que el ama de casa y cocinera —Panchita, a quien Aitana ya había conocido en el beneficio— no llegaría hasta dentro de dos horas, a las ocho. Vendría con su hija Martina, que se encargaba de labores menores, pues solo tenía once años. Ellas habían arreglado la habitación de Aitana y desenvuelto sus pertenencias, también la habían bañado usando paños húmedos para no despertarla de aquel sueño tan profundo en el que, por lo visto, Aitana había estado delirando. Cira detuvo su charla al darse cuenta de que a Aitana no le habían pasado desapercibidos los platos y la fuente ochavada de loza de San Mamés de Busturia que se reconocían por los estampados en negro, los ribetes de pámpanos y uvas y el dibujo en el centro del mulero, motivo inconfundible de la fábrica vizcaína.

—Don Rodolfo esperaba estrenarla cuando llegara usted —le explicó Cira—. Sé que no es lo más adecuado usar esta vajilla para un desayuno, pero imaginé que le gustaría ver el regalo de boda que su familia nos envió desde España, para que no los extrañe tanto.

Aitana sonrió como si estuviera al tanto de aquel regalo y para contentar a Cira, aunque lo único que echaba de menos de su tierra eran el pan, las *txistorras*, la sidra, el chocolate a la taza y el queso Idiazábal. Poco más.

—Ya no las hacen, la fábrica cerró hace unos años. —Fue lo único que se le ocurrió decir, y temerosa de que Cira le hiciera alguna pregunta sobre su no familia, añadió—: Qué buenas están estas tortillas de maíz, ¿puedo coger otra?

Cira siguió hablando; Aitana, devorando el desayuno. No se sació con lo que había en aquellos hermosos platos de la ría de Guernica, sino que comió también medio mango y media papaya que vio detrás de una jarra de agua, y se bebió dos tazas de una infusión de un aromático y reconfortante café. Mientras, Cira le explicaba que, en esos dos días que Aitana había estado durmiendo, habían enterrado a don Rodolfo en un cementerio cercano, en el panteón familiar, junto a la tumba de su primera mujer. A medida que hablaba, los ojos de Cira se iban enrojeciendo y aguando, y Aitana, que no había dejado de sentirse incómoda por aquella situación tan extraña, le hizo saber que su deseo, ahora que su prometido había muerto, era regresar a España.

—La entiendo perfectamente. Es lógico que quiera volver —dijo Cira jugueteando con una servilleta—. Cuando esté lista para partir, yo misma la acompañaré a Puerto Limón, pero tendremos que esperar unos días. El comisario que se encarga de nuestro cantón, don Orlando Montenegro, ha estado haciendo indagaciones y ayer nos informó de que volvería esta tarde para hablar con usted, ya que también presenció el estado del cuerpo de su esposo tras ese grotesco ritual que... bueno, no quiero abrumarla más con todas estas cosas. ¿Cómo está su mano?

Aitana se había olvidado por completo e, instintivamente, miró su mano vendada. Le explicó que se había apoyado en un árbol lleno de pinchos, y Cira le preguntó qué tamaño y forma tenían estos. Al contestar Aitana que pequeña, gruesa y negra, la joven hizo un gesto de asentimiento con la cabeza.

—Eso me parecía, que las heridas se correspondían con las que deja la espina del jabillo. ¿No le provocó alucinaciones? Los cabécar todavía usan su savia como veneno para sus flechas. Debió de asustarse mucho; es increíble que llegara hasta aquí sola. Es muy valiente.

A pesar de todo lo sucedido, Cira se mostraba tan amable

y dulce que Aitana pensó que, en otras circunstancias, le habría encantado que fuera su amiga y que, sin duda, ni ella ni su hermano habían leído su diario, pues, de haberlo hecho, ni un grano de arroz le habría dado Cira para desayunar. Tampoco debía de saber que su hermano había intentado matarla. Pensaba aquello sin dejar de mirar los ojos gris-celeste de Cira; de nuevo le pareció que desprendían una luz única que, combinada con sus rasgos exóticos, la dotaban de una belleza extraordinaria. Tan bella era que hasta su propio hermano se había enamorado. Al darse cuenta de que la tenía hipnotizada, sintió cierto rubor y desvió su mirada hacia la mano que Cira había vendado.

—No se preocupe por las heridas —la tranquilizó ella, siguiendo el curso de la mirada de Aitana—. Las limpié con una infusión de raíces y corteza de dividivi, ayudan a cicatrizar cualquier herida, incluso quemaduras. Después le tapé la mano con una cataplasma de aloe vera y aceite de coco, si no nota la sensación húmeda bajo las vendas es porque le puse azúcar de caña, los granitos absorben la humedad, eso impedirá que aparezcan bacterias.

—¿Bacterias?

—Bichitos tan pequeños que es imposible verlos. —Cira se rio, orgullosa, al ver la cara de Aitana, en la que se mezclaban admiración y susto—. Mi madre me enseñó las propiedades curativas de muchas plantas. Este jardín es mi pequeño paraíso. Hay menta, juanilama, orégano, tilo, manzanilla, gotas amargas, gavilana... Créame, en unas semanas no quedará ni rastro de las heridas. Le he dejado un botecito con el ungüento de aloe y coco en su mesita de noche, para que usted misma pueda aplicárselo todos los días cuando quitemos esa venda y retiremos los restos de azúcar, antes de que se vaya.

Aparte de su extraordinaria belleza, todo en Cira le parecía sorprendente. En nada se parecía su manera de hablar a la de los boyeros y las jornaleras, y tampoco al modo en que ella hubiera imaginado que hablaba una indígena. Tanto ella como Leonardo hablaban un castellano perfecto. Herr Rudolf era un aristócrata alemán, así que lo más probable era que sus hijos hubieran estudiado en la escuela de la capital, pero... ¿aquellos conocimientos de medicina? ¡Bacterias! ¿Qué diantres era eso? No le gustaba demasiado saber que podían crecerle bichitos en las heridas de las manos, por muy pequeños que estos fueran. ¿Se lo habría inventado para asustarla? Nunca había oído hablar de esos animales. Por otro lado, por lo que había escuchado decir a las jornaleras, Cira había conseguido aquella máquina secadora tan moderna, la Guardiola, lo cual era otra hazaña singular. No podía ser una simple campesina. Sin que fuera plenamente consciente de ello, una admiración ciega hacia aquella joven acababa de empezar a crecer en su interior.

—Se ha quedado usted muda —dijo Cira.

Aitana levantó la mirada y se encontró con la de Cira, que le pareció preocupada y sincera. Confundió la calidez de aquellos ojos y tomó una decisión precipitada: correr el riesgo de contarle la verdad, confiarse a ella y a su aparente bondad.

—No vine sola hasta aquí —respondió—. Usted dijo que no sabía dónde había estado su hermano: estaba conmigo. Fue él quien me recogió en el puerto, aunque veo que nada de esto le ha contado. Cogimos el ferrocarril e hicimos noche en una cabaña. Al día siguiente continuamos a caballo, pero de pronto él detuvo la marcha y me obligó a entrar en la espesura de la selva. Allí había cavado una zanja. Intentó matarme.

Cira se llevó una mano al cuello, espantada, en un gesto brusco con el que casi volcó los platos al desplazar el mantel.

—¿Intentó matarla? Pero... me parece que no la he entendido, ¿quién cree que quiso matarla?

—Ya le he dicho que su hermano.

—¿Mi hermano?

—Sí, y no lo creo, lo sé. Leonardo quiso matarme, pero yo

me defendí. Iba a partirme en dos con su machete, como a un coco, pero yo me defendí. Vaya si me defendí, le golpeé con una piedra en la cabeza. ¿No se dio cuenta de que el día que llegué él no se quitaba el sombrero? Probablemente no le había dado tiempo a limpiarse la sangre y quería ocultarla. —Aitana ya no podía parar. Era consciente de que hablaba de manera atolondrada, de que se repetía, de que lo que contaba sonaba muy extraño, pero era difícil explicar aquello. Tomó aire, que soltó vaciando los carrillos, y continuó—: Se cayó dentro de esa zanja en la que seguramente planeaba enterrarme a mí, y yo hui de allí. En la aldea del Guayabal pregunté por esta hacienda, y una familia de boyeros, a la que nada conté por miedo, me trajo hasta aquí. Lo último que esperaba al llegar a la casa de mi prometido era volver a encontrarme con su hermano, porque, si le digo la verdad, él nada me había dicho de que fuera hijo de herr Rudolf, bueno, Rodolfo, como ustedes lo llaman, y pinta de alemanes no es que tengan ustedes. En realidad, Leonardo casi ni me habló, y yo pensé que era un forajido que me quería robar, que me había engañado como a una boba aprovechándose de que soy forastera en estas tierras. Pues... ¿qué iba a pensar? ¿Cómo podía imaginarme? ¡Si le digo que hasta creí que lo había matado! —Se santiguó—. Siento alivio de que esté vivo, fue horrible pensar que era una asesina, y siento alivio también de poder referírselo al fin a alguien en quien creo que puedo confiar. Tiene usted que ayudarme a escapar antes de que él vuelva. Solo lo sabe usted, me atrevo a contárselo porque la considero una buena persona y no dudo que me librará de las malas intenciones de su hermano; ya le he dicho a él que no tengo intención de quedarme con ninguna herencia del padre de ustedes, no soy tonta, creo que por eso intentó matarme. Le he dicho que hoy mismo me marcho de esta hacienda. Y, por supuesto, con nadie más hablaré de esto, pero tengo que pedirle que mantenga usted a esa mala bestia lejos de mí, hágale comprender que yo no soy ninguna amenaza, que no estoy interesada en estas tierras. Insisto en que, ahora que sé que mi prometido ha muerto, no quiero ser una molestia para nadie. Si es tan amable de darme algo de comida y agua para el camino, me encantaría regresar a Puerto Limón ahora mismo y subirme al primer barco de vapor que salga rumbo a España. Ya verán ustedes cómo se lo explican al comisario; yo solo deseo irme cuanto antes de aquí.

Cira la miraba atónita.

—Pero, pero... ¡Lo que me cuenta es terrible! Le ruego que se meta en su habitación y se encierre hasta que yo vuelva. Le prometo que no le pasará nada, pero... hágame caso y no se mueva de aquí.

Y dicho esto, la joven de ojos celestes salió de la cocina y la dejó sola. Aitana escuchó ruidos en una habitación contigua, como si Cira estuviera rebuscando entre un arsenal de cachivaches, pero no volvió a pasar por el porche, sino que debió de salir por alguna otra puerta de la casa, porque Aitana escuchó abrirse la puerta del establo y después los cascos de un caballo marchar al galope.

II

Después de que Cira desapareciese dejándola sola, Aitana se quedó en el porche, envuelta en el silencio de la casa vacía. ¿Habría ido Cira a buscar a la policía? No lo sabía, pero no le parecía buena idea encerrarse en la habitación, como le había pedido. ¿Quién le aseguraba que Leonardo no volviese y rompiese la puerta de un hachazo? Había sido un error contárselo a Cira. *Eres una estúpida. Es su hermana, ¡y su amante!, lo más probable es que haya ido a avisarlo a él, no a la policía.* Se había dejado llevar por el miedo, por la necesidad de confiar en alguien, pero, sobre todo, por el encantamiento de la dulzura de Cira. Tenía un aura, una energía, que atrapaba sin que una se diera cuenta. *Eres una imprudente. ¿Qué te ha pasado, insensata?*, la interrogó una voz en algún lugar remoto de su interior y que tenía el timbre juicioso de su madre. Ojalá esa voz fuera real, así podría preguntarle a su madre qué hacer ahora. Desde que se había bajado del barco había cometido un error detrás de otro; lo único que hasta ahora la había mantenido a salvo era la suerte. A lo mejor los dioses sí estaban de su parte porque no dejaba de ponerse la soga al cuello y, aun así, seguía viva. Debía tomar mejores decisiones.

—Aquí no me quedo ni loca —le dijo al aire.

Se levantó y fue a la cocina.

Sobre la encimera había un zurrón, lo vació y lo llenó con todo lo que encontró. Rebuscó dentro de las cacerolas primero y en los armarios después: arroz como el que había desayunado —que envolvió en tortillas y estas en hojas de banano como había visto hacer a las jornaleras—, un par de mangos, varios plátanos, unas pastas caseras que halló en un bote, dos cantimploras que llenó con agua y café. Cuando ya no cabía nada más en el zurrón, lo dejó en la mesa del porche y salió decidida hacia su cuarto con un saco que había cogido de la despensa. Metió dentro todas sus pertenencias y, a continuación, arrancó una hoja de su diario y escribió una nota diciendo que regresaba a España, que sentía no despedirse, pero que era lo mejor para todos. Cuando hubo terminado, atravesó una vez más la galería acristalada, cargando con el saco, y entró en el salón, donde encontró unas mantas, que se apropió también, y un sobre con algunos dólares, que no tuvo ningún reparo en llevarse.

—Por las inconveniencias que me han causado.

Buscó en todas las habitaciones que vio a su paso —salvo en una, cuya puerta estaba cerrada— porque necesitaba proveerse bien. A pesar de lo que había escrito en la nota, había decidido seguir su plan inicial, el que la había llevado a Costa

Rica: ir en busca del tesoro de Garabito. Encontró una brújula, una pluma, un catalejo y hasta un candil. Todo lo que le parecía útil para su plan lo metía en el saco.

De vuelta en el salón, y ya dispuesta a coger el zurrón y marcharse, su mirada se detuvo en una mesa que había junto a la puerta principal.

—¡Por los clavos de Cristo! ¡Me merezco no tener descendencia y, si la tengo, que mis hijos nazcan con verrugas carnosas como perretxicos[4] en los labios, en los ojos, y en la nariz! ¿Cómo no se me ocurrió!

Sobre una mesita de hierro y cristal esmerilado, rodeados por las coronas de flores que supuso habían usado para acompañar el féretro en el funeral, había varios marcos de fotos. Uno dispuesto en vertical, en el que reconoció el rostro del hombre con el que había ido a casarse, don Rodolfo, con una mujer de rasgos indígenas cogida del brazo que debía de ser su anterior mujer. En otro marco vertical, una foto de Cira de pie, vestida de novia, con el que tenía que ser su marido, un joven que cualquiera habría pensado que era Leonardo si no fuera porque había un tercer marco horizontal y de mayor tamaño en el que estaba el clan al completo. Esta última era la típica fotografía de vida cotidiana del campo. Don Rodolfo sentado con sus mejores galas, sujetando un cigarro; su mujer al lado, pero de pie y con un libro abierto en las manos. Los domésticos detrás, con sus trajes de faena, entre los cuales reconoció a Panchita, mucho más joven, vestida con cofia. Y lo que la había dejado sin respiración: la bella Cira con un bebé emperifollado entre dos hombres que eran iguales, como dos gotas de agua.

Llegar a la conclusión más simple es lo más difícil cuando se resuelve un problema matemático, pero, cuando se halla la respuesta, esta no solo resulta reveladora, sino apabullante-

4. Nombre vasco para llamar a un tipo de seta.

mente lógica y evidente. Todo cobró sentido para Aitana al ver aquellas fotografías: Leonardo era el hermano gemelo del hombre que había intentado matarla, el verdadero marido de Cira que no era la hija de don Rodolfo, sino su nuera.

—¡Santa madre de Dios! —exclamó, y golpeó con el puño la mesa haciendo caer uno de los marcos.

Recordó la conversación entre Leonardo y Cira de aquella mañana: «¿Dónde está el imbécil de tu marido?»; «No me hables así, no soy yo quien se ha jugado la mitad de la finca a los dados». ¿Cómo lo había llamado Cira? «Pero ¿no te das cuenta de que, si Álvaro ha huido, ahora podemos estar juntos?». ¡Álvaro! Ese era el nombre del malandro. Con razón el comportamiento de Leonardo no le encajaba: ¡no era el hombre que intentó matarla, aunque su parecido fuera increíble!

Se agarró la cabeza para sujetársela. Luego ocultó la cara entre sus manos. ¿Cómo había llegado a tantas conclusiones erróneas? Había incurrido en un equívoco detrás de otro, malinterpretando conversaciones. Pobre Aitana, había sido víctima del demonio más artero, perverso y sutil que existe: el lenguaje humano. Se comunican mejor los perros que los hombres entre sí. ¿Acaso no cantan los pájaros y se entienden los unos a los otros, sin que haya lugar a duda en la claridad de sus mensajes? La de los animales sí era una estructura comunicativa perfecta, no como la diabólica gramática de los lenguajes de los humanos, tan engañosa, con su infinita recursividad llena de agujeros de sentido, parches, puntos suspensivos y silencios maliciosos que habían llevado a aquella joven a conclusiones erradas.

Las frases sueltas que Aitana había malinterpretado con su desbordante imaginación volvían a su cabeza, zumbando como avispas, una detrás de otra, adquiriendo, solo ahora, su verdadero sentido. Primero, las frases de las jornaleras: «*Antier* el hijo del patrón se jugó la mitad de la finca a los dados y perdió»; «Yo nunca he visto a los hijos del patrón, ¿será cierto eso que dicen de que son como arcángeles de tan bellos?»; «*Cuál* respeto, si se ha jugado toda su herencia sin importarle nadie más *qu'él*»; «¿Y por qué das por *sentao* que ese es el heredero?». En todas ellas, de quien hablaban las jornaleras era del hombre que la había querido matar, del gemelo, Álvaro, no de Leonardo ni de Cira. *Qué necia, ¿cómo no contemplé esa variable?*, se castigó. Pero ellos se parecían tanto y ella estaba tan exhausta cuando llegó a la finca que... ¿Gemelos?... Se frotó la frente. Tenía razón su madre cuando decía que distorsionaba la realidad, que imaginaba cosas que no son.

—Como elucubradora no tengo precio —murmuró.

Leonardo debía de pensar que era una criatura patética: «Ya *deje* de revolverse, majadera, solo la ayudo a subir al caballo. Wakala, ¿si vieron la fiera esta? Tremenda loca, ¿qué se cree? ¿Que la voy a matar o qué?». De verdad había querido ayudarla, no eran bromas improcedentes ni él era quien había intentado matarla. Su estómago se encogía con cada recuerdo: «Déjese de sapos y teatros»; «Usted y yo no empezamos con buen pie, pero esa falta de educación no es propia de una dama. Pero, claro, probablemente usted no es ni una dama ni nada que se le parezca».

Todo cobraba sentido a una velocidad mareante.

Claro, por eso Cira había tardado en comprender: «¿Intentó matarla? Pero... me parece que no la he entendido, ¿quién cree que quiso matarla?»; «Ya le he dicho que su hermano»; «¿Mi hermano?». Pero ¿y por qué llamaba «mi hermano» a Leonardo, y por qué hablaba de don Rodolfo como si fuera su padre? Esas expresiones de familiaridad también la habían confundido.

Apenas Aitana fue consciente de su error; apenas entendió que Álvaro y Leonardo eran gemelos; que Cira estaba casada con Álvaro —el que había intentado matarla—, pero que amaba a Leonardo; que ambos ignoraban que Álvaro estaba muerto y por eso creían que había huido para no hacerse cargo de la deuda contraída al jugarse la finca a los dados con alguien a quien llamaban Rey del banano...; apenas terminaba Aitana de hacer todas aquellas cábalas, cuando una nueva y aterradora certeza eclosionó en su mente: Álvaro no había desaparecido, estaba muerto. Siempre había estado muerto.

Es decir, ella sí era una asesina. Y no solo eso, sino que ¡acababa de confesárselo a su mujer!

—¡Valiente bruta, insensata! ¡Eso eres, un animal sin raciocinio! —se insultó, furiosa por su error fatal.

Por eso Cira había salido corriendo, para ir en busca de Leonardo o de la policía. O quién sabía qué, pero debía huir de allí. Todos aquellos pensamientos la tenían paralizada en un momento en que no había tiempo que perder. Pero Aitana seguía quieta, agarrándose el estómago, con la sensación de que iba a vomitar allí mismo el abundante desayuno con el que se había atiborrado.

Por fin se serenó.

De nada serviría seguir castigándose por sus errores. No conseguía controlar sus emociones, pero sí sabía que tenía que irse ya. El tiempo no corría a su favor, Panchita y su hija podían llegar en cualquier momento. Cargó con el saco hasta el porche, recogió el zurrón y enfiló por la avenida de palmeras hasta el establo haciendo un esfuerzo descomunal. Era todo menos fornida, no había aprendido a levantar piedras desde niña como hacían en su tierra los famosos *harri-jasotzailes.*[5] Cuando entró en el establo, soltó los fardos. Lo más rápido y útil habría sido robar un caballo, pero dado que su adiestramiento como amazona había sido escaso y martirizante, optó por hacerse con una mula que mascaba paja en una esquina. Se acercó al animal muy despacio. Primero intentó colocarle los aperos de cabeza, empezando por la jáquima; cuando hubo atado todas las hebillas, le amarró una cuer-

5. Levantadores de piedras.

da fina haciendo un nudo chapucero a modo de ronzal para poder tirar de ella. Luego tardó lo que le pareció una eternidad en colocarle una silla —bajo la cual no puso gualdrapa alguna—, y en colgarle a ambos lados el saco, la manta y el zurrón. Quiso colocar las riendas, pero no sabía cómo enganchar estas al cabestro, y desistió de tal empresa. Los estribos los colocó al revés. Dos veces se le cayó la manta, una el zurrón y otra el saco, que volcó, y tuvo que volver a meter de nuevo dentro todo lo que se había desperdigado. Cuando terminó semejante faena, le temblaban las piernas y los brazos. Decidió que, a no ser que fuera estrictamente necesario, solo la usaría como mula de carga. Vio un machete apoyado en una esquina, y lo agarró.

Esta vez sí me lo llevo. Por si las moscas.

Cuando la mula por fin estuvo lista, asió la cuerda y tiró de ella, que la siguió dócilmente por la puerta desencajada de su marco del granero hasta la entrada principal. No había nadie en el camino cuando salieron, así que enfilaron la ladera en dirección a la ceiba. Aitana caminaba todo lo rápido que podía, los ojos llenos de lagrimones por el esfuerzo y el miedo, rezando para que Cira no volviese con la policía, para que no llegasen Panchita y su hija, para no cruzarse con Leonardo si este regresaba. Que ella supiera, el poblado más cercano era El Guayabal, pero no sabía cuánto se tardaba en llegar porque el trayecto con los boyeros lo había hecho dormida. Arrastró a la mula con todos sus cachivaches hasta la pendiente escarpada de la loma donde estaba la ceiba; concentrada en el paso, aguantando las agujetas de las piernas que todavía estaban resentidas por el largo viaje desde Puerto Limón. Cuando llegó el momento de que la mula ascendiera la estrecha cuesta, tuvo que tirar con todas sus fuerzas de la cuerda del ronzal, pues el animal se resistía a subir, pero, si la mula era terca, ella lo era más.

Una vez arriba, Aitana se detuvo a recuperar el aliento y a

observar el valle desde la perspectiva de la ceiba. No vio a nadie, ni cerca ni en todo el perímetro del extenso valle, solo la inmensa y tranquila naturaleza a sus pies. Respiró hondo, se secó el sudor, se atusó el pelo, reajustó la carga de la mula y, tras recuperar el aliento, se dirigió hacia el camino que marcaba el principio de la ruta dibujada en el mapa por su antepasado.

Pero algo la hizo detenerse.

Necesitaba ver la piedra dispuesta como altar en el que habían encontrado el cuerpo de don Rodolfo para comprobar que no seguía allí, para borrar esa imagen de la cabeza. Caminó hasta el sitio. No había ningún zopilote merodeando, y la piedra, ya sin el cuerpo, era el único vestigio del horror; el viento agitaba los bejucos que se habían usado como cuerdas y que no habían retirado. Mientras pensaba que ojalá aquello no hubiera sido más que un mal sueño, vio dos figuras a lo lejos y se agachó.

Panchita y Martina subían por el camino hacia la casa charlando animadamente. Entraron en La Esperanza sin ver a Aitana, pero, por si acaso, la joven volvió a gatas al lugar donde había dejado a la mula. Solo entonces se incorporó, pues ya nadie podría verla desde el valle. Sabía que contaba con una ventaja: los Haeckel ni por asomo sospechaban que ella conocía ese camino. *Cuando se den cuenta de que no estoy, no tendrán manera de seguirme la pista. Creerán que he ido a la estación de La Junta con intención de coger el tren.* Con esa tranquilidad, emprendió el largo trecho que le quedaba por delante hasta llegar al lugar marcado en el mapa donde supuestamente estaba El Guayabo.

Solo cuando determinó que se habían alejado lo suficiente, bajó el ritmo. Tuvo entonces un pensamiento ingenuamente feliz: ahora sí estaba donde siempre había querido estar, en busca del tesoro, lista para la aventura de su vida. ¿Y qué dama andante que se precie no bautizaría a su caballo?

«No es razón que mula de dama tan gloriosa, y tan buena ella por sí, esté sin nombre conocido», habría convenido con ella Don Quijote. Su mula necesitaba «un nombre alto, sonoro y significativo», tan sin igual como el de Rocinante, pues al igual que este, tampoco a su mula se igualaban «ni el Bucéfalo de Alejandro ni Babieca el del Cid».

—Como no sé tu nombre, ni si lo tienes, te llamaré Beatrice la Bienaventurada, como el amor de Dante, que rima con Rocinante —le dijo encontrando con su mirada los ojitos dulces de la mula—, para que, como ella a su amado, me des «fe, guía y protección celestial». La vamos a necesitar.

—Humprf —le contestó la mula, sin apenas abrir la boca, lo que a Aitana le bastó como señal de que le gustaba aquel nombre.

Se sintió inmediatamente orgullosa de su mula, Beatrice, y, para mostrarle que también cuidaría de ella, añadió, acariciándole el hocico rosado:

—No te preocupes, «el camino será nuestra morada». Juntas recuperaremos el paraíso perdido de mi antepasado, como Gilgamesh. ¡Vamos, Beatrice, nos espera una gran aventura!

Pero, lamentablemente, su Gran Aventura yacía en el suelo, encima de la hojarasca, a la vista de cualquiera que pasara cerca de la entrada del beneficio, y Aitana ni se había percatado de ello. Su preciado diario se había caído del zurrón mientras se concentraba en tirar de la mula para ayudarla a subir la cuesta de la loma en su atropellada huida. Si alguien llegaba a encontrarlo, si lo abrían y lo leían... Demasiado caro iba a salirle aquel nuevo descuido a la joven aventurera.

La Gran Aventura VI

20 de octubre de 1883
En algún lugar del océano Atlántico

Todo se precipitó después del funeral de don Gonzalo, y no he tenido tiempo para escribir hasta ahora. Ni ganas. Pero hoy me ha sucedido algo que necesito analizar, que me ha hecho ser consciente de mi nueva situación.

Los primeros días no podía pensar con claridad, ni sé las veces que vomité en las bacinillas, pero lo peor era tener que usar esas tablas agujereadas que llaman «beques» para ir al baño. Me cohibía que me hablara la gente, su susceptibilidad cuando les respondía a la pregunta de por qué viajo sin compañía, «Voy a Costa Rica para trabajar como institutriz en una familia de once niños», sus respuestas de «¿Y no tiene usted miedo?». Los hombres me susurran piropos, ¡algunos casados!, cuando me ven sola. Esta tarde ha sido demasiado. Después del almuerzo he salido a leer unos poemas de Baudelaire a la cubierta de popa, y un joven, uno que toca en la banda de músicos, se me ha acercado. «Pareces aburrida —me ha dicho. Así, tuteándome—. Estoy en el camarote C30, si vienes conmigo, te hago mujer». Y me ha ofrecido un cigarro. Me ha pillado desprevenida. ¿Cómo va a «hacerme mujer» si no me conoce? El día que el vapor salió del puerto de Portugalete, nos cruzamos en uno de los pasillos de primera clase e intercambiamos un saludo educado; ayer y antes de ayer, alguna sonrisa. Nada más. Es bastante mayor que yo, ¿veinticinco?, ¿veintiocho?

Aunque lo que me ha aturdido ha sido la palabra «mujer», no él. Su sonido. Grave, poderoso, profundo. «Mujer». Ha desatado en mí una vibración como el gong que usan en el salón del barco para anunciar las ceremonias antes del baile. Pero ha sido más que un ruido, me ha recorrido como esas sinfonías subyugantes que salen de los gramófonos y vienen después del gong, tan complejas, con tanto trabajo detrás, que despiertan unas emociones que no puedo contener, aunque me contengo, porque una señorita no debe bailar sola.

—¿Mujer? —he repetido.

En mi boca ha sonado más como la aceleración de una máquina rugiente, «mujer», un rozamiento, un rumor denso que dura sólo el segundo que se escucha, excitante, lleno de velocidad como este buque de vapor. Una canción de una sola palabra, «mujer», que silencia todas las demás. Esa última «r», ronroneante; *su eco, se ha quedado en mi pecho, calentándolo.*

Ya no puedo comportarme como una niña. Mi vida ha cambiado por completo en solo unos meses: la muerte de mamá, la marcha de don Gonzalo, su funeral, mi huida, este buque de vapor, el país que me espera al otro lado del océano... Yo ya no soy la misma. No pienso igual, es como si mi cerebro hablara otro idioma. Y ya no vivo encerrada entre cuatro paredes con olor a bacalao en salazón, ahora camino por la cubierta de un barco con rumbo a Centroamérica. Mi energía es otra. Yo soy otra.

—¡Ya soy mujer! —le he gritado a ese tipejo, apartándolo de un empujón cuando me he dado cuenta de que estaba malinterpretando mi estupor y se lanzaba como un loco a besarme.

Después me he levantado y me he asomado a la barandilla a contemplar el mar en toda su grandeza, concentrándome en la frecuencia de las turbinas, en los latidos acelerados de mi corazón, en el movimiento del buque frente a la quietud del agua mansa que nos rodea. Con los ojos cerrados, he aspirado el olor de la madera húmeda que rezuma siempre un tufillo a algas y a pescado, a tabaco y a ron, casi obsceno, voluptuoso; lo he aspirado con todas mis fuerzas, para que la vastedad del océano penetrase por mi nariz. He percibido hasta el calor de las calderas en el rolar de la brisa marina; mi mejilla, en cam-

bio, estaba fría y yo he extendido ese frío con mis manos como si fuera un ungüento, para embadurnarme del aliento del Atlántico. Ahora soy tan libre como el viento. Soy el mismo viento. Nunca nadie más decidirá por mí. Me he girado a decírselo al músico:

—Ser libre me hace mujer.

Su cara ha pasado del estupor al desprecio, me ha recordado a la expresión de doña Virginia el último día que nos vimos. Una semana después del funeral me dijo que me tenía que ir. Podría haberle dicho que ya sabía que soy la hija de don Gonzalo sólo por ver su reacción, pero me habría echado al momento, y yo necesitaba tiempo para organizarme. No quiero ser escritora al vapor, como le dije a la señora pelirroja, no me veo escribiendo novelas por fascículos el resto de mi vida. ¿Para qué quiero contar la vida de personas que no existen más que en mi imaginación o diseccionar el mundo con una prosa trepidante? Yo lo que quiero es que el mundo hable de mí, bogar hacia la gloria. Ser una digna heredera de lo único que me interesa de los Velasco Tovar, eso que mi madre llamaba «el mal de la familia», nuestra fiebre por convertirnos en viajeros intrépidos, el amor por la aventura. No pienso ser humilde ni agachar la cabeza ni plegar mis velas. Quiero que esta poderosa sensación de viajar en un buque de vapor a tierras desconocidas no se agote nunca.

Y nadie me va a parar.

A ratos odio a don Gonzalo. Cuántas veces pensé lo bueno que era conmigo a pesar de ser yo la hija de una sirvienta, y ahora sé que sólo me daba migajas. ¡Era mi padre! ¿No le hace eso miserable? ¡Un viaje juntos! Cómo pudo ser tan hipócrita. Tal vez pensaba contarme toda la verdad a su vuelta. A ratos lo sigo queriendo igual. ¿De qué sirve ser rencorosa? Eso diría mi madre. O no. ¿Quién lo sabe? Lo único que nos queda de los muertos son las conversaciones imaginarias que entablamos con ellos.

Doña Virginia me dio doscientas pesetas el día que me fui. Las tiré al suelo. ¡Doscientas pesetas! Con eso nadie puede pagar ningún alojamiento hasta conseguir un trabajo. Mucho menos cumplir este sueño. ¿Qué cara pondría si viese dónde estoy? Los ahorros de mi madre —cinco mil pesetas— tampoco hubieran sido suficientes. En el Banco de Bilbao no quisieron darme ningún préstamo por no tener referencias, pero les dije que tenía algunas joyas y me dieron la dirección de una casa de empeños en las Siete Calles. Las joyas las había robado del armario secreto de don Gonzalo la segunda vez que lo abrí, cuando él ya se había ido, con miedo a que doña Virginia me pillara, a dar con mis huesos en la cárcel por ladrona. Don Gonzalo quería que yo tuviera los mapas y el diario, pero no me enseñó que había otro arcón lleno de dólares americanos y joyas. Podía ser de doña Virginia, pensé, pero ¿por qué entonces ella desconocía aquel escondite? Allí había una fortuna en dólares americanos que me guardé como pago para compensar ese amor de migajas que me había dado mi padre. Y también una copia de las llaves de la casa. Aprovechaba los momentos en que doña Virginia se iba a misa a rezar por don Gonzalo para salir a hacer todo tipo de diligencias. Encontré la casa de empeños y cambié todas las joyas por más dólares americanos. ¡En total reuní dos mil dólares! ¡Veinte mil pesetas! En la puerta de la entrada había un cartel con la imagen de un gran buque de vapor y el nombre COMPAÑÍA BILBAÍNA DE NAVEGACIÓN, *y escrito debajo* SERVICIO REGULAR MENSUAL DE BILBAO A AMÉRICA; *en letras más pequeñas: la fecha de salida, las escalas primero en Nueva Orleans y luego en diferentes puertos del Caribe, la duración del viaje y la ubicación de la oficina de adquisición de billetes. Hacia esta última me dirigí. Con tantos dólares pude permitirme un desembolso descomunal y comprar un pasaje en primera clase. Si voy a empezar una nueva vida, lo haré siendo la mujer que yo elija ser. Hasta ahora me está saliendo bien. ¿Acaso no estoy aquí, en el buque Febrero, rumbo a las Américas, haciendo mi sueño realidad?*

El día de mi despedida, cuando doña Virginia vio que yo había contratado una calesa, me dijo:

—Pues sí que había ahorrado tu madre si te puedes permitir una calesa. Qué descaro que empieces tan pronto a despilfarrarlo. Ni se te ocurra volver a esta casa a pedir más cuando te lo acabes.

Sentí una necesidad horrible de hacerle daño, de desquitarme, así que le dije:

—Pues ¿sabe qué creo? Que me echará de menos, tiene tan seco el corazón que se aburrirá no teniendo a nadie a quien maltratar. Ni loca volvería. A donde yo voy, solo me espera la gloria.

—¿La gloria? Pobre ilusa. Da igual a dónde vayas, niña, acabarás en el mismo lugar que encontré a tu madre.

No perdí más el tiempo, le di la espalda, me subí a la calesa y le pedí al cochero que partiéramos. Los caballos avanzaron por varias calles rodeadas de edificios hasta que enfilaron por la ribera del Nervión. Entonces, sabiendo que sería la última vez que lo haría, me concentré en respirar los aromas grises y salobres de la villa: su mezcla a Cantábrico y a acero, a hierro mojado y pescado fresco, que te deja un sabor a frío y a plomo en la boca y te duele en los bronquios si lo aspiras muy fuerte, que te acelera el corazón tanto como esa especie de ~~zozobra inquietud~~ vértigo que produce ~~¿el miedo?~~ esta anhelada libertad. Supe que habíamos llegado al muelle cuando vi los primeros bloques de hormigón de los que tanto se habla en los periódicos. No me parecía factible que doña Virginia descubriera el armario de su marido, que se diera cuenta de que yo había robado joyas y dinero, pero la culpa me hacía dudar y, hasta que no estuve a bordo del buque, no me creí que, efectivamente, mi suerte hubiera cambiado.

Pero ahora sí me lo creo.

Ahora veo el pasado igual que miraría el humo de una casa que ha ardido. Y lo único en lo que quiero pensar es en qué encontraré al otro lado del océano. Mi futuro es este buque. Esta máquina mágica que ~~me acerca~~ me transporta a ese tiempo y a ese lugar que están por llegar.

Después de empujar al inoportuno galán y asomarme por la borda, he escuchado unas risas y me he dado cuenta de que alguien nos estaba espiando: una chica de más o menos mi edad, que iba con un vestido burdeos muy elegante y llevaba una sombrilla blanca. No soy la única que se ha dado cuenta, el músico ha pegado un bufido al verla reírse, ha recogido su gorra del suelo, la ha golpeado contra su mano para ahuecarla y se la ha vuelto a poner con toda la dignidad que ha podido. Entonces mi mirada se ha cruzado con la de la chica, que se ~~agarraba~~ sujetaba el estómago de una manera cómica; el rostro de «orgullo herido» del músico era tan patético que yo también he estallado en una carcajada. No hemos parado de reír hasta que el músico se ha ido. Al final, ella se me ha acercado.

—Aitana Ugarte —se ha presentado, alargándome su mano—. Encantada de conocerla, me encantaría ser amiga de una mujer tan resuelta como usted: «¡Ser libre me hace mujer!». ¡Qué cara se le ha quedado a ese atrevido!

Me he ruborizado con el cumplido y me he quitado el guante para estrecharle la mano, pero entonces me he llevado un enorme sobresalto: ¡me ha dado un calambre! Al momento he sentido que acababa de cargarme con una energía totalmente nueva.

Las dos nos hemos mirado sorprendidas.

—¿No tendrá usted una central eléctrica como la de Nueva York debajo de la piel? —he dicho queriendo ser graciosa porque es el tema de moda en todos los periódicos. Y ella se ha vuelto a reír. Entonces me he presentado—: Natalia Amesti. El placer es mío. ¿Usted también viaja sola?

—No, pero me he escapado de la vigilancia de mi guardaespaldas porque me encanta la aventura.

Sus ojos color miel, de expresión felina, se han iluminado con picardía y en su brillo juro que he visto la fuerza fascinante y misteriosa del destino.

SEGUNDA PARTE

Conquistando la dulce cintura

Sibö trajo la tierra de allá abajo. Arriba la inauguró diciendo: «Ella ha llegado para todos nosotros: para el buen trabajador, para los buenos volteadores de montaña, para los secadores de los ríos, para los mejores cazadores, para los viajeros de mar y tierra, para todos ha llegado, no llegó, pues, por nada».

Awá Francisco García, «La historia de la tierra»,
en Carla Victoria Jara y Alí García Segura,
Kṑ kḗska – El lugar del tiempo.
Historias y tradiciones orales del pueblo bribri

7

La india de la guaria morada

I

Por un momento, mientras ella y la mula descendían la falda de la montaña, Aitana encontró cierta semejanza entre su aventura y el poema de «El caballero de la carreta», escrito por Chrétien de Troyes: El Guayabo le parecía tan misterioso como el reino de Camelot. Aunque en el mapa de su antepasado no había ningún castillo que vistiera con su romanticismo las tierras altas, la arrogante «Torre Alba» se le antojaba más legendaria que Camelot, y la sauria cordillera que rodeaba el valle, más inexpugnable que la fortaleza del rey Arturo. Eso sí, Aitana no quería ser la frágil dama de ningún caballero intrépido, sino el caballero mismo, la dama intrépida, una Lanzarote del Lago a quien nadie pudiera comparársele en valor y prez. Pero ¿y si el tesoro del que hablaba su antepasado era una invención? O peor: ¡un cuento, un romance como el de Camelot, un relato inacabado que ella había confundido con un diario de notas personales!

Qué absurdo habría sido todo entonces.

Esa duda la hizo detenerse, algo que no podía permitirse, pues la primera parte del sendero discurría por un paraje abierto y cualquiera que se apostase junto a la ceiba centenaria, los Haeckel, la policía, las jornaleras…, podría divisarla enseguida. Además, no había corrido tantos peligros para detenerse ahora por menudencias. Una vez que se tomaba una decisión no era sensato repensarla ni lamentarse ni dudar, mucho menos arrepentirse, porque entonces no podía afirmarse que se había tomado una decisión; como mucho se había manifestado una declaración de intenciones, una voluntad de.

Naderías.

Eso eran las dudas.

Si los caballeros no se hubieran lanzado a la aventura guiados por sueños absurdos, si nadie los hubiera tomado por locos, no existirían las leyendas. Y, para allanar de incertidumbres la mente, recitó como Lanzarote:

—*Ne doi mie avoir cuer de lievre.*[6]

Reanudó la marcha, pero esta vez avanzó a grandes zancadas para compensar el paso atortugado de la mula. Si no fuera por Beatrice, habría echado a correr ladera abajo para llegar cuanto antes al bosque. El café de Aquiares era más estimulante que ningún otro que hubiera probado y le hacía sentir los pies más ligeros que los del hermoso Aquiles. Pero ese paso no parecía gustarle a la mula, que se detuvo y se puso a pastar. Contrariada, la joven dio un par de tirones para que volviera al camino mientras miraba con exasperación la parte de la montaña que habían dejado atrás. Después de dar varios tirones más sin resultado, decidió que dejaría descansar a Beatrice un rato, no fuera a desplomarse. Nunca había llevado una mula, y no sabía si esos animales aguantaban tanto como los caballos.

Confía, se animó. *Intenta pensar en otra cosa.*

Dejó vagar la mirada por los eriales a ambos lados del sendero. Exhibían la misma dejadez que había encontrado en la vertiente interior del valle que bajaba hasta la llanura donde esta-

---

6. De ningún modo puedo tener corazón de liebre.

ban el beneficio y la casa de los Haeckel. La pendiente estaba escalada de manera natural, parecía fácil ordenarla en terrazas para plantar más matas de café, ¿por qué no lo habían hecho? No tenía lógica alguna. No lo entendía. Distrajo su impaciencia dando vueltas al machete, excavando por excavar un hoyo en el suelo, sin dejar de vigilar la cima del valle, mientras la mula seguía comiendo. Las montañas de Aquiares lo tenían todo para cultivar el mejor café: el clima fresco de las tierras altas unido a la fertilidad del suelo volcánico. En cuanto ese ferrocarril del que tanto hablaban llegara al Valle Central, podría exportarse café desde Aquiares a todas las partes del mundo.

—No tiene ni pies ni cabeza que herr Rudolf quisiera casarse con la hija de un bilbaíno que podía vincular sus negocios con el mercado europeo si tenía esta hacienda hecha un desastre —le dijo a Beatrice—. Pero ¿sabes qué? Ya no es asunto mío. Venga, vamos, glotona.

Esta vez tiró con más fuerza de la mula, que tenía metido el hocico entre una miríada de mariposas de alas azafranadas cuyo color recordaba al de las bayas maduras del café. Ambos lados del sendero habían sido colonizados por aquellos pequeños insectos que revoloteaban entre las flores de cardo como un presagio bullicioso del esplendor que alcanzarían aquellas montañas si las poblaran de cafetos. *Si estas tierras fueran mías, convertiría Aquiares en la hacienda más próspera del país*. Miró hacia atrás y se despidió:

—Adiós para siempre.

Bajaron hasta un terraplén elevado de manera artificial que cercaba un perímetro que se perdía a derecha e izquierda en una línea infinita. Pasado este terraplén, la ladera se convertía en una planicie que se alargaba hasta abrirse a una gran extensión de árboles: el Bosque Errante. Con ese nombre y con una X aparecía señalado en el mapa. Estaba más cerca de lo que había imaginado, como si se hubiera movido con el paso de los siglos.

—Mientras no se escape a medida que nos acercamos, todo estará perfecto.

Llegaron a una segunda ceiba. Toda la ruta estaba señalada por una serie de árboles de distinta especie alineados hasta la supuesta ubicación de El Guayabo. Aitana acarició el tronco, tan alargado que, visto desde abajo, parecía una escalera al cielo. Su frondosa copa irradiaba una agradable aura dorada y eso le hizo darse cuenta de que el sol ya casi estaba en su cenit. Se concentró en la lluvia de sonidos que el viento producía al filtrarse entre las hojas del árbol.

—A esta ceiba don Íñigo no le puso nombre. ¿Qué te parece si la llamamos Reina de los susurros, Beatrice? Si le pedimos un deseo, seguro que ella se encargará de transmitírselo al bosque antes de que lleguemos. Yo ya sé cuál es el mío, ¿y tú?

—Humprf.

—¡Vaya! Tú misma, pero me ofende que pienses que es un nombre infantil, yo lo encuentro adecuado. Es el árbol de la vida. Mi antepasado lo plantó hace más de cuatrocientos años. ¿No es increíble que siga aquí? Debe de conocer secretos muy antiguos.

Guía mi destino, le musitó a la bella e imponente Reina de los susurros mientras acariciaba su tronco. Un viento chiflón caracoleó entonces entre las ramas y volvió a salir en dirección al bosque. Aitana extendió el brazo y, con su mano en forma de garra, simuló atraer hacia sí ese viento que se escapaba; meneó la garra de manera teatral, igual que si estuviera en pleno combate contra una fiera monstruosa. Luego lanzó el brazo hacia delante y al tiempo que abría la garra liberó el aire, fingiendo que controlaba el clima y sus elementos. A continuación soltó una carcajada y brincó al otro lado del terraplén envalentonada por sus fantasías y por esa parte de su carácter tan impermeable al sentido común. Pero enseguida se detuvo, acababa de darse cuenta de que la mula no podía saltar el desnivel.

—Parece que tendré que entrenar mis habilidades de *harri-jasotzaile*.

Se arremangó y empezó a reunir piedras para hacer un pequeño talud. Construyó una cuesta delante y otra detrás del terraplén, luego hizo caminar por ella a la dócil Beatrice. Cuando ya estaban al otro lado, tropezó con una piedra de canto redondo y cayó hacia atrás. Hizo un juramento nada elegante, pero después se quedó muda. La piedra con la que había tropezado era distinta a todas las demás.

—¡Es un petroglifo! ¡Un petroglifo, Beatrice!

Acarició sus llamativas incisiones pasando el dedo por las formas geométricas, por las espirales, círculos y puntos cuyos significados desconocía; siguió el curso de varias cruces. Era liviana, un tipo de petroglifo portátil. ¡Como los que servían de mapas a los indígenas! Si pudiera entender aquellos símbolos grabados... ¡A lo mejor indicaban cómo llegar a la ciudad sin nombre! Según había escrito don Íñigo, antes de desaparecer su población misteriosamente, había sido un lugar de intercambio para toda América, un punto central de sus rutas de caminos comerciales. ¡Qué rápido había cumplido su deseo la Reina de los susurros! Por supuesto no era una guía para ella, pero seguro que sí lo había sido para los visitantes que llegaban a aquellas tierras hacía cientos de años. Tanto le daba, era la señal que necesitaba, su tesoro debía estar cerca. El diario de don Íñigo no era ningún cuento, hablaba de algo real. Allí había habido un asentamiento indígena.

—El Guayabo existe —afirmó con contundencia.

Y arrastró a la pobre mula que no compartía su entusiasmo hasta la entrada del bosque. Aitana temía toparse con salteadores de caminos o que todavía vivieran por esas lindes los indios huetar de los que hablaba su antepasado, pero, aun así, entró con paso firme en la boca oscura y silenciosa del Bosque Errante. Al menos ya estaban fuera de la vista de los terrenos de los Haeckel.

II

Aitana estaba segura de que El Guayabo no era una invención literaria de su antepasado, como algunos pensaban que era el paraíso perdido de la Atlántida, pero ¿quién sabía si la ciudad sin nombre no había sido engullida también por un gran cataclismo en «un solo día y una noche terribles» como la poderosa isla que destruyó Zeus enojado con los atlantes? Tal vez por ese motivo El Guayabo no aparecía en los mapas actuales.

Además de frescos y frondosos árboles de hoja perenne que transpiraban agua, el Bosque Errante estaba plagado de musgos, helechos y bromelias, de juncos y de zarzaparrillas con bayas de un ahuyentador color rojo que evitaba comer porque desconocía sus milagrosos poderes curativos. Allí dentro apenas se filtraba la luz del sol, era como si hubiese anochecido de golpe. El camino se veía a ratos atravesado por raíces tan gordas que parecían boas que se anudaban entre ellas, y las paredes de barro endurecido a ambos lados estaban llenas de inquietantes agujeros donde anidaban las tarántulas. No se detuvieron hasta llegar al borde del río Aquiares, que nacía en las faldas del volcán y atravesaba el Bosque Errante de norte a sur.

—Un cruce de caminos… —Aitana sacó el mapa—. Aquí indica que debemos seguir hacia la derecha en dirección sur, bordeando el río en lugar de atravesarlo. Todo recto hasta la salida del bosque.

Pero estaba agotada.

Dejó que la mula bebiera agua del río mientras ella rellenaba las cantimploras y bebía también. Luego ató la mula a un árbol y, con la idea de descansar un rato, colocó una de las mantas sobre una zona inesperadamente llana en aquel suelo sobresaturado, encima de una cama de hojarasca y musgo que formaban un manto mullido. Y se sentó a zampar sin contención la tortilla con el arroz, a pesar del regusto dulce y terroso que le daba el haber estado envuelto en hojas de banano, demasiado fuerte para su paladar, que no estaba acostumbrado. Al terminar, se tumbó con la intención de echar una siesta y ya se le empezaba a nublar la vista cuando entendió el porqué del nombre Bosque Errante: frente a ella había unos curiosos árboles que parecían caminar hacia el este. El inicio de sus troncos, que crecían paralelos al suelo en lugar de hacia arriba, podía confundirse con el abdomen alargado de algunos reptiles, y las raíces les salían a ambos lados como patas alargadas, mientras que otras se elevaban en el aire a la altura de donde empezaría el tórax, si en realidad fueran reptiles. Se trataba de los *Socratea exorrhiza*, una especie comúnmente conocida como «palmeras caminantes», aunque ella desconocía este dato. Se movían poco a poco, pero el movimiento no es igual para árboles que viven cientos de años que para un hombre; las diez varas que podían andar esas palmeras en un año equivaldrían a diez millones de pasos en la vida de un ser humano. En su lucha por sobrevivir, con aquellas piernas de madera extraordinariamente capaces, las palmeras buscaban poco a poco su propio tesoro: el sol. Si Aitana hubiera sabido que los jabalíes se alimentaban de las semillas de esas palmeras andantes, se habría alejado de ellas lo antes posible, pero lo único que hizo fue admirar sus cuerpos de madera, animalescos, cuyas formas le hacían pensar en mantis religiosas gigantes o en *Neuquensaurus* diminutos; en iguanas con el cuello erguido o en basiliscos de figuras prehistóricas; en...

Se irguió, alarmada.

Entre aquellas formas andantes acababa de ver el rostro moreno, lleno de arrugas, de una india regordeta con una orquídea morada prendida en la oreja. Alargó la mano hacia el machete, pero no se atrevió a mover un músculo más. Después de varios minutos prestándole atención a todos los sonidos del bosque a los que hasta ese momento no había atendido, de sentir calambres paralizantes en lugares de su cuerpo que desconocía, decidió que solo había sido una alucinación y, rendida de cansancio, se volvió a tumbar. Apartó la mano al ver una ranita de color verde menta salpicada de puntos negros saltando entre los helechos, posiblemente en busca de comida. Lo cierto es que se le pasó por la cabeza hacer un fuego para ahuyentar a los animales, pero le parecía imposible encontrar ramas secas allí, y además, según lo pensaba, entraba en el territorio del sueño. Cerró los ojos y no los volvió a abrir hasta que ya fue noche cerrada. El frío y un atemorizador estruendo gutural la despertaron.

Uooh, uooh, uooh, uooh, uooh...

Era un ruido ronco, totémico.

Se encogió todo lo que pudo para esconderse, aguantó la respiración, mejor morir de asfixia a que la zarpa afilada de un animal cavernario al que no podía ver le abriera las carnes. Intentó alargar la mano para coger el machete, pero los dedos se le agarrotaron, entumecidos por el aullido glacial y repetido de aquella bestia invisible. ¡Dios santo, qué era aquello! Un frío sibilante y acuchillado como la exhalación de un pulmón seco avanzaba en forma de neblina blanca por el camino, convertido ahora en la enorme y oscura garganta de una bestia voraz. Aitana no podía encogerse más, ni pensar, solo musitaba *Dios mío, Dios mío, Dios mío*; se arrepentía de estar allí, pero ya era tarde. Se oyeron varios gruñidos aproximándose; después, un rugido propio de un oso o de un gorila devoró todo el oxígeno del bosque selvático, que se quedó en silencio, pero, hasta donde Aitana sabía, ninguno de esos dos animales vivía en los trópicos; la niebla se detuvo, empezó a disiparse como si algo caliente y pesado avanzara a través de ella. El ruido gutural, ronco, cavernícola cada vez sonaba más cerca.

Uooh, uooh, uooh, uooh, uooh...

Su eco se multiplicó entre la arboleda, como si no fuera una sola, sino varias bestias las que la acechaban. Escuchó también el trino de algún pájaro, ramas rompiéndose. Por primera vez en todo su viaje, Aitana lloró de manera silenciosa. Encogida, con todos los músculos en tensión. No podía desaparecer, como le hubiera gustado. El tracto vocal de aquella o aquellas bestias articulaba sonidos que retumbaban como si fuera el volcán que regurgitaba, provocando temblores. Las hojas de unos árboles cercanos se agitaron. Definitivamente no se trataba de una sola bestia: el estruendo venía de varios lados. Aullidos ásperos y enronquecidos hacían temblar la vegetación. Aumentó su intensidad.

Uooh, uooh, uooh, uooh, uooh...

Y, de pronto, silencio. Más movimiento de ramas. Algún rugido. Aitana dejó de apretar los puños con todas sus fuerzas y palpó entre la maleza lo más rápido que pudo hasta que, ahora sí, agarró el machete. Un movimiento a su izquierda. Se giró, zarandeó el arma cercenando a un fantasma invisible, poseída por un miedo descomunal. Si no podía huir, debía atacar. Varias ramas cayeron a sus pies. Su corazón latía más deprisa, su respiración era más profunda, sus músculos se habían tensado para agarrar el machete con más fuerza. Alerta, concentrada, dispuesta a embestir. El aullido sonó más fuerte y seguido, esos monstruos que se movían en la oscuridad sabían que ya la tenían acorralada. Los ojos de Aitana se habían acostumbrado a la penumbra del bosque, pero apenas percibía sombras moverse aquí y allá. La furia contagiosa en las ramas de los árboles estalló de nuevo. El canto de los pájaros era dulce, como si estuvieran acostumbrados a esos ruidos. Pero Aitana no lo estaba. Era una joven intrépida, que tenía un sueño y no había dudado en ir tras él, pero que no sabía nada de los peligros de la naturaleza, de la fragilidad del cuerpo humano. ¿De verdad había creído que leer libros la prepararía para enfrentarse a lo salvaje? No conocía sus límites. Había dormido sin taparse, sin barajar si era un buen lugar para hacerlo, dejando que la acribillaran a mordiscos los mosquitos. Había cometido un descuido detrás de otro. ¿Ahora le sorprendía la presencia de las fieras? Ella sola se había puesto en peligro al adentrarse por terrenos en los que a diario morían hombres curtidos y experimentados. Y no devorados por fieras, sino por nimiedades a las que nadie que habitara en una ciudad estaba acostumbrado: hormigas cuya picadura duele como un balazo, aguas de arroyos cristalinos que transmiten enfermedades, troncos que esconden bajo la capa aterciopelada del musgo arañas mortíferas... Pero Aitana había nacido en una época romántica, se había adueñado de ella el idealismo ingenuo de la literatura de la conquista. ¡Valiente insensata! Sus libros la habían hecho sentirse valerosa sin saber ni siquiera qué era el valor. El significado de las palabras solo puede entenderse plenamente a través de la emoción que produce la propia experiencia y ahora estaba sintiendo en todo su ser lo que era la palabra «terror», contenida en ese rugido que se alargaba, *Uoooh,* que la rodeaba. Aitana era una criatura más en el bosque tierna y algodonosa que olía a pajarillo que acaba de salir del huevo. Y su ternura podía percibirse a millas. *Uoooh...* Era una presa demasiado fácil. *Uooh, uooh, uooh...* Indefensa. La sombra de la mula se movió agitada, intentaba zafarse de la cuerda que la ataba al árbol. Se levantó y se acercó hasta ella moviéndose muy muy despacio, palpó su grupa, buscó dentro de las alforjas hasta que sacó el candil; luego rebuscó en su faltriquera el mechero, y cuando lo encontró, dejó a un lado el machete y, con manos temblorosas, prendió la mecha. Una débil llama iluminó el espacio a su alrededor, pero, en lugar de detenerse, la bullanga aumentó.

Uooh, uooh, uooh, uooh, uooh...

En una mano el candil; en la otra, el machete. El tiempo pasaba sin que las bestias se mostraran, pero hasta ella llegaban sus alientos desagradables. Aitana levantó el farol para ver mejor en la oscuridad. Un mono marrón, no más grande que su antebrazo, con la cola entrelazada en una rama baja, la miraba con curiosidad.

No podía ser.

—¡Santo Dios! ¡Malditos monos ridículos y escandalosos!

Blandió el machete en la dirección del sorprendido simio que saltó a la grupa de la mula, y esta soltó un rebuzno. Sus compañeros, enardecidos, festejaron su hazaña con más chillidos escandalosos.

Uooh, uooh, uooh, uooh, uooh.

Mientras Aitana tiraba con fuerza del machete que se había quedado incrustado en el tronco del árbol, el mono aullador rebuscó con pericia en el interior de una de las alforjas. Sacó uno de los paquetes en que estaba envuelto el arroz con hojas de banano, probó los granos blancos y, como no le gustaron, los desperdigó por el suelo; después de olisquear la tortilla de maíz, la lanzó lejos y desapareció en la oscuridad llevándose la hoja de banano mientras sus compinches vocingleros lo aclamaban con nuevos *Uooh, uooh, uooh, uooh, uooh…* Se animaron a bajar también de los árboles y continuaron el saqueo de las alforjas cogiendo las galletas, el mango, los plátanos, el catalejo y los poemas de Baudelaire, que se habría sentido muy gratificado al saberse secuestrado por animales tan condenadamente folloneros. Aitana consiguió sacar el machete del tronco y lo blandió en el aire.

—¡Malditos simios descarados! Ni un borracho llamando al sereno mete tanta bulla. ¡Marchaos, porque os voy a rebanar los sesos!

Y estaba dispuesta a ello, pero los monos volvieron a las ramas y se alejaron con el botín. Aitana dejó caer entonces el machete y se sentó en el suelo, rendida, cuando una peladura de banana le cayó en la cabeza y volvió a incorporarse y a arremeter con furia contra las ramas. No paró de soltar improperios y gritar y despotricar y golpear con el machete todo lo que podía hasta que descargó toda la tensión, el miedo y la rabia por haber pasado el mayor susto de su vida.

—¿Cómo es posible que de una cosa tan pequeña salga un sonido más temible que el rugido de un volcán? —le preguntó a la mula, que le respondió con tantos «Humprf» que Aitana se vio obligada a aclararle—: Ya sé que no sé cómo suenan los volcanes, pero me lo imagino, no seas impertinente, Beatrice. Cálmate, pobrecita. Vamos, vamos. Ya se han ido.

Pero hasta que la bullanga de aquellos parranderos desnochados no se perdió en la distancia, ninguna de las dos se pudo relajar. Aitana sabía ahora que no eran bestias descomunales, sino monos Congo, que también había visto en ilustraciones. Se habían llevado prácticamente toda la comida, pero al menos no había sido devorada por ningún animal salvaje, sino solo el objeto de la irreverente comadrería de aquellos condenados monos satánicos. Estar en los primeros eslabones de la cadena alimenticia no era agradable, aunque, por supuesto, no lo pensara con esas palabras, sino con otras más simples: *Aquí no solo comes tú, Aitana, también puedes ser comida.*

Se maldijo por haber dormido tanto. Ya no tenía sueño, pero tampoco podían continuar la ruta hasta que el sol saliera de nuevo, así que decidió quedarse vigilando, a oscuras.

—Ojalá pudiera dormir de pie como tú, Beatrice, para echar a correr a la mínima y evitar ser presa fácil —le dijo a la mula, que se iba calmando con sus caricias.

Retiró de su lomo los zurrones y la otra manta se la echó por encima, luego se acostó abrazada a los zurrones para que los monos no le pudieran robar nada más si les daba por volver. Y se puso a buscar en su memoria alguna frase de Dickens para poder repetirla hasta inducirse un estado de hipnosis que la adormeciera, en esa fórmula que siempre le había funcionado. Se decidió por el inicio de *Grandes esperanzas*, «Yo mismo me llamaba Pip, y por Pip fui conocido en adelante...», que cambió por «Yo misma me llamaba Aitana, y por Aitana fui conocida en adelante». En el suelo se había formado toda una constelación de luciérnagas en torno a ella; refulgían a su alrededor como diminutas estrellas tropicales. La sensación de estar tumbada en un cielo prodigioso junto a la pronunciación de esas *oraciones* mágicas de Dickens lograron mejor que cualquier pócima el hechizo del sueño.

III

A la mañana siguiente la despertó una lluvia fina y desmoralizadora. Estaba hambrienta, pero apenas quedaba nada en las alforjas. Miró los granos de arroz esparcidos en el suelo, mezclados con la tierra, las galletas aguadas. Bebió el café que quedaba y pensó que lo único razonable sería volver a Aquiares. Cargó las mantas empapadas encima de la mula y desató al pobre animal, tan ensopado como ella.

Le acarició el hocico.

—Beatrice la Desventurada. —La rebautizó—. Te he pedido fe, guía y protección, y a cambio solo te he arrastrado conmigo en esta locura.

Terminó de recoger y condujo al animal por el sendero paralelo al río, siguiendo la ruta del mapa de don Íñigo. La mula miró en dirección al camino que llevaba de vuelta a Aquiares, pero la joven ignoró el instinto del animal y tiró de ella. Avanzaron sin mucho espíritu y sin dejar de mirar al suelo para esquivar piedras y raíces, con el ánimo vencido de los exploradores europeos que atravesaron el río Amazonas, que subieron y bajaron las montañas de los Andes adentrándose en junglas impenetrables en busca de El Dorado y nunca lo encontraron, que invirtieron y perdieron todo su dinero dejando a sus familias en la ruina. Aitana estaba poseída por una fiebre igual o peor que la contagiosa «maldición del Dorado», la maldición de su familia, los Velasco Tovar. Tal vez El Guayabo no prometía ni la mitad de esplendor que la Laguna Sagrada de los muiscas donde el cacique recubría su piel con polvos dorados antes de sumergirse en ella, pero sería su entrada a la gloria. A eso se aferraba. En algún momento del camino tuvo la pegajosa sensación de que la seguían y dirigió la vista atrás repentinamente, por si sorprendía a la india regordeta con la orquídea morada que creía haber visto el día anterior entre las palmeras caminantes. ¿Y si se trataba de una amazona salvaje y despiadada como las que habían dado nombre al legendario río Amazonas? Aitana se paró, escudriñó entre los árboles y solo descubrió nuevos pájaros exóticos como el carpintero o el trogón, y una pareja de tapires a los que sorprendió cruzando el río y que huyeron asustados. Siguió caminando. *Si al menos pudiera alimentarme de frijoles y plantas como hizo la expedición de Gonzalo Jiménez de Quesada,* se lamentaba. Pero no sabía qué plantas eran comestibles y cuáles peligrosas. Se imaginó cazando ratones y asándolos en un fuego reconfortante, atando barbas de viejo y bejucos para fabricar una red con la que pescar en el río, escarbando hasta llenarse las uñas de tierra y sangre para encontrar gusanos nutritivos. Pero nada de esto hizo, solo siguió adelante, ensimismada, calada hasta los huesos; las botas llenas del lodo pegajoso y de las hojas que trepaban por sus extremidades camuflándola, absorbiéndola hasta convertirla en un elemento más de la naturaleza. Tenía la nariz taponada y un terrible dolor de cabeza, así que no aspiraba los olores químicos y volátiles, medicinales, desconocidos, que transpiraban la tierra y la vegetación a causa de la lluvia. No podía oler ese cóctel sanador de los actinomicetos que ascendía de las charcas cenagosas, de los hongos, del suelo cubierto de musgos y líquenes; ese olor a tierra mojada estimulante que ansiaban imitar los perfumistas, tan agradable que, cuando se aspira, una cree llenarse de más vida. Aitana desatendía los olores, la lluvia, el hambre, el horizonte oscuro del bosque que nunca terminaba; no apreciaba la radiante belleza de las guarias moradas cuyo aroma cautivador no podía disfrutar, orquídeas como la que llevaba prendida en su frondosa melena negra la india que creía que la seguía, que aparecía y desaparecía en el camino como un fuego fatuo, y que empezaba a aceptar que era solo una visión engañosa. Se tocó la frente y le pareció que tenía fiebre, pero no quería detenerse. *El Guayabo nos aguarda*, le decía a Beatrice cada tanto. Solo cuando empezaron a fallarle las piernas, se montó encima de la mula. Entonces se puso a cantar para darse ánimos:

Quince hombres tras el cofre del muerto,
¡oh, oh, oh y una botella de ron!
La bebida y el diablo se llevaron el resto,
¡oh, oh, oh y una botella de ron!

Probó distintas melodías para el estribillo que había animado a seguir a los piratas de *La isla del tesoro*, la novela de Robert Louis Stevenson que había leído por entregas en la revista *Young Folks*, hacía un par de años. *¡Oh, oh, oh y una botella de ron!*, siguió cantando hasta que, por fin, vio la salida de aquella trampa tropical: una oquedad redonda y gloriosa cincelada por la penetrante luz del sol al final del oscuro sendero del bosque.

—¡Lo conseguimos, Beatrice!

Cuando salieron de nuevo a campo abierto, la lluvia seguía arreciando y ya no contaban con el paraguas frondoso de los árboles. El sendero continuaba hacia abajo, pero el mapa de Velasco indicaba que debían seguir en dirección este, hasta llegar a un bosque de manzanillos.

—¡Pero si por ahí no hay camino!

Seguirían campo a través. Aitana se bajó para caminar delante y abrir así camino cercenando con el machete hierbas tan altas que les cubrían hasta los hombros. Amenazaba a enemigos imaginarios, con frases de su adorado D'Artagnan: «¡Volved el rostro, u os ensarto por la espalda!», «¡Acabaré contigo, cobarde!», «¡Infame, ah, traidor!». El Bosque Errante se fue alejando tras ella. Al cabo de un rato, se apoyó sobre sus rodillas para recobrar el aliento.

—Te estarás preguntando por qué no doy media vuelta... —se disculpó con la mula—. La verdad, ni yo misma lo sé, pero, cuando creo que voy a perder la esperanza, que nací con mala suerte y ya está, recuerdo el momento en que mi padre me enseñó el diario y el mapa de don Íñigo; siempre había soñado con ser una aventurera, y de pronto la vida me daba esa oportunidad. La voluntad no es más que eso, Beatrice, recordarse a una misma por qué se ama lo que se hace, no olvidar esa pasión que nos impulsó a seguir por un camino y no por otro.

Había dejado de llover y el sol que apareció entre las nubes le calentó el rostro. Adoptó un aire soñador.

—Abrir el mapa de don Íñigo fue similar al momento en que el doctor Livesey rompe los sellos del mapa de la isla con forma de dragón gordo y rampante en la novela de Stevenson. Aunque el de don Íñigo no tenga indicaciones de latitud y longitud, ni bahías ni ensenadas, estas cruces rojas que señalan los árboles y lugares clave son igual de fascinantes. Al verlo por primera vez, sentí la misma emoción que si fuera una pirata. Ojalá tuviera compañeros piratas para no hacer sola esta aventura.

—Humprf.

—¡Oh, por supuesto que tú me haces mucha compañía, Beatrice! Es solo que... No importa. Solo nos queda atravesar el Bosque Ahogado y subir por el cañón del río Guayabo. No tardaremos ni un día.

Rebuscó dentro de las alforjas con la esperanza de encontrar algo de comida que no se hubieran llevado los monos y entonces se dio cuenta de que dentro solo estaba el libro de *El Quijote*.

¡Su diario no estaba!

—¡Malditos monos! —gritó enfurecida, y culpó a los animales de su propio descuido, creyendo que ellos lo habían robado como hicieran con el libro de Baudelaire—. Esa pandilla de monos marrulleros lo habrá lanzado en algún agujero del bosque o, peor, le habrán arrancado sus páginas o...

Soltó un alarido, y luego otro más, largo y profundo, fruto de la rabia y la frustración que estaba conteniendo desde por la mañana. La mula se asustó y se echó hacia atrás. Aitana recordó entonces que el siguiente árbol de la ruta tenía el esperanzador nombre de Manzanillo. Ojalá estuviera lleno de manzanas, porque, si así era, pensaba hincharse a comer hasta que le doliera la barriga.

—Tengo tanta hambre que pagaría gustosa medio ducado por una rata, como los marineros que hacían largas travesías y morían en sus barcos sin llegar a tierra diezmados por el escorbuto.

La mula le respondió con su invariable «Humprf».

—Tranquila, ya queda menos.

Pero todavía tuvieron que caminar varias horas más.

El sol comenzaba su descenso cuando vislumbraron la arboleda del Bosque Ahogado. La alcanzaron y durante un rato bordearon la linde, hasta que, por fin, Aitana divisó el ansiado Manzanillo. Había varios árboles de esa especie alóctona que se había naturalizado en el paisaje. Ya no sería necesario comer ratas, el suelo estaba lleno de pequeñas y adorables manzanas. La boca se le hizo agua, soltó a la mula y se lanzó como loca a por ellas. Cogió una entre sus dedos pulgar e índice y la admiró por un segundo como si fuera el mayor tesoro del mundo, los ojos lagrimeando y la boca abriéndose ya para hincarle el diente. Algo que habría hecho si una flecha, lanzada con la puntería de Guillermo Tell, no hubiera atravesado la adorada fruta en su centro, apartándola de los dedos de una estupefacta Aitana, que vio cómo la manzanita se le escapaba y rodaba por el suelo. *¡¿Indios?!* Se giró en la dirección desde la que había venido la flecha. Junto a la mula, la india con la guaria morada prendida en el pelo, vestida con un cotón de jerga y pantalones, mantenía un arco en alto y la miraba con intensidad animal, como un león a una gacela.

Aitana pegó un grito y se lanzó a la espesura. Tropezó con una raíz, pero se levantó y volvió a correr llevada por el miedo y por el mismísimo diablo que le susurraba: *Corre, corre, corre, no pares, desgraciada, corre.*

La Gran Aventura VII

27 de octubre de 1883
Océano Atlántico

Diez días de travesía; diez días de ser la chica más feliz del mundo. No sabía lo que era tener una amiga. La única sensación que recuerdo similar a lo que experimento estando con Aitana es la del día que vi el mar por primera vez y pude correr por la playa de Ereaga. Cada vez que nos vemos, saltamos de alegría, nos reímos, nos abrazamos y nos empujamos como locas. «¡Estas jóvenes de hoy en día tienen menos recato que los perros, deberían ponerlas en las cabinas de segunda clase!», dijo una señora ayer. Y nosotras nos reímos. Luego echamos una carrera por la cubierta del barco. Por las noches nos sentamos en un butacón a cotillear todo lo que sucede en el salón durante las sobremesas y los bailes, y nos reímos del músico de la orquesta que creo que nos odia. Cuando queremos contarnos secretos, bajamos por unas escaleras de hierro a la cubierta de máquinas, nos escondemos entre los condensadores y la sala eléctrica, y allí nuestros secretos se los tragan las vibraciones del barco antes de que nadie más pueda oírlos. Otras veces esperamos a que sea muy de noche y hablamos en cubierta, cuando todos duermen.

Hoy por fin me he puesto a escribir, pero sólo porque ¡estoy afónica! de no parar de hablar, así que no creo que pueda salir del camarote. Mi garganta no está acostumbrada. Entre nosotras nunca hay silencios. A veces me descubro diciendo cosas que ni siquiera sé si pienso porque nunca las había pensado antes, o sea, que pienso en voz alta con Aitana y afirmo cosas como si las creyera, pero, en realidad, no he tenido tiempo de madurarlas. Y a ella le da igual si mañana digo todo lo contrario. Pasamos de contarnos cosas muy serias a soltar insustancialidades, como diría don Gonzalo. He descubierto que hay músculos detrás de la oreja porque me duelen de sonreír todo el tiempo. Aitana entiende cosas que ni mi madre ni don Gonzalo entenderían nunca. Le cuento hasta lo que no me atrevo a escribir en este diario. Ella se ha besado ya con dos chicos, bueno, más que eso. Ayer me dijo que su guardaespaldas no es su guardaespaldas, y me lo presentó formalmente. Se llama David y tiene seis años más que nosotras. Es guapísimo y está muy enamorado de Aitana, hace con él lo que quiere. Y conmigo. Saben que tengo un diario, pero no les importa que hable de ellos; sólo me piden que tenga mucho cuidado y no lo pierda, sería fatal para los tres que alguien lo leyese. Eso no va a suceder, porque lo llevo siempre encima.

Aitana es coqueta y divertida. Da la sensación de que nunca ha sido infeliz. Me encantaría ser como ella. ¡Ah!, y conoce todos los chismes del planeta. «¿Cómo es posible que una chica tan culta como tú no sepa que...?». A la cuarta vez que me dijo eso el día que nos conocimos, le expliqué que he pasado toda mi vida encerrada en la casa de unos señores. «¡Qué horror!». Sí, que horror. «Por eso tienes tan pocas habilidades para hablar y relacionarte con la gente, chica». Sí, supongo. No sé interpretar sus caras. «Pues tienes que practicar, pero primero vamos a vestirte como una chica de nuestra edad y no como una señora». Me ha prestado ya varios vestidos. Cuando me los pongo, me siento extraña, pero me gusta más mi cuerpo. Se me hace muy raro, por ejemplo, ponerme un corsé y que se me vea parte del pecho. Cuando respiro se me hincha, sube y baja, y las dos nos reímos. Con pendientes largos, mi cuello me parece más sensual, y con perlas pequeñas, mi cara se infantiliza, pero Aitana dice que parezco un ángel y que, si aprendo a hacer un tipo de «caída de pestañas», el mundo será mío. Por lo pronto, me está enseñando y no se me da mal.

La vida de Aitana no ha sido tan feliz como puede parecer al verla siempre sonriente.

—Estoy en este barco porque mi padre me vendió a un

viejo —«me vendió», así lo dice, con tranquilidad, pero con desprecio—. Herr Rudolf Haeckel, un alemán que tiene una hacienda cafetalera de mil hectáreas.

—Dios mío, y yo me quejo porque el mío me tenía escondida. ¡Qué asco!

Aitana me ha explicado que el cultivo de café es la principal fuente de ingresos de Costa Rica. Los comerciantes lo prefieren al cacao, al tabaco y al azúcar porque los granos del café duran mucho más y son más fáciles de transportar, pero, sobre todo, por la industrialización. Eso dice.

—El café es para la clase obrera europea lo que el carbón para este buque de vapor. Y el grano costarricense es el preferido porque tiene más cafeína que el de otros países. Hace que la gente trabaje más, mucho más. Quita el sueño, te espabila, te hace ver todo con más claridad. Yo soy tan adicta que, a veces, creo que en otra vida fui pepita de café, pero ni loca me caso con un viejo para pasar el resto de mi vida en un cafetal.

Desde hace unos días hemos puesto en marcha un «Plan de Sociabilización» para mí. La parte más fácil es leerme todos los artículos y editoriales de la prensa tica y extranjera. Los contenidos están atrasados, pero me sirve igualmente para entablar tema de conversación con otras pasajeras que viajan con sus maridos y, además, así evito hablar de mí misma. La mayoría son europeos que van a Costa Rica porque el gobierno les ha regalado grandes hectáreas de tierra para su cultivo. Por las tardes, cuando Aitana y David desaparecen en su camarote para tener tiempo a solas, me siento en los bancos de la cubierta, cerca de grupos de varones, y finjo leer alguno de mis libros mientras los escucho debatir, incluso a veces pelearse. Desde que se independizó de España en 1821, Tiquicia —así llaman coloquialmente a Costa Rica— ha iniciado su propio camino siguiendo las vías del progreso y el liberalismo yanquis para fortalecer su naciente República Liberal y la nueva democracia. Al parecer, los diarios nacionales se han multiplicado este año tras la muerte del que fuera presidente, Tomás Guardia, que debía ser bastante inflexible con la libertad de prensa, aunque fuera liberal. La verdad es que el binomio fantástico «progreso nacional» aparece continuamente aparejado con elogios desmesurados al extranjero en todo lo que leo. Oigo decir cosas como que «a los barones del café no les gustan las ideas liberales» o que «los católicos no quieren oír hablar del cambio». «Ven amenazado su modo de vida, su cacicazgo de años, ¿pero es que no entienden que el ferrocarril es bueno para todos? ¿Cómo, si no, vamos a exportar el producto nacional?». El ferrocarril sale en todas las conversaciones y también la deuda astronómica contraída con Inglaterra. Si en un corrillo de varones se brinda por la libertad para todos y por el ferrocarril, en el de al lado gritan enfadados: ¡Dudas y deudas, eso es el ferrocarril!

En los periódicos, el ferrocarril se presenta como la respuesta a todas las grandes esperanzas de Tiquicia. Tanto el antiguo gobierno de Tomás Guardia como el actual de Próspero Fernández, a pesar de sus grandes diferencias, entienden que es la única vía para hacerse un hueco en el mercado internacional.

Grandes esperanzas…

Tiquicia es un poco como Philip Pipp, el huérfano protagonista de una novela por entregas que he podido leer en un folletín que se titula precisamente así, Grandes esperanzas. *Voy solo por el segundo capítulo. Tiquicia, como Pipp, sin otra figura paternal mejor que imitar, pone todas sus esperanzas en una adorada Norteamérica. Yo también quiero participar del gran momento que está viviendo Costa Rica, compartir el entusiasmo por el ferrocarril, la fiebre de progreso. Gustosa me cambiaría por Aitana.*

Ya no recordaba lo que era que me doliese la mano de escribir. Seguiré otro día.

8

Mistakeit

I

Aitana corría, se detenía a jadear apoyándose en sus rodillas. Intentaba centrar la vista en el suelo y volvía a correr, pero la mirada tropezaba más que sus pies, no veía lo que tenía delante, el suelo parecía escapársele. Cada poco se giraba, estremecida por los ruidos que ella misma hacía al pisar ramas caídas, escarabajos, cortezas y quién sabía qué más. Confundía con flechas de la india las ráfagas silbantes del viento, aunque hacía rato que no la veía. Tal vez había dejado de perseguirla, pero Aitana no reflexionaba, seguía corriendo. Huía de su propio miedo, que no era más que la mente tejiendo de manera anticipada una mortaja; un aliento que acariciaba su nuca, que le murmuraba *Corre, desgraciada,* acallando cualquier otro pensamiento, mortificándola, *Corre, por lo que más quieras.* Y ella, obediente, saltaba zarzas, esquivaba raíces, resbalaba en los charcos y lamedales, caía y se volvía a levantar, precipitándose más y más hacia la oscuridad. Las piedras y arbustos adoptaban formas inquietantes, y tan unida estaba en esos momentos su alma al horror que los confundía con brazos y mandíbulas hambrientas de muertos feroces. Se agazapaba sorteando troncos atravesados, apartaba lianas que le atizaban latigazos en el rostro, sin detenerse, adentrándose en la heladora oquedad del Bosque Ahogado, rompiendo su calma, llamando, sin quererlo, la atención de miles de ojos alertados por el ruido insólito; inquietando hocicos que olfateaban su rastro, ávidos por identificar aquella presencia extravagante. Los animales del bosque olían el tufillo de su miedo, su sudor; salían como sombras horrendas de sus escondrijos; algunos, segregando salivas anhelantes. Aitana provocaba todo un estremecimiento selvático con su carrera, se ofrecía a la muerte creyendo que huía de ella. Barajó adentrarse por las intrincadas arboledas entre las que discurría el camino, agacharse, dejar pasar el tiempo guarecida en algún rincón, escondida en las penumbras, para acallar esa voz del miedo. Pero, a ambos lados del camino, plantas estranguladoras se apoyaban unas sobre otras y provocaban adelgazamientos en sus ramas y troncos. ¿Y si te agarran y te ahogan a ti también? ¿Y si se camufla entre ellas una *Boa constrictor*? En el barco, una mujer le contó que había perdido a su marido de una manera terrible, el hombre desapareció y a los pocos días encontraron una serpiente de esas con el cuerpo tan hinchado que se temieron lo peor. Al matarla y abrirla descubrieron el cadáver del marido con las ropas puestas, perfectamente conservado en una baba gelatinosa de jugos verduscos; «Esos bichos se desencajan la mandíbula inferior para engullirte mejor», le había contado la señora con una tranquilidad que había impresionado a Aitana.

No.

No te salgas del camino.

No pares, le ordenó la voz cenagosa de su conciencia que se confundía con los murmullos profundos del bosque. *Corre*, con los chasquidos y burbujeos satánicos de los dientes preparándose en la oscuridad. *Ven*, con la voracidad arácnida de los suampos. *No pares,* atrayéndola hacia la urdimbre de su negrura insaciable mientras la envolvía en la burla de sus tinieblas vaporosas y adormecía sus piernas extenuadas. La pobre muchacha sentía que ya no, que todo se había acabado, que ya no podía correr más, pero, *Corre, corre, corre, desgraciada, ahora no puedes parar, ven.* El coro rugiente de los insectos la hipnotizaba; el aire de su respiración entrecortada luchaba con el hálito húmedo y asfixiante de las entrañas selváticas hasta que los pulmones le fallaron y dejó de correr. Entonces, con una voluntad férrea, caminó con el poco resuello que le quedaba. Le dolía el pecho al exhalar. Le dolía contener el grito de espanto. Le dolía la indiferencia despiadada de los dioses y de los árboles milenarios. La futilidad de su sueño de encontrar El Guayabo. Quería llegar al otro lado del bosque selvático, salir de nuevo a campo abierto, pero la selva tiene su propio ritmo nictemeral y allí dentro ya se había hecho de noche. Pronto se dio cuenta de que, aunque quisiera, no podía avanzar más. La garganta le pedía agua. *Si muero aquí, nadie se enterará. Oh, Dios mío, tal vez tarden años en encontrar mi cadáver, se lo comerá una boa como al marido de esa mujer, y, si no, los gusanos, ¡o los buitres, como a don Rodolfo!*

—Serénate —se ordenó en voz alta, y tras recuperar un poco el aliento—: No te dejes llevar por la desesperación.

Pero era una tarea complicada serenarse. En la faltriquera solo guardaba el mapa, las hojas del diario, la navaja, unos fósforos, montones de dólares enrollados y sujetos con gomas, varios pesos que había podido cambiar en el barco y la Virgen negra a la que le imploró un milagro besando la figurita del niño que tenía en sus brazos. Sacó los fósforos y luego tanteó el suelo hasta encontrar una rama gruesa; prendió uno de ellos, que iluminó escasamente el área a su alrededor y lo acercó a la rama, pero estaba tan húmeda y llena de tierra que apagó el fósforo.

—¡Por las barbas de Cristo!

La blasfemia le dio una idea. Encendió otro fósforo, pero

esta vez usó la luz para buscar y arrancar varias barbas de viejo de los árboles. El fósforo le quemó los dedos y volvió a apagarse; a oscuras y con dedos temblorosos, ató como pudo las plantas sarmentosas, rodeando con ellas el extremo del palo, y prendió un fósforo más que acercó a esas melenas blancas y retorcidas. Esta vez sí, se encendió una pequeña llama.

Con aquella antorcha siguió caminando.

Tenía que encontrar un rincón, una cueva, algún espacio donde pasar la noche. Recordó entonces a los malditos monos y pensó también en la pobre mula que había dejado atrás. ¿Se la habría llevado la india o la habría dejado allí sola expuesta a los coyotes o a quién sabía qué tipo de fieras que habitaban aquellos bosques? Jaguares. Ocelotes. Tal vez Beatrice supiera hacer el camino de vuelta a la finca de Aquiares. Reproches como aquel iban y venían sin demasiada fuerza, solo para atormentarla un poco más, mientras caminaba muy despacio. Necesitaba concentrarse en el ruido del exterior, no en el del interior. La antorcha apenas duró unos segundos. Cuando se apagó, Aitana se sentó en el camino, vencida, sin fuerzas para nada más; se abrazó las piernas y apoyó la cabeza en sus rodillas. Su mirada se fue acostumbrando a la oscuridad y, cuando estaba a punto de perder la esperanza, le pareció ver un fulgor celeste y dorado, un aura artificial, un poco más adelante, en un pequeño claro del bosque iluminado por la luna llena. Se levantó y caminó hacia aquel resplandor raro y singular, muy despacio. Exhausta.

¿Qué era aquello?

¿Una carpa? El techo no era cónico, sino abovedado, y se agitaba ligeramente con el viento. Se asemejaba más bien a una lona envolvente que, al quedar enganchada en las ramas de varios árboles, había adquirido un curioso aspecto de morada circense; la tela, de vivos colores, impermeable, estaba recorrida por una red de malla que seguía líneas diagonales en un patrón asargado; en varios lados estaba hecha jirones como si hubiera caído desde el cielo...

¡Era un *charlière*!

¿Un globo de gas en mitad del bosque! El accidentado aerostato tenía aspecto de carpa porque alguien había claveteado y amarrado los bordes de aquella gigantesca lona azul y dorada al suelo, con estacas de madera. Al acercarse, vio que había luz en el interior. Como en un teatro de sombras chinescas, se intuía el perfil de dos figuras de pie que, a juzgar por los gestos de sus brazos, bebían y charlaban de forma animada. También se proyectaban en aquella malla translúcida las sombras recortadas y temblorosas de varias velas, cuyas llamas —la fuente de luz de aquel bello y desconcertante espectáculo— se alargaban y empequeñecían, desprendiendo algo de aire caliente que agitaba ligerísimamente la tela de la carpa, aunque ella lo achacó por error a la brisa y al humo, pues don Gonzalo le había explicado que esos globos volaban gracias al humo.

Una sonora carcajada que procedía del interior de la carpa rompió el silencio. ¡Gente! Aitana no quiso dar gracias a la Virgen de los Ángeles por el milagro demasiado pronto, no sabía si quienes estaban dentro resultarían ser amigos o enemigos.

—Sé prudente, por una vez en tu vida —musitó.

Pero el vacío de su estómago dolía, mareaba. Tenía tanta hambre que, si los tuviera delante, habría recogido grano por grano las migajas del arroz que habían desperdigado los monos. Se los habría comido con la tierra mojada. Y es que ni salivar podía. La garganta estaba tan áspera y seca que se le empezaban a abrir llagas. Apartó con asco una araña que trepaba por su brazo, se levantó y sacudió todo su cuerpo. No podía pensar con claridad, le castañeteaban los dientes mientras avanzaba por el camino, encogida, sin dejar de mirar las figuras que se vislumbraban en la carpa.

¿Qué debía hacer? ¿Entrar y pedirles comida? Les pagaría lo que pidiesen. Pero le harían preguntas. ¿Qué respondería? Ahora pensaba que todo había sido un error. Su viaje, la búsqueda de El Guayabo, el fingimiento de ser quien no era. Cuando se encontraba cerca de la carpa, se agachó para que quienes estaban dentro no pudieran ver su sombra. Era difícil que escucharan sus movimientos sigilosos, pues sus voces y risas acaparaban el silencio. Como el gato que eleva y tensa sus orejas hacia atrás, se concentró para escuchar todos los sonidos. Hombres. Dos. Uno de ellos, extranjero, norteamericano probablemente, alargaba las vocales y su pronunciación era enérgica, difería de la más refinada de los ingleses que había conocido en el barco. El otro, ¿un indígena?, chapurreaba el castellano y el inglés, como si hubiera inventado una lengua nueva.

—*Yu ar beri fani, Mistakeit.* Carlitos gusta mucho ron de tú, rey de Costa Rica.

—¡Viva el ron, entonces, Carlitos! —exclamó el norteamericano con voz alegre. Ambos hombres chocaron los vasos y dieron un largo trago a lo que fuera que estaban bebiendo. El extranjero puso entonces su mano sobre el hombro del indio—. *I also like guaro de Carlitos, my friend. So…* Keith da ron a ti, y tú dices rey Antonio Saldaña mensaje mío, *all right?* Y yo vendo guaro de Carlitos a los alemanes.

—*O'rait, Mista. ¿Mor'guaro?*

El extranjero volvió a servir líquido en los vasos y, tras bebérselo, acompañó al indio fuera de la carpa. Aitana contuvo entonces el aliento, ¿debía mostrarse ya o esperar un poco? Pero, antes de que tomara ninguna decisión, el extranjero encendió una linterna de aceite y los dos hombres se alejaron por el camino, sin verla.

No habían apagado las velas, así que, claramente, tenían la intención de volver, dedujo. Y sin saber muy bien lo que hacía, y sin dejar de temblar, se acercó con cautela para asomar la cabeza dentro de la carpa.

II

Dentro había varias cajas con botellas de ron, whisky y vino sobre una alfombra que era parte de la misma tela del globo aerostático. En una mesa improvisada con un tronco grueso estaban los dos vasos vacíos que habían usado los hombres junto a una botella de agua. Aitana se abalanzó sobre ella y le dio un trago que le ardió como si se hubiera metido una antorcha de fuego en la boca. Escupió el líquido, pero ya era tarde, la garganta le quemaba, y la boca le sabía a rayos. Aquello no era agua, sino algún tipo de alcohol incoloro y abominable.

—Por todos los diablos, ¿qué es este lugar? ¿Una cantina clandestina en mitad de la selva? No me creo que no tengan ni una cochina tira de carne salada —lloriqueó.

Necesitaba saciar su hambre y su sed, ya fuera con vino o con ron. Descubrió entonces una botella de lo primero abierta en el suelo, semioculta entre un par de taburetes hechos también con troncos. Le dio un trago largo, hasta que sintió una náusea y tuvo que parar. Se había acostumbrado a ese sabor amargo y raspón en el barco, donde transportaban muchas barricas de vino, con las que se suplía la escasez de agua, pero no era lo que su cuerpo le demandaba. Aguantó una arcada y miró con desespero a su alrededor.

—Por Dios, deben de tener agua o comida por algún lado.

Al fondo había una góndola de mimbre que confirmaba que la carpa era parte de un artilugio volador accidentado. Aitana solo había visto globos como aquel en la vajilla de la familia Velasco Tovar cuando habían sucumbido, como casi toda Europa, a la moda de la globomanía, y Julio Verne los mencionaba de pasada en *La vuelta al mundo en ochenta días*. En *Cinco semanas en globo*, en cambio, describía muy bien las botellas de gas, tanques de combustible, barómetros, el sextante, el cronómetro y el altacimut, que había amontonados en una esquina, junto a la góndola. También había un termómetro, una brújula y un ancla de hierro, pero ni rastro de comida. Aitana se asomó dentro de la barca de mimbre, que estaba cubierta con mantas y cojines. La habían transformado en una especie de cama en la que cabían al menos tres personas. No encontró nada comestible dentro. Buscó por toda la carpa, y solo había alcohol. Se le ocurrió entonces remover las mantas y, ¡eureka!, encontró algo que parecía una barrita de chocolate. Le quitó el papel que la envolvía y en el que ponía *Pemmican*, apartó varias hormigas que le contestaron asestándole dolorosas picaduras y le pegó un bocado a aquella pasta, que en realidad era comida concentrada a base de carne seca molida, bayas desecadas y grasas; un auténtico cóctel de calorías, proteínas y vitaminas, de sabor horrible, pero que a ella le entró mejor que toda la gloria que ansiaba. Suspiró con placer. Estaba francamente asquerosa y tenía que dar tragos de vino para disimular el sabor, pero qué agradable era poder saciar el estómago, aunque aquella ración de *pemmican* fuera tan pequeña. Se le acabó enseguida, y su estómago aún rugía con fiereza, así que bebió a morro de la botella de vino hasta que la terminó. Notó un ligero mareo y todo el cansancio se le vino encima de golpe. Para colmo, los odiosos mosquitos que se arremolinaban en torno a las velas ya la habían descubierto e intentaban picarle en la cara y en las manos, las únicas partes que su ropa dejaba al descubierto.

—¡Malditos bichos!

Se frotó la cara y se dio cuenta de que la tenía llena de tierra e incluso apartó alguna hoja mojada; a continuación se dispuso a examinar su cuerpo para comprobar que todo estaba aceptablemente bien. Las manos, que temblaban de frío a pesar del calorcito del vino, estaban llenas de pequeños cortes y en la derecha tenía ampollas en las yemas de los dedos, probablemente por haber estado tirando durante horas del ronzal de la mula. Se levantó el vestido y examinó las magulladuras de sus rodillas, sangraban y le escocían, pero no parecía grave; tenía los muslos llenos de ronchones y picaduras que resaltaban en su piel blanca y embarrada. Volvió a taparse antes de que los mosquitos descubrieran el sabroso manjar de sus piernas, y mató a varios estampando su mano contra la mesa. No eran los únicos que tenían hambre. Si solo había alcohol, bebería alcohol. Se levantó, agarró una botella de ron, desenroscó el tapón y bebió echando el cuerpo hacia atrás para asegurarse de que las gotas caían bien en su paladar. Tanto se estiró que estuvo a punto de caerse doblada al pillarla desprevenida una voz a sus espaldas, que le dio un susto de muerte.

—¡Que me aspen! ¿Será posible? ¿Qué hace una borrachuza andrajosa allanando mi templo? Tendré que jurar con la mano sobre una biblia que estoy viendo lo que veo para que alguien me crea.

Aitana se giró tan rápido que su falda revoloteó acompañándola en aquel repentino baile, aunque no pudo hablar porque se le escapó un hipo y sintió tal mareo que solo tuvo fuerzas para agarrarse a la mesa. El norteamericano al que el indígena había llamado Mistakeit la miraba con una ceja enarcada por la curiosidad y los brazos en jarras, esperando algún tipo de explicación.

—Creo que ha confundido mi carpa con una cantina, señorita. Y no me gusta ser grosero, pero ¿podría explicarme quién demonios es y cómo ha llegado hasta aquí en tan lamentables condiciones? —Todo esto lo dijo Mistakeit en inglés, pero luego, como si pensara que probablemente ella no estaba entendiendo ni una palabra, lo tradujo al castellano—: ¿Quién *carajos* es usted?

Aitana intentó sostenerle la mirada, pero tuvo que cerrar y apretar los ojos varias veces y frotarse los párpados, pues lo veía borroso debido a los efectos del alcohol ingerido tan rápidamente. Entonces pensó que le resultaban familiares los ojos azul claro de Mistakeit que en aquellos momentos centelleaban confiriéndole a su mirada un aire entre pícaro y penetrante, con un descaro que ya había visto antes. Pero ¿dónde? La melena rubia le caía desordenada sobre el rostro; entre la barba y el bigote de varios días asomaban unos labios gruesos y sensuales, entreabiertos, que esbozaban una media sonrisa insolente. Sin duda esperaba que ella dijese algo, pero siguieron examinándose el uno al otro sin hablar. Sus pómulos prominentes, marcados, contrastaban con la nariz chata y delicada, cruzada horizontalmente por una viril cicatriz, que le conferían un aire rebelde a aquel rostro de facciones rudas y tiernas al mismo tiempo. Tenía un atractivo peculiar, más de vikingo que de hombre refinado, aunque vestía como si fuera lo último más que lo primero, muy elegante, con un gabán de cuero y, debajo de este, un chalequillo en el que sobresalía la cadena de oro de un reloj de bolsillo. Su imponente presencia dejó a Aitana sin aliento: ¡por fin lo había reconocido! Se trataba del apuesto caballero que vio el día de su llegada apostado en la baranda del edificio de madera de Puerto Limón; el mismo al que le había sacado la lengua. Era más joven de lo que le había parecido aquel día en la distancia.

—¿Y bien? —dijo él, rompiendo de nuevo el silencio, mientras se quitaba el gabán y lo colgaba en la horqueta de una rama que atravesaba su «templo», después de doblarla con sumo cuidado.

Se sentó en un taburete, frente a ella. Cruzó una pierna encima de la otra, vestía pantalones estrechos, probablemente para moverse con más comodidad, y sus botas, totalmente embarradas, quedaron a un palmo de la falda de Aitana.

—¡Eh, oiga, Mistakeit, yo a usted lo conozco! —habló al fin Aitana, chapurreando con una pronunciación terrible en inglés y sin disimular un entusiasmo desconcertante para su anfitrión mientras lo señalaba con la botella. Sentía la lengua adormecida por el alcohol e intentó controlarla, a la vez que repetía lo que ya había dicho—: Yooo... a *usté*, ¡looo... conozco!

Con el vaivén de su mareo se inclinó peligrosamente hacia él.

El joven enarcó todavía más la ceja y se frotó la barbilla, como considerando si debía empezar a preocuparse o no. Pero el gesto debió de parecerle divertidísimo a Aitana, que soltó una carcajada tan desproporcionada que la sacudió y su brazo se dobló sobre la mesa, perdiendo el apoyo; el norteamericano se levantó raudo y la agarró a tiempo para que ella no se cayera al suelo. Aitana no solo se dejó agarrar, sino que tan cómodos debieron parecerle los brazos robustos de Mistakeit que extendió los suyos sin soltar la botella y, perdido cualquier atisbo de vergüenza, los echó hacia atrás como si desplegara unas hermosas alas, o como si flotara en una nube algodonosa. Lo cierto es que nada deseaba más que echarse a dormir allí mismo. Soltó un nuevo hipo ante la atónita y divertida mirada del extranjero, que terminó por soltar él mismo una carcajada.

—Está usted más borracha que una cuba —susurró, y acercó su rostro al de ella peligrosamente.

Sus miradas se cruzaron de nuevo, esta vez de una manera tan intensa que Aitana volvió en sí, recordó que estaba asustada y se zafó con torpeza de aquellos brazos que tan gentilmente la sostenían. Pero, como no podía mantenerse en pie ella sola, trastabilló y se quedó sentada sobre el suelo, cruzada de piernas, con los mofletes rojos e hinchados; los ojos agrandados, llenos de estupor y algo de arrepentimiento.

—Sí, creo que estoy... borracha —dijo, y quiso esbozar una sonrisa a modo de disculpa, pero se le cerraban los ojos—. Aunque no soy ninguna borra... chuza, y está muuuy feo que me... —soltó un hipo más— que me llame *usté*... —La lengua no se le desenredaba—: *Andrajososa.*

Él ladeó la cabeza todavía más. Gesto este por el que Aitana interpretó que ponía en duda sus palabras.

—Me he perdido, ¿sabe? —añadió, y, como si eso le diera fuerzas, le dio otro trago a la botella—. Tampoco soy ninguna ladrona, por si se le ha pasado por la cabeza. Le pagaré *toooo-do* lo que *me'bebido*. Tenía hambre y...

El hombre la levantó del suelo y la sentó en un taburete. Sacó una cantimplora de una mochila que llevaba al hombro y la obligó a beber agua.

—¿De veras se ha perdido? Me cuesta creer que una joven de rostro y manos tan delicados, pero con pintas de mendiga, se haya perdido y haya acabado en mi pequeño templo de campaña.

Sacó entonces un emparedado de la mochila y se lo ofreció, pero sin dárselo. Aitana miró el bocata con lujuria.

—¿Lo quiere? —dijo Mistakeit—. Me encantaría dárselo, y lo haré si me dice cómo ha llegado hasta aquí, aunque me quede sin mi cena. ¿Trato hecho?

—Ya ssse lo he... dicho. Salí a dar un paseo... y me perdí —dijo entonces Aitana, abriendo los brazos y haciendo girar las muñecas en un gesto de «esto es lo que hay», movimiento que cerró palmeando su cara entre las dos manos. Y así se quedó, con la carita atontolinada sobre ellas, en una actitud resignada e infantil, sin dejar de balbucear cosas ininteligibles—. Estoy tan cansada... si usted me ayudara, prometo recompen... re-com-pen-sar-le. Qué palabra tan difícil, ¿no cree?

Rebuscó dentro de su faltriquera en busca de un taco de dólares, que sacó y ofreció al joven a cambio de su suculenta cena.

—Me ofende usted. Guárdese su dinero, tome —cedió él, dándole el emparedado.

Mientras Aitana lo devoraba, la observó con más detenimiento.

—Es cierto que su rostro me resulta conocido. ¿Dónde vive? Disculpe mi escepticismo, pero la ciudad más cercana está a más de un día de camino... No lo sé, lo único que me cuadra es que haya venido usted de La Verbena, pero aun así...

¿De la verbena? ¿Hacían verbenas por allí cerca? Aitana quería decir algo lógico, ganarse su confianza, el emparedado le estaba sentando de maravilla, pero las telarañas del sueño empezaban a apoderarse de su mente.

—Eso es, vengo de una verbena —murmuró. No quería dormirse, se obligó a espabilar, pero las palabras se le enredaban en la lengua—. No acostumbro a beber, perdí el rumbo, obviamente me equivoqué de *dricción yacabé* aquí... no en casa, aquí... Eso.

—Estar borracha no justifica que ninguna mujer se adentre sola en un bosque. Ni que fuera un explorador o un aventurero.

Aquella afirmación debió de herirle en su orgullo, pues Aitana se levantó milagrosamente de su asiento y, blandiendo un dedo en alto, le espetó con un gran desprecio y altanería:

—¿Y por qué no podría ser yo un aventurero? ¿Por mi condición de mujer? Sepa que he estado en sitios tan calurosos como el infierno, Mistakeit; he visto caer a la gente como moscas a causa de la fiebre amarilla; y he observado a la bendita tierra agitarse como el mar debido a los terremotos... —Nada de esto había hecho y en realidad parafraseaba al fiero y autoritario capitán Billy Bones de *La isla del tesoro*, tartamudeando y con la voz debilísima a causa de la curda que llevaba, pero como sintió que impresionaba a su oyente, en lugar de arredrarse, continúo, rozando la osadía y la imprudencia—: ¿Qué sabe usted de sitios semejantes...? Y viví gracias al...

En este punto se quedó callada, pues el capitán pirata terminaba diciendo «viví gracias al ron». Y de todas las afirmaciones que acababa de hacer, le pareció que aquella la dejaría en una situación todavía peor.

—¿Gracias al...? —la animó a seguir el norteamericano

con su sonrisa pícara y condescendiente, aparentando sincero interés.

—¡A usted se lo voy a decir! ¡Me llevaré mi secreto por la senda del Estigia hasta el inframundo si hace falta! Aunque le *agradecezco* su hospitalidad.

Soltó un hipo. Aquella conversación la estaba agotando. Miró a su alrededor. Por un momento sopesó salir en dirección a la verbena que había mencionado el joven, pero no sabía a qué distancia estaba; a continuación miró la góndola, las agradables mantas que olían a meses sin lavar, y pensó en el horrible frío que sentía. Apenas conocía a aquel hombre que no paraba de interrogarla, pero ninguna de estas cosas pensaba con la suficiente claridad, los pensamientos empezaban a emborronarse tanto como su vista, a desbocarse como su lengua.

—¿La senda del Estigia? No hay ninguna senda que se llame así por aquí, que yo sepa, y no creo que una vulgar borrachera se la lleve al inframundo, como dice.

—En realidad, el Estigia es un río. ¿Es suya esta moraducha? —No era eso lo que quería decir, sino «¿Puedo quedarme a dormir aquí?». Seguía de pie, y necesitaba seriamente volver a sentarse, le bailaban las piernas, o tumbarse en el suelo—. Dormiré en el suelo si no le importa. Le pagaré, Mistakeit, ahí tie... —Iba a terminar «... tiene todo mi dinero», pero no pudo.

—Mister Keith, aunque prefiero que me llame Minor. ¿Y usted, pequeña aventurera, sería tan amable de decirme su nombre antes de echarse a dormir la mona en mi suelo? ¡Ah!, ¿y de qué cree usted conocerme? Eso también me gustaría saberlo.

Un aguijonazo en el estómago, que le hizo recordar que era una asesina, avisó a Aitana de que tal vez debería abandonar el nombre con el que había iniciado su aventura por aquellas tierras. Tenía que evitar a toda costa que alguien la relacionara con los Haeckel. Le costaba controlar su cuerpo, que empezaba a doblarse hacia delante.

—Natalia Amesti —dijo con gran esfuerzo y los ojos medio cerrados—. Nos vimos en Puerto Limón, el día que llegó mi barco. Le saqué la lengua.

—¡Natalia Amesti! —exclamó él gratamente sorprendido, como si por fin cayera en la cuenta.

La joven quiso asentir, pero cerró los ojos y se derrumbó dentro de la barquilla de mimbre sin que Keith tuviera esta vez reflejos para cogerla. El calor de las mantas, el recuerdo de la vida civilizada atrayéndola hacia su comodidad, le dio a Aitana la tranquilidad que necesitaba para dejarse vencer por el sueño. Durante unos segundos sintió que las olas de la borrachera la mecían dentro de aquella góndola diseñada para surcar los cielos, en un vaivén de lo más virulento, hasta que ya solo salieron ronquidos breves de su boca. El tiempo se detuvo y todo se volvió negro. Keith la miró con una mezcla de extrañeza, admiración y ternura mientras la movía con suavidad para poder cubrirla bien con las mantas, pues la muchacha no paraba de temblar con escalofríos, aunque su cuerpo ardía por la fiebre.

—Natalia Amesti, la escritora —murmuró él en voz alta, para sí mismo.

III

A la mañana siguiente, Aitana se despertó abrazada a Minor que, acostado frente a ella en la barca de mimbre, la rodeaba con sus brazos robustos y entrelazaba sus piernas con las de ella. Sus ojos cerrados ocultaban el brillo descarado y travieso de su mirada azul, parecía inofensivo como un niño. El corazón empezó a latirle con fuerza y se quedó muy quieta, no sabía cómo apartarse de él sin despertarlo. Por otro lado, y aunque apenas lo conocía, le resultaba agradable el refugio de su calor. Tanto que hundió su cabeza en el pecho de Minor solo un momento y lo acarició con la nariz, ascendiendo con ella lentamente hasta su cuello, aspirando el aroma de su piel que no le desagradó, pues olía a cuero y a madera de cedro recién cortada. Se deleitó en él. Era tan penetrante y embriagador como uno de aquellos licores macerados que guardaba en su templo, y, al mismo tiempo, salvaje, fresco, con un toque a musgo y a tierra húmeda que picaba en la nariz igual que las emanaciones cítricas de un limón al exprimirse. Un aroma que no solo la aturdió, sino que le provocó un deseo muy parecido al hambre, por lo visceral, primitivo e incontrolable; un deseo casi doloroso. Se mordió los labios y ahogó como pudo un suspiro de placer. *¿Se puede saber qué haces, majadera?*, se recriminó. Si Minor se despertaba y la pillaba olfateándolo… qué vergüenza, ¿qué opinaría de ella? *Tengo que escapar de aquí*, pensó sobresaltada al notar que se humedecía el interior de sus muslos. Un cosquilleo adormecedor y placentero le recorrió las piernas, los brazos, el estómago, turbándola sobremanera, debilitándola; el cosquilleo llegó hasta su cuello y la hizo gemir. ¿Qué embrujo es este? Nunca había sentido un calor tan imperioso como aquel entre las piernas. *Dios mío, si se despierta y nos ve así.* ¿Pero acaso no era culpa de Minor? ¡Era un descarado! ¿Cómo se había atrevido a acostarse a su lado, a dormirse abrazándola de semejante manera? Un caballero se habría tumbado en el suelo, por mucho que ella —recordó su infame borrachera— le hubiera robado la cama. El soplo suave del aliento de Minor recorrió su cuello rozándolo como una caricia caliente, y le provocó tal placer que Aitana se asustó todavía más. Se giró, dándole la espalda y escapando de sus piernas, pero sin poder zafarse de la trampa de los brazos del extraño, que estiró los labios dibujando una sonrisa y abrió un ojo para espiarla desde atrás mientras Aitana se esforzaba en levantar uno a uno, muy despacio, los dedos de las manos de él, para soltarlos, pues Minor tenía ambas manos entrelazadas en torno a su cintura. Cuando lo consiguió, Aitana apartó el brazo que la rodeaba por arriba. Luego se deslizó, también muy lentamente, hasta quedar de cuclillas a un lado. Minor ya había vuelto a cerrar el ojo y desdibujado la sonrisa, así que Aitana todavía lo contempló durante unos segundos, convencida de que el hombre seguía dormido. Pensó que la hacía sentir algo definitivamente irracional, pero a ese pensamiento le siguió otro nada romántico: tenía unas ganas horribles de orinar. Así que salió de la góndola, cogió unas hojas de banano que vio en la mesa y abandonó la carpa.

El bosque, a la luz del sol y por hallarse la carpa en un pequeño claro, no le pareció el lugar peligroso de la noche anterior. Se alejó unos metros y entre unas malezas se levantó la falda para aliviar la vejiga. Intentó darse toda la prisa posible, por miedo a que el hombre saliera y la viese en trance tan delicado. Cuando volvió a entrar en la carpa con la intención de recoger sus cosas y marcharse, un punzante dolor de cabeza le atenazó la sien. Dio un largo trago de agua a la cantimplora, que mitigó la sensación pastosa que tenía en la boca y, cuando se disponía a salir de nuevo, se detuvo al ver que el joven se desperezaba. Le había parecido tan tierno y vulnerable con los ojos cerrados que la expresión pícara de sus ojos azules cuando abrió los párpados le sorprendió e hizo que se ruborizara.

—Buenos días —saludó Minor.

Ella no respondió, solo se movió nerviosa por la carpa, pensando qué decir mientras él se incorporaba.

—Le pido disculpas por mi comportamiento de anoche. Yo no bebo, pero... ya sabe, el baile, la fiesta... —dijo finalmente.

—¿La fiesta?

—Sí, la verbena del pueblo: todos bailando, bebiendo...

¿Qué puedo decirle? La noche me confundió, supongo, no sé, y acabé aquí.

—No tiene usted ni idea de lo que es La Verbena, ¿verdad?

—Oh, ¿lo dice porque se me fue un poco la mano con el alcohol? —Aitana escupió una risa falsa—, no es mi primera verbena. En España también hay verbenas y mucho mejores que estas, ¿sabe? Sobre todo las de Madrid, no me pierdo una. De hecho, estuve enseñando a mis primos a bailar el chotis. ¿Qué le parece? Una vasca enseñando a bailar el chotis a sus primos ticos. He venido de visita. Un par de meses. Esta es solo una parada en mi *grand tour* por América… Oh, dios, me duele tanto la cabeza.

Aitana se quedó callada al ver cómo arrugaba la cara Minor con una mueca de escepticismo, reprobación y divertimento. No la creía.

—La Verbena es el nombre de un poblado que está a media legua caminando de aquí. Se llama así, La Verbena, porque cultivan verbenas, «plantas», para que no vuelva a confundirse usted. Son muy olorosas y, además, son medicinales.

—¡Oh! —Aitana notó cómo se le atragantaban las palabras, dio un paso hacia atrás. Si ese poblado estaba a solo media legua, podría llegar a pie y una vez allí buscarse la vida. No deseaba mantener la conversación que Minor, seguramente, sí quería tener con ella—. ¿Sabe qué? Estaba de broma, por supuesto que sabía que La Verbena es el nombre de un pueblo. Es ahí donde vive mi familia. Y me estarán esperando, así que le agradezco de todo corazón que me haya dejado dormir aquí, me disculpo por haberme comido su cena y gracias por el alcohol… y, eh… Adiós. *Arrivederla. Ciao. Au revoir. Good bye*, Mistakeit, rey de Costa Rica. ¿Ve? No estoy tan mal, me acuerdo hasta de cómo lo llamó su amigo ayer. Ha sido un placer.

—Déjeme un poco de agua —dijo él con sorna.

Aitana soltó la cantimplora, se amarró la faltriquera a la cintura y, tras dibujar una sonrisa exageradamente falsa, hizo un gesto de despedida con los dedos de la mano, que Minor le devolvió, divertido, moviendo también los dedos de su mano. Se alisó la falda, como si esto sirviera de algo, y, dedicándole una última sonrisa a Minor, salió de la carpa. Enfiló por el sendero que había dejado la noche anterior y, mientras se alejaba, los miedos regresaron y empezó a rezar para que La Verbena estuviera cerca. Apenas habían pasado unos minutos cuando barajó la posibilidad de entrar de nuevo y pedirle que la acompañara solo hasta el final del bosque, pero le pudo el orgullo y no lo hizo. Ella era una aventurera valiente, como D'Artagnan, aunque con un dolor de cabeza más propio de Portos. Miró un par de veces por encima de su hombro, con la esperanza de que el norteamericano hubiera decidido seguirla, y el corazón se le aceleró, feliz, cuando, después de llevar un buen trecho recorrido, lo vio caminando detrás de ella. Pero fingió no verlo y siguió andando, haciéndose la distraída, sin volver a mirar atrás, hasta que Minor la alcanzó.

—Espere, Natalia. —Minor la agarró del brazo para que se detuviera.

Qué bonito era volver a escuchar su verdadero nombre en el acento quebradizo, ronco, tan varonil, de aquel joven. Aitana disimuló una sonrisa. ¿Por qué sentía como si ya se conocieran, como si él pudiera entrar dentro de su alma cuando la miraba a los ojos tan fijamente? Había leído alguna historia sobre amantes que se reencontraban al cabo de los siglos reencarnados en otros cuerpos. Ella no creía en esas cosas, no tenían lógica alguna. Pero ¿a qué se debía tanta naturalidad entre ambos sin apenas conocerse? Lo miró, retándolo a no sabía muy bien qué, solo por el placer de ver desconcierto en sus ojos azules. Se comportaba con él de un modo que reconocía infantil pero familiar. Tal vez solo se debía a lo inusual de la situación o a la naturalidad con la que Minor se desenvolvía con ella también o a la relajación de las formas. —Habían dormido juntos, recordó, y se sonrojó de nuevo.

—¿Para qué me sigue? ¿Quiere que le pague el alcohol que me bebí? Tenía intención de hacerlo, pero debo ir a casa de mis primos para coger dinero. Pensaba volver, aunque entendería que no me creyese.

—¡Oh, no! No es eso.

Minor no apartaba su mirada de la de Aitana y, de pronto, esta creyó entender, por fin, por qué la había seguido.

—Oh, claro. No hace falta que se explique, no se preocupe que yo no diré ni palabra. —Puso su mano en forma de puño frente a su boca y la giró hacia abajo y hacia arriba, como si fuera una llave y su boca una cerradura—. No le diré a nadie que es un *echacuervos*, o sea, que vende alcohol a los indígenas y quién sabe qué más brebajes y productos milagrosos. Sé lo difícil que es la vida de vendedor ambulante y, si le soy sincera, lo admiro. Es más, le confieso que cuando era pequeña mi sueño era escaparme con los maragatos para ver mundo.

Minor cruzó los brazos, miró hacia el cielo, pensativo, arrugando las cejas y poniendo morritos, como si valorase aquel pacto de silencio, pero, cuando sus ojos azules volvieron a posarse en ella brillaban con sorna, algo que la irritó enormemente.

—Es usted muy amable… —dijo Minor con un tono indulgente—. Y quiero que sepa que yo también le guardaré su secreto, Natalia, no le hablaré a nadie de su tesoro. ¿Cómo lo llamó su antepasado? ¿«El Guayabo»? Sí, Guayabo, como el río.

Aitana se puso rígida, pero Minor no perdió su expresión amigable.

—¡Oh, no se asuste, angelito! Soy su más ferviente admirador. Escribe usted genial para tener solo diecisiete años. ¿O tiene usted más ahora? En realidad…

—¿Cómo que ha leído mi diario! —exclamó Aitana roja de ira. ¡Malditos monos! *Debieron jugar con él hasta que se les cayó y Minor lo recogería del suelo,* pensó, aunque eso no tenía demasiada lógica.

—Lo encontré en el camino, pensé que se trataba de alguna novelucha y, como necesito mejorar mi español, empecé a leerlo. Solo hay una librería en toda Costa Rica. No ponga esa cara, no debe preocuparse, solo me ha dado tiempo a leer unas páginas, aunque le confieso que no podía parar. ¡Una muchacha tan joven, que nunca ha salido de su casa, lanzándose sola a la aventura! Permítame decirle que es la mujer más valiente que he conocido en toda mi vida, y, solo por eso, me comprometo a ayudarla en cuanto necesite. Y, para demostrarle mi buena fe, tome. —Minor sacó el diario de su morral.

Aitana se lo arrancó de las manos.

—¿Solo unas páginas? —Le temblaban los labios al hablar.

—Las suficientes para saber que se hace pasar por una tal Aitana. ¡Pero no se preocupe! No la juzgo. Yo también me hice pasar por inglés cuando llegué aquí, antes los ticos desconfiaban mucho de los norteamericanos. Me encanta cómo escribe, ¡esa valentía de lanzarse sola a por un tesoro!, pero me parece muy peligroso, así que quiero ofrecerme a ser su escudero en la búsqueda de El Guayabo.

Minor sonreía con inocencia, pero Aitana apretaba su diario contra el pecho. Un temblor, una ira, un enredo interno la bloqueó y, en su desazón, se le atropellaron las palabras:

—Lo que ha hecho es *intoleraaagüenza.* —Luego emitió un sonido rabioso parecido a un *iiiiiiiiiiiiiiiiii* mientras apretaba los puños, que blandió en el aire, clavándose las uñas, con una rabia infinita—. ¡*Güenza* debería darle! Aj. ¡Mierda!

—¡Esa lengua, señorita!

Aitana aceleró el paso para alejarse de él, pero Minor corrió más que ella y la adelantó, lo que hizo que se detuviera.

—Debería darle vergüenza leer escritos íntimos —consiguió vocalizar por fin Aitana, y con lágrimas en los ojos añadió, mintiendo—: ¡Tengo dieciocho años! ¡Y no necesito escuderos, menuda majadería!

—No se ponga usted así, pequeña. Piénselo bien. Sin mi ayuda no le quedará más remedio que desistir de su empresa. —Minor se tomó la confianza de cogerla de la barbilla para obligarla a mirarlo—. Estoy seguro de que es usted más brava que cien peones abriendo a machetazos la selva para que pase el ferrocarril, pero no tiene comida ni un caballo ni nada. No puede ir por ahí ofreciendo dólares americanos como si fueran bananos, ¡enseguida se quedará sin su dinero! Sea usted realista.

—¡Le he dicho que de ninguna manera! Quítese de mi camino si no quiere que...

Minor acercó su rostro al de ella tanto que Aitana se sintió azorada y dejó de hablar, le temblaba la barbilla.

—¡Entre usted en razón! Está temblando. —Minor se quitó el gabán y lo puso sobre los hombros de ella—. Ningún caballero que se honre de serlo la abandonaría en mitad del bosque. Por otro lado, debo advertirle que esto es un delicado jardín comparado con la jungla impenetrable que rodea el cañón del río Guayabo... —Bajó entonces la voz—: Los indígenas dicen que los *Sòrbulu* viven en esas tierras: seres malignos, demonios.

—¿*Sòrbulu*? ¿Los chamucos que escaparon del volcán Turrialba!

Minor asintió, muy serio.

—Bueno, está bien —accedió Aitana—. Pero no me gustaría que nos vean juntos cuando lleguemos a La Verbena. Mi honor quedaría manchado si me ven salir del bosque acompañada de un hombre.

—Creo que ya nos han visto y, a juzgar por cómo la miran, la conocen.

Aitana giró la cabeza y se llevó la mano al pecho, ahogando un grito. La india de la guaria morada que la había atacado el día anterior estaba a apenas unas varas de ellos. Iba acompañada de dos indígenas y la señalaba con un dedo. Aitana no necesitó más, echó a correr en dirección contraria, pero Minor la alcanzó en dos zancadas y la agarró del brazo, deteniendo su carrera.

—¡Suélteme! ¡Suélteme!

—Pero ¡¿qué le pasa, insensata?! —preguntó él sin soltarla.

—¡Esos indios me persiguieron ayer con sus flechas! —Aitana intentaba zafarse de su brazo para reiniciar la carrera—. ¡De ellos huía cuando me colé en su tienda! Oh, déjeme ir, por favor, Minor, si no, ¿quién sabe qué me harán? Sacrificarme en un ritual, comerme. Eso deben haber hecho con la pobre Beatrice, comérsela.

—¿Beatrice? ¿Quién es Beatrice? ¿Cómo se le ocurre que vayan a comerse a una muchacha? Ni que fueran caníbales. Tiene usted demasiada imaginación. —Dejó de dirigirse a ella para gritar—: *Hello, Maritza, my dear! Ìs?*[7] —Y luego volvió a intentar tranquilizar a Aitana, al tiempo que la arrastraba del brazo—: Son bribris, los únicos que todavía viven aquí, pues es zona de cabécares. No tiene que asustarse, está conmigo. Seguro que hay una explicación lógica a lo que sucedió ayer. Hágame caso, sonría y enderece la espalda. O creeré que ha perdido todo ese coraje de los Velasco Tovar. ¡Vamos! *Míshka!*[8]

Y más porque Minor la arrastraba que porque hubiera recobrado el coraje que él mentaba, Aitana lo siguió hasta que quedaron a solo unos pasos de la india de la guaria morada.

—*Ìs be' shkĕna?*[9] —saludó la mujerona. Su rostro le resul-

7. ¡Hola!
8. ¡Vamos!
9. Hola, ¿cómo amaneció?

taba remotamente familiar a Aitana, pero no sabía por qué. Para ella, todos los indígenas tenían la misma cara.

—*Bua'ë*.[10] Buenos días, Maritza. *Ìs be' tso'?*[11] —contestó Minor, y, señalando primero a Maritza y luego a Aitana, añadió—: Creo que ustedes conocerse. *My friend*, Natalia, dice que usted lanza unas flechas para cazar Natalia.

Minor hizo el gesto infantil de lanzar flechas al aire con un arco imaginario, y Maritza soltó una carcajada, sin ningún atisbo de arrepentimiento. El indígena que estaba a su izquierda señaló a Aitana con un dedo, sorprendido:

—¿Cazar *naìtali?*[12]

—Yo Natalia —contestó Aitana señalándose el pecho con un dedo.

—¿Tú *Naìtali*? —repitió el otro indio señalándola también.

Y, como Aitana asintió, volvieron a reír. Maritza hizo entonces un ademán con la mano para que los siguieran y Minor volvió a tirar de Aitana.

—No sé cómo ha podido entender nada de mi diario, su español es francamente horrible. Voy a creerme eso de que los yanquis no aprenden un idioma que no sea el suyo ni a tiros, ¿cuántos años lleva en el país? —refunfuñó ella entre dientes, dejándose arrastrar.

—Por eso necesitaba leer su diario, para aprender. En cambio su inglés es gramaticalmente perfecto. —Minor le guiñó un ojo—. Lástima que su pronunciación sea abominable. Pero gracias a Dios no estamos en la Torre de Babel, sino en Tiquicia, aquí nos entendemos sin problema mezclando español con tico con inglés con alemán con chino con jamaiquino con italiano con huetar con bribri con guatuso… y así

10. Muy bien.
11. ¿Cómo está usted?
12. Manatí.

podría seguir *ad infinitum*. ¡Alegre esa cara, pequeña, que los bribri preparan un chocolate mucho mejor que el de *La pastelería* que nombra en su diario!

Eso la atemorizó tanto o más que los indígenas, ¿hasta dónde habría leído Minor de su diario?

La Gran Aventura VIII

29 de octubre de 1883
Océano Atlántico

Ya no estoy afónica, pero sigo con fiebre, así que Aitana y David han venido a visitarme y a traerme golosinas al camarote. David se ha sentado en la silla poltrona que hay junto a la estufa eléctrica, y Aitana, en el borde de la cama conmigo. Ha sido una tarde de confidencias. Aitana ha contado que no sabe casi nada de su futuro esposo; él tampoco de ella. Su padre lo conoció en la feria de Valdemoro de Madrid y, tras dos horas de charla, llegaron a un acuerdo, firmaron unos papeles de matrimonio y ya está: su futuro decidido. El gran Enrique Ugarte Lequerica, que así se llama el padre de Aitana, está arruinado, pero esto el alemán del cafetal no lo sabe. Don Enrique intenta que su círculo de amigos más cercanos de Bilbao no se entere de su situación, que le lleguen sacos de café cuanto antes para poder distribuirlos no solo en España, sino en toda Europa y poder mantener así sus negocios. En el barco todos creen que Aitana es una joven de alta cuna que viaja con el dinero de la dote y por eso sólo tiene un guardaespaldas en lugar de varias sirvientas. La verdad es que tiene muchos vestidos, incluso joyas, pero poco dinero.

—¡Te has sacrificado por toda tu familia! Qué loable.

—No me he sacrificado, Natalia, me han sacrificado. Y no tengo familia, solo a mi padre, y está claro que no le importo nada, así que, como si no la tuviera. Mi madre murió hace años. Mi familia es David.

Al ver mi cara de sorpresa, me ha aclarado:

—¡No tengo ninguna intención de casarme! Le dije a todo que sí a mi padre para poder subirme en este barco. No sospecha que David y yo estamos enamorados. El muy idiota nos ha puesto un puente de plata para que huyamos. Cuando el

buque haga escala en Nueva Orleans nos bajaremos y desde allí viajaremos a Broadway. ¡Sí, chica!, quita esa cara, ¡voy a ser actriz de teatro!

¡Actriz! La verdad es que no conozco a nadie que actúe mejor que ella. También lee muy bien a las personas. A veces hasta me asusta que siempre sepa lo que estoy pensando.

—Tú es que eres demasiado transparente, Natalia —ha dicho al ver mi expresión de sorpresa, y con un empujón cariñoso me ha tumbado encima de mi cama, donde estábamos los tres sentados. Se ha puesto encima de mí, inmovilizando mis manos y, escudriñándome, ha adoptado una voz fingidamente dramática, como de villana—. Se ve a las claras que estás atormentada, que escondes algo; tus pensamientos se pueden adivinar con solo mirarte a los ojos, no sabes controlar tus emociones. —Luego se ha reído como una loca, me ha soltado y se ha vuelto a sentar. Y yo también—. Una mujer que no sabe fingir lo único que puede conseguir en la vida es un buen marido. Y ni tú ni yo queremos eso. Ay, David, tenemos mucho trabajo por delante, debemos enseñarle a esta chica a representar delante de los demás el papel que estos quieren ver.

—Es todo un arte ser encantadora. Hay que aprender a mentir no solo con las palabras, sino con el cuerpo. Para empezar, ponte recta, ¿qué es eso de ir siempre encorvada?

Entonces, no sé si para reivindicar que no soy tan «buena chica» como parezco o porque me estaba sintiendo un poco boba, les he contado que mi madre intentó educarme para que fuera buena persona, pero que me cuesta mucho serlo. De pequeña sentía que era mala si me enfrentaba con doña Virginia, incluso intentaba controlar el desprecio que siento hacia Juanito, pero desde que murió mi madre dejé de hacerlo. Les he explicado que tengo mucho genio —eso decía don Gonzalo— y que me esfuerzo por controlarlo, para no ser «tan transparente», como ellos dicen. Por ejemplo, ahora detesto sentir que odio a mi padre porque toda la vida lo he querido, pero es que entonces no sabía que renegaba de mí frente a los demás. Pero todas estas cosas que a mí me atormentan, ellos han dicho que son normales. Para tranquilizarme, Aitana me ha cogido de las manos y con mucha dulzura ha susurrado:

—No te esfuerces tanto. Las chicas buenas van al cielo; las malas, a todas partes.

Y eso me ha hecho primero reír y luego sentir un gran alivio. Después ella ha vuelto a su tono habitual:

—Eso de que hay que decir siempre la verdad es un engaño de los curas para tenernos controlados y que les contemos todo lo que nos pasa por la cabeza. La mentira está muy infravalorada, chica, qué quieres que te diga. Ese empeño de que la mujer tiene que ser un ángel del hogar y blablablá.

—No debes sentirte mal por estar donde siempre has querido estar ni por hacer lo que quieres en lugar de lo que los demás esperan de ti —ha dicho David.

Él es mucho más serio que Aitana. Tiene una mirada viva e inteligente, y gestos de lo más refinados. Esto último hace que los hombres del barco lo miren raro. Aitana dice que lo ama porque es un ser perfecto: tiene lo mejor de las mujeres y lo mejor de los hombres. Él por ahora solo tiene claro que no quiere ser un peón a las órdenes de otro. Está seguro de que, en cuanto ponga un pie en Norteamérica, sabrá cómo quiere ganarse la vida, entonces, luchará por ello.

—No basta con trabajar, trabajar y trabajar para que te vaya bien, aunque algunos creen que sí. El trabajo dignifica al hombre, pero cuando se tiene una meta clara. Antes de conocer a Aitana, yo solo hacía lo que me ordenaban, para ganar dinero; pero el dinero no puede ser una meta en sí, solo un medio. El trabajo y el dinero no sirven de nada si uno no se para a pensar de vez en cuando qué es lo que quiere. El propio Atila, antes de las batallas, se iba a meditar a una cueva. Además, si uno no tiene sueños, otros que sí los tengan lo manipularán como a una marioneta. Aitana me abrió los ojos el día *que me dijo: «Si tú no sabes lo que quieres, otros decidirán por ti».*

Y entonces yo he exclamado:

—Yo sí tengo muy claro lo que quiero: ser una aventurera, descubrir un gran tesoro y que mi nombre sea algún día sinónimo de gloria.

Aitana se ha reído:

—¡Pues te regalo mi nombre!

Entonces me ha explicado que Aitana es una derivación de Aintza, que significa «gloria» en vasco. ¡Hasta en eso es perfecta! Cuando le he dicho que Natalia significa «la que ama vivir» y no sólo «Navidad», como la mayoría cree, ha echado su cuerpo hacia atrás, dejándose caer sobre la cama y, con una mueca divertidísima, ha suspirado: «Prefiero mil veces tu nombre al mío. Lo veo en todos los carteles de Broadway: La Gran Natalia Karolina Amesti».

9

La Verbena

I

Seguir a los bribri era una apuesta peligrosa, descabellada, digna de una audaz aventurera, pero Aitana no experimentaba ningún tipo de afán heroico, solo náuseas y dificultad para respirar. Caminaba detrás de ellos porque no tenía otra opción. Quería confiar en aquel extranjero agradable, despreocupado, que conocía muchos de sus secretos. Su desatino romántico le hacía admirar el modo en que Minor andaba por aquel camino de la selva como si fuera una calle asfaltada y se preguntaba cómo era posible que se entendiera con los indígenas parcheando palabras de este idioma, del otro y de aquel, si lo que hablaba sonaba como el chapurreo ininteligible y desenvuelto de un niño que todavía está aprendiendo a hablar. La joven, sabiéndose el eslabón fuera de lugar, andaba muy recta y procuraba reírse cuando ellos lo hacían. Por un lado, para ganarse su confianza y que no ensartaran su cuerpo con una de sus lanzas como si fuera un cochino jabalí para asarla en alguna hoguera —tal fortuna se auguraba— y, por otro, porque la risa camufla los miedos en situaciones desesperadas como le parecía aquella. Lo cierto es que, por mucho que se esforzaba, solo le salían ruidos inarticulados, poco hilarantes y en absoluto convincentes; muecas descoordinadas que desfiguraban su carita y se volvían pavorosas al mínimo siseo o movimiento producido entre la densa vegetación. Tragaba saliva y seguía caminando detrás de ellos levantándose la falda del vestido lleno de barro para no quedarse enganchada en alguna rama espinosa. Por momentos tomaba plena conciencia de dónde estaba, como si se viera a sí misma desde fuera, siguiendo a aquellas gentes desconocidas por la pedregosa trocha, rodeada de exuberante vegetación, y barruntaba que haber deseado aquella aventura durante tantos años había sido una locura. Sudaba copiosamente, pero, si se quitaba el gabán de Minor, sentía escalofríos. *Desventurada de mí, mísera, insensata, en mala hora...* lloriqueaba para sí, y, al segundo siguiente, se consolaba pensando que ser una exploradora debía de ser eso, caminar creyendo que se sabía a dónde se iba sin tener la más remota idea. Echaba en falta el olor a limpio de las sábanas, el colchón, el excusado, la comida «normal», los platos, los cubiertos, incluso prefería volver a enfrentar la presencia maléfica de doña Virginia... ¡no, eso nunca!

Entonces seguía.

Y como ya no quería encomendarse a los dioses que tanto se reían de ella, le rezaba a la Virgen negra, que al menos le había concedido el milagro de poner a Minor en su camino. A él también se encomendaba, a su nuevo «aliado», pero ¿podía confiar en un desconocido solo porque le agradaba su olor? Se rascó la cabeza. No solo le dolía, le picaba como si tuviera... ¿piojos? ¡Qué horror! ¿Habría empezado a asalvajarse como los bribri? Esa era otra cuestión inquietante: aquellas gentes no parecían salvajes-salvajes. Al menos no el tipo de salvajes que ella siempre había imaginado que habría en Costa Rica o en cualquier otro lugar del mundo. Salvo por el color de su piel y porque iban descalzos —debían de tener cayos durísimos en los pies—, no eran como los que había visto dibujados en los libros. Es decir, no llevaban taparrabos hechos con corteza de árbol, sino pantalones sin fajar y camisetas de manga larga cerradas hasta el puño —agujereadas, eso sí—. Tampoco Maritza llevaba las tetas al aire o una falda de hojas de palma, sino una tela sin formas que parecía un camisón de algodón, con dibujos geométricos de colores llamativos. Y lo más sospechoso de todo: esa mujer hablaba español mejor que los pocos costarricenses que había conocido.

¿Por qué se llama Maritza, y no Uzuglú o Aihue?, reflexionó, como si aquello pudiera darle alguna clave.

Perdida en tan pedestres pensamientos, Aitana se había retrasado del grupo y, al darse cuenta, temió que la vieran doblegarse. Había leído que, cuando un miembro del clan se volvía un estorbo débil y penoso, aquellas gentes primitivas le rebanaban la tapa de los sesos. Correteó hasta alcanzar el paso de Minor y pegarse a él lo más posible, pero tropezó y él tuvo que sujetarla para que no se cayera. Lo miró con gratitud y hasta con cierta devoción. Ese hombre la atraía de una manera irracional, como si existiera solo porque ella lo había soñado, porque había imaginado que el hombre de sus sueños debía aparecérsele así, en mitad de la selva para salvarla de una tribu de sanguinarios caníbales, mascando briznas de hierba de manera ruda y varonil, pero desenvolviéndose con gestos refinados y corteses..., menos cuando se rascaba la cabeza o la entrepierna, claro. *¿Qué estupideces estás pensando? ¿Se puede saber qué te pasa?*, discutió consigo misma. *Espabila, no seas boba.* Pero como no salía del bucle de pensamientos y se daba cuenta de que deliraba un poco, se pegó un bofetón en la cara para intentar espabilarse.

Minor la contempló entre confuso y divertido.

—Un mosquito —se justificó ella.

Uno de los indígenas movió la cabeza para negar, preocupado:

—KöLwak llevar sangre y sol se la toma.

Maritza sacó unas hierbas de su bolsillo.

—Tome, frótese la piel con ellas. Su olor aleja a los zancudos. Y beba agua, está pálida.

Aitana hizo caso a aquella mujer que le había disparado con una flecha la tarde anterior. Se frotó la cara con las hierbas que olían a rayos y bebió de la cantimplora que le ofreció. ¿Qué otra cosa podía hacer, decirles «Adiós, ha sido un placer» y desandar lo andado? *Eso sería una insustancialidad, hija mía*, le dijo don Gonzalo desde el más allá. Y sumergiéndose otra vez en sus pensamientos, Aitana siguió caminando y buscando la sonrisa alegre de Minor cada vez que el crujido de una rama o el revuelo escandaloso de algún pájaro entre los árboles la hacían pegar un brinco. Esa sonrisa alimentaba la fantasía de que no corrían peligro.

—Detrás de esos palenques está La Verbena —dijo Minor de pronto interrumpiendo la marcha. Señalaba dos bohíos hechos con cañas de bambú y ramas que despuntaban en el centro de una gran ciénaga.

Todos detuvieron el paso.

Aitana observó las dos chozas levantadas sobre pilotes, de techos cónicos fabricados con hojas secas de las palmeras que crecían también en aquel terreno encharcado, sobre el que se inclinaban peligrosamente, como si quisieran agacharse a beber o a contemplarse en aquellas aguas densas y perezosas en las que se reflejaban duplicándose con el bello paisaje de las dos chozas, las nubes y algún zarapito trinador que avisaba de la llegada de los extraños con su canto. Un par de alzacolitas levantaron el vuelo, pero el resto de las aves y animales acuáticos siguieron a lo suyo. A Aitana le pareció el tipo de charca estancada de cuyas aguas espejeantes, en las fábulas, emergían hadas de alas frágiles, pero solo salió una libélula de cuerpo anaranjado que se acercó a olisquearla y se quedó revoloteando a su alrededor, consiguiendo con su vuelo desafiante que la joven se marease todavía más.

—¿Hay cocodrilos? —preguntó sin dejar de vigilar al insecto.

—Sí —afirmó Minor muy serio, pero a Aitana no se le escapó que le guiñaba un ojo a Maritza.

Hizo una mueca de disgusto, no quería que se siguieran riendo de ella ni parecer una estúpida. Giró la cabeza y, al hacerlo, descubrió un hermoso ibis blanco que había atrapado en su pico a un pececillo plateado. Después de engullirlo, el pájaro se alejó volando hasta desaparecer detrás de unas vallas en forma de empalizada. Olía a madera quemada y sonaban tambores.

—La Verbena está justo detrás de esos palenques de madera —dijo Minor señalando las vallas—. La ciénaga sirve de foso para alejar a posibles depredadores.

Las vallas o «palenques», como él los había llamado, eran altas como una fortificación y atrincheraban el espacio que quedaba detrás, haciéndolo prácticamente inaccesible. Aitana respiró con alivio al ver que no tenían cráneos osificados empalados y ordenados en hileras.

—¿Los «palenques» son las verjas o las chozas?

—Las dos cosas —explicó Minor.

—Pues sí que le han puesto imaginación —murmuró ella arrepintiéndose enseguida de esa mezquindad. Sentía una necesidad infantil de reírse de ellos, de no ser siempre ella el foco del divertimento—. ¿No tendremos que pasar por ahí? —añadió señalando un puente de apariencia inestable que había en el medio de la empalizada.

Maritza asintió, y caminaron en esa dirección.

II

En el interior de la fortaleza había chozas como las de fuera, grandes, como para varias familias, y otras viviendas domésticas más pequeñas, todas ellas con una única puerta. Maritza le explicó que en bribi casa se decía «U suré». Todas estaban comunicadas entre sí por caminos de piedrecillas geométricamente organizados. En paralelo a ellos corría una acequia de agua que Minor dijo que usaban para beber, aunque había una mujer lavando ropa y dos niños desnudos dentro, gritando y salpicándose agua. El poblado estaba rodeado de pequeñas extensiones de pastos y campos plagados de olorosas verbenas cuyas florecillas moradas y amarillas atraían miríadas de mariposas y colibríes, pero ellos habían accedido por una vereda, que pasaba a través de un extenso cacaotal, en la que correteaban varias gallinas con sus polluelos. Maritza arrancó una mazorca grande y amarilla, y después de cortarla y descortezarla con su machete, quedaron a la vista las almendras de cacao recubiertas por una suave piel de «mucílago», así llamó Minor a esa pulpa blanca. Maritza extrajo una y se la dio a Aitana para que la chupara. El mucílago tenía un sabor frutal exquisitamente suave, entre meloso y ácido. Mientras degustaba ese dulce manjar, le mostraron los insectos que una enorme flor blanca, salpicada de puntitos rojos, había atrapado en el interior de su «boca». ¡Una planta carnívora! Le pareció fascinante y siniestra al mismo tiempo, tal vez porque sentía las piernas adormecidas como aquellos pobres insectos que esperaban su turno para ser devorados. El sol había ascendido bastante en el cielo empedrado de nubes, pero aún era pronto para sentirse ya tan agotada. Al mirar hacia el astro, descubrió una torre de observación en la que se paseaba un indígena armado con un arco y flechas que despuntaban en el carcaj que llevaba colgado del hombro. En cuanto vio que los visitantes miraban en su dirección, el indígena les hizo un gesto con la mano, y Minor le devolvió el saludo.

—Bienvenida al corazón de Costa Rica, querida. —Minor parecía encantado de ser su guía en ese nuevo mundo.

Aitana no le prestó atención. ¡Acababa de descubrir en

unos potreros, donde había caballos, vacas, puercos y perros, a su querida mula!

—¡Beatrice! —exclamó, y los ojos se le humedecieron por la emoción.

A pesar de lo cansada que se sentía, corrió hacia el animal, que la recibió con su entrañable «Humprf», metiéndole el hocico entre el pecho y el sobaco para que la acariciara o en busca de comida. Aitana se aferró al cuello de la mula con un amor absoluto, que mucho tenía que ver con el alivio de poder sacudirse el incordio de la culpa por haberla abandonado.

La actividad en el poblado era sorprendente. Había artesanos fabricando redes de pesca en las entradas de los *U suré* y confeccionando instrumentos que Minor, metido en su papel de guía, les pedía que mostrasen a Aitana sin darse cuenta de que no tenía fuerzas para ponerse a tocar el tambor que ellos llamaban *sabak*, ni las maracas ni las marimbas ni ninguno de los que le ofrecían con tanta alegría que ella no se atrevía a decir que no.

—Están todos hechos con calabazas secas —le explicaba Minor mientras él mismo sacaba sonidos raspantes a un instrumento llamado güiro.

Los niños del poblado correteaban enloquecidos de placer a su alrededor. Se reían, la acariciaban y le preguntaban cosas que Aitana no entendía.

—*Íma be' kie?, Íma be' kie?*[13] —gritaban.

Una niña le colgó un collar hecho con semillas rojas, que llamó «chaquira». Maritza les gritó algo en su idioma para que dejaran tranquilos a los extranjeros.

—Esta muchacha necesita comer o se va a desmayar.

Y los condujo hasta un palenque situado en el centro, más grande que todos los demás. Subieron por unas escaleras que

13. ¿Cuál es tu nombre? ¿Cuál es tu nombre?

daban a un espacio abierto, con balcones en los costados, donde había varias mesas.

—Siéntense ahí. —Maritza indicaba una mesa alargada con dos bancos a cada lado—. Voy a pedirles que le sirvan una buena taza de chocolate.

Se dirigió a una pequeña cocina donde dos mujeres recitaban cantos rituales mientras machacaban almendras secas de cacao en una piedra cóncava y alargada. Agitaban la piedra con mucha energía para que la cáscara se desprendiera y se orillase en los márgenes. Luego retiraban esas cáscaras y volvían a sacudir la piedra hasta liberar de todas las cáscaras los granos de chocolate, que quedaban convertidos en rugosas habichuelas. Cuando acabaron, le dieron los granos a otra indígena que hablaba y reía sin parar. Aitana observó ensimismada cómo derretía las pepitas en una cacerola. Minor sacó de su mochila un bote donde ponía FARINE LACTÉE NESTLÉ y se lo dio a las mujeres, que añadieron los polvos a la mezcla con un poco de agua. El norteamericano sabía camelar a todos: a los hombres con ron, y a las mujeres con leche suiza lacteada. En unas sartenes estaba cocinando unos huevos revueltos a los que echaba flores de Itabo después de quitarles el centro, que Maritza llamó «pito».

—Así no saben tan amargas. Calman el estómago. Y la diarrea —le explicó, como si sospechara que Aitana padecía ese mal.

—También la resaca —añadió Minor guiñándole un ojo.

Aitana sentía que no tenía fuerzas ni para comer, a pesar de lo apetecible que resultaba el olor cítrico, herbáceo y sanador de las flores de verbena mezclado con el perfume dulce y embriagante del chocolate, ligeramente desequilibrado por el de las boñigas de las vacas y los caballos que pastaban en el jardín aledaño. Sus labios dibujaron una sonrisa cansada al ver cómo le servían los huevos revueltos con papas y frijoles negros, y el líquido caliente y espumoso del chocolate en una jícara labrada. Una joven de su edad trajo un balde lleno de tortillas de maíz. Aitana cogió una y empezó a masticarla a cachitos y con mucho esfuerzo. Entonces apareció Carlitos, el indígena que había estado bebiendo en la carpa de Minor el día anterior y al que Aitana reconoció enseguida por la voz. Le dijo algo a Minor al oído, y este se levantó de la mesa. Aitana lo agarró del brazo para obligarlo a agacharse de nuevo.

—¿No pensará dejarme sola con esta mujer que intentó matarme?

—Relájese. Maritza es un ángel. Además, no les faltará conversación, tienen muchas cosas en común.

—No sé qué puedo tener en común con ella. —Aitana miró con disimulo a la fornida mujer que charlaba y reía con las otras indígenas.

—Las dos están casadas con el mismo hombre.

Como Aitana lo miró sin comprender, Minor añadió, abriendo los brazos como si mostrara algo obvio:

—Maritza es la exmujer de herr Rudolf Haeckel.

Y se marchó.

III

Aitana apartó el plato, tenía las tripas revueltas. Pero ¿la exmujer de Rudolf no estaba muerta? Eso le había dicho la verdadera Aitana en el barco. Y Cira lo había confirmado al decir que habían enterrado a Rodolfo junto a su mujer. ¿Qué broma era esa? ¿Es que en el cantón del Paraíso nadie se moría de verdad? Maritza se sentó a su lado y Aitana la miró tan fijamente que la mujer le preguntó si estaba bien. No, no lo estaba. Y una cosa tenía clara: esta vez no pensaba andarse por las ramas.

—Usted sabe que yo soy la española que iba a casarse con herr Rudolf, ¿verdad? ¿Por eso quiso matarme con esa flecha, porque pensaba que le había robado a su marido? Minor me lo acaba de decir, que es usted la primera mujer de herr Rudolf Haeckel. —Se humedeció la garganta, que le picaba, y tuvo que toser varias veces antes de poder continuar—: Yo no tengo la culpa, ¡me dijeron que estaba usted muerta! Puedo ponerme en su piel, debió de sentirse sustituida, humillada, pero matarme a mí no soluciona que...

Aitana no acabó la frase porque el picor era demasiado molesto y toser aumentaba su dolor de cabeza. Miró con desconfianza hacia la taza de chocolate.

—No está envenenado, si es lo que piensa. —Maritza esbozó una sonrisa pacífica, pero Aitana le mantuvo la mirada, desafiante.

La india cogió entonces una manzana de un cesto rodeándola con un trapo, sin tocarla, y la puso encima de la mesa de madera. Era pequeña, y de color verde amarillento.

—Que una fruta parezca una manzana no quiere decir que lo sea —dijo.

—¿Y si no es una manzana qué es?

—Una manzanita.

Aitana sintió un calor que le subía por las piernas, encendiéndola con una ira que no podía contener.

—No me gusta que se burlen de mí. Soy forastera, no boba.

—No me burlo, muchacha. ¿Ve ese árbol cargado de manzanas y rodeado por una cuerda preventiva? No es un manzano.

—¿Y qué es? Espere, no me lo diga, ¿un manzanito?

Alargó la mano para coger la manzanita, pero Maritza la golpeó con una cuchara de palo.

—No, es un manzanillo. Aunque nosotros lo llamamos «árbol de la muerte», o «el chile muerto». Esa hermosa manzanita que usted iba a zamparse es venenosa. Muchos extranjeros han muerto después de comer esta fruta tan tentadora como la de la Biblia de ustedes. Solo por tocar las hojas pueden salirle ampollas en esa piel suya tan delicada y blanca. Si en un día de lluvia se mete bajo un manzanillo, una sola gota de agua la abrasará ahí donde la roce. Se lo hubiera explicado, pero salió corriendo como alma que lleva el diablo, y yo ya no tengo edad para hacer carreras. Puede beberse tranquila ese chocolate.

Aitana se miró las ampollas en las yemas de los dedos de su mano derecha, las que había pensado que tenía por tirar de la cuerda de la mula.

—¿Y por qué tiene un cesto lleno de esas manzanitas venenosas? Es una temeridad tenerlas ahí, al alcance de cualquiera. —Su voz era apenas un susurro.

—Uso su veneno para ahuyentar a las hormigas. Aquí hasta los niños más pequeños saben que, si se las comen, se mueren.

Durante un rato Aitana no dijo nada, pero al final, rindiéndose a las evidencias y a su situación de desventaja, se disculpó.

—Perdóneme. Siento haber sido una estúpida y haberla juzgado tan mal.

Dio un largo trago a la taza de chocolate, y empezó a comer, con una tímida sonrisa. Maritza solo dijo:

—Le va a hacer bien. Me parece que Tuàlia está comiendo pescado.

—¿Quién es Tua...? —empezó a decir Aitana, pero otro acceso de tos la detuvo.

—Tuàlia es el dueño de la gripe y ve a los humanos como pescados.

Gripe... podía ser. Al tocarse la frente, que ardía, con la mano helada, notó alivio en el contraste.

—La verdad es que me siento tan cansada como si me hubieran molido a palos, solo deseo tumbarme. —Carraspeó. No quería hablar, pero todavía había cosas que no entendía y necesitaba hacerlo—: No sé por qué me dijeron que la primera mujer de Rudolf había muerto.

—Porque su primera mujer sí murió. Yo soy la segunda. Usted es la tercera.

Aitana se quedó con la boca abierta, por eso su rostro le resultaba familiar, Maritza era la mujer que salía en las fotos que había visto en casa de los Haeckel. Antes de que pudiera preguntar nada, Maritza se le adelantó:

—Dígame, ¿qué hacía tan lejos de las tierras de Rodolfo?

Buscar un tesoro de los indígenas y huir porque he matado a su hijo, contestó su cerebro, pero, por supuesto, no lo dijo en voz alta. Tras las revelaciones de Maritza, tampoco sabía si Álvaro era hijo suyo o de la primera mujer. En cualquier caso, ya no era seguro seguir en el poblado, pero no tenía fuerzas ni para levantar la taza de chocolate. Se quedó mirando a una gallina dormida sobre una hamaca atada a los troncos de un naranjo y de un limonero que crecían en el patio aledaño a la choza. Gustosa se cambiaría por ella.

—Salí a dar un paseo para despejarme y me perdí. Entonces ¿usted es la madre de los gemelos? —dijo haciendo un sobresfuerzo para que le saliera la voz.

—No, yo soy la madre de Cira. La madre de Leonardo y Álvaro se llamaba Bernarda. Era una muchacha cabécar muy linda, pero murió en el parto. Don Rodolfo crio él solo a esos dos *güilas*.

—Pero ¿cómo es posible que don Álvaro y Cira...?

Maritza terminó la frase por ella:

—¿Que estén casados? Rodolfo no era el padre de Cira, así que mi hija y Álvaro no son hermanos de sangre, si es lo que ha pensado. Pero es una larga historia y tiene usted muy mala cara, no sé si es un buen momento para contársela.

Maritza llamó a una de las mujeres y estuvieron un rato hablando en su idioma. Luego volvió a sentarse, pero esta vez al lado de Aitana, y le cogió la mano de manera maternal.

—Ya pedí que le preparen una estera para que pueda descansar. Rodolfo la trajo aquí y es nuestra responsabilidad cuidar de usted, ahora es parte de nuestra familia. Intente comer un poco. No siga con la conversadera o le dolerá más la garganta.

—Para ser usted indígena habla muy bien el español —dijo Aitana desoyendo su consejo de no hablar y seguir comiendo, pero enseguida se dio cuenta de lo desafortunado que era ese comentario e intentó retractarse—: ¡No quería sugerir que...!

—... ¿que los indígenas no podemos aprender otras lenguas? —Maritza soltó una carcajada—. Tranquila, estoy acostumbrada a la ignorancia de los *síkua*, como llamamos a los extranjeros, por si quiere aprender un poco de nuestra lengua. Antes de casarme con Rodolfo estuve casada con un español, algo que mi clan tardó muchos años en perdonarme. Llamamos a nuestra hija Cira, en honor a la india de la leyenda de nuestro volcán Turrialba, que cuenta una historia similar a la nuestra.

—¡¿La leyenda del Turrialba?! —exclamó Aitana, olvidándose de que le dolía la garganta.

—¿La conoce? —Maritza pareció gratamente sorprendida.

—Algo me contaron en el barco... —mintió ella—, pero me encantaría volver a escucharla.

—Si así consigo que no hable hasta que el *U suré* y su cama estén listos...

Entonces Maritza le narró cómo, muchos años antes de la conquista, habitaba en aquellas tierras el *ditséwö* —clan— de los Síbawak, dueños de la claridad de la luna. El *uséköl* —sumo sacerdote— era viudo y tenía una hija llamada Cira. Era la más hermosa de todas las jóvenes, y también la más diestra con la flecha y el arco. Una mañana Cira salió a cazar y se perdió en el bosque. Como tenía miedo de que apareciera la Tulevieja, que se esconde en las cuevas de las rocas y sale a comer gente, corrió y corrió buscando el camino de vuelta a su poblado, hasta que cayó desmayada por el cansancio en un claro. La encontró un joven de otra tribu, que se enamoró de ella al ver cómo la luz de la luna lanzaba destellos de plata que clareaban en su delicado rostro. Besó sus labios y, al hacerlo, la joven despertó. Al principio se asustó, pero, pasada la sorpresa, se enamoró de él también. Nada de esto fue bien visto por su clan cuando los encontraron, menos aún por su padre, el *uséköl*, pues no se puede violar el principio de la historia del origen del mar que advierte que es necesario conocer siempre cuál es la pareja correcta. Persiguieron a los dos jóvenes hasta una montaña y, cuando estaban a punto de alcanzarlos, el tiempo se oscureció. Kàli, la lluvia, se desenrolló el cabello precipitándolo sobre la tierra, que empezó a inundarse, y su esposo, Kikílma, señor del trueno, rugió haciendo que del interior de la montaña salieran terribles lamentos. La tierra se abrió, mostrando sus entrañas, y se tragó a los dos amantes. Luego, una columna de humo sagrado salió de su vientre seguida por ríos de lava y piedras que formaron el *kérwá bö* —el volcán—, que hoy se conoce como Turrialba, aunque antiguamente lo llamaron Turri Arva. Y el clan de los Síbawak entendió que era una señal del amor eterno entre dos etnias.

Cuando Maritza terminó de contar la leyenda, Aitana pensó que esa no era la historia que aparecía en el diario de su antepasado, aunque esta le parecía mucho más bonita. Le hizo pensar en lo que sentía por Minor, ellos también eran de países distintos, pero, a diferencia de los dos indios, nada ni nadie se oponía a su amor.

—La estoy aburriendo con historias, y usted necesita descansar —dijo Maritza confundiendo la expresión contrariada de la muchacha.

—¡Oh, no, no me aburre, al contrario! —Tragó saliva con dolor y su voz sonó más ronca al continuar hablando—. Creo que le puso usted un nombre perfecto a su hija: además de ser bonito, Cira simboliza ese amor que no entiende de etnias ni de razas.

—Ahora no estoy tan segura. Los nombres que les damos a nuestros hijos pueden también ser una condena, están ligados a significados profundos, no siempre buenos. A veces pueden traer *wáyök* —malos agüeros—. Rodolfo y yo violamos el principio del origen del mar y no nos fue bien. Cuando él y yo nos conocimos, los gemelos tenían ya dieciséis años, y Cira, quince. Nos casamos muy rápido, sin imaginar que no éramos los únicos que estábamos enamorados. Para cuando nos quisimos dar cuenta, ya era demasiado tarde. Una noche, al volver de una celebración, encontramos a Cira y a Álvaro recostados juntos, no entraré en detalles de lo que estaban haciendo, pero mi marido... Rodolfo se convirtió en un demonio peor que cualquiera de los *Sòrbulu*. Los azotó a los dos. Su furia era tal que pensé que iba a matarlos. Álvaro se enfrentó a él y Cira logró escapar. Durante unos meses vivió aquí. En su ausencia, La Esperanza se convirtió en un infierno de silencios y rencores. Supe que nunca más sería un hogar igual que se sabe que en un terreno nunca más volverá a crecer la hierba. Y lo peor solo estaba por llegar. Nuestros hijos siguieron viéndose a escondidas y pasó lo que nadie quería: Cira se quedó embarazada. Rodolfo tomó entonces una decisión drástica: mandarla a Alemania con sus padres, Ernst y Mathilde, antes de que se le notara el embarazo. A los amigos les dijimos que se había ido a pasar fuera una temporada, para conocer tierras europeas. Ernst era un reputado naturalista y filósofo que, en sus cartas a Rodolfo, solo hablaba de un señor llamado Charles Darwin y de sus estudios; nunca una nota de cariño. Lo cierto es que era un genio: biólogo, médico, artista, fotógrafo, escritor... no había nada que ese hombre no supiera hacer. Y daba clases en la universidad. Nunca le gustó que su hijo se casara con dos indígenas, pero aun así accedió a cuidar de Cira, creo que porque para él era como un experimento. Eso me dijo ella misma en las primeras cartas que me escribió. El primer mes, Ernst y Mathilde la veían tan triste que no sabían qué hacer, hasta que se dieron cuenta de que le gustaba la medicina. Entonces Ernst empezó a compartir con ella sus conocimientos y las cartas que mi hija me mandaba se fueron tornando más y más alegres. En ellas me explicaba que Ernst tenía libros ilustrados de botánica, y que todos los días le enseñaba algo nuevo. Le hablaba de «ecología», una palabra que él mismo había inventado, de teorías sobre «gérmenes» y de mil cosas más...

—Su hija me curó la mano después de que yo me pinchara con un jabillo —dijo Aitana interrumpiéndola para mostrarle la palma en la que todavía se apreciaban pequeñas cicatrices.

—Cira es una amante de las plantas —aseveró Maritza con una sonrisa de orgullo—. Yo y mi padre le enseñamos cosas que ni el propio Ernst sabía sobre los poderes curativos de muchas de ellas, así empezaron a intercambiar conocimientos. ¿Se puede creer que, una vez que el bebé hubo nacido, Ernst movió un montón de hilos para contratar a una niñera y que Cira entrara en la universidad? ¿Se imagina, una mujer indígena en una universidad europea! Eso habría sucedido, pero Ernst y Mathilde murieron en un accidente de ferrocarril. Sin ningún familiar más en Alemania que respondiera por ella, mi hija tuvo que regresar a Costa Rica.

Hasta ese momento, y a pesar del cansancio, Aitana había escuchado muy atenta a Maritza, pero, de pronto, una arcada le subió desde el estómago hasta la garganta. Intentó contenerla y se levantó para buscar dónde vomitar, pero lo hizo tan deprisa que la visión se le emborronó. Justo en ese instante Minor volvía sonriente. Aitana caminó unos pasos hacia él agarrándose el estómago, dominada por un vértigo momentáneo, y vomitó en los zapatos del norteamericano.

La Gran Aventura IX

9 de noviembre de 1883
Océano Atlántico

Ya les he contado a Aitana y a David que voy a Costa Rica a buscar un tesoro, que no solo estoy huyendo en busca de una vida mejor. Al principio se han mirado entre ellos como si me faltara un tornillo, pero, cuando he empezado a entrar en detalles, se han emocionado más que yo. Estábamos en cubierta, solos, bebiendo directamente de una botella de ron y fumando cigarrillos que ha conseguido David, bajo la luz de la luna llena. Solemos quedarnos hasta muy de madrugada cuando no hace viento y el trasatlántico se desplaza con tranquilidad por el océano. (Yo ya estoy totalmente recuperada de mi garganta). David me ha preguntado que si, aparte del río Guayabo, don Íñigo da alguna otra referencia para saber dónde está esa ciudad sin nombre.

—Un volcán llamado Torre Alba. En 1502, Cristóbal Colón antes de partir hacia su cuarto y último viaje a América concertó el matrimonio de su hijo Diego con María Álvarez de Toledo y Rojas, sobrina del II duque de Alba —no el que comía bebés, sino su hijo Fadrique—, que poseía el ducado de Alba de Tormes, y era primo hermano de Fernando el Católico. Así emparentó con la realeza.

—Ese sí que sabía casar bien a sus hijos —ha ironizado Aitana.

—Cuando él y sus hombres llegaron a Costa Rica, desembarcaron en Cariari, que hoy día se llama Limón. Mandó una pequeña expedición tierra adentro y, como al volver sus hombres dijeron que habían llegado hasta un valle donde una columna blanca salía de un cráter, Colón decidió honrar a la futura mujer de su hijo poniéndole a tan majestuoso volcán el nombre de la casa de Alba, es decir, Torre Alba.

—¿El duque de Alba comía bebés? —ha preguntado David.

La verdad es que no tengo ni idea, solo es un rumor, así que me he encogido de hombros, y Aitana ha estirado la pierna para empujarlo suavemente con el pie y que no cambie de tema. Entonces me ha preguntado si no me dan miedo los volcanes después de lo que le sucedió a mi padre y ha soltado una enorme bocanada de humo juntando los labios como si fueran un pequeño cráter. Sí, claro que me dan miedo, pero soy una Velasco Tovar.

—No creo que entre en erupción, lo que sí puede suceder es que escupa demonios.

Han puesto cara de «¡¿Qué?!».

—Don Íñigo escribió que la Torre Alba es una puerta del infierno.

Les he explicado que no es más que una leyenda que dice algo así como que, de tanto en tanto, entre lava, gases, cenizas, escoria y quién sabe qué más, la Torre Alba escupe «chamucos» por su boca; es decir, demonios. Generalmente tarda años en escupirlos. Velasco también escribió que los indios huetares, para aplacar la ira del volcán, celebraban rituales con sacrificios humanos.

—¡Él mismo halló en la boca de su cráter momias de niños!

—¡Venga ya!

Y, como no me creían, hemos ido a mi camarote y les he leído un trozo del diario, haciendo una traducción al momento porque, si no, Aitana decía que no entendía nada, que hablaban muy raro hace tres siglos (lo cual es cierto). He puesto voz grave y luctuosa, e incluso he hecho algún sonido gutural para ver si les daba un poco de miedo, jaja:

«Es posible que esta raza de demonios danzantes fueran los primeros seres en habitar el mundo, los Sòrbulu, pues comparten muchos rasgos con estos demonios de la mitología bribri, aunque con pequeñas diferencias. Sea como sea, esta

tribu teme a los Sòrburu por su extrema crueldad. Los bribri, ellos sí, todavía escuchan a los dioses de la naturaleza y los veneran en poblados recónditos de los bosques misteriosos y selváticos. Sus historias, convertidas con el paso del tiempo en leyendas que la mayoría confunde ahora con fábulas para niños, conservan la sabiduría perdida de las antiguas culturas que respetaban el espíritu que habita en cada elemento de la naturaleza. Porque los espíritus no solo poseen a los cuerpos de los vivos, sino que están en todas las cosas. De hecho, por muy muertas que estas parezcan, de ellas emana la sustancia de "un algo" que bien puede confundirse con la bruma pegajosa del trópico húmedo. Sólo ellos saben escuchar ese aliento imperceptible con el que sus más de mil dioses y demonios revelan, a su debido tiempo y no a cualquiera, el misterio de la vida».

—«¡Un algo!». ¡Puaj! Suena repugnante, me imagino un moco líquido y transparente que se eleva en el aire y luego se te cae encima llenándote de babas.

—Creo que es algo más místico que eso…

Aitana y David estaban tan borrachos que han empezado a bromear y a decir que «ese algo» estaba entre nosotros. Yo he seguido traduciéndoles el diario de mi antepasado:

«Es curioso cómo los hombres miran al cielo en busca de sus dioses —en ellos sí que creen, aunque sólo sea para implorarles excesivos milagros—, olvidando que bajo sus pies bulle una entraña que llega hasta el centro mismo de la tierra, el inframundo, un agujero profundo y cavernoso que hierve a temperaturas en las que no sobrevive criatura viviente; ignorantes de que en ese útero sagrado ensayan sus danzas viscerales, entre hierro y níquel, silicio y azufre, todos los chamucos encerrados desde tiempos inmemoriales. Hace ya muchos años que los bribri se ocultaron en sus bosques y siguieron hablando el lenguaje de la naturaleza, pero todos los demás, los hombres que desoyeron estas leyendas,

lo pagarán caro: Costa Rica es una tierra recorrida por volcanes».

—¿Y después de leer eso todavía quieres ir en busca del tesoro? ¿Seguro que no prefieres venirte con nosotros a Norteamérica? —ha dicho Aitana mirándome con ojos desorbitados—. Pues claro, tonta, no son más que cuentos para niños —la ha tranquilizado David.

—Cuentos para niños o no, según don Íñigo, «desoír esta leyenda no evitará que la Tierra se siga cobrando sus sacrificios». Esta es la parte más tenebrosa del relato, hay varias frases ininteligibles, pero, más o menos, dice así: «Cuando "ese algo" escapa del volcán puede adoptar cualquier forma de la naturaleza, pero la más terrible de todas es la humana porque se camuflan entre nosotros y resulta imposible reconocerlos. Los Sòrburu son iguales que nosotros, sólo que muy muy crueles. Escogen a hombres o mujeres que, por su vileza, tienen huecos en sus almas por los que es muy fácil entrar».

—Entonces ¿no hay manera de reconocerlos?

—Sí, sí la hay. Según don Íñigo, su aliento es sulfuroso. Les huele a azufre como el interior de los volcanes...

—Yo no sabría detectarlos. No tengo ni idea de a qué huele el azufre —ha dicho Aitana.

—Fácil: a huevo podrido —le ha contestado David.

Les he explicado que hay más maneras de reconocerlos: sus ropas huelen a chamusquina; tienen erupciones triangulares y ulcerosas en la piel; brillos ambarinos en los ojos llorosos e irritados; la voz ronca... De hecho, tosen mucho, como si estuvieran enfermos; y comen guacamayas y zorros secos.

Aitana no ha querido que siga hablando de eso, así que, para cambiar de tema, he sacado el mapa. Me lo había guardado para el final, para generar en ellos un último golpe de efecto. Y vaya si lo he conseguido, pero no por el motivo que yo creía. Según lo he extendido en el suelo alfombrado del camarote, Aitana se ha quedado boquiabierta, primero me ha mirado a mí y luego a David, y ha soltado un «¡No puede ser!». Ha señalado con el dedo un valle que tiene el nombre de Aquiares, que es justo donde empieza la ruta señalada por mi antepasado, y ha gritado:

—¡Así se llama la hacienda del viejo herr Rudolf, Aquiares! ¿Y si la Torre Alba es el volcán Turrialba que da nombre al valle?

—Torre Alba... Turrialba... A mí me encaja —ha dicho David.

Al principio he pensado que estaba demasiado borracha o tomándome el pelo para resarcirse del susto que le ha causado la leyenda de los chamucos del volcán. A ver, actúa muy bien, quiere ser actriz; pero no, no estaba actuando. «Las casualidades no existen», ha asegurado con tono grave, volteando las palmas de las manos hacia arriba. Y entonces ha sido cuando lo hemos decidido: intercambiarnos nuestras identidades. Ella no quiere que su padre pueda seguirle la pista y yo necesito tener acceso a esas tierras. Es una locura, lo sé, pero una deliciosa locura. Durante un rato hemos estado en silencio, digiriéndolo, hasta que al final Aitana me ha observado con curiosidad.

—Oye, ¿pero tú estás segura de que no te importa casarte con un viejo? ¿No te preocupan las cosas que tendrás que hacer con él?

—No, me da igual. Lo utilizaré para tener acceso a esas tierras, pero, en cuanto encuentre la ciudad sin nombre, no volveré a verlo.

Cuando se han despedido para irse a su camarote hemos convenido que hay un montón de cosas que tenemos que preparar para que herr Rudolf y su padre no descubran el engaño. Tenemos todavía muchos días de travesía por delante para hacerlo. No estoy preocupada, estoy feliz por esta carambola del destino a mi favor. No hay que temer a las casua-

lidades, hay que enhebrarlas. ¡Que me parta un rayo si los dioses no me han elegido; todos los vientos me son favorables! ¡Soy una afortunada! Además, salvo tener un marido mayor que yo, al que daré esquinazo en cuanto pueda, ¿qué me podría pasar?

10

La casa del tiempo

I

Minor y Maritza llevaron a Aitana a un *U suré* de una sola habitación circular y la ayudaron a tumbarse sobre una estera en un camastro. Aitana deseaba quedarse dormida, pero era imposible, el dolor de estómago iba en aumento y, en su desespero, solo lograba retorcerse.

—Voy a buscar al *awá* —dijo Maritza, y salió de la casa.

Aitana agarró la mano de Minor con fiereza.

—Creo que me han envenenado —susurró.

Quiso levantarse, pero Minor se lo impidió. Entró entonces una mujer con varias mantas y, al ver a Aitana tan asustada, intentó tranquilizarla.

—*Awá*: médico. *Awá sĩõ' tã'.*[14] *Awápa*[15] curar enfermedad —explicó mientras tapaba a Aitana con las mantas, pero ella se las quitaba y luego se las volvía a poner.

A ratos sudaba, a ratos tenía tanto frío que no paraba de tiritar. La indígena le ponía paños fríos en la frente y decía:

—*Awá* llevar su enfermedad al oeste. Él curar bien porque

---

14. El médico tiene piedritas curativas.
15. Los médicos.

él sabe todos los *Sòrburu*. *Sòrburu* demonios del mundo de arriba.

Cuando por fin consiguió dormirse, Aitana empezó a delirar. Por momentos se despertaba y rogaba a Minor que no la dejase allí sola, e insistía en que aquellas gentes la habían envenenado. Él no se separaba de su lado, salvo cuando Aitana tenía que vaciar el vientre, cosa que hacía en un bacín de calabaza, y con grandes esfuerzos, pues sentía que uno de esos *Sòrburu* se le había metido dentro de la barriga y tiraba de sus intestinos para romperlos; entonces gritaba y se desgañitaba en el alarido hasta que lo que fuera que estaba dentro de sus tripas salía y podía volver a tumbarse. Minor fumaba un cigarro detrás de otro fuera de la cabaña mientras esperaba para volver a entrar.

Ya era tarde cuando apareció Maritza con el *awá*, un indígena muy mayor vestido de blanco, con un bastón de mando, un collar de huesos y el pelo recogido en una trenza de espiga que sobresalía por fuera de un sombrero negro de copa redonda. El *awá* miró a Aitana, pero no dijo nada.

Maritza lo interrogó:

—*Ie' tso' dawèie.*[16]

Maritza siguió hablando en su lengua, pero el *awá* solo movió ligeramente la cabeza y volvió a salir de la vivienda. Se sentó en una piedra grande, bebió de una jícara y se puso a cantar.

—¿Qué pasa? —preguntó Minor—. ¿Por qué se va?

—Le he preguntado si es la fiebre de los pantanos, gripe o una diarrea muy mala, pero para saberlo primero debe aceptar si el estado de Aitana es *ke bua*, «no bueno», o *bua*, «bueno». Necesitamos saber qué Sòrburu se está alimentando de ella.

Minor no parecía convencido, miraba al *awá* con impaciencia.

16. Está enferma.

—Lo que ha traído no es un médico, sino un chamán que ha bebido una de esas drogas visionarias que les gustan a ustedes.

—Solo era cacao, manjar de dioses —explicó Maritza, pero esta vez su voz sonó áspera.

—Me da igual lo que sea. Me voy a llevar a la muchacha a Cartago, necesita que la vea un médico de verdad. Si tiene la fiebre de los pantanos, no la dejaré morir aquí.

Y Aitana, que tenía los ojos entrecerrados, al escuchar «fiebre de los pantanos» sintió un miedo horrible; rogó a los dioses y a sus antepasados que la dejaran vivir. Ya no quería ningún tesoro, solo leer historias junto a una chimenea, con un pointer inglés sentado a su lado, con su madre y con don Gonzalo. Pero para que eso fuera posible debía marcharse al cielo con ellos porque estaban muertos.

—¿Voy a morirme? —preguntó con un hilillo de voz, mirando las manos de Minor, cuyos puños apretaba con impotencia.

Maritza se agachó a su lado y le acarició el cabello.

—Tranquilícese, señor Keith, la está asustando. No se va a morir, chiquita, pero, si él se la lleva, entonces sí se morirá en el camino. Téngale paciencia al *awá*. Confíe. —El verbo talismán hizo su efecto, pues, en su estado febril, a Aitana le pareció que era su madre quien le pedía que confiara—. Sibö enseñó al *awá* los cantos, estos le darán el diagnóstico, pero no lo sabremos hasta la hora del crepúsculo.

—¿Y después qué? —gritó Minor, que caminaba de un lado a otro por la estancia, haciendo crujir el suelo de madera con sus pisadas.

—Después pedirá que traigamos un pollo para su curación. Si es blanco, significará que el estado es bueno; si es colorado...

Maritza no dijo más, siguió acariciando el pelo de Aitana, que se había vuelto a perder en sus delirios ininteligibles. Las horas pasaban y la fiebre no hacía más que aumentar. Hasta que, por fin, el *awá* volvió a entrar en la habitación acompañado de una indígena que traía un pollo colorado. La mujer se sentó en el suelo, de espaldas a él, y se puso a cantar. Aitana entreabrió los ojos y vio cómo unas piedras bailaban en las manos del chamán, que murmuraba palabras en su lengua. En susurros, Maritza explicaba a Keith, para tranquilizarlo: «Son las *sĩõ'*, piedras sagradas de adivinación curativas; él hace preguntas y las piedras contestan. *Tã i ẽ' kö̃kã sërërërërë*».[17] A continuación, el *awá* sacó un manojo de hojas rojizas de sus bolsillos y las sopló sobre el cuerpo de Aitana. Maritza seguía explicando: «Así activa los espíritus de las plantas, *Tsirík*. Son curativas porque ellas ya vencieron la enfermedad». El *awá* mandó acercar el pollo vivo. Sacudió en el aire una pluma de zopilote varias veces, haciendo el gesto de lanzar algo al pollo, que pareció enloquecer. «Ahora está pasando la enfermedad al pollo. Cuando acabe, nos dirá el antídoto».

Y así fue.

Cuando acabó, el *awá* ordenó que le dieran de beber leche de sapo a Aitana durante tres días. Luego dijo en perfecto español: «Nada de sal ni de dulce ni de chocolate, y que no se exponga al sol». Salió del *U suré*, y se sentó de nuevo en la piedra de fuera a meditar.

—Hasta que la española se recupere, él no comerá ni se moverá de ahí —explicó Maritza.

II

Durante los días que siguieron, no paró de llover. Por la mañana, a mediodía y a la noche —como había indicado el

17. Entonces ella (la piedrita curativa) empieza a moverse.

awá—, le daban a Aitana leche de sapo. Era un líquido de color blanco amarillento, untuoso y amargo, con un toque ácido, que ella bebía obediente a pesar de lo asqueroso que estaba, pues ya no le quedaban fuerzas para protestar. Cuando no lo veían, Minor se colaba en la habitación y la obligaba a beber traguitos de *emulsión de Scott*. Para que a Aitana le diera confianza y se lo tragara, le explicaba, señalando el bote: «Bilbao», «bakalao». Y, cuando ella se lo bebía, sonreía: «Tan agradable al paladar como la leche, ¿no es así? ¿Le gusta? ¿Cómo que no? Vamos, vamos, beba un poco más». La muchacha notaba el regusto del aceite puro de hígado de bacalao, de la cal y de la sosa de aquel jarabe para niños, miraba a Minor con ojos abrasados por la fiebre y se volvía a dormir. No fue hasta el segundo día que una mujer sorprendió al norteamericano dándole aquello y lo echó de la casa, aspaventándolo con las manos:

—*Usté Kṍkãma*: médico peligroso. Maligno.

Pero Minor siempre burlaba la vigilancia y volvía a entrar en el *U suré*. Le daba de beber entonces un vino que según él era un tónico-nutritivo con hierro y carne. «Este vino me salvó de unas fiebres que se llevaron a todos mis compañeros en una expedición por las selvas de Matina». Le acariciaba el cabello sudoroso, las mejillas, le decía que era una chica muy valiente, que no tenía de qué preocuparse, que no estaba sola, que con la leche de sapo, la emulsión de Scott y el vino pronto podría ir a acariciar a su querida mula Beatrice, que luego él la llevaría a ver un lago de aguas celestes e irían a buscar su tesoro, pero todo esto lo oía y olvidaba Aitana, cuya conciencia era alterada por la fiebre. En los momentos que recobraba la lucidez, en su cabeza solo había espacio para las náuseas, el dolor de los músculos y los terribles retortijones. Pero, en sus pesadillas, revivía el momento en que había golpeado al malandro, y Álvaro se le acercaba con un gran agujero en la sien repitiendo: «Asesina, asesina, asesina». Confundía a los niños que asomaban la cabeza por la puerta para curiosear con espíritus de sonrisas malévolas. Gritaba aterrorizada que no se la llevaran, que renunciaría al tesoro de Garabito, pero su voz no salía, y el intento de sacarla, de gritar, le abrasaba como un fuego ardiente en la garganta; otras veces, una nube negra de zopilotes la rodeaba y la agarraban con sus patas llenas de excrementos. Aitana se revolvía, intentaba patearlos, y solo se calmaba cuando las mujeres venían a limpiarle el cuerpo y agitaban abanicos para mover el aire y sacar los malos espíritus.

Al tercer día, cuando finalmente se despertó, notó que se sentía mejor. Logró incorporarse e incluso caminar dentro de la choza y, al asomarse fuera, vio que el *awá* ya no estaba. La muerte le había enseñado a Aitana sus fauces, y su aliento apestoso la había hecho desear la vida como nunca, así que cuando le trajeron un desayuno de huevos en tortilla con flores de Itabo lo devoró. Con incredulidad, se frotaba las manos, los brazos, las piernas, las mejillas, reanimaba su cuerpo; y comió todo lo que le dieron esa jornada.

Al cuarto día no pensaba más que en reemprender su aventura.

¡Se sentía incluso más fuerte!

A lo mejor aquella leche de sapo era el elixir de la inmortalidad, la panacea universal que habían buscado todos los alquimistas durante la Edad Media. Aunque ser inmortal tenía sus peligros: se podía correr la misma suerte que los *struldbrugs* del libro *Los viajes de Gulliver*, que se volvían inmortales solo cuando llegaban a viejos. Inmortal o no, ella se sentía mejor que nunca y, olvidando por completo su promesa a los dioses de renunciar al tesoro de Garabito, quería marcharse cuanto antes de La Verbena. No dejaba de pensar que Maritza era la madre de Cira y que en algún momento su hija iría a visitarla. Si eso sucedía, todos se enterarían de que Aitana había matado al esposo de Cira. Por eso, cuando a media mañana Maritza fue a buscarla para dar un paseo por el poblado, Aitana rechazó su invitación.

—Creo que ya estoy lista para irme. Si me da mis cosas y me dice dónde está Keith, no los molestaré más. Me gustaría pagarles por...

—*Ke'tke't!*[18] Relájese —la interrumpió Maritza—. Incluso si algún día vuelve a La Verbena, nunca más volverá a este lugar del tiempo, *Kő kẽ̃ska.*

El lugar del tiempo, *Kő kẽ̃ska...* sonaba bello, pensó Aitana, como si existiera una casa donde el tiempo hallara refugio. Había tantos momentos de su vida a los que regresaría si pudiera, tantos instantes que no había saboreado bien y de los que solo le quedaba el regusto de la nostalgia... Maritza tenía razón. ¿De qué le servía embarcarse en una aventura si no la sabía disfrutar? *La felicidad son solo momentos.* Algo así le había dicho una vez su madre. Por desgracia, ya no podía volver a ese lugar del tiempo para escucharla y poder repetir sus palabras con exactitud. ¡En cambio, sabía de memoria decenas de frases de libros de desconocidos! Se enfadó consigo misma. ¿Qué era exactamente lo que le había dicho su madre? *La vida está hecha de miles de momentos, cada uno irrepetible.*

—Tiene razón, Maritza. A veces se me olvida que estoy aquí, ahora, en este lugar del tiempo.

No podía detener el tiempo, pero sí controlar el pensamiento. Lo contuvo. Y, al hacerlo, dejó de ser una asesina, de buscar un tesoro, de huir de los Haeckel. No venía de España, no necesitaba sonreír para que la aceptaran, no echaba de menos a sus padres muertos ni a la verdadera Aitana y a su amante David, no vigilaba sus espaldas, no le urgía marcharse, no se estaba enamorando de un desconocido, no hablaba con los dioses, no actuaba para la gloria, no quería ser leyen-

18. ¡Qué vaina!

da. No era Aitana, no era Natalia. El corazón no ardía en nostalgias.

Silenció todos esos ruidos.

—¡Naitali! —la llamaron unos niños desde fuera.

Se apoderó de ella una calma profunda.

Podía ser solo eso, ese nuevo nombre, Naitali.

Observó a los niños que hacían cabriolas para impresionarla, para llamar su atención, que la saludaban igual que saludarían a su hermana o a su madre o a su tía o a su abuela o a su mejor amiga. Podía ser una más de su familia, vivir en esa casa del tiempo. Naitali bajó y los niños tiraron de sus brazos arrastrándola entre risas por las calles de La Verbena. Los indígenas la llamaban, «¡Naitali!», «¡Naitali!», para que se acercara a sus *U suré*, pero ahora no se reían de ella, al contrario, le mostraban admiración.

—Tualia gusta pescado, pero no *naitali*. Nadie puede comer *naitali*.

Según Maritza, solo había pasado una gripe con dolores estomacales, pero Aitana replicaba, «¡He estado a punto de morir, cómo que una simple gripe! ¡Fiebre de los pantanos!». Y Maritza se reía con ganas. «Fiebre de los pantanos dos semanas, un mes en cama; no tres días».

—¿Fiebre de los pantanos? ¡No! ¡No! —Reían todos.

Y Aitana se contagiaba de esas risas.

Fluía entre ellos como el agua en el río.

Le pusieron alrededor del cuello un collar hecho con semillas, *ditsö*, para protegerla: «Los clanes bribri nacieron de las semillas de maíz que Sibö esparció en la tierra». Y en el pelo, una guaria morada que olía a vainilla y a todos los vientos del trópico: «Tú, india blanca». Bailó al ritmo del chaschas de las semillas que se agitaban en el interior de unas maracas que le regalaron. «Hay que escuchar el canto si quieres aprenderlo». Una niña con un peinado de trenza de espiga y ojos color miel la agarró de la mano para unirse a la comitiva, y le fue diciendo el nombre de las cosas en bribri. Aquellas palabras extrañas tenían un efecto revelador, como si viera todo por primera vez.

—*Kuàkua*. —La niña señaló una mariposa morfo de alas grandes y bellas, azules, ribeteadas de negro.

Aitana le dijo su nombre en vascuence, para crear en la niña ese mismo efecto mágico que provocaba escuchar el nombre de las cosas en una lengua tan antigua como el mundo:

—*Tximeleta*.

La risa era sorpresa y la sorpresa era risa.

Un hombre de pelo cano se acercó a ellas y se llevó las manos entrelazadas al pecho, en reverencia. Maritza le explicó:

—Él dio su pollo colorado para que el *awá* te curase.

Como ya había aprendido a decir «gracias», bajando la cabeza en gesto de humilde agradecimiento, Aitana dijo:

—*Wë́stë wë́stë*.

—*Kë̀ èrë wë́s. Ye' krò tã' skë̃töm. Ekëkë, Sibö be'wàpie* —contestó el hombre.

—Dice que no se preocupe, tiene cinco pollos —le tradujo Maritza.

Y mientras volvía a darle las gracias, Aitana aspiró el aire puro y medicinal de la naturaleza que los bribri tanto veneraban y cuidaban. Maritza se detuvo frente al galerón de una casa donde una mujer ordenaba varios saquitos con racimos secos de verbena y otros con multitud de capullos acampanados de color blanco marfil. Aitana reconoció las flores de itabo.

—Llévese un saquito por si de nuevo le duele la panza. Y estas semillas de Guanacaste también, que bajan la fiebre y quitan el dolor de garganta. —Maritza sacó unas semillas con forma de oreja.

La india siguió mirando dentro de unos frascos y sacó una raíz, que entregó a Aitana, y ella buscó dentro de su faltriquera unos dólares con intención de pagar todo aquello, pero Maritza la detuvo con su mano.

—Es un regalo. Ya le dije, ahora somos familia.

Aitana musitó de nuevo un tímido «Wë́stë, wë́stë», y preguntó qué era aquella raíz.

—Jabón de itabo.

—¿Jabón?

—El itabo sirve para todo, está en todas partes. —Maritza señaló unas cercas que bordeaban los caminos, eran arbolitos donde despuntaban aquellas florecillas blancas—. Hasta mi morral está hecho con sus fibras.

Pero a Aitana solo le importaba una cosa:

—¿Tan mal huelo?

—La verdad es que sí, niña —respondió Maritza tajante—. Pero no se apure, venga, sentémonos a beber un poco de agua de coco.

Maritza espantó a los niños y se sentaron en un banco con dos cocos con un orificio en el centro donde habían introducido dos cañas huecas. La confirmación de que olía mal no le sentó bien a Aitana, sobre todo porque en aquel momento divisó a Minor, cuyo olor tanto le gustaba. No quería que él se acercase y pensara que no olía bien, aunque en los últimos tres días la hubiera visto ya en un estado lamentable.

Pero Minor tenía otras cosas de las que preocuparse.

Discutía acaloradamente con un joven indígena que llevaba un llamativo tocado de plumas en la cabeza. Era recio, de rostro redondeado y pómulos anchos y mirada profunda. Vestía parecido al *awà*, de blanco, y tenía zarcillos de oro en las orejas y en la nariz, pero lo que más destacaba en él era una joya grande como una mano abierta, que llevaba colgada al cuello y representaba al águila arpía. Se trataba de una pieza de oro articulada, así que la cabeza y la cintura del ave se meneaban generando sonidos. El sol se reflejaba en ella y resultaba intimidante, llamaba enseguida la atención hacia el hombre que la portaba; sin duda, se trataba de una alhaja que resaltaba su rango. En ese momento golpeaba el suelo con un palo largo que debía de ser un bastón de mando, pues tenía un mono tallado en la empuñadura y estaba decorado con listones de colores y flores.

—¿Quién es ese hombre? —le preguntó a Maritza.

—Antonio Saldaña, el rey de Talamanca. Es el *Blu*, el jefe del clan SaLwaK, los «dueños del mono colorado»; es el cabeza de más alto nivel. Nadie puede tocarlo. Vino al saber que Minor estaba aquí.

—No parecen amigos.

—No lo son.

La conversación de los hombres se había vuelto más violenta y a Aitana le pareció que el rey indígena amenazaba al norteamericano.

—*Dakúr!* —gritó varias veces señalándolo.

—¿Qué dice?

—Le ha llamado «murciélago» porque Minor chupa la sangre de *Irìria*, la niña tierra. Cree que aprovecha la excusa de cuidar de usted para inspeccionar estas tierras y así encontrar caminos para que pase el ferrocarril y para plantar bananeras. Somos los últimos bribri en esta área, el resto viven todos en Talamanca y mucho me temo que pronto nos tendremos que ir también. El gobierno no nos escucha. Solo Antonio lucha por nosotros.

—¡Oh, no! ¡Pero ese hombre está equivocado! Minor solo vende ron a cambio de guaro. No es más que un mero contrabandista. No debería decirlo porque es un secreto, pero...

Maritza soltó una carcajada.

—Ay, niña. Sí, Minor cambia ron por guaro, pero no lo hace por dinero, sino para chantajear a los indígenas, y vaya si lo consigue. ¡Esa maldita bebida confunde sus mentes! ¿No sabe que a su amigo Mistakeit lo llaman «el rey sin corona de Costa Rica» porque tiene más poder que Próspero Fernández, el presidente? Mistakeit vino a petición de su hermano Henry hace diez años para construir el ferrocarril, pero Henry murió, al igual que muchos otros hombres. La construcción se paró porque el gobierno no podía pagar la plata a los bancos extranjeros, así que él mismo invirtió toda su fortuna para reanudar las obras. A cambio, el gobierno le ha concedido miles de hectáreas libres de impuestos, pero no parecen bastarle. Quiere también estas tierras de don Rodolfo, él siempre dijo que eran nuestras, y mantuvo su tenencia para que el gobierno no nos expulsara. Ahora que Rodolfo está muerto quién sabe qué pasará con nosotros.

—Es una temeridad que Keith haya venido solo a inspeccionar estas tierras, se expone a que lo maten —reflexionó Aitana en voz alta.

—Su amigo es osado, no conoce el miedo. Pero también sabe que ningún indígena se atrevería a matarlo. Por las represalias que habría del gobierno y porque somos gente pacífica. Tal vez demasiado. Ese ron vuelve sumisos a los hombres. Lo admiran porque, además del ferrocarril, ha construido muelles y mercados, pero lo cierto es que saneó Limón solo para convertirlo en el principal puerto de importación y exportación del país y que sus barcos exportasen bananos a Norteamérica y Europa. Aunque todos creen que lo hace por amor a Costa Rica, que hace llover dólares del cielo.

—Pero entonces, si usted no lo cree, ¿por qué lo trata como si fuera un amigo? —dijo Aitana confundida.

Maritza observaba a Minor con la misma paciencia que una madre miraría a un hijo que se acaba de tropezar y deja que se levante solo del suelo.

—Me recuerda a Tötöbe, que es el nombre mitológico de *tsawi*, el armadillo. Nuestro dios, Sibö, le ordenó que cuidara de las semillas. Era un trabajo muy fácil, solo tenía que sentarse a vigilarlas, pero un día Sibö lo sorprendió comiéndoselas. Como castigo, le golpeó con una caña brava; luego le pidió que se ocultara donde nunca lo pudiera ver. Por eso el armadillo tiene esa cola que parece una caña y vive en huecos bajo la tierra.

Aitana se quedó un rato sorbiendo el agua de coco con la pajita de caña mientras reflexionaba sobre aquella historia. Nunca había visto un armadillo y no sabía qué tipo de animal era, pero tampoco lo necesitaba para entender la metáfora.

—¿Le recuerda al armadillo porque destruye la tierra con su ferrocarril en lugar de cuidarla?

Maritza negó con la cabeza.

—Me recuerda al armadillo porque las pruebas más difíciles las supera, sin embargo las más fáciles no.

—*Ba yúshka!*[19] —gritó en ese momento el hombre al que Maritza había llamado Antonio Saldaña. Luego, el *Blu* miró hacia ellas. Aitana quiso sostenerle la mirada, pero no pudo: era tan profunda y bravía como un río de gran erosión. Tuvo miedo por Keith. A pesar de lo que acababa de contarle Maritza sobre él, nada deseaba tanto como tenerlo cerca.

—Si no sabemos escoger, el amor se vuelve una maldición que nos echamos a nosotros mismos —le dijo la india adivinando sus sentimientos por el norteamericano.

—¡Pero el amor no se elige, como un vestido o una comida, usted lo sabe mejor que nadie! Sigue amando a Rodolfo, lo noto en su mirada cuando habla de él. Por eso estaba cerca de Aquiares el día que nos cruzamos, velaba por el espíritu de su marido. No juzgo sus costumbres, aunque me parecen extrañas, ustedes tienen una conexión con la naturaleza especial, pero... Maritza, usted hizo ese ritual con el cuerpo de don Rodolfo, ¿verdad? Leí en un libro que ustedes creen que

19. Váyase.

las aves elevan el alma de los difuntos al cielo, hacia el inframundo. Aunque pensaba que eso solo podía hacerlo un chamán, estoy segura de que fue usted.

La india la miró de forma enigmática, pero no contestó a su pregunta.

—Estoy segura de que él aún la amaba, aunque fuera a casarse conmigo —siguió aventurando Aitana—. Imagino que se separaron cuando Cira volvió y se casó con Álvaro, ¿verdad? Vi fotos de la boda en La Esperanza. No debió de ser nada fácil.

Maritza asintió primero, y luego negó con la cabeza.

—Cuando Cira volvió, ella y Álvaro se casaron. Mientras buscaban una casa a la que mudarse, vivimos todos juntos durante un tiempo y Rodolfo empezó a beber. Cira y Álvaro se marcharon a vivir a Isla Uvita, pero Rodolfo no dejó de beber. Un día discutió con Leonardo y lo empujó contra una pared con tanta violencia que el chico se marchó a París con un dinero que había ahorrado. No me quiso decir por qué habían discutido. Yo también acabé abandonándolo. Su mal carácter lo había condenado, no el amor entre nuestros hijos.

En ese momento, Aitana se dio cuenta de que Minor caminaba en dirección a ellas con paso alegre, como si la discusión que acababa de tener con el jefe del clan de los dueños del mono colorado no se hubiera producido. En cambio, este último se alejaba muy alterado.

—¿Y qué pasó después? —se apresuró a preguntar antes de que Minor llegara a donde estaban ellas.

—Leonardo regresó a principios de este año y se encontró las tierras tan abandonadas que decidió viajar a Uvita para convencer a Cira y a Álvaro de que regresaran también. Rodolfo se había encerrado en La Esperanza, llevaba meses atesorando odios, tan entregado a la bebida que no impidió a nuestros hijos convivir de nuevo bajo el mismo techo que él.

Ellos aprovecharon para ocuparse del cafetal, pero, cuando las primeras matas empezaban a verdear, Rodolfo las quemó. Y eso no fue lo peor. Un día lo vieron salir de su habitación con varias maletas y dijo que se iba de viaje a Europa. No volvió hasta dos meses después, y no habló, solo se encerró de nuevo en su habitación a beber como si nunca hubiera salido de allí. Imagino que durante ese viaje firmó los papeles del matrimonio con el padre de usted y acordaron su viaje, pero Rodolfo solo les contó que se había casado con una española una semana antes de que usted llegara, con la misma expresión que si les hubiera dicho que se iba a dar un paseo. Se apoderaron de él los monstruos que condenan el incesto: Këtali, la salamandra, y Kö, el gusanito de fuego; ellos lo consumieron, por eso ya no era el hombre del que yo un día me enamoré.

Maritza dejó de hablar porque Minor ya estaba frente a ellas.

—Me alegra verla tan recuperada, *Naitali.* ¡Qué narices! ¡Está hasta más guapa! ¿Me regalará usted un poco de esa leche de sapo milagrosa que ha curado a mi amiga, Maritza? ¡Y unas hojas de ortiga como las que me dio la última vez para los dolores de cabeza!

—*Ãã́, kḗkë Keith! Íke, siwöki chökewa:*[20] cabuya, eso es lo que usted necesita para sanar la locura.

—Con las hojas de ortiga será suficiente. Y, si mi amiga española está lista, por mí podemos irnos ahora mismo.

—*Ḗkḕke*[21] —dijo Maritza.

Y los dejó solos con la excusa de ir a prepararles una mochila con víveres.

—He estado mirando su mapa —dijo entonces Minor, sin importarle el desconcierto de Aitana al saber que había hur-

20. ¡Aah, señor Keith! Tome cabuya.
21. Muy bien.

gado en sus cosas—. Iremos a caballo hasta la intersección entre el río Guayabito y el Guayabo, así acortaremos y llegaremos antes al lugar donde su mapa indica que está la ciudad sin nombre.

La Gran Aventura X

16 de noviembre de 1883
Océano Atlántico

Quedan ya pocos días para que lleguemos a Nueva Orleans y nos separemos para siempre, no será fácil la despedida. Aitana está escribiendo cartas para que, cuando yo llegue, se las vaya enviando a su padre y así lo despistemos durante los primeros meses. Para cuando la mentira sea insostenible, yo ya habré encontrado El Guayabo, y el paradero de Aitana, con su nueva identidad (la mía), no se podrá rastrear. He escrito una carta para ellos, que les pediré que no lean hasta que yo ya siga en el vapor rumbo a Costa Rica. Les diré que es porque me da vergüenza, pero en realidad es porque voy a meter dentro la mitad de mi dinero: ellos me han ayudado a cumplir mi sueño y yo quiero ayudarlos a cumplir el suyo. Sé que, si se lo diera en mano, no lo aceptarían. Han insistido en que me vaya con ellos a Nueva Orleans, y les he dicho que tal vez lo haga cuando encuentre El Guayabo, pero ahora no.

Aitana sigue con sus clases para hacer de mí toda una señorita porque, por muy culta que sea, el refinamiento es otra cosa, me ha dicho. David también participa, es un experto en artes decorativas. De hecho, ahora sé cosas como que la porcelana del barco es de Sévres; que el butacón donde nos sentamos no es un butacón, sino un canapé «en suite» cubierto con tapicería de Beauvais; que las patas de las mesas son acanaladas; que los tonos de la tapicería del barco son «crème» apagado, rosa melocotón y azul primaveral; que el espaldar de la silla en la que estoy sentada mientras escribo tiene «forma de medallón»... Lo apunto todo para que no se me olvide.

Las lecciones de Aitana son un poco más atípicas. Esta mañana me ha dicho que cada vez se me ve más segura de mí misma, más jovial, pero que aún quedaba un último paso. Así que me ha puesto frente a la cómoda «con forma de medialuna» (aprendo rápido) y me ha preguntado: «¿Qué ves?». Yo me he reído tontamente y he dicho: «¿A una pecosa con ojos color musgo un poco insulsa y desgarbada?». Al ver su cara de desaprobación, he intentado defenderme:

—¡Oh, vamos, Aitana, tú sabes mejor que yo que tus vestidos en mi cuerpo parecen sábanas y en el tuyo el plumaje de un ave del paraíso!

—¡Quítatelo! ¡Desnúdate!

Al principio me he reído, más por nervios que porque me hiciera gracia la situación. Nunca me he desnudado delante de nadie, siempre que me visto y me desvisto le pido que se dé la vuelta, pero hoy ella no se giraba, me miraba con aplomo. Y, cuando le he pedido que se girase, me ha dicho que no.

—Vas a mirarte desnuda en el espejo, y vas a tocarte.

He tragado saliva, ¿tocarme? Pero Aitana iba muy en serio.

—Quiero que te enamores de tu cuerpo.

Así que me he sacado las mangas del vestido y me he quedado desnuda de cintura para arriba. He agachado la cabeza, avergonzada, y, en lugar de mirarme, la he buscado a ella en el espejo. Se ha acercado por detrás y ha cogido mi mano suavemente, luego me ha hecho deslizarla con delicadeza desde mi cuello hasta uno de mis pechos, que se ha endurecido con el roce. Y, aunque me he sonrojado muchísimo, mis pechos me han parecido más bonitos y he sonreído tímidamente. Ella me ha mirado con aprobación y complicidad:

—Tienes piel de melocotón —ha dicho.

Luego he continuado quitándome la falda y el resto de la ropa, hasta quedar completamente desnuda frente al espejo. Y he dejado que ella siguiera guiando mi mano, acariciándome a mí misma, despacio, en cada parte de mi cuerpo, como si estuviera escribiendo una poesía. Entonces Aitana ha abierto la puerta del camarote y ha dejado entrar a David, que había estado esperando fuera todo el tiempo. ¡Lo tenían planeado!

Al principio me he asustado, pero después me he quedado perpleja, con la boca entreabierta, sin atreverme a decir nada, al ver que ellos empezaban a desvestirse también. Aitana tiene un cuerpo precioso, unos pechos más grandes que los míos (que no son pequeños), de pezones rosados, puntiagudos, y mucho más vello que yo entre las piernas; las caderas pronunciadas, las piernas largas, los pies de muñeca.

Y David... Buff.

Yo nunca había visto a un hombre desnudo. Me ha sorprendido lo hermoso que es su cuerpo, pero el deseo de tocarlo me ha hecho sentir culpable. Es el novio de mi mejor amiga, ¡es mi mejor amigo! Sentía curiosidad, excitación, deseo, vergüenza, culpa, todo al mismo tiempo, tan salvajemente que hasta me he mareado un poco. Me da vergüenza escribir esto, pero el caso es que Aitana me ha cogido de la mano y ha tirado de mí hacia ellos; con mucha dulzura ha bajado su mano por mi espalda hasta donde ya sí que no me atrevo a escribir. Y David ha puesto su mano también sobre mi espalda y ha hecho el mismo recorrido que la de ella, solo que me ha agarrado más fuerte las nalgas y me ha excitado muchísimo. Con la otra ha acariciado mi mejilla, mis labios, y, antes de que yo dijera nada, Aitana me ha susurrado al oído:

—No vamos a dejar que tu primera vez sea con un viejo.

11

En el río Guayabo

I

Minor y Aitana habían accedido al palenque por el oeste y ahora salían por la puerta este, que se abría a una pequeña pradera; al fondo de esta se alzaba una loma y, detrás, el paisaje se transformaba de verdes intensos a verdes oscuros que sobresalían entre una suave bruma violácea. Aitana había cambiado sus ropas por unas mucho más confortables que le prestaron los bribri, una camisa y un pantalón. Era la primera vez que usaba esta última prenda, y le resultaba cómoda y extraña al mismo tiempo. La mitad del poblado había salido a despedirlos.

—Llevaré a Beatrice de vuelta a la hacienda —les dijo Maritza después de darles la mochila con los víveres y unas cantimploras.

Probablemente quería tranquilizar con ello a Aitana, pero consiguió el efecto contrario. En cuanto llegara a La Esperanza, Cira le contaría a su madre que la española había matado a don Álvaro y entonces avisarían a la policía, que organizaría batidas para salir en su busca. Al menos contaba con una ventaja: Minor había dicho que seguirían el camino del río hasta llegar a un lugar llamado La Angostura donde, al parecer, él tenía una casa, aunque ambos sabían que no irían hacia allí y que solo lo dijo porque no quería más problemas con Antonio Saldaña.

Maritza cogió una mano de Aitana para abrazarla entre las suyas. Sus ojos color canela, de tonos suaves, transmitían la sabiduría de la tierra, pero ahora los empañaba un velo melancólico. Era la mirada de una mujer que entendía la debilidad del corazón humano, que podía perdonarlo todo. ¿Todo? ¿Incluso que ella hubiera matado al marido de su hija Cira, al hijo de su amado Rodolfo? No, eso tal vez no. Le entristeció pensar que nunca más volvería a verla porque, una vez encontrase el tesoro, Aitana tenía pensado huir a Nicaragua o a Panamá; lo mismo le daba. En sus planes nunca había entrado quedarse el tesoro, solo descubrirlo y que todos la conocieran por esa hazaña, hacerse un lugar en los libros de Historia, pero las condiciones habían cambiado y empezaba a barajar la idea de renunciar a sus principios y quedárselo, aunque eso la convirtiera en una vulgar guaquera. Dejó que Maritza la rodeara con sus brazos mullidos, maternales, y aspiró su olor a chocolate y a verbena, sin poder contener unas lágrimas, hasta que se deshizo de su abrazo y, con la ayuda de dos indios, se subió a la hermosa yegua de pelaje negro en la que Minor ya estaba montado. Como la yegua no tenía silla, Minor le aconsejó que apretara bien los muslos a la grupa, que le agarrara fuerte por la cintura y que levantara y bajara sus posaderas intentando acoplarse al ritmo del animal. Aquellas indicaciones ruborizaron tanto a Aitana que se mantuvo rígida como el tronco de una encina y Minor tuvo que tirar de sus brazos para obligarla a agarrarse a él, lo que provocó risas entre los indígenas. Maritza y los demás bribri caminaron a ambos lados de la yegua, acompañándolos en pequeña comitiva mientras daban los primeros pasos. Cabalgaron despacio y en silencio hasta que llegaron a la loma desde la que se divisaba, muy a lo lejos, el río Guayabito, el hermano pequeño del Guayabo.

—¡Agárrese más fuerte! —le ordenó Minor y espoleó al animal, que adoptó un paso de trote.

Los bribri también aceleraron el ritmo de sus pasos para seguirlos en el inicio del descenso de la loma y, antes de que Aitana se hubiera podido acostumbrar, la hermosa yegua galopaba campo a través, contra el viento. Los bribri gritaban y corrían a ambos lados, como si quisieran darles caza, hasta que la carrera del animal fue inalcanzable. La joven ni siquiera se atrevió a mirar atrás para verlos por última vez. El viento tiraba de ella y temía caerse. Se abrazó más fuerte a Minor, cerró los ojos y, cuando se atrevió a abrirlos de nuevo, vio la mancha del río azulear en la distancia, subir y bajar, subir y bajar, todavía muy lejos, bajo el cielo protector. Se rindió al pulso caliente de la bestia, a sus soplidos, al choque aserrado de los cascos precipitándose sobre la hierba húmeda, palpitante, que disiparon todas sus preocupaciones, tacatá, tacatá, tacatá; al quebranto del aire en la nariz y en la boca; al sabor a río dulce mezclado con el sudor de la bestia, con el perfume terroso del lodo, con la agradable frescura de los prados. Ese mismo aire se colaba dentro de las ropas de ambos, agitándolas, hacía que su larga melena castaña flotara al viento. Llevaban un buen rato galopando cuando Aitana sintió una necesidad salvaje de gritar, de sacarse de una vez por todas el estorbo de los miedos. No había un antes, no había un después. Solo el empuje del ahora; las esbeltas patas de la yegua. Así que gritó con todas sus fuerzas, desembarazándose de todos sus temores, hasta que lo hizo solo por el puro placer de gritar. Y a sus gritos descontrolados, salvajes, respondió Minor con carcajadas alegres y espoleando más a la yegua negra que galopaba como si la llanura no tuviera fin, y sus jinetes volaban con ella. Eran, los tres, una flecha disparándose hacia el infinito. Cuando la cabalgadura no tenía apoyo en el suelo, flotaba en el aire, imparable; cuando posaba de nuevo sus largas patas sobre la tierra, todos los sonidos se orquestaban en ese impacto. Perdía el apoyo, lo recuperaba; de nuevo lo volvía a perder. Tacatá, tacatá, tacatá. Volaban, tocaban tierra, volaban. Tacatá, tacatá, tacatá. La yegua estiraba las patas, las recogía, las estiraba. Y el río cada vez estaba más cerca. Tacatá, tacatá, tacatá. El tiempo iba a la zaga, perseguía su sinfonía libre y desbocada, galopando, galopando, galopando. Y Aitana gritaba con una euforia salvaje en ese lugar del tiempo. No supo cuántas horas habían pasado cuando llegaron al río, solo que resollaba tanto o más que la yegua. Después de descender del animal con ayuda de Minor, que bajó primero, empezó a reír con una mezcla de alivio, placer y estupor.

—Ha sido lo más increíble que he hecho en mi vida. Ojalá algún día llegue a montar igual de bien que usted.

—Le enseñaré gustoso —dijo él acariciando el cuello de la yegua.

En una pequeña playita del río los esperaban con un cayuco tres indígenas que no tendrían más de quince años. Tras saludarlos, Aitana se agachó para coger agua en el cuenco de su mano, primero para beber, y después para echársela por la nuca y refrescarse. El sudor del ejercicio rezumaba por su piel debajo de la camisa que le habían dado los bribri, filtrándose fuera en forma de vapor. Minor entregó la yegua a uno de los muchachos y le indicó que la llevara a La Angostura; luego se puso a negociar con los otros dos. Aitana se dio cuenta entonces de que su intención era seguir el camino navegando por el caudaloso río. Observó con desconfianza el bote destartalado, la madera podrida en algunas zonas.

—No querrá que subamos a ese bote, ¿verdad?

—Por supuesto, querida. Es la única manera y la más rápida de llegar. Las aguas están tan crecidas por las lluvias de los últimos días que navegar el río será pan comido sin el estorbo de los pedrejones. Hace dos días que encargué a estos muchachos que trajesen el cayuco, se disgustarán si ahora les decimos que no vamos. Además, no nos llevará más de una hora. ¿Teme que vuelque?

¡Una hora! Lo que dio un vuelco fue el corazón de Aitana.

—¡No pienso subirme ahí!

—*Di' tso' tã̃ĩ kõ̃lĩ kũĩkĩ*[22] —dijo uno de los muchachos, como si pudieran entenderlo.

Solo después de asegurarle Minor que esas embarcaciones nunca volcaban, de acusarla de una cobardía impropia en una gran aventurera y de obligarla a serenarse poniendo sus manos sobre los hombros de ella para que dejara de moverse de un lado a otro, consiguió que Aitana subiera y se sentara junto a él en el centro del bote, que era alargado como una canoa.

Al primer bamboleo de la embarcación, Aitana se bajó.

—Debe de haber otra manera de llegar —exclamó, sintiendo el agua helada en sus tobillos.

Minor se levantó, pero sin salir del bote, y, esta vez, se puso muy serio.

—No la hay, así que deje de hacer pucheros. Si quiere, puede volver andando a La Verbena, por mí no hay problema. Me iré sin usted. —Y, con su terrible acento, gritó—: ¡Jalen, muchachos!

Aitana observó, atónita, cómo los dos bogadores, situados cada uno en un extremo del cayuco y manejando remos más altos que ellos, empujaban la embarcación hacia el centro del río.

—¡Esperen! —gritó. Y, rehuyendo la sonrisa cínica de Minor, volvió a subirse—. Como escudero es usted decepcionante, no para de darme órdenes y de obligarme a hacer cosas que no quiero.

—Es injusta conmigo, solo pongo un poco de sensatez a su disparatada aventura, pero no me importa, me gusta ese brillo salvaje en sus ojos cuando se enoja.

---

22. El río está crecido por la lluvia.

—¡Qué insolencia! —se ruborizó una vez más Aitana. Y estiró el cuello en una actitud que daba a entender que no tenía ninguna intención de seguir con aquella conversación.

Zarparon río abajo y enseguida llegaron a la desembocadura del perezoso Guayabito en su hermano mayor, el Guayabo, de aguas mucho más violentas. Los bogas se coordinaron para girar el bote con la ayuda de sus remos y que este no se quedara varado en los continuos meandros del río; los músculos de sus brazos se tensaban mientras luchaban contra la caudalosa corriente del Guayabo.

—¿Están locos? ¡Van contracorriente!

—Por supuesto, en esa dirección está el tesoro —la tranquilizó Minor.

—¡Pero no se puede navegar a contracorriente!

—Por donde sube un río hasta un ferrocarril puede subir.

—¡Déjese de bravuconerías! ¡Demos la vuelta antes de que sea demasiado tarde!

Minor soltó una carcajada, visiblemente complacido, pero no cambiaron el rumbo y el norteamericano trató de entretenerla imitando el canto de algunos pájaros exóticos. Aitana intentaba concentrarse en mirar el paisaje de densa vegetación por el que discurría el río para no dejarse llevar por el miedo, pero el cielo se había llenado de nubes y pronto empezó a caer una suave y persistente llovizna.

—En este país cada día se suceden las cuatro estaciones —dijo Minor por primera vez contrariado.

—No es más que un poco de *txirimiri*.

—¿*Siruimirui*?

Aitana soltó una carcajada que le ayudó a liberar la tensión, aunque la situación no le hacía ninguna gracia.

—Así llamamos en mi tierra a este tipo de lluvia calabobos.

Pero el *txirimiri* no tardó en convertirse en una lluvia mucho más intensa. Los bogas acercaron el cayuco a otra playita de río y uno de ellos se bajó para cortar el tallo de una hoja que era tan larga como la mitad del cayuco.

—¡Sombrilla de pobre! —dijo al volver a la embarcación con aquella hoja gigante.

Minor agarró el tallo como si efectivamente fuera una sombrilla y le pidió a Aitana que se pegara más a él para quedar los dos a cubierto. La agarró de la cintura con la mano que le quedaba libre, una imprudente falta de decoro que Aitana, asustada como estaba, no le reprochó. Los muchachos no podían guarecerse porque tenían que manejar los remos y, en pocos segundos, estaban empapados. La corriente era cada vez más fuerte, empujaba la embarcación hacia atrás. Aitana también se agarró a Minor. Los cerros a ambos lados del Guayabo habían aumentado en altura, convirtiéndose en cañadones de hasta veinte metros. Ahora el cauce ancho del río y esas paredes verticales asemejaban la silueta de una letra «U». La embarcación siguió avanzando por aquella hendidura boscosa mientras la lluvia torrencial desprendía lodo y peñas desde las alturas, incluso arbustos y plantas, masas enormes, que, al llegar al río, lo desbordaban. Allá donde las paredes estaban más despellejadas parecían atrapados entre gigantescos volcanes de barro.

—¡Esto es el diluvio universal! —exclamó Aitana tirando de la camisa de Keith— ¡Deberíamos volver!

La embarcación continuó adelante, adentrándose en el profundo cañón del río Guayabo. El calor se concentraba allí dentro, y era tan sofocante que Aitana pensó que iba a desfallecer, pero pronto llegaron a una zona de bosque abovedado donde quedaron a cubierto de la lluvia. Siguieron en silencio, escuchando los trinos aislados de los pájaros que se perdían en las entrañas anochecidas del Guayabo. El río desprendía una energía magnética, como si estuviera conectado con el centro mismo de la Tierra. Una neblina había empezado a formarse en torno a ellos y el calor de sus cuerpos, al atravesarla, rasgaba el vuelo sincronizado de esas tinieblas vaporosas, que se revolvían provocando pequeñas murmuraciones en el aire, que se buscaban unas a otras para retomar su baile conjunto, lento, sinuoso. Los indígenas empezaron a discutir en su lengua.

—¡Miren! —los interrumpió Aitana señalando un árbol de tronco tan ancho que ni veinte personas cogidas de las manos podrían rodear toda su circunferencia. Su copa ni siquiera alcanzaba a verse. Era tal y como lo había descrito su antepasado—. ¡El viejo del agua!

El árbol hundía sus raíces en el agua impidiendo el paso del cayuco y una cama de hojas rojas lo rodeaba creando un efecto mágico.

—*Ahuehuete,*[23] final del camino para nosotros —dijo el indígena de la camisa azul señalando el árbol.

—Bribris no entran en tierra de demonios. Kőbala escondidos en el río, compadre —añadió el otro boga con el rostro descompuesto en una mueca de espanto—. *Deinyer.*

—Ningún *danger.* —Minor agitó la mano en el aire haciendo ver que aquello le parecía absurdo.

—*Deinyer*, sí. Demonios del bosque, *Tchõ'dawe* luchan con demonios del agua, *Kőbala*. Nosotros vuelven Verbena. *Deinyer*. No *gud*. —Y luego advirtió a Aitana, llevándose un dedo a la sien—: Mistakeit mucho loco; él *camote*, señorita.

Minor les ofreció más dinero, pero los boga negaban con la cabeza, y la canoa no paraba de bambolearse.

—*All right, all right. You don't have to come with us.*[24] Pero cayuco se queda; bribris a pie, bajo lluvia torrencial.

—Mejor lluvia que demonios.

Después de acercar el bote a la orilla y de que se bajaran, los indígenas ataron el cayuco a un árbol y desaparecieron.

---

23. «Viejo del agua».
24. Okey, okey. No tenéis que venir con nosotros.

Antes de que Aitana entendiera qué sucedía, Minor ya había enfilado río arriba y, como no existía camino, lo iba abriendo a machetazos. Aitana corrió detrás de él.

—¿Por dónde volverán esos chicos? Son solo unos niños, ¡señor Keith!, bajo esta tormenta demencial. ¡Haga el favor de escucharme!

—Cuando deje de llover escampará como si nunca hubiera llovido, así es en este país. Y esos zagales se mueven por la selva mejor que nadie. Son inmunes a todo. No se preocupe más por ellos, bajarán bordeando el Guayabo hasta llegar a la Calzada Caragra, que está muy cerca de aquí.

—¿No dijo que solo se podía llegar en canoa?

—La mentira está infravalorada, querida. ¡Con lo necesaria que es para insuflar seguridad en los escépticos! Podríamos haber venido por esa calzada, sí, pero habríamos tardado dos días. Vamos. ¿No querrá que anochezca y salgan a nuestro encuentro los demonios? —Minor se giró y levantó las manos fingiendo que eran unas garras, deformó el rostro en una mueca horrorosa, bajó la voz y adoptó un tono gutural—: *Tchõ'dawe... Kõbala... deinyer, deinyer!*

Luego lanzó un alarido al que Aitana respondió con un grito tan pavoroso que la selva se quedó en silencio. Minor soltó una carcajada y siguió caminando.

—No debería burlarse de las leyendas —lo recriminó Aitana sin separarse ni un palmo de él.

—Las leyendas no son más que supersticiones infantiles. Los bribri son gentes primitivas, se aferran a sus espíritus porque no les interesa avanzar como pueblo, no se puede razonar con ellos. No quiera entenderlos, todo se resume a una pereza de siglos heredada, no quieren trabajar. Además, ¿qué quiere, que abandonemos justo cuando estamos a punto de encontrar su tesoro? Debemos estar a menos de una hora del lugar que indica su mapa.

—¿A menos de una hora? ¿No será otra de sus fanfarronadas? Es tan mentiroso que ya no sé cómo espera que me fíe de usted. Y no hable así de los bribri, me salvaron la vida.

—Yo también le he salvado la vida y ni una palabra de agradecimiento he recibido. Debería abandonarla aquí en mitad de la selva. ¡Qué desagradecidas y delicadas son ustedes las mujeres!

—¡¿Desagradecida?! Me hizo creer que era un contrabandista y resulta que es el encargado de construir el ferrocarril y que tiene un montón de plantaciones de banano. ¡Si hasta lo llaman el rey sin corona de Costa Rica!

Minor soltó una más de sus alegres carcajadas. No parecía ofenderse nunca por nada.

—Vaya, veo que no perdió el tiempo en el poblado..., ¿qué más le han contado de mí?

—Que el gobierno le regaló muchas tierras.

—Pero omitieron que he invertido toda mi fortuna para levantar ese ferrocarril. ¿Tan mal le parece que quiera sacar este país de la pobreza a la que estaba condenado?

—Lo único que me parece es que es usted un arrogante.

II

Minor llevaba rato abriendo paso a golpe de chafirrazos con el machete. Cada dos por tres, debido al denso follaje o a troncos caídos, tenían que adentrarse por la espesura hasta que podían bordear de nuevo la orilla del Guayabo. La ciudad sin nombre estaba señalada en el mapa con una TG, a la derecha del río, pero entre la línea zigzagueante del río y esa TG cabía la yema de un dedo. Eso podían ser un par de millas o cinco o diez. Y los márgenes de ese lado del río eran estrechos, así que parecía imposible que en un espacio tan reducido se hubiera ubicado una ciudad. El siguiente árbol de la ruta era un guayabón que, según don Íñigo, indicaba cuándo torcer a la derecha, pero había decenas de guayabones, ¿cómo saber de cuál se trataba? Estaban igual de perdidos que los piratas de *La isla del tesoro* buscando un «árbol grande». Siguieron caminando hasta que una cascada que bajaba de lo alto del cañón les interrumpió el paso. No era la primera con la que tropezaban, pero las anteriores tenían un caudal tan poco profundo que las habían vadeado con facilidad. Incluso una la atravesaron a pie por una gruta en forma de desfiladero que pasaba por debajo. Pero la de ahora resultaba imposible de cruzar. Minor detuvo la marcha, clavó el machete en el suelo, apoyó las manos sobre sus piernas y descansó un momento. Los dos sudaban copiosamente.

—Tal vez deberíamos ascender hasta la cima, aunque nos alejemos del río. En ese mapa suyo no podía intuirse tanto desnivel en el relieve del paisaje; de haberlo sabido, no habría propuesto llegar al bosque por el río.

Aitana resollaba, pero era la primera vez que veía a Minor desmoralizado, y quiso mostrar determinación.

—En sus diarios, don Íñigo habla de un manantial de aguas medicinales en el corazón del bosque. Seguro que es el origen de alguna de estas caídas de agua. Me parece buena idea trepar a la cima. Lo que no sé es cómo.

Minor se incorporó, recogió el machete y miró a Aitana con una ceja arqueada.

—¿Alguna indicación más en el diario de su antepasado que no me haya contado?

—En realidad, sí.

Aitana sacó unas hojas de su faltriquera, rebuscó entre ellas y señaló con el dedo unas indicaciones:

> A dos jornadas de andadura de la tierra que tiembla entre ríos, allegué a una poza de aguas mágicas, a donde la gente se bañaba desnuda, así como sus madres los paren, e vide grandes fecicheros con corales en las cabezas. Por su insólito co-

> lor, nombrela Laguna Celeste. Allende desta, obra de doscientos pasos, por tierra el Gregal y siempre derecho al mar Caribe, fallé el tesoro con este indio quien se fuyó, Garabito. En los altares de Guayabo, ojos nunca vieron tanto oro.

—No he entendido mucho, pero, si cerca de su tesoro hay una laguna celeste, tiene razón: esta caída de agua podría proceder de ella. ¡Mire la coloración del agua en esas pequeñas charcas!

El chorro de la cascada se veía blanco porque se precipitaba con violencia, pero, en las charquitas que señalaba Minor, el agua tenía una coloración ligeramente celeste. Con esa nueva esperanza, empezaron a ascender la escarpada pendiente. La tormenta hacía rato que había cesado, pero la tierra era resbaladiza por la abundante lluvia que había caído. Un paso en falso podía suponer la muerte. A ello se sumaba que había que examinar los árboles antes de agarrarse a ellos, pues podían estar llenos de púas; a punto estaba Aitana de agarrarse a una rama cuando lanzó un grito.

—¡Una serpiente!

Señaló un animalillo retorcido como una raíz para que Minor la mirase. Se trataba de una bocaracá muy bien camuflada, pues tenía el mismo color que el musgo de la corteza del árbol, pero el norteamericano solo dijo:

—¿Qué pensaba, que estaba usted caminando por un prado?

Y siguieron avanzando.

Cuando apenas quedaban unas zancadas para llegar a la cresta del cañón, tuvieron que agarrarse a las raíces aéreas de una ceiba para escalar la última parte, lo que consiguieron sin gran problema. Una vez arriba, siguieron el curso del agua que se fue ensanchando y volviendo más profundo a medida que caminaban tierra adentro. Tenía un color azul tan extraordinario que Aitana pensó que solo podía conducir a un lugar mágico. No se equivocaba. Cuando por fin llegaron a la

Laguna Celeste, se quedaron sin aliento al ver un abrupto desnivel en la roca que formaba una turbulenta cascada y caía en un ancho remanso de agua que iba de los tonos celestes a los turquesas. Aún quedaban nubes en el cielo por la reciente tormenta y el sol, que estaba en su cenit, se abría paso entre ellas en forma de haces de luz que jugueteaban en un baile de reflejos en el fondo de aquellas aguas sorprendentes.

—«Cuando Dios terminó de pintar el cielo, limpió sus pinceles en esta laguna». —Aitana solo repetía lo que ya decían los indios, según su antepasado, y que ahora entendía.

El corazón le latía con tanta fiereza que olvidó lo cansada que estaba y, en un arrebato de felicidad, abrazó a Minor. Al separarse, sus rostros quedaron a escasos centímetros; él la miraba entre exultante y sorprendido. Aitana levantó la barbilla hacia él, pero, justo en el momento en que sus labios iban a rozarse, se separó.

—Creo que se me ha metido todo el calor del bosque tropical en el cuerpo —se rio tontamente.

Era absurdo querer justificar así el ardor en sus mejillas, los dos sabían lo que había estado a punto de pasar, pero una timidez asfixiante la invadió y quería disimularla a toda costa. Le daba miedo que un beso de él llevara a otra cosa, o que la tomara por una mujer fácil. Hacía apenas cuatro días que se conocían. ¿Cuatro días solo? Cuando Minor la miraba como en aquel momento, sentía que él había estado siempre en su vida.

—¿Cuántas horas llevamos andando? Estoy agotada. ¡Y hambrienta!

Dichosa se hubiera sumergido bajo aquella cortina de agua para dejar de hablar, para aplacar el calor y el deseo, pero la laguna parecía bastante profunda, así que se sentó en una roca plana, se desató las botas, se quitó las medias y solo metió los pies desnudos dentro de la poza. El frescor de aquellas aguas heladas en sus extremidades le devolvió vigor al cuerpo;

dejó escapar un suspiro de placer. Entonces se dio cuenta de que Minor se empezaba a desvestir.

—¿Se puede saber qué hace?

—Quitarme la ropa. No acostumbro a bañarme vestido.

—¡No puede bañarse ahora! —exclamó ella, aunque lo que pensaba era *¿De verdad va a desnudarse delante de mis narices?*—. El tesoro de El Guayabo debe de estar por aquí, deberíamos buscarlo... ¡O abrir la mochila que nos dio Maritza y comer algo!

—No diga tonterías. Sería un delito no bañarse en semejante lugar. ¿Y si sus aguas son curativas y por eso los indígenas levantaron cerca su poblado?

Minor se quitó la camisa y su torso bronceado, poblado de varonil vello castaño y rizado, quedó al descubierto. Tenía unos brazos tan musculosos y un pecho tan bien formado que Aitana tuvo que coger aire.

—¡Oh! —exclamó llevándose las manos al rostro para tapárselo al ver que Minor comenzaba a desabrocharse los pantalones.

Clavó la mirada en las aguas turquesas de la laguna y se vio a sí misma reflejada en la superficie lisa y brillante. Tenía el pelo alborotado por el sofoco y la humedad, las mejillas sonrosadas y un deseo en la mirada que no podía ocultar, por muy escandalizada que se sintiera. Iba a decirle que «aquello no estaba bien» cuando Minor pasó corriendo por su lado y se lanzó totalmente desnudo dentro de la laguna, salpicando a Aitana, que quedó empapada, al igual que toda la superficie de piedras planas a su alrededor.

—¡Es usted incorregible! —le recriminó, y el adjetivo le pareció terriblemente estúpido.

Maldijo la repentina falta de seguridad en sí misma, que chocaba con sus ganas de que ese hombre la tomara allí mismo. En los libros los amantes siempre se acostaban en parajes como aquel, así que hacer el amor allí podría ser una hazaña épica más que luego narraría en su diario, fantaseó. Pero no podía dominar sus sentimientos ni sabía cómo manejarse en aquella situación. Se sentía condenadamente torpe. ¿Por qué se había desnudado Minor? Era obvio que cualquier mujer se sentiría incómoda en semejante situación, y aun así lo había hecho.

Maldito Keith.

Lo observó con disimulo aprovechando que él nadaba hacia el salto de agua. Entonces se asustó mucho, Minor se había zambullido justo debajo del velo de la cascada y no salía. Tardó en volver a asomar la cabeza en la superficie y, cuando lo hizo, la sacudió para que no le goteara toda el agua del pelo en los ojos. Tan poseída estaba por el amor que su desatinado corazón hizo que toda la intensidad del tiempo se concentrara en ese segundo, como si se eternizara solo para que ella pudiera contemplar a Minor, que, en su desvarío romántico, se le antojaba el hombre más atractivo y fornido del mundo. La verdad es que no había conocido a muchos hombres, pero era imposible que otros tuvieran esa fuerza de salvaje determinación con que la miraba el norteamericano. Buceó hasta donde estaba ella y, al llegar, apoyó sus brazos desnudos sobre la roca.

—¿Está segura de que no quiere bañarse?

Aitana negó tímidamente con la cabeza. No podía dejar de pensar en que debajo del agua él estaba desnudo. El pelo mojado le caía sobre el rostro y sus ojos brillantes tenían el mismo color celeste de la poza; la miraba con auténtico deseo. Los rayos del sol se reflejaban en las gotas de agua atrapadas en sus largas y oscuras pestañas. Ella también lo deseaba, pero le daba miedo. Agitó sus piececillos dentro del agua, nerviosa. Quería acariciar aquellos brazos fuertes, dejarse refugiar en ellos, juguetear con los labios de él, probar a qué sabían, mordisquearlos; hacer las mismas cosas que había hecho con la verdadera Aitana y con David, pero no para explorar su cuerpo, sino para amarlo, con mucha mucha intensidad. Apenas lo conocía, pero sabía que amaba a Minor, se lo decía su cuerpo, que se volvía vulnerable al mínimo roce de él. Ya no sentía ninguna prisa por encontrar el tesoro. Lo miraba con tal embelesamiento que él debió de darse cuenta porque por sus ojos cruzó un brillo pícaro.

—Venga, no sea tonta, quítese la ropa y métase. Juro que no la miraré mientras se desviste.

—De ninguna manera, ¿por quién me ha tomado?

—Está en la selva, ¡deje ya de preocuparse por fingir que se ruboriza! Si en un rato le pica una culebra, créame que se arrepentirá de haber estado en la Laguna Celeste de la que hablaba su antepasado y no haberse bañado en sus aguas sagradas. Además, querida, no se ofenda, por mucho que me parezca una criatura encantadora, huele usted peor que mi perro. ¡Necesita un baño!

Aitana abrió la boca de manera desmesurada. ¡Peor que su perro! ¿Cómo se atrevía? Se hubiera lanzado de cabeza, pero a ahogarlo. La risa de él hizo que se sintiera menos ofendida, ¿estaba jugando? ¿Por qué la martirizaba así?

—¡Eres un descarado! ¿Cómo te atreves? Ni que tú olieras a rosas.

—¿Ahora me tutea? No me dé esperanzas crueles. Vamos, vamos, cálmese, solo era una broma —replicó él agarrando con suavidad el tobillo derecho de Aitana, que le pisó la cabeza con el pie tras liberarlo de su mano, con verdaderas ganas de zambullirlo, pero él volvió a atrapar el pie de la joven entre sus manos como si se tratara de un pececillo—. No sea tan desconfiada. ¡Si dormimos juntos y ni un dedo le toqué! A pesar de que usted me olisqueó como una gata en celo...

—¡Estaba despierto!

No tuvo tiempo de escandalizarse más porque Minor le tiró del pie con fuerza, pillándola desprevenida, y la arrastró al interior de la poza. Volvió a soltar una de sus estrepitosas risas al ver la cara de sorpresa de Aitana, hasta que se dio cuenta de que la muchacha intentaba bracear con demasiada torpeza alejándose de él. ¡No sabía nadar! La pobre agitaba los brazos con desesperación, intentando no ahogarse. Estaba tan asustada que ni siquiera gritaba y, de pronto, desapareció de la vista. Unas burbujas irisadas flotaron en la superficie. Todo había pasado demasiado rápido, el rostro de Minor se llenó de terror, se sumergió dentro del agua para buscarla, pero el precioso color celeste de la poza no era útil para ver debajo de esta. Buscó con sus manos, tratando de encontrar el cuerpo de la muchacha, hasta que con los dedos rozó uno de sus brazos y lo agarró con tanta desesperación que pareció que quisiera arrancárselo. Olvidando que apenas le quedaba oxígeno y que debía salir si no quería ahogarse él también, tiró y tiró de aquel brazo, pero Aitana se hundía cada vez más, como si otra persona la arrastrara hacia el fondo. Solo tras varios intentos, Minor logró sacarla a la superficie, el tiempo justo para que ambos cogieran una bocanada de aire, pero el pánico se había apoderado de Aitana y, al verse fuera otra vez, pataleó como si tuviera veinte piernas. «¡Deje de moverse!», gritó él, pero, en lugar de obedecerle, Aitana se agarró al cuello de Minor con tal furia que, en cuestión de segundos, volvieron a hundirse los dos. Esta vez el descenso fue mayor. Minor había soltado el aire que había cogido, y aun así hizo un esfuerzo descomunal para tirar de ambos. Primero trató de inmovilizar los brazos de Aitana y abrazarla para que los mantuviera pegados a sus costados, para que dejara de moverlos. Pudo entonces colocarse detrás y sujetarla de las axilas mientras conseguía volver a la superficie. Nadó con las piernas hacia las rocas, buscando una zona de la orilla accesible para poder salir, pero las piedras resbalaban tanto que patinó varias veces debido al peso muerto en que se había convertido el cuerpo de Aitana. Solo tras un enorme esfuerzo, logró sacarla y arrastrarla lejos de la poza; con gran alivio comprobó que la joven entreabría los ojos. La acomodó entre sus piernas, colocándola de espaldas a él, para sostenerla con su pecho. Le rodeó la cintura con sus brazos y presionó bajo su estómago para ayudarla a expulsar parte del agua que había tragado. Aitana escupió, tosió y lloró de manera lastimera; cuando por fin se encontró mejor, se recostó sobre el pecho desnudo de Minor, agotada. Él retiró unos mechones de su carita pálida, con ternura y arrepentimiento. El susto le había arrancado cualquier rastro de chulería y miraba a Aitana con preocupación paternal; la tomó de la barbilla para que se girase a mirarlo.

—Pero ¿por qué no me dijo que no sabe nadar, maldita española orgullosa? —Su voz al principio sonó grave, pero al momento se quebró y se volvió más dulce, vencido por la preocupación y la culpa—. Podría haberse ahogado, ahora entiendo que no quisiera montar en el cayuco y aun así lo hizo. Es usted más valiente de lo que ya pensaba que era. Y testaruda, demasiado testaruda. Nunca me hubiera perdonado...

—Lo siento —lloriqueó Aitana.

—Vamos, vamos, no llore, ¿no se pondrá otra vez a hacer pucheros? No estoy enfadado, me he asustado, solo es eso... Diantres, por un momento he creído que no sería capaz de sacarla de ahí.

Entonces Aitana pegó un respingo al darse cuenta de la obviedad de que él seguía desnudo y... algo más que preocupado. Lo miró directamente a los ojos, interrogándolo; él pareció turbado, se disculpó.

—Algunas partes del hombre reaccionan solas...

Minor dudó un instante, luego empezó a separarse de ella, pero Aitana lo detuvo. Y él no necesitó más, hundió su cabeza en el cuello de ella, oliéndola, estrechándola con más fuerza. Con su mano pálida, Aitana acarició los brazos morenos y fuertes de él. Durante unos segundos, los dos se quedaron mirando el movimiento de sus dedos, reconociendo con nervios y expectación la tensión en el cuerpo de ambos.

—¿Sabe qué? —Aitana levantó el rostro hacia el de Minor; su voz sonaba tímida, dulce, aniñada—. Tiene razón, puedo morir en cualquier momento.

Y, sin poder resistirse más, lo besó tan apasionadamente que de la garganta de Minor salió un quejido de placer tan largo que ella rio bajito y volvió a besarlo; esta vez con más suavidad, explorando con su lengua la de él, que, vencido por el deseo, se olvidó de cualquier cortesía y giró el cuerpo de Aitana hacia el suyo para poder besarla mejor. Entonces ella metió sus manos entre los cabellos de Minor con la misma naturalidad que si lo hubiera hecho siempre, acercando su rostro. Saboreó sus labios carnosos, suaves, de nuevo buscó con su lengua la de Minor, que rugió de placer, y eso le hizo experimentar una felicidad distinta a cualquier otra, el deseo de fundirse con ese cuerpo anhelante. Pero de pronto pareció tomar consciencia de lo que estaban haciendo, se separó un momento de él y se llevó la mano al rostro como si así pudiera ocultar su vergüenza.

—No te tapes —susurró Minor, y Aitana obedeció.

Él volvió a besarla, solo que ahora con más intensidad. Su barba de varios días le hizo cosquillas y jugueteó un momento con ella, luego exploró con sus dedos, cada vez con más atrevimiento, el rostro de él, que parecía encantado; siguió por sus brazos, el pecho... Y entonces se sacó la camisa, pero se tapó sus pechos níveos con el brazo; él intentó apartarlo.

—Déjame mirarte —suplicó.

Y ella se mordió los labios, encantada con las reacciones de él, que suspiraba, como si le doliese.

—¿Estás bien? —le preguntó, y apartó el brazo, dejando que él la contemplara.

—No, no lo estoy —masculló Minor, y volvió a girar el cuerpo de ella con delicadeza, pero esta vez para ponerla contra el suelo e inclinarse sobre sus pechos. Los fue besando, primero suavemente, después, al escucharla gemir, se atrevió a mordisquear uno de sus pezones. Aitana enloqueció. Lo empujó para poder deshacerse también de su falda, y entonces vio el sexo duro de él que hasta ahora solo había sentido. Abrió la boca, alarmada, pero Minor esbozó una sonrisa tierna, amorosa, que la calmó. Entonces, él empezó a lamer su tripa, haciéndole cosquillas.

—¿Qué haces? —le preguntó riéndose.

—Lamerte; me encanta tu sabor —dijo Minor, y volvió a lamerla.

—Ah, sí, ¿y a qué sabe mi tripita si puede saberse? —preguntó ella entre gemidos, pues no podía resistirse a los espasmos que le provocaba el calor húmedo de su lengua recorriéndola.

—A fruta dulce, como Costa Rica, como la dulce cintura de América.

Después Minor la ayudó a desprenderse del resto de la ropa, hasta que estuvo tan desnuda como él.

—Me estoy conteniendo para no comportarme como un animal, pero si me das permiso... Eres una diosa, Aitana, no solo quiero besar todo tu cuerpo, quiero hacerte mía, ¿dónde has estado todo este tiempo?

Sus piropos desproporcionados hicieron que ella volviera a reír, complacida, y Minor la besó repetidamente, con muchos besos suaves, rápidos y seguidos, provocándole placer y muchas cosquillas al mismo tiempo. Su cuerpo temblaba de puro goce. Ver que Minor la deseaba tanto le hacía sentirse poderosa. Keith era un hombre que no se doblegaba ante nada, pero allí lo tenía, totalmente rendido ante ella. Ese pensamiento la excitó aún más y empezó a besar con una ansiedad imparable el cuerpo de Keith, que al ver que ella ya no se contenía más, la agarró de las caderas y la sentó encima de él de tal manera que ella lo rodeara con sus piernas y pudiera notar su miembro erecto; jugó entonces a moverla de arriba abajo, excitándola tanto con ese roce que Aitana lo estrechó más fuerte con sus piernas, para pegarse aún más a Minor; gimió como una fiera.

—Dios, creo que voy a volverme loca si sigues haciendo eso. No pares, por favor. Quiero sentirte dentro de mí. Minor. Oh, Dios. Espera —dijo, y se apartó con intención de tumbarse y que él se pusiera encima de ella, pero la piedra era tan incómoda que soltó un quejido.

Rodaron entonces hasta una zona de hierba mullida, entre risas, hasta que él volvió a quedar encima de ella; las manos apoyadas en el suelo, mirándola desde arriba con deseo. Entonces Aitana abrió sus piernas, se mordió los labios y en su cara se dibujó una mirada sugerente. Minor la penetró despacio y, aunque ella dio un leve respingo, estaba tan húmeda que no le dolió como había sucedido la primera vez en el barco; solo sintió el placer del miembro caliente de él entrando en el sexo suave de ella. Arqueó la espalda y echó la cabeza hacia atrás, movimiento que él aprovechó para besar sus pechos y embestirla con suavidad, entre jadeos. Los dos se acoplaban buscándose con sus movimientos cada vez más rápidos. Aitana gritó de placer y eso excitó aún más a Minor, que dijo «Ahora eres mía, solo mía»; sus ojos azules resplandecieron. Aitana envolvió sus piernas alrededor de sus caderas para que él pudiera moverse más rápido, más rápido, más rápido. El ruido de la cascada, de los pájaros, el sol quemando en el cielo que se había despejado, la presión del cuerpo de él, la sensación del miembro de Minor entrando y saliendo, una y otra vez, el ritmo acompasado... Cerró los ojos para concentrarse por completo en esa sensación insoportable de estar a punto de alcanzar el placer máximo, queriendo adelantarse a la siguiente sensación, sintiendo el ritmo como una música que iba a más, a más, a más, adivinando el siguiente sonido, las piernas tan en tensión que se le agarrotó un músculo, pero aguantó porque necesitaba llegar al clímax de ese momento. Tragó saliva, aguantó la respiración, dejó escapar ruidos que en otro contexto la habrían avergonzado, pero allí, en mitad de la selva, ¿quién podría escucharlos? Minor aceleró la velocidad constante de sus embestidas, sus movimientos eran más cortos pero más rápidos, rugió de tal manera que Aitana entendió que los dos iban a llegar al clímax al mismo tiempo; el cuerpo se le iba a descontracturar, pero aun así le ordenó que siguiera. «Por Dios, sigue», y eso volvió loco a Minor, que la agarró de los hombros y la embistió con una fiereza que la dejó sin aliento. Hubo una especie de explosión, ella soltó un largo gemido de placer; todo el cuerpo de él temblaba, poseído por aquella sensación tan agradable, hasta que se desplomó sobre Aitana. Tardó en salir de ella y, cuando lo hizo, la miró con plena satisfacción; rodó hacia un lado. Aitana seguía convulsionándose, disfrutando de los últimos espasmos de su cuerpo y se acarició con la mano, entre las piernas, los labios todavía sensibles, para relajarlos y alargar al mismo tiempo ese placer que parecía reproducirse como un eco cada vez más lento, más lento.

—¿Quieres más? —le preguntó Minor al ver cómo ella se tocaba.

Aitana siguió tocándose, pero negó con la cabeza y lo miró feliz.

—Creo que te amo. Ojalá pudiera pasar el resto de mi vida contigo, así, abrazados —le dijo Minor y la atrajo hacia él de nuevo, pasando el brazo por debajo de su cuerpo.

Ella se hizo un ovillo y apoyó su cabeza sobre el pecho de Minor. No le dijo que lo amaba, no hacía falta. Se quedaron en esa posición, exhaustos y felices, con la mirada clavada en el cielo. Sus cabezas muy cerca la una de la otra, sin decir nada, los dedos de la mano de Keith entrelazaron los de Aitana, que aún sentía pequeñas descargas de placer. Cerraron los ojos, y se quedaron dormidos bajo ese sol que los protegía y calentaba.

III

Se despertaron al cabo de unas horas, hambrientos. Aitana se vistió con la camisa de Minor, que le llegaba hasta la mitad del muslo, mientras sus ropas terminaban de secarse al sol y Minor se puso los pantalones. Comieron con los pies dentro de la poza. En la mochila Maritza había metido bizcochos, galletas, hojaldres, gallo pinto, pejibayes cocidos —una fruta de palma de melocotón que a Aitana le pareció deliciosa— y otras piezas de distintas frutas. Terminaron con la mitad de aquel banquete, felices, y Minor se volvió a bañar. Solo cuando las ropas de Aitana estuvieron totalmente secas, reiniciaron la búsqueda del tesoro. Según las notas de don Íñigo había que dar doscientos pasos siguiendo el camino recto desde la Laguna Celeste. Se cogieron de la mano y, en voz alta, empezaron la cuenta que los llevaría hasta el final de su camino. El follaje era denso y verde, había árboles de caragra, magnolios, cantarillos, higuerones, quizarrás, cirrís, bromelias y orquídeas, y una infinidad de plantas cuyos nombres desconocían, pero que colmaban todos sus sentidos. Haces de luz se colaban entre las ramas de las hojas de los árboles, embelleciendo el bosque con sus reflejos dorados. Era pura vida ver volar a los guacamayos; escuchar el canto de los pájaros carpinteros, piapias y yigüirros; ver saltar a los monos entre las ramas, a las ardillas; seguir con la vista a las enormes mariposas morfo cuyas alas azules las hacían parecer hadas mágicas. Aitana se sentía exultantemente feliz. Miraba en todas direcciones para que la memoria no pudiera olvidar nunca ese momento. Y de pronto, cuando iban por el paso número noventa y ocho, pegó un escandaloso grito y se lanzó hacia un arbusto.

—¡Oh, Dios mío! ¡Oh, Dios mío! ¡Un cofre, Keith, un cofre! ¡Lo encontramos, el tesoro de Garabito! ¡Ahí mismo, a la intemperie! ¡Durante más de tres siglos! ¿Cómo es posible!

Ante la atónita mirada de Keith, Aitana se giró para mostrarle una enorme bola que sostenía con extrema delicadeza entre sus manos. Era grande como una cabeza y estaba recorrida por una multitud de placas ordenadas en filas transversales, con forma de pequeños escudos de color rosa ennegrecido. Pesaba bastante, y además estaba caliente, probablemente de estar expuesto al sol. A Aitana el corazón se le había disparado.

—¡Qué elegante es! —No paraba de lanzar suspiros, sin terminar de creerse el sorprendente hallazgo con el que tantos años había soñado—. Debió pertenecer a algún miembro de alto rango. Me pregunto cómo los indios pudieron incrustar con tanta perfección estas placas ornamentales, deben de ser de nácar o de hueso, apenas tienen brillo, pero, claro, tantos siglos a la intemperie... Es por la pátina del tiempo, ¿sabe?

Minor la miraba con escepticismo, con una ceja levantada y una sonrisa divertida.

—¿Por la «pátina del tiempo»?

Aitana, que había adoptado un aire de extrema sapiencia, con bastante pedantería, le explicó:

—La pátina es esa capa grisácea que se acumula en las orillitas de cada pieza, ¿ve?, se forma por la humedad, por aquí está más negra; es lo que oscurece, por ejemplo, las pinturas de los cuadros. Cuando lo limpiemos y le quitemos todo ese musgo ceniciento, relucirán sus colores rosas y amarillos; aunque así también se ve bonito. ¿No le parece increíble? ¡Esta pieza es toda una obra de arte, y seguro que hay muchas más! —El norteamericano seguía con la ceja levantada, parecía que se aguantaba la risa, algo que ofendió a Aitana—. Oh, vaya, al constructor del ferrocarril seguro que este trabajo de taracea le parece cosa de niños. Pues sepa que es una técnica muy conseguida, ni la marquetería árabe es tan perfecta. ¡Carajo! ¿Por qué no se puede abrir! Me muero por saber qué hay dentro, ¡seguro que piezas de oro! —Lo giró para buscar algún dispositivo de apertura; tenía dos pestañas triangulares yuxtapuestas e intentó tirar de ellas hacia fuera, pero no muy fuerte porque le daba miedo romperlas—. Es hermético como un caparazón.

—Y que lo diga —dijo Minor golpeando con el dedo las placas triangulares—. Tal vez no deberíamos abrirlo, ¡puede que el espíritu de algún Sórburu esté encerrado dentro! Si lo liberamos, podríamos sucumbir a alguna maldición.

Aitana abrió mucho los ojos, por un momento intentó recordar si don Íñigo había escrito algo sobre una maldición, pero, aparte de la de los Sòrburu del volcán, no recordaba ninguna referente a un cofre redondo.

—No diga tonterías, los espíritus se atrapan dentro de lámparas mágicas, no en cofres. Bueno, y, aunque usted tuviera razón, serían solo creencias, no saldrá ningún espíritu de este cofre, estese tranquilo. Le hacía a usted un hombre de mundo, práctico. Me sorprende que crea en maldiciones.

—Como usted diga. —Minor adoptó un tono más serio—. Vamos a comprobarlo entonces, creo que tengo una idea de cómo abrirlo.

Minor hurgó dentro de la mochila y sacó una navaja.

—¡No sea bruto! —gritó Aitana escondiendo el cofre en su vientre.

Minor entonces sacó una fruta de mango, y usó la navaja para abrirlo por la mitad. Acercó la fruta a las placas triangulares.

—Vamos, *cuzuco* —llamó al espíritu—. Sal de ahí. Después de tantos años escondido seguro que estás hambriento, ¡eh!

Aitana aspiró los olores cítricos del mango, pero no fue la única, el *cuzuco* se despertó para olerlos también, y el cofre empezó a abrirse como por arte de magia: primero asomaron dos orejas de burro, largas y puntiagudas; después, un hocico alargado muy parecido al de un oso hormiguero, cubierto por las mismas placas óseas que el caparazón del cofre; por último, unas pequeñas patas con garras, hasta que quedaron expuestas todas las partes sensibles del gracioso animalito que olisqueaba el aire inquieto. Pero, por muy gracioso y tierno que fuera aquel inocente armadillo, el susto que se pegó Aitana fue tan grande que lo lanzó por los aires, queriendo deshacerse de él. Gracias a dios, su caparazón era duro como una roca y, en cuanto el armadillo golpeó contra el suelo, puso pies en polvorosa y se alejó todo lo rápido que su quitinoso cuerpecillo le permitía, hasta que desapareció entre unos matorrales.

—¿Qué era eso, dios santo?

—¡Un cofre! —Minor no podía parar de reír.

La cara de Aitana era un poema.

—¡Deje usted de reírse si no quiere que lo lance también por los aires!

Pero Minor no podía parar, y ella misma acabó doblada de la risa.

—No me he sentido tan imbécil en toda mi vida. Prométame que no le contará esto a nadie.

Minor hizo el gesto de sellarse los labios con los dedos, como había hecho ella días atrás. Cuando por fin dejaron de reírse, reiniciaron la búsqueda, aunque ninguno estaba muy seguro de en qué número se habían quedado. Solo coincidían en que al número cien todavía no habían llegado. Así que retomaron la cuenta desde el noventa y cinco. Cuando ya iban por los ciento ochenta pasos y solo les quedaban veinte, a Aitana le sacudió una duda.

—¿Y si no hay ningún tesoro? —dijo deteniéndose.

—Oh, vamos, conmigo puede ahorrarse esa *guayaba*. —Minor tiró de ella para que siguiera andando.

Aitana no se movió.

—¿*Guayaba*? No le entiendo.

—*Guayaba*: farsa. Así le dicen los colombianos a una mentira que tiene apariencia de verdad. Y eso de que usted anda buscando el tesoro de Guayabo es una *guayaba* tan grande como la ballena Moby Dick.

—No es ninguna *guayaba*, estoy buscando ese tesoro —dijo Aitana, y, al ver cómo Minor esbozaba una sonrisa pícara, creyó entender lo que el norteamericano insinuaba—. ¡Oh, vaya, mister Keith! No me diga que cree que me lo he inventado todo para venir hasta aquí sola con usted, para disfrutar de su compañía. Pues siento decepcionarle, pero no es así. Sabe mejor que nadie que estoy buscando un tesoro, lo ha leído mi diario.

—Precisamente.

—¿Precisamente qué?

—Que por eso sé que no está buscando un tesoro ni tampoco mi compañía, aunque no me desagradaría nada este último asunto.

—Pues ilumíneme, porque no tengo ni idea de qué hago aquí entonces.

—Está huyendo.

Aitana se quedó quieta como una roca. ¿Sabía Minor que ella había matado a don Álvaro, que estaba escapando de la policía?

—Huye del padre que la adoraba, pero nunca la reconoció como hija, de la pérdida de su madre, de los maltratos de doña Virginia, del niño don Juanito que pudo ser su amigo, pero escogió ser su enemigo; hasta de su nombre huye. Pero lo hace para tener la vida que usted quiere, no la que le tocó, y la admiro por ello. La mayoría de las personas se escudan en sus creencias, en los dioses, en la educación recibida, en los reveses del destino y en mil cosas más para dejar que todas esas circunstancias ajenas a su propia voluntad decidan por ellas. Si la mitad de mis hombres tuvieran su cabeza, su corazón y su coraje, el ferrocarril ya estaría construido. La admiro, Aitana, vaya si la admiro. ¡Ha escogido su propio nombre! Lo cual me parece toda una originalidad. Desde que la conozco pienso que, con usted, todo es posible porque lo que sueña sucede. Tiene ese poder, lo creo de verdad. Ahora daremos veinte pasos más y no me cabe la menor duda de que al dar el último, allí estará El Guayabo, esperándola.

—Contemos hacia atrás —dijo Aitana, y apretó más la mano de Minor. Se había emocionado tanto con las palabras de él que le pareció que iba a llorar, pero no era el momento de hacerlo.

Avanzaron de nuevo, contando los pasos en el orden inverso: veinte, diecinueve, dieciocho, diecisiete, dieciséis, quince, catorce, trece, doce, once, diez, nueve, ocho, siete, seis...

—¡Espere!

—¿Y ahora qué? —gritó Aitana exasperada.

—Mejor cerremos los ojos, así será más emocionante cuando los abramos.

—Está bien.

—Y recuerda, tienes ese poder: todo lo que sueñas se hace realidad. Así que imagina ese tesoro.

Los dos cerraron los ojos y continuaron. Aitana recordó el verbo talismán de su madre: confía. Y pensó, dichosa, que ahora era Minor quien la tuteaba a ella.

—Cinco, cuatro, tres, dos...

Aitana no llegó a pronunciar el número uno, pues, tras levantar el pie derecho para dar el último paso, cuando fue a pisar, encontró el vacío. Durante una milésima de segundo se quedó suspendida en el aire, y luego cayó con todo su peso hacia ese vacío.

12

La ciudad sin nombre

I

Aitana abrió los ojos. Se había caído dentro de una zanja que mediría dos veces su estatura.

—¿Está bien? —le gritó Minor desde arriba.

—¡Creo que me he torcido un tobillo!

El norteamericano desapareció para volver a aparecer al cabo de unos segundos y lanzarle una liana para que se agarrara y ayudarla a salir. Pero Aitana había visto algo que brillaba en el suelo y, en lugar de agarrar la liana, empezó a escarbar hasta que desenterró un puñado de pequeñas filigranas de oro.

—Oh, Dios mío; oh, Dios mío, ¡debo de estar soñando, Minor! ¡Está aquí! ¡El oro de Garabito! ¡Lo encontramos! ¡Esta vez de verdad! ¡Lo encontramos!

—¿Cómo dice? ¿En serio? ¡Escarbe a ver si hay más!

Aitana siguió escarbando un buen rato, pero solo encontró tierra, así que metió las filigranas en la faltriquera y se agarró con todas sus fuerzas a la liana. Minor tiró de ella y, con gran esfuerzo, pues Aitana solo podía impulsarse con uno de sus pies, logró sacarla del hoyo.

—¡Se lo dije! —Aitana le mostró las piezas de oro—, ¿no le dije que encontraríamos oro? No me lo puedo creer, me he caído dentro de una tumba.

Cuando lograron calmarse, pero todavía con las manos temblándoles de la emoción, empezaron a separar el oro de la tierra. Lavaron las pequeñas piezas con agua de la cantimplora y luego Aitana las fue secando con su camisa. Apartó unos pendientes y metió las demás piezas dentro de su faltriquera otra vez.

—Anuros —dijo después de observarlos con atención.

—A mí me parecen dos sapos de oro.

—Es lo mismo —le explicó ella—. La palabra «anuros» engloba a todos los anfibios sin cola, a las ranas y a los sapos.

—¿Por qué no se los prueba? Seguro que le quedan muy bonitos.

—No pienso quedármelos, no soy ninguna guaquera —dijo Aitana, pero se los puso igualmente.

—Pues debería, nadie se va a enterar y le sientan muy bien.

Aitana se encogió de hombros y cambió de tema.

—¿Cómo es posible que no hayamos visto esta tumba? Aunque lleváramos los ojos cerrados, estábamos a solo unos pasos.

—Lo he pensado y mucho me temo que alguien ha descubierto el tesoro antes que nosotros. La tumba debía estar oculta con ramas y hojarasca, probablemente por eso no la hemos visto. Y claramente ya ha sido saqueada, hemos tenido suerte de encontrar esas pequeñas piezas.

Aitana apoyó la espalda en un árbol, con aparente cansancio. El semblante había perdido su fulgor.

—Ey, ey, ey, ¿qué le pasa, pequeña? ¿Por qué se ha puesto triste de repente? Debería estar feliz: ¡ha encontrado el tesoro del que habla su antepasado!

—¿Qué gloria puede haber en descubrir lo que otros ya han descubierto? Todo mi viaje ha sido en balde.

—No sea tan derrotista, peor hubiera sido que ni siquiera existiese, ¿no cree? Vamos, sigamos explorando la zona.

Sabía que Minor tenía razón, pero le costaba aceptar un

triunfo a medias, tenía sentimientos encontrados. Avanzó detrás de él en dirección a un claro. Estaba feliz y decepcionada. Era como quedar segunda en una competición. Tendría que haberse imaginado que alguien podía descubrir el tesoro antes que ella, era algo lógico. ¿Por qué no lo había hecho?, ¿por qué era tan impulsiva? No bastaba con «confiar» en la vida, también debía usar la cabeza, pero le habían podido las ganas de lanzarse a aquella aventura. También las ganas de huir de un destino nada favorable, Minor tenía razón. Pero toda esa tristeza que la embargaba se despejó rápidamente al salir de la espesura del bosque y aparecer frente a ellos el lugar con el que tanto había fantaseado.

—¡La ciudad sin nombre! —exclamó.

La «ciudad» —más bien lo que quedaba de ella— tenía forma de cancha rectangular y estaba flanqueada por bosques en sus lados más largos. Por el que ellos salían daba justo a la parte central de la cancha, a la vista quedaban todo tipo de ruinas conviviendo con la silenciosa paz de la naturaleza, algunas cubiertas de vegetación, otras con claros signos de que habían sido excavadas.

—Mire, esos montículos sobresalen como si alguien hubiera quitado toda la tierra alrededor —observó fascinada, y luego se lamentó—. Solo a mí se me ocurre ir en busca de un tesoro que ya ha sido descubierto.

—No podía saberlo —la consoló Minor, sin mirarla, pues toda su atención estaba puesta en las misteriosas ruinas.

—Bueno, tampoco pregunté, me lancé de cabeza al mar sin saber nadar.

—Eso es lo que me gusta de ti.

Minor se giró entonces hacia ella y le acarició la mejilla, la besó en los labios. Y ese pequeño gesto y que volviera a tutearla hizo que Aitana recuperara un poco la ilusión. Lo siguió hasta un par de montículos circulares de piedra, coronados de hierba, que tenían escaleras y rampas, rodeados de maleza a su alrededor. *Disfruta de tu sueño, aunque no sea exactamente como lo habías imaginado. No hagas caso al bobo de tu corazón,* se regañó. Y su espíritu conquistador terminó de espantar cualquier tristeza al ver el entusiasmo con el que Minor exclamaba:

—¡Mira! Hay muchas más tumbas, ¿y si es una necrópolis? Puede que tu querido rey Garabito esté enterrado aquí.

Aitana no contestó, miraba la forma circular de unos montículos que le recordaron a los *U suré* de La Verbena.

—Esos montículos puede que fueran casas —aventuró con alegría—. En la parte de arriba estarían los palenques cónicos, pero lógicamente no han resistido al paso del tiempo; en cambio, las estructuras de los montículos sí.

Siguieron buscando y reconocieron un tercer montículo y, junto a este, una escultura en piedra, grande, con el dibujo de un animal que podría ser un jaguar, y, al lado, otra más pequeña, que asemejaba un lagarto o una iguana, era difícil saberlo.

—Creo que eso puede ser un altar de sacrificios.

Aitana señaló una piedra alargada, de superficie cóncava, elevada por unas elegantes columnas y dibujos de rostros humanos y de animales. Le pareció un hallazgo magnífico, pero, sin ningún tipo de reparo, Minor se tumbó encima como si fuera a echarse una siesta.

—¡Muestra un poco más de respeto! —le riñó Aitana. Ver a Minor en esa posición le recordó el cuerpo de don Rodolfo picoteado por los buitres, junto a la ceiba centenaria. Pero Minor tiró de ella y la atrajo hacia él, arrancando esa visión horrible de su cabeza.

—¡Hablas como mi madre! Venga, bésame, hagamos el amor encima de la piedra.

—¡De ninguna manera! —Aitana se bajó escandalizada, aunque riéndose de la travesura de Minor.

Siguieron luego por una calzada central, hecha con piedras lajas que abundaban en el río Guayabo, y se detuvieron al ver entre ellas un petroglifo con el grabado de una espiral atravesada por rayos solares.

—¿Qué significará? —Minor se agachó para intentar sacarla, pero estaba muy bien encajada entre las demás piedras de la calzada.

—Quién sabe —meditó Aitana—. Puede significar tantas cosas... Tal vez sea un mapa estelar ¡o una instrucción sobre cómo armar el techo cónico de una milpa! Es un símbolo, la representación de algo, así que puede que exprese una sola idea o muchas. ¿De qué? —Se encogió de brazos—. No podemos saberlo. Para nosotros es solo el contorno de una verdad. El dibujo de un símbolo por sí solo no es suficiente, para comprenderlo necesitaríamos saber tantas cosas... iríamos pasando por diversos grados de conocimiento y nunca podríamos asegurar al cien por cien si significa una cosa u otra. Necesitaríamos conocer las costumbres de la civilización que vivió aquí y, aun así, el conocimiento de su cultura podría ayudarnos a entender, pero también limitarnos, e incluso confundirnos. Para los indígenas, la espiral representaba el agua, supongo que porque cuando tiras una piedra en un lago se forma alrededor una espiral igual a ese dibujo, pero también podría ser un sol. Maritza me enseñó que «El viaje del alma de un bribri se dirige hacia donde sale el Sol y luego hacia el poniente para, posteriormente, entrar en el reino de Sulá». Un fósil de caracol no creo que sea. El caso es que, con tan poca información, no nos queda más que admirar la belleza de la piedra, que obviamente no está tanto en ese dibujo grabado en ella como en el enigma de su significado, por eso es tan mágica.

—Algo simple para expresar algo tremendamente complejo —resumió Minor—. ¿Cómo sabes tanto?

Aitana se encogió de hombros. Se sentía muy feliz y orgullosa de poder mostrar los conocimientos que había adquirido leyendo los diarios de su antepasado y algunos libros de anticuarios que le había dejado don Gonzalo. Una brisa le acarició el rostro y sintió que, de alguna manera, en ese soplo de aire estaba el espíritu de su padre, una percepción que seguramente no era más que el producto de su deseo de que él pudiera verla lograr el sueño de ambos. Don Gonzalo y su madre estarían orgullosos si pudieran ver hasta dónde había llegado.

—Los petroglifos con espirales se ubican cerca de abastecimientos de agua, así que este asentamiento debe tener algo que ver con el movimiento de aguas. No sé, igual me estoy aventurando demasiado.

—Me alegra ver que ya se te ha pasado el disgusto —dijo Minor atrayéndola hacia él.

Aitana sonrió. Sí, se le había pasado. Era demasiado increíble estar en el asentamiento de una civilización tan antigua. Caminaron por la calzada hacia el norte —Aitana cojeando y apoyándose sobre Minor— y encontraron más petroglifos con espirales, círculos, puntos, cruces y figuras zoomorfas que podrían ser monos, aves, lagartos, tortugas, ciervos, insectos... y otras con figuras, caras, manos, pies. Finalmente llegaron hasta un lugar más elevado en el terreno desde el que se veía el volcán Turrialba en todo su esplendor. Si daban la espalda a ese mirador natural, en el lado opuesto de la cancha rectangular, podían verse en la lejanía los perfiles azules y violetas de las sierras y montañas, unas encima de otras, desdibujados por las brumas. Aunque el mar no se veía en la lontananza, la muchacha reconocía su aroma salobre en la brisa fresca que aliviaba su rostro acalorado.

—¿Cómo es posible que huela a mar si estamos a millas de distancia?

—Por eso llaman al valle de Turrialba el Puerto sin mar y La Puerta al Atlántico. No es lo único que huele a mar. —Minor la atrajo hacia sí, y hundió la cabeza en el cuello de Aitana, que se retorció de placer y dejó que él besara su cuello—. ¿Te he dicho ya que hueles dulce? Hummm, al perfume embriagante y fresco de una rosa, pero sabes a mar, llevas en la piel el olor del Cantábrico, de los vientos del norte de España. Hueles a octubre, a diciembre, a enero... porque cuando aspiro tu olor, me viene la nostalgia de los meses de invierno, y solo quiero acurrucarme aquí, en tu pecho. —Minor la besó allí y luego ascendió hasta sus labios—. Vamos, no seas cruel conmigo y bésame.

—¡Ja! —exclamó Aitana, triunfante, negándole aquel beso y echando la cabeza hacia atrás—. ¿Ya no huelo peor que tu perro?

—Te gusta castigarme porque sabes que estoy loco por ti. —Minor frunció el ceño y puso morritos—. No me importa, rogaré cuanto haga falta para hacerte mía una vez más.

Aitana se deshizo del abrazo de él y miró con aire soñador el paisaje que los rodeaba, queriéndose llenar de la placentera sensación de ser una misma con el universo.

—Pronto se hará de noche y deberíamos buscar un sitio donde dormir. Habrá que hacer una hoguera —dijo pasados unos segundos.

—¡Buena idea! Y haremos el amor bajo el cielo estrellado, rodeados de bromelias y caragras; de quetzales y oropéndolas...

—No te hagas tantas ilusiones —lo reprendió—. Además, esos pájaros estarán ya en sus nidos, como mucho veremos búhos. Estoy agotada, aunque no creo que pueda dormir, es demasiado fascinante pensar que aquí se escondió Garabito después de rebelarse contra el primer gobernador de Costa Rica y que mi antepasado lo ayudó.

Aitana empezó a caminar de nuevo, en busca de un lugar donde pudieran preparar la hoguera, pero Minor tiró de su brazo y la detuvo.

—Bueno, querida, pues en vista de que no pareces tan interesada en el amor como yo, hablemos de negocios.

—¿De negocios? —Aitana lo miró unos segundos, sin comprender; luego dijo, decepcionada—: ¡Ah! ¿Quieres la mitad del tesoro que hemos encontrado en la tumba? ¿Es eso? Ya te he dicho que no pienso quedármelo.

—No, eso me da igual. Sé que estás huyendo, y es hora de decirte que no tienes que seguir haciéndolo.

—Oh, por Dios, ¿otra vez estamos con eso? Ya te he dicho que he venido aquí para encontrar este tesoro, no porque...

Minor tapó su boca.

—Crees que mataste a un hombre, por eso huiste de Aquiares.

Aitana dejó de respirar y se quedó muy quieta, en estado de alerta.

—No sé de qué me hablas.

—Sí lo sabes, pero tranquilízate, el hombre que crees haber matado, Álvaro Haeckel, no está muerto. Lo sé porque él y yo apostamos a los dados nuestras propiedades. Gané yo, pero, cuando fui a reclamarle la hacienda a Aquiares, su hermano Leonardo me explicó que Álvaro había huido después de intentar deshacerse de ti.

Aitana se había alejado de Minor y no dejaba que él se le acercara.

—¿Deshacerse de mí? ¡De intentar matarme, dirás! ¿De verdad no está muerto? ¿Cómo no me lo dijiste antes? ¿Qué más sabes?

—Que tras la muerte de herr Rudolf, Álvaro fue a ver al notario. Este le dijo que su padre te había dejado las tierras, que estabais oficialmente casados, que tú traías unos papeles de matrimonio que lo atestiguaban. Por eso no tuvo ningún problema en jugarse la propiedad conmigo, ya sabía que no le pertenecía. Encontré tu diario en la hacienda de los Haeckel, quiero decir, en tu hacienda, querida Aitana, porque Aquiares te pertenece. Aunque los dos sepamos que tú no eres la verdadera Aitana, ellos lo ignoran. Fue toda una suerte para los dos que yo, y no ellos, encontrase tu diario, y que luego, casualmente, me topara contigo en el bosque.

—¿Casualmente? —Aitana soltó una carcajada falsa. Había sido una estúpida dejándose engañar. *Quiero ser su escudero... ¡Valiente mentiroso!*—. No te creo nada, habías leído mi diario, sabías que yo podía haber ido en busca del tesoro y por eso estabas en La Verbena.

—¿Qué más da? Lo importante es que no eres una asesina, sino una gran hacendada. Ya no tienes que huir y yo quiero proponerte un trato que te va a gustar.

—Entonces ¿Leonardo reconoció que su hermano gemelo intentó matarme? ¿Qué te contó exactamente? ¿Qué trato?

—Me explicó que hubo una pelea entre vosotros, nada de que Álvaro intentara matarte. Que tú se lo habías contado a Cira y ella fue a buscar a su marido, que Álvaro seguía en el sitio donde tú lo habías dejado con una brecha en la cabeza. Cuando regresaron a la casa, Álvaro les explicó que solo quería arrebatarte los papeles del matrimonio, destruirlos. Al menos eso les dijo, y que tú debiste confundir la situación.

—¡Ja! —Aitana pegó un bufido—. Sigue.

—Cira curó la herida de Álvaro y decidieron que lo mejor era que huyese por si tú interponías una denuncia, cosa improbable pues habías desaparecido, pero también estaba el asunto de la deuda contraída conmigo, que Álvaro ya no podía saldar, pues no era el heredero de Aquiares. Saben que si Álvaro vuelve yo lo obligaré a batirse en duelo conmigo por jugarse a los dados lo que no le pertenecía. De haber ganado él, no habría tenido ningún reparo en haberse quedado con Casa Turiri, mi hacienda. Ahora que ya has encontrado el tesoro de tu antepasado, debes volver a Aquiares, Aitana, reclamar lo que te pertenece.

Ella caminaba en círculos, tratando de procesar aquella información nueva que lo cambiaba todo. Había estado tan preocupada huyendo al creerse una asesina que no se había parado a pensar que podía ser la heredera directa de herr Rudolf. De hecho, le parecía absurdo; ni siquiera se habían conocido.

—Pero hay algo que no entiendo: si yo había desaparecido, ¿por qué Leonardo no mintió? En nada le beneficia haber reconocido frente a ti que Álvaro me atacó para robarme los papeles que me hacen dueña de Aquiares.

—Sí le beneficia. Leonardo y Álvaro son gemelos, pero Álvaro es el que nació primero y, por tanto, sería el heredero. En ese caso, tendría que entregarme las tierras puesto que las perdió en la partida de dados. Leonardo es un hombre de honor, aunque su hermano haya huido, cumpliría por él. Pero siendo las tierras tuyas, la cosa cambia.

—¡Jugarse sus haciendas a los dados! ¿Cómo pueden ser tan majaderos? ¡Y por qué no me contaste nada de esto el día que nos conocimos! Me has dejado creer todo este tiempo que soy una asesina. Estuve a punto de morirme en La Verbena, y ni siquiera me lo dijiste, ¡me habría ido a la tumba con esa mala conciencia!

—Vamos, no exageres. Uno no se muere de un simple catarro.

—¡Sabes muy bien que no fue un simple catarro! ¡Deberías habérmelo contado!

—¿Y renunciar a acompañarte en esta aventura? No le des más vueltas, pequeña, serénate, por favor. Escucha el trato que quiero proponerte.

Aitana se cruzó de brazos y lo miró recelosa.

—Dispara, yo ya estoy muerta.

—Quiero cambiarte Aquiares por estas tierras. Así tú podrás quedarte legalmente con el tesoro y yo podré construir la principal estación de ferrocarril de todo el Valle Central en Aquiares.

—¡¿Eres el dueño de estas tierras?! Dios mío, soy aún más idiota de lo que pensaba; ¡has estado jugando a la búsqueda del tesoro conmigo todo este tiempo en tus propios terrenos!

Minor la miró entonces como si fuera una ecuación incorregible.

—No he jugado a nada contigo. Estas tierras no son mías, pero conozco al dueño, es el hacendado José Ramón Rojas Troyo. Y no me costará llegar a un acuerdo con él para que me las venda, así que, dime, querida: ¿tenemos un trato?

Minor le ofreció la palma de su mano para que ella la estrechara, pero Aitana había dejado de mirarlo y en su cara se vislumbraba un pánico horrible. No estaban solos, entre la espesura brillaban dos ojos en la oscuridad, uno de los animales más bellos del mundo los observaba atentamente.

También era uno de los más peligrosos.

II

Ya era de noche y por eso el puma, animal solitario y crepuscular, se había acercado sin ser visto, pero ahora, bajo la luz de la luna llena, Minor y Aitana podían verlo claramente. Era un ejemplar joven, color arena, que los observaba con curiosidad y a tan poca distancia que podía saltar encima de ellos de un momento a otro, pero no tenía el cuerpo en posición de ataque; tampoco parecía temer a los dos humanos. Aitana se aferraba a la mano de Keith y contemplaba al felino en alerta y, en cierto modo, hipnotizada por la belleza salvaje y poderosa del animal: su cabeza de gato redondeada, de color pardo amarillento como el resto del cuerpo; el hocico blanco de contornos negros y los bigotes blancos estirados hacia delante; las garras anchas, fuertes y mullidas; su cola larga, cimbreante. El puma olisqueaba el aire como si intentara adivinar qué tipo de presa tenía delante y los observaba con sus enormes y curiosos ojos, silenciosos e intuitivos, de un tono miel que confería dulzura y nobleza a su expresión. Sus movimientos no eran agresivos, sino pacientes y poderosos, dotados de la misma elegancia que todo su esbelto y vigoroso porte. Su belleza provocaba una ternura endiabladamente engañosa, como si, en lugar de un animal salvaje y peligroso, estuvieran frente a un gato grande domesticado, pero, por supuesto, no lo era.

—¿Qué hacemos? ¿Tienes el machete? —preguntó Aitana en un susurro.

—No te inclines, estírate y alarga los brazos para parecer más grande. —En lugar de susurrar, Minor habló con voz firme y amenazante; sacó pecho, como si fuera un gorila—. No es más que un cachorro, eso le hará pensárselo dos veces, pero la madre podría estar cerca. Retrocederemos los dos a la vez, muy despacio. Si echamos a correr, nos confundirá con ciervos.

Minor golpeó con el machete el tronco del árbol provocando un fuerte estallido que hizo dar un respingo al puma. El animal retrocedió unos pasos, echó las orejas hacia atrás, volvió a olisquear el aire. Empezó entonces un movimiento de rodeo acercándose por el lado de Aitana, que pudo escuchar el rumor caliente de su respiración, un rugido suave. Minor aprovechó para agacharse y coger las mochilas, le pasó una a Aitana, que se la colocó como pudo, pues el cuerpo le temblaba y solo deseaba echar a correr. En lugar de ello, retrocedió hacia el interior del bosque. Su dolorido tobillo se resintió, pero no le quedaba más remedio. Minor hizo varios chasquidos con la lengua y dio unas voces guturales, el animal pegó otro respingo.

Entonces el ruido de un disparo atravesó la noche como un trueno.

El puma se escabulló entre unos arbustos y se quedó allí, agazapado, expectante, sin decidirse a abandonar sus presas. Un segundo disparo se estrelló contra el tronco de un árbol cercano, haciendo estallar su corteza. Y el puma, esta vez sí, se alejó, desapareció entre la espesura del bosque.

—¡Cazadores! —exclamó Aitana con alivio y luego, haciendo aspavientos con los brazos, gritó—: ¡No disparen, estamos aquí!

Se asomó y vio la figura oscura de un hombre moverse caviloso en dirección a ellos.

—¡Lárguense de mis tierras, cochinos guaqueros! ¡Ahora van a ver! —gritó el hombre y volvió a disparar en su dirección. La bala pasó tan cerca que Aitana se quedó petrificada—. ¡Voy a llenarles el cuerpo de plomo, hijos de su mala madre!

Minor tiró de ella hacia el interior del bosque y la obligó a agacharse.

—No son cazadores, es el hacendado Troyo. No dispara al puma, sino a nosotros.

—¿Troyo? Pero ¿no es amigo tuyo? Antes has dicho que...

—Sí, pero antes de que Troyo pueda reconocerme, me habrá volado la tapa de los sesos.

—Y entonces, ¿qué hacemos?

—Volver al río. —Minor empezó a reptar hacia el interior del bosque y Aitana lo siguió caminando a cuatro patas igual que él, pero al mirar atrás vio que el hombre había echado a correr en su dirección. Minor también lo vio.

—¡Corre! —gritó Minor, levantándose y echando a correr él mismo.

Aitana había acatado su orden antes de que Minor la diera. Aquellas tierras le daban menos descanso que un ejército de rencores al corazón. Otra vez huía a través del bosque sombrío, en la noche heladora e insensible, tropezando con raíces siniestras, huyendo de los disparos, de las sombras de los árboles que bajo la luz de la luna adquirían una tenebrosidad amenazante. Rasgando la niebla blanca, febril, que lo envolvía todo. Dos ciervos se escabulleron asustados. Una lechuza ululó, algún animal pegó un chillido, pero ella solo escuchaba el crujido de sus pisadas sobre las ramas secas, su respiración desbocada, los gritos de Minor: «¡No se detenga! ¡No se detenga!». No quería hacerlo, pero el dolor en su tobillo era lacerante. No sabía cuánto más podría aguantar. Las ramas de los árboles le arañaban el rostro, chocó con uno, siguió corriendo, apenas vislumbraba la silueta negra de Minor delante de ella. Hubiera preferido esconderse, pero Minor no parecía contemplar esa opción. Llegaron hasta la Laguna Celeste y la dejaron atrás; no pararon hasta alcanzar la cima del cañón del río Guayabo, pero entonces Aitana cometió el error de mirar hacia atrás, hacia el peligro, y tropezó con la raíz plana y vertical de una imponente ceiba. Sintió un dolor horrible en el mismo tobillo que la atormentaba.

—¿Estás bien?

Minor se dio la vuelta para ayudarla a levantarse, pero, al posar el pie, Aitana no pudo evitar un alarido. Las pisadas de Troyo se oían cada vez más cerca, también sus disparos. Sin tiempo para buscar soluciones, Minor dijo:

—Baja la montaña sentada, arrastrándote con las manos, e intenta llegar hasta el cayuco. Yo lo distraeré. —Agarró la cara de Aitana para que lo mirara a los ojos e insuflarle valor—. Nos reuniremos allí. Te lo prometo.

Y echó a correr hacia la izquierda, golpeando los troncos de los árboles con el machete para atraer la atención de Troyo. Los pasos y lo disparos sonaron detrás de él. Aitana tuvo un miedo atroz de que Troyo lo matara, pero hizo lo que Minor le había ordenado y se dejó caer sentada ladera abajo. Apoyó en el suelo húmedo y oscuro las manos para empujarse, y evitó posar el pie herido. Cuando alcanzó la orilla del río, probó a apoyar el pie y vio que, aunque muy despacio, podía caminar. Al menos no estaba roto. Encontró un tronco fino y alargado que usó de bastón. La luna iluminaba el sendero macheteado por el que habían accedido en la mañana y enfiló por él con gran dificultad. Se movía pesadamente, pero el miedo le insuflaba un ímpetu frenético. Solo a ratos, se paraba para apoyarse en algún árbol a descansar y a mirar hacia arriba, no oía nada, no había manera de saber si Minor había despistado al hacendado Troyo. Al menos, los disparos habían cesado, pero ¿y si lo había herido?

Cuando llegó a la altura de la cascada atravesada por la gruta, se agachó para continuar a gatas, pues la superficie de la roca era resbaladiza y un paso en falso sería fatal. Barajó la posibilidad de quedarse escondida allí, pero temía que animales peligrosos hubieran escogido esa misma gruta para guarecerse. Además, Minor le había dicho que fuera hasta el cayuco. Todavía a cuatro patas, asomó la cabeza fuera de la gruta y miró hacia arriba, a la cima del cañón, justo a tiempo de ver una forma humana surgir de entre la espesura y agarrarse a una liana. Fue una visión fugaz, anormal, un instante terrorífico. *Su amigo es osado, desconoce el miedo,* Aitana no tuvo tiempo de entender lo que estaba sucediendo. La figura saltó hacia el vacío, precipitándose por el cañón. Los rayos de la luna lo iluminaron y Aitana supo que era Minor. El norteamericano soltó un alarido salvaje, eufórico, como si fuera divertido, un instante antes de agarrarse a otra liana de un árbol más bajo, obviamente sin pensar en la inutilidad de semejante tentativa, pues esa segunda liana se rompió a mitad de camino por el peso de Minor y el chasquido que hizo llenó de terror el alma de Aitana. Su amado cayó al río con gran estruendo. Y, en el mismo segundo en que cayó, la joven supo que solo podía estar muerto.

Otro grito hizo que Aitana volviera a mirar hacia arriba, Troyo estaba asomado en la cima del cañón y debió de llegar a la misma conclusión que ella porque, pasados unos segundos, desapareció en la espesura de la selva. Aitana salió entonces de su escondrijo, cojeó varios metros río abajo, hacia donde la corriente había arrastrado el cadáver de Minor. Lo llamó, primero bajito, después más alto, sin importarle que Troyo o las fieras salvajes pudieran escucharla, con verdadera angustia; los ojos llenos de lágrimas. Minor no contestaba y Aitana siguió el curso del río, cojeando, llorando ya sin contenerse, sin poderse creer lo que había sucedido, hasta que vio un bulto extraño en la orilla, inerte.

—¡Minor!

Corrió como pudo hasta él y, cuando llegó, se abalanzó sobre su cuerpo, lo giró.

—Minor, Minor, por favor.

Entonces los ojos de él se abrieron, y ver su pícara sonrisa la hizo sentirse más feliz que en toda su vida; lo acunó en su pecho, lo besó. Después de toser varias veces, él trató de incorporarse.

—Suéltame, mujer, o conseguirás lo que no ha podido el río: ahogarme. ¿Creías que me había muerto? Soy invencible, ¿no lo sabes ya? Estoy en perfectas condiciones, seguro que camino mejor que tú.

Aitana besó su cara, su cuello, sus manos mientras él se reía con actitud fanfarrona. ¿Cómo podía estar tan loco? Se había lanzado como si se creyera un mono salvaje. Lo ayudó a levantarse y rodeó su cintura; él abrazó la de ella, y siguieron andando río abajo, los dos cojeando, sin darse tregua hasta que llegaron al cayuco, que por suerte seguía amarrado al árbol. Lo desataron y lo empujaron dentro del agua. Se metieron y por fin pudieron descansar. No tenían fuerzas para remar, así que se dejaron arrastrar bajo la luz de la luna llena por la corriente del Guayabo que a medida que descendían se volvía más y más calma; recostados, tranquilos, creyendo que ya nada más les podía suceder, que estaban a salvo.

TERCERA PARTE

La gloria entre ríos

Puede compararse el celo y el ardor que despliegan en la actualidad las naciones civilizadas para establecer el ferrocarril con lo que ocurría hace siglos para la erección de las iglesias... Si, como se asegura, la palabra viene de *religare* (ligar, unir) [...] los ferrocarriles tienen más relaciones de las que se piensan con el espíritu religioso. Nunca existió un instrumento de tanta potencia... para unir pueblos separados.

WALTER BENJAMIN, *Libro de los pasajes*

Un libro es un refugio.

ALESSANDRO BARICCO

13

Amor yanqui

I

El cayuco se deslizaba despacio, a merced de la corriente del río Guayabo que discurría por el paisaje adormecido en la atmósfera callada de la noche. Apenas se sentía el llanto débil, rítmico, de sus aguas, arrastrándolos; los murmullos nocturnos de la selva les llegaban vagamente: «Aquí seguimos, vigilantes —los prevenía con sus ululares melancólicos, sugerentes, que se deslizaban con la neblina por entre los contornos sombríos de ambas orillas, río abajo—. ¡Huid! ¡Huid! Antes de que sea tarde». Pero era un lenguaje que ellos no entendían. Minor sujetaba uno de los remos y le había explicado a Aitana cómo manejar el otro para que la embarcación no encallara en alguna curva pedregosa, pero, al ver que no hacía falta, los dos fueron poco a poco relajándose; la joven se recostó sobre el pecho de él para disfrutar de aquella aparente paz. Era extraño darse cuenta de que la aventura estaba llegando a su fin. Ya había encontrado el tesoro de don Íñigo, pero alguien se les había adelantado. *No he descubierto nada. ¿Y ahora qué?*, se preguntaba. Según Minor, no tardarían en llegar al Reventazón y, desde ese nuevo río, descenderían a un lago llamado La Angostura donde podrían descansar, pues él tenía una casa en uno de sus márgenes. La noche era templada y el olor a Caribe que habían transportado los vientos a lo largo del día se destilaba junto al tenue perfume de la madera de las jacarandas y los magnolios, de la fragancia melosa de sus flores, que se mezclaba con el de su propio sudor y el del cuerpo de Minor, que adoraba. Tal vez ese podía ser el siguiente paso: casarse con aquel hombre que la había acompañado en la hazaña más peligrosa de su vida. Dejó que ese pensamiento la adormeciera, deleitándose en las imágenes felices que se sucedían unas detrás de otras en su mente. Casarse por amor; no por interés con un viejo que le cuatriplicaba la edad. Las caricias de los dedos de Minor entrelazándose en su pelo y la voz dulce con que él le hablaba alimentaban aún más esa fantasía. En los libros las mujeres siempre esperaban a que fuera el hombre quien se declarase, pero ella se visualizó saltándose todas esas convenciones sociales, diciéndole: «Casémonos». ¿Cómo reaccionaría Minor? Seguro que se reía con esa risa encantadora suya. Su imaginación esbozó sus medios rostros, sus labios, un beso apasionado, feliz. Nunca había sentido tanta complicidad con nadie. *Nos conocemos sin conocernos,* concluyó ensimismada.

—Cuando lleguemos a mi casa, dormiremos, y por la mañana podremos examinar cómo tienes ese pie. Haré llegar una misiva a los Haeckel informándoles de que estás bien y piensas volver para hacerte cargo de la hacienda —dijo él adoptando súbitamente un tono práctico que la sacó de sus ensoñaciones.

—¡Pero yo no quiero volver a ese lugar! —Aitana se incorporó con tanta brusquedad que el cayuco se bamboleó peligrosamente.

Se apartó de Minor y, con más cuidado, se sentó sobre un tablón atravesado. Las sombras cruzaban el rostro de Minor apenas iluminado por la luna.

—Tienes que hacerlo; recuerda que tenemos un trato.

—¿Un trato? ¡Pero si ese señor Troyo casi nos mata a los dos! Dudo mucho que te quiera ceder sus tierras.

—Troyo no me ha reconocido; si lo hubiera hecho, no habría disparado. Tú encárgate de tu parte, que yo me ocuparé de la mía; conseguiré esas tierras, créeme. Soy hombre de palabra. Además, ¿qué piensas hacer si no? ¿Irte a Panamá? De ser así, respetaré tu voluntad, incluso puedo conseguirte una nueva identidad si te has cansado de la de tu amiga Aitana. Tengo buenos contactos. Pero, reconócelo, es mucho mejor el acuerdo que te ofrezco. Yo nunca revelaré a nadie que eres una impostora, los Haeckel no tienen por qué enterarse nunca.

Aitana no supo qué decir, se cruzó de brazos. Ya no tenía que huir a Panamá porque no había matado a nadie, pero no se atrevió a decirle que esperaba que él le ofreciera alojarse en su casa, que le hiciese una propuesta de matrimonio; hacérsela ella. Era la única idea con la que había coqueteado, *muy tontamente*, se recriminó. Tampoco había tenido tiempo para pensar en otras alternativas. Debía reflexionar con calma, con cabeza fría, como él. Minor era un hombre de negocios y querría asegurarse de que ella se hacía primero con Aquiares antes de darle una palabra de casamiento. Resopló, desconcertada.

—Si regreso a La Esperanza, puede que don Álvaro lo haga también e intente matarme otra vez, ¿es que no lo has pensado?

—Sí, lo he pensado, pero no volverá por la cuenta que le trae y porque es un cobarde, siempre lo ha sido. Y aun en el caso remoto de que decida hacerlo, esperará un tiempo y, para entonces, tú ya no vivirás allí. Solo te pido que finjas unos meses.

—¡Unos meses! Pero si las tierras serán mías en cuanto firme los papeles de aceptación de la herencia, no necesitamos unos meses.

—Cálmate, Aitana. No te pongas así o me harás enfadar; he perdido demasiados días jugando a las aventuras contigo, ¿no te das cuenta? Hace dos que debería estar en Nueva Orleans, allí tengo que convencer a cuatro mil hombres para que vengan a construir el ferrocarril y, como comprenderás, no es algo que se consiga en un día. A mi vuelta he programado una fiesta de recepción en Casa Turiri, que es a donde vamos ahora. Ese día presentaré el proyecto definitivo del trazado del ferrocarril al presidente del gobierno y a otras personalidades importantes; entre ellos, los cafetaleros de la zona. El hacendado Troyo está invitado, así que será el momento perfecto para hablar con él, y por supuesto tú también estarás. Pero mi viaje a Nueva Orleans no puede retrasarse más. No pongas esa cara, a lo sumo estaré fuera dos meses. Vuelve aquí conmigo, pequeña mía, bésame.

—¿Dos meses con esa horrible familia? —Aitana hizo un puchero—. Me niego. Oh, Minor, no seas cruel, ¡no puedes pedirme eso! Además, ni siquiera sé si es honesto por mi parte quedarme con su hacienda. Ellos deberían ser los herederos, no yo, que ni siquiera soy la verdadera Aitana. ¿Y si lo descubren? Me pides que haga cosas que van en contra de mi conciencia. A pesar de lo que hay entre nosotros, no dejaré que decidas por mí, no soy ese tipo de mujer.

La embarcación se tambaleó ligeramente. Habían llegado a la confluencia entre el Guayabo y el Reventazón, y estaban ingresando en el cauce de este último, que era mucho más ancho y caudaloso. Después de hacer unas maniobras de viraje, cuando el cayuco volvió a fluir con tranquilidad en la corriente, Minor retomó la conversación.

—¿Por qué os complicáis tanto las mujeres? Entiendo tus reparos, eres una buena persona, ¡pero no eres ninguna simple, por Dios! Y eso es lo que me gusta de ti, no me decepciones ahora; no regales lo que te pertenece por derecho. Si tu marido decidió desheredar a sus hijos, por algo fue. Ahora, si tu conciencia se queda más tranquila, cuando las tierras sean mías, los compensaré económicamente para que compren un terreno nuevo en otro lado. ¡Si hasta saldrán beneficiados! ¿Es que no te gustaría ser la dueña de El Guayabo? ¿De qué te ha servido encontrarlo si no?

—Tengo que pensármelo.

—¡Qué diablos! No tienes nada que pensar. Y deja ya de sentir lástima por ellos. Te diré algo que vengo sospechando desde hace días: tu marido le daba al guaro y andaba todo el tiempo borracho, sí, pero, días antes de que lo encontraran muerto —pronunció esta última palabra con suspicacia—, me ayudó a cargar cajas de rieles en Puerto Limón. Era un hombre fuerte y sano.

Keith repetía «tu marido» con toda la intención, seguramente para recalcarle a Aitana sus derechos como esposa, pero a ella se le hacía demasiado raro, le molestaba. Hasta ese momento ni siquiera se había parado a pensar que era una mujer casada, bueno, viuda, ni en sus privilegios como tal. No lo dijo en voz alta por miedo a parecer ridícula, pero ella había dado por sentado que el matrimonio quedaba anulado al estar muerto don Rodolfo. ¡Ella no sabía nada de esas cosas! No terminaba de creerse que Aquiares fuera suya.

—Para ya de decir «tu marido» —replicó haciendo un gesto de enfado e impaciencia—, no me gusta que lo hagas, suena demasiado raro. Y no sé qué insinúas, habla claro, ¿crees que lo asesinaron?

Minor se encogió de hombros, pero su mirada estaba llena de desdén.

—Esa familia está maldita. El único normal era Leonardo, pero el otro día lo encontré borracho en un estado lamentable y en el cantón del Paraíso se rumorea que se la pasa bebiendo guaro como el padre. Tomar más alcohol de la cuenta envilece el espíritu, encharca las aspiraciones, es la bebida de los cobardes, de los que no quieren enfrentar la vida, de los que quieren olvidar para no responsabilizarse de lo que han hecho o de lo que no han hecho. ¡Cuántas veces he escuchado a un borracho decir que solo se hace daño a sí mismo mientras estaba destruyendo a toda su familia!

Aitana lo miró de refilón, ¿cómo podía ser tan cínico? ¡Si él vendía ron a los indígenas! Podría espetárselo, pero no quiso molestarlo; probablemente se estaba dejando llevar por un exceso de paternalismo con ella, solo querría prevenirla contra esa familia porque también a él le dolía dejarla en sus manos, pero era necesario para que ambos consiguieran lo que querían.

—Bueno, tal vez no sea para tanto. Cira me dijo que Leonardo solo bebe desde la muerte de su padre, no es un alcohólico. Además, ella es encantadora, estaré bien.

—¿Cira? Buena pieza es esa. Una libertina, el origen de todos los problemas de los Haeckel. Perdona que use estas palabras delante de una dama como tú, no quiero asustarte más, pero, si pecas de ingenua, te manipularán a su antojo. También deberías saber que, el día que fui a buscar a don Álvaro, vi a Cira galopando desnuda en su caballo. ¡Como una salvaje! ¡Como el Señor la trajo al mundo!

—¡Válgame Dios! ¿A Cira! ¡No te creo! ¡Imposible!

—Así es. —Minor hizo un gesto con la barbilla, tajante—. Esa familia no conoce la decencia, así que no dejes que se aprovechen de tu bondad. Mantente firme. Es hora de que les demuestres a los Haeckel quién es Aitana Ugarte. Pensaron que se podían deshacer fácilmente de ti, ¡intentaron matarte, no lo olvides! Ellos no esperan tu regreso, así que debes estar preparada; míralos siempre de frente, como al puma, nunca desvíes la vista al suelo y camina erguida para que sepan quién manda o esas fieras no dudarán en devorarte, querida. Hazme caso: si hace falta, enseña los dientes.

—¡Solo consigues asustarme más! Si esa familia es tan horrible, ¿por qué quieres dejarme con ellos?

—Me duele a mí más que a ti, pequeña. Pero los negocios son los negocios, y necesito que el ferrocarril pase por esas tierras. Has sobrevivido a la fiebre de los pantanos, al ataque de unos monos, de un puma, ¡que me parta un rayo ahora mismo si los dioses creen que no puedes sobrevivir a los Haeckel! Pero antes tendremos que sobrevivir ambos al Reventazón. ¡Agárrate!

El cayuco golpeó contra una roca y a punto estuvieron de volcar, habían entrado en una zona de rápidos donde el agua giraba en turbulentos remolinos, generando aglomeraciones de burbujas blancas. De los primeros huecos y las pequeñas olas despreciables pasaron a enfrentarse a rápidos mucho menos predecibles. Una vez más, Aitana creyó que moriría ahogada, pero Minor disfrutaba como un niño, estaba tan excitado que parecía un loco moviéndose de aquí para allá, chillando, riendo; desplegaba sus conocimientos de navegación con elegancia, sabía hacer la maniobra correcta en cada momento. Apenas necesitó la ayuda de Aitana, a la que de vez en cuando tenía que empujar para que se quitara de en medio y poder llevar el cayuco en una dirección u otra. Algunos tramos eran más fáciles y otros más difíciles, así que, hasta que llegaron al embarcadero del lago donde estaba la casa de Minor, no volvieron a hablar. Cuando por fin se bajaron del cayuco, estaban completamente empapados.

—Un día voy a llevarte al Cerro de la muerte, ¡allá sí que son bravos los rápidos! —Minor soltó una carcajada, se mostraba exultante tras el exceso de tensión acumulada, todo lo contrario que Aitana. El suelo se movía bajo sus pies casi tanto como el día que se había bajado del vapor en Puerto Limón.

—Creo que he tenido suficientes aventuras por un tiempo. Antes prefiero aprender a nadar.

—Yo mismo me encargaré de enseñarte, querida. ¡Bienvenida a mi humilde hogar, Casa Turiri! —exclamó.

Y, tras atar el cayuco, le pidió que lo siguiera.

II

Minor no tenía una casa en los márgenes del lago de La Angostura, sino la hacienda colonial más impresionante que Aitana hubiera podido imaginar, pero la noche anterior no fue consciente de ello. Desde el muelle habían accedido a un jardín trasero que se extendía en pendiente hasta la vivienda, y ella, básicamente, se arrastró detrás de Minor, cojeando, por un camino que iluminaban las llamas suaves y tremolantes de unas largas antorchas de brea clavadas en el suelo. El sendero bordeaba la parte central de ese jardín trasero, elevada a propósito para sostener un mirador con vistas al lago. Para su sorpresa, cuando llegaron al final, encontraron a uno de los guardeses coqueteando, bajo el porche y de manera muy inapropiada, con una joven que resultó ser una de las criadas. Los dos se levantaron como resortes del sofá en el que retozaban y no dejaron de pedir disculpas hasta que Minor se hartó y pidió a la criada que llevara a su amiga española a una de las habitaciones para invitados de la planta de arriba. La escena le pareció tan divertida a Aitana que no prestó atención a la magnificencia del edificio. Dejó a Minor amonestando al guardés, que no paraba de toser —probablemente el susto se le había atragantado—, y siguió a la criada por unas escaleras oscuras hasta una habitación. Antes de que la criada hubiera tenido tiempo de encender un candil, Aitana cayó extenuada sobre una cama de sábanas algodonosas; se dejó desvestir y poner un camisón dócilmente, y lo único que pensó antes de quedarse dormida fue que lamentaba que Minor no se saltara las reglas del decoro, como aquellos sirvientes, y durmiese con ella.

Solo al despertarse a la mañana siguiente entendió lo humilde que había sido su amigo al no mencionarle, en toda su aventura, lo insultantemente rico que era. No solo por lo lujosa que le pareció la habitación donde había dormido, sino porque, después de volver a ponerse sus ropas, se asomó a la ventana y poco le faltó para no desmayarse al ver toda la grandeza de la propiedad. Afuera, un rico sol de levante rociaba de luz jardines de árboles frutales, palmeras y arbustos simétricamente recortados, que acotaban caminos laberínticos y hermosos parterres de flores tropicales sobre alfombras de césped. Multitud de pájaros exóticos escarbaban aquí y allá en busca de semillas y gusanos. Un graznido la hizo mirar a su izquierda, justo a tiempo para ver cómo una mamá cisne, seguida por una prole de polluelos que anadeaban detrás de ella, se alejaba por un caminito de grava que conducía a un romántico templete desde el cual se podía contemplar el inmenso y oscuro lago de La Angostura. De frente, pasados los jardines, había toda una fila de establos y caballerizas, además de varias parcelas cercadas. Hasta su ventana llegaba el ruido de los cascos de los caballos y el rumiar de las cabezas de ganado al arrancar la hierba de la pradera. Un poco más lejos, interminables plantaciones de bananos se extendían hacia el horizonte de tintes jades y esmeraldas, donde, entre difuminadas colinas, despuntaba la cresta del Turrialba rodeada por un anillo de nubes que lo bañaban como espuma de mar.

No solo el volcán me persigue, también su leyenda, fantaseó.

¿Acaso no eran ella, la española aventurera, y Minor, el visionario norteamericano, como esos dos jóvenes amantes que se unían para escapar a un destino predecible? Ambos se habían hecho a sí mismos. Pasaría dos meses en la casucha de los Haeckel, ni uno más, porque, cuando Minor volviese de Nueva Orleans, no tardaría en hacerla su mujer y viviría para siempre en Casa Turiri, que era, desde luego, un nombre modesto para semejante mansión. Minor le había explicado, mientras navegaban en el cayuco, que «Turiri» significaba «fuego» en idioma huetar; una denominación mucho más original y exótica que La Esperanza, esa horrible casa a la que detestaba tener que volver. No, de ninguna manera estaría más tiempo del pactado con los malditos Haeckel. *Viviré aquí,* se prometió a sí misma, *en Casa Turiri; aquí crecerán y corretearán nuestros hijos, y serán felices como esos cisnes.* Todavía le dolía el tobillo, pero, impelida por un humor excelente, Aitana se dirigió con paso firme hacia la puerta de la habitación y la abrió; quería examinar el resto de las estancias de su futura hacienda, pero la misma criada del día anterior, que esperaba paciente sentada en una silla, se levantó rauda y la hizo entrar de nuevo.

—No debe salir así, señorita. Mister Keith me pidió que le preparara el baño y la ayudara a ponerse este vestido.

Aitana se dejó llevar por la criada a otra estancia dentro de la suya destinada al baño. ¿Se avergonzaba Minor de ella? En la selva no había que aparentar delante de nadie, pero tal vez ahora no quería que lo viesen con una joven de clase inferior a la suya. Casa Turiri no solo evidenciaba su riqueza, sino una elevada posición social. Aitana no creía que hubiera muchas haciendas como aquella en Costa Rica. Durante las dos horas siguientes dejó que la sirvienta frotara su espalda en una bañera de mármol, que desenredara sus cabellos y que, más tarde, le colocara las piezas del vestido: una falda de color coral y un corpiño blanco, tan ajustado al pecho que se sintió asfixiada, pero no le importó porque resaltaba su esbelto busto y eso avivó su coquetería. Minor la desearía aún más. Luego, mientras descendía por una majestuosa escalera que comunicaba con la planta baja de la hacienda, se deleitó imaginando las reacciones de él y tan absorta estaba que no se dio cuenta de que Minor se encontraba allí mismo, esperándola, al pie de la escalera.

—Parece que ya no cojea. Y yo que tenía preparado el remedio perfecto para curarla. Está usted arrebatadora.

Aitana se acaloró al verlo, sonriente y tan acicalado como ella, vestido de fino paño gris, con ese fulgor en la mirada que no escondía su deseo de volver a tenerla entre sus brazos. Se consumía de ganas de complacerlo, pero no le pasó desapercibido que volvía a tratarla de usted. Descendió los escalones hasta donde él estaba y se dio cuenta de que se encontraban en la parte central de la hacienda, que estaba dispuesta en forma de U y crecía por los laterales alrededor de un patio exterior que actuaba como espacio de recepción. A través de un gran portón abierto, se veía una fuente central con una pequeña copa desbordante en la punta y otra más grande en el medio, que rebosaba agua en una alberca.

—Mi tobillo sigue hinchado, pero tiene usted una hacienda tan hermosa que se olvida una de cualquier dolor —dijo Aitana admirando las estilizadas estatuas de doncellas griegas y peces gigantescos que adornaban el pie de la fuente.

—Sígame, tengo el remedio perfecto para disminuir esa inflamación en su tobillo.

Abandonaron el vestíbulo y recorrieron el largo pasillo que conectaba varias estancias y salones tapizados, hasta que llegaron a una biblioteca de ensueño, con estanterías labradas y decorada con elegantes cuadros y tapices. Ver tantos libros la transportó a los días en que leía en voz alta para don Gonzalo. *¡Qué callado se lo tenía Minor!*, exclamó para sus adentros. Un criado que los había seguido colocó un balde con una enorme barra de hielo frente a una silla y Minor le indicó a Aitana que se sentara y se quitara la media. Cuando el criado se retiró y estuvieron de nuevo a solas, Minor cogió su pie, lo besó y lo posó con delicadeza dentro del barreño.

—No te asustes. Al principio te parecerá que quema, pero enseguida sentirás un gran alivio.

Acercó el hielo a su tobillo y aprovechó para acariciar su piel. Aitana se mordió los labios, aguantando un suspiro en el que se mezclaban dolor y placer. El hielo quemaba y le helaba la piel, pero las manos de Minor, que subieron más allá de donde la decencia lo permitiría, generaron esa explosión de sensaciones que tanto le gustaban. Pero, en lugar de ceder a la pasión, coqueteó un rato con él.

—Atractivo, emprendedor, salvaje, buen amante y ahora descubro que te gustan los libros tanto como a mí. Sabes guardar muy bien tus cartas para mostrarlas cuando una menos se lo espera.

—¿Y eso no te gusta? —dijo él trepando con caricias suaves hasta el interior del muslo de Aitana, por debajo de su falda.

—Sí. —Aitana se mordió los labios, no quería aguantar el placer, pero detuvo su mano antes de que él subiera más—. Pero hace que me sienta en desventaja: tú sabes mucho de mí, y yo no sé nada de ti.

Minor empezó a bajar la mano, pero se quedó a medio camino al ver cómo ella arrugaba el ceño e intentaba moderar un gemido. Jugueteó entonces con el hielo, usando un cubito que se había desprendido de la pieza grande, para subirlo por los mismos lugares por los que había trepado su mano.

—Dime qué quieres saber y te contestaré a todo, pero deja de gemir así. No puedo hacerte el amor aquí mismo y sabe Dios que lo estoy deseando. ¿Qué ejemplo daría a mis sirvientes después de reprenderlos anoche?

—¡Entonces no enciendas el fuego! —Aitana le lanzó una mirada traviesa.

—¿Encenderlo? Pero si es hielo lo que tengo entre mis manos. —Minor adoptó una expresión inocente mientras apretaba el hielo contra sus muslos de tal manera que Aitana pensó que iba a gritar, aunque siguió hablando con total tranquilidad—. ¿Qué quieres saber de mí?

Se levantó para besarla en los labios, pero Aitana lo empujó hacia atrás y le negó el beso, jugando también.

—¿Hace cuánto que estás en Costa Rica?

—Doce años. Vine en el setenta y uno.

—¿Y por qué viniste? ¿Solo para construir el ferrocarril?

—Es una larga historia, no prefieres que...

Aitana lo apartó posando su pie desnudo y húmedo sobre el pecho de él.

—No, no lo prefiero. Has prometido responder a mis preguntas y quiero escuchar tu historia. Y también que me regales varios libros para que no se me hagan demasiado largos los dos meses que tendré que pasar en casa de los condenados Haeckel.

—Está bien, como quieras. —Minor dejó el pie de Aitana dentro del balde de hielo, se levantó y se puso a seleccionar algunos títulos de su biblioteca—. Supongo que tendré que empezar por 1871, el año que marcó un antes y un después en mi vida. Acababa de dejar un trabajo en Broadway para irme a Texas, donde había comprado un rancho en Isla Padre. A pesar del nombre, no es más que un banco de arena, eso sí, el más largo del mundo. Corre paralelo a la costa tejana y la protege del impetuoso Golfo de México; entre la isla y la costa, solo hay una estrecha laguna. Los únicos habitantes éramos yo, los trabajadores de mi rancho y una familia de pescadores. Si te explico esto es para que entiendas mejor lo que voy a contarte. A los pocos meses de vivir allí, una noche soñé con una mujer vestida de azul que llevaba un velo blanco sobre la cabeza, como las representaciones de algunas vírgenes. Me estaba llamando: «Minor, Minor, Minor. Cooper. Keith». Y, cuando tuvo mi atención, me dijo: «Tú has sido elegido por los dioses». El pudor me ha impedido contárselo antes a nadie, no quiero que me tomen por arrogante, uno no elige lo que sucede en sus sueños, pero este no era un sueño cualquiera, sino uno premonitorio. Desperté empapado en sudor y la figura vaporosa de aquella Virgen estaba todavía en mi habitación; tardó unos segundos en desvanecerse. Fuera, un huracán llevaba horas golpeando la ventana, pero tan profundamente dormido estaba yo que no me había enterado. Ya era tarde; escuché un crujido, y de pronto vi resquebrajarse el cristal. Antes de que entendiera que no seguía soñando, el huracán reventó la ventana y entró con furia en la habitación lanzando todos los papeles de mi escritorio por los aires, volcando la silla y tirando los cuadros, que cayeron con gran estruendo al suelo. Por un momento quedé suspendido en el estupor del miedo; un segundo solo, al siguiente ya había saltado de la cama y salido de la habitación cerrando la puerta que detendría por poco aquellos vientos encolerizados. Mientras me calzaba unas botas de goma para el barro, entró en la casa el capataz gritando que todas nuestras reses habían sido empujadas al mar. ¡Cuatro mil cabezas de ganado! Salí y empecé a gritar órdenes a mis hombres; luego, sin tiempo para pensar demasiado, monté en mi caballo. Fue, sin duda alguna, el día más extraño de mi vida. Mientras galopaba hacia el lugar donde las reses estaban siendo arrastradas mar adentro, no veía lo que tenía enfrente, sino que, como si fuera montado en un pájaro en lugar de en un caballo, podía ver la alargada costa en toda su extensión, kilómetros y kilómetros de franja de arena siendo barridos por la tempestad. No era una visión clara, pues tierra y mar se confundían, pero lo que trato de decirte es que yo contemplaba desde arriba el rebaño de reses. ¡Cómo las engullía el mar, cómo luchaban y bramaban ellas por volver a tierra! Me dije a mí mismo que no había nada que hacer más que dejarlas marchar. Y a mí mismo me vi, desde arriba, alejarme a caballo; como si fuera la vida de otra persona la que observaba. No fue un delirio de mi mente confundida por el huracán, eso te lo puedo jurar, no lo fue. ¿Una experiencia cercana a la muerte? No recuerdo caer de mi caballo ni haber perdido el conocimiento. Quién sabe. Creo que, simplemente, tuve una revelación, así de sencillo: yo no tenía importancia y tampoco las reses la tenían. Habiendo perdido el dominio sobre mí mismo, me bajé del caballo porque temía caer y sufrir un golpe fatal; tiré de su ronzal para obligarlo a volver a la granja, pero... no solo el caballo me siguió, cuando me giré, todas las reses salían del mar, volvían a nado a tierra firme, detrás de mí y de mi caballo.

Minor se acercó a Aitana, que lo miraba con los ojos muy abiertos, y soltó el montón de libros que había escogido sobre una mesa.

—No lo entiendo. Pero ¿no las había engullido el mar? ¿Cómo es posible?

—No lo sé. Cuando dejó de importarme que se ahogaran, dejaron de ahogarse. Es la única explicación que he podido darme a mí mismo a lo largo de estos años.

—¿Y qué pasó después? ¿Qué tiene eso que ver con que se viniera a Costa Rica?

Minor volvió a agacharse frente a ella, a coger su pie para acariciarlo con ternura.

—El huracán se disipó al cabo de unas horas. Devastó todo a su paso, no hubo árbol que no arrancara de sus raíces. Sin embargo, solo se perdieron doce cabezas de ganado. Al día siguiente recibí un telegrama de mi hermano en el que me instaba a ir a Costa Rica. Me dijo que en un año ganaría más que en toda una vida en Texas si le ayudaba en la construcción del ferrocarril. Es un negocio al que se dedica toda mi familia. Tal vez hayas escuchado hablar de mi tío, Henry Meiggs Keith, el hombre que ha conseguido la hazaña de construir ferrocarriles en Chile y en Perú. Pero no vine a Costa Rica para hacerme rico, sino porque, de alguna manera, después de aquel huracán entendí cuál era mi destino, supe que estaba llamado a hacer algo grande. Tenía veintitrés años cuando vine, cinco más que tú ahora.

—Tu destino... —Aitana lo miró con adoración—. Haces que construir un ferrocarril parezca un acto heroico, romántico.

—Para mí lo es. Y no solo eso. Construir el ferrocarril es una hazaña épica, e incluso mística. Es el instrumento que ligará a todos los pueblos del mundo. Nos guía la misma fe que hace siglos unía a los hombres para levantar catedrales, solo que el espíritu religioso que nos gobierna no aspira a unir al hombre con Dios, sino al hombre con el hombre. El ferrocarril es el progreso, el futuro, el destino de todos los pueblos guiados por la arquitectura de la razón. Es la nueva manera de entender el mundo, nada volverá a ser como antes. Hace unos años, en Norteamérica, escaseaba la fruta; muchos ni sabían lo que era un banano, y ahora pueden comerlo todos los días si quieren. A veces cierro los ojos y me alejo de las cosas para poder verlas desde arriba; creo que fui bendecido con ese don para distanciarme y poder verlo todo desde un solo punto, para adquirir una perspectiva panóptica no solo de mi vida, sino de mi papel y el del ferrocarril dentro de la Historia. El ser humano está llamado a hacer grandes cosas.

Había tanta pasión en la mirada de Minor mientras hablaba que Aitana se inclinó hacia delante para besarlo.

—Eres un hombre excepcional, Minor, un visionario y yo estoy... —*...profundamente enamorada de ti,* iba a decir, pero la puerta se abrió y entró una mujer que, a juzgar por el gigantesco mazo de llaves que llevaba atado a la cintura, solo podía ser el ama de llaves.

Minor se levantó rápidamente.

—Discúlpeme, señor. La visita que estaba esperando ya ha llegado y los aguarda en el patio. He preparado una maleta con la ropa que me pidió para su invitada y ya la han subido al carro. —La mujer miró entonces a Aitana y esbozó una amplia sonrisa; obviamente queriendo ser amable, le dijo—: Le sienta muy bien la ropa de la Doña, está usted preciosa. Cuando ella regrese de la capital, estará deseando conocerla, tiene parientes en España y siempre dice que...

—Meta también estos libros en la maleta, gracias —la interrumpió Minor mientras le ponía los libros en los brazos. El ama de llaves se dio cuenta de que había hecho algo mal y salió, confundida, por donde acababa de entrar.

III

«¿La ropa de la Doña? ¿Cuando ella vuelva?». El corazón de Aitana se había quedado frío como la barra de hielo que tenía en el pie. *Tal vez se refería a su madre,* intentó calmarse, pero la confusión en los ojos de Keith, la pena profunda que se apoderó de ellos, solo podían ser producto de la culpa.

—¡Estás casado! —gritó encolerizada.

—No grites, te van a oír, cálmate por Dios. Sí, estoy casado, pero...

Aitana había sacado el pie del barreño y se ponía la media a toda velocidad. Las lágrimas no tardaron en empapar sus negras y curvadas pestañas.

—«Farsante», esa palabra me faltaba añadir a la lista. ¿Cómo has podido...? Dios mío, qué ingenua. ¡Has tenido que reírte tanto de mí!

Minor quiso agarrarla.

—No me toques, eres el ser más vil que he conocido en toda mi vida.

Aitana lo fulminó con la mirada, irguió el cuello queriendo sobreponerse, mostrarse fría a pesar de todo y, dándole la espalda, se dirigió hacia la puerta.

—¡Ni que tú sudaras agua bendita! —le espetó entonces Minor.

—¡¿Cómo te atreves?! —Aitana se giró de nuevo hacia él, atónita.

Minor la miraba con desdén, con una mano metida en el bolsillo y la espalda bien recta, como le había aconsejado a ella que se mostrara frente a las «fieras».

—No me gusta tener que bajarte esos humos, encanto, pero ¿olvidas que he leído tu diario? Sé las cochinadas que hiciste en el barco con tu amiguita, la verdadera Aitana, y con su amante David; peores que las que hiciste conmigo en la laguna. No deberías entregar tu tesorito tan fácilmente si quieres que los hombres te tomemos en serio, la verdad sea dicha.

Aitana hacía todo lo posible por mantener la calma, pero deseaba abofetearlo.

—Si esperas que me avergüence de dar libremente mi amor, es que no has entendido nada de mí —le espetó—. ¡O sí! Me entendiste demasiado bien y por eso no me dijiste que estabas casado; querías acostarte conmigo y que llegáramos a un trato, las dos cosas, pero sabías que, si me lo decías, solo conseguirías lo segundo. Pues ya no sacarás nada más de mí. Te juro por mis muertos que tu maldito ferrocarril no pasará por Aquiares. Esa hacienda nunca será tuya. ¡Te odio! ¡Con toda mi alma!

Minor se acercó a ella y adoptó un tono conciliador, extremadamente paternal, aunque había una clara amenaza en él.

—Los dos sabemos que eres una impostora, no me des lecciones de moral. Me pregunto cuánto tardarán en descubrir tus mentiras los Haeckel. Nuestro trato te conviene a ti más que a mí.

—No hago tratos con los muertos y, para mí, tú ya estás enterrado. Hueles a podrido desde aquí.

Minor soltó una sonora carcajada.

—Tú siempre tan dramática, Aitana. Serénate, por favor, no seas chiquilla. Pensemos los dos como adultos, tienes razón en que debería haberte contado el pequeño detalle de mi matrimonio, pero me dejé llevar por la pasión; reconozco que tal vez me equivoqué al pensar que eres un poco alocada en esto del sexo. A pesar de cómo me estás hablando y, aunque en estos momentos te cueste creerme, te amo, Aitana, y ojalá te hubiera conocido antes, pero estoy casado, no puedo cambiar eso. ¡Di mi palabra a otra mujer! Sé que la destrozaría si la dejo. Además, su padre es el expresidente de Costa Rica. Romperle el corazón a su hija no es una opción, pero... podríamos ser amantes. Nadie lo sabría, compartiríamos ese secreto, solo nuestro. A los dos nos gusta la aventura, el misterio, lo prohibido, ¿acaso no son esas las únicas pasiones que nunca se apagan? —Minor cogió del brazo a Aitana, que no salía de su asombro—. Seamos amantes, te lo ruego. No te vayas así, amor mío.

—¿Amantes? —Aitana soltó una carcajada falsa—. No solo quería acostarme contigo, quería levantarme cada mañana a tu lado. Quería, porque ya no quiero porque eres... eres... ¡un cobarde! Ah, y descuida, «mi tesorito» no volverá a caer en malas manos.

Hizo la señal de la cruz y se besó el pulgar con especial brío, a modo de juramento. Minor se puso pálido, pero ella no se detuvo.

—¡Te juro, Minor Cooper Keith, que te arrepentirás toda tu vida de haber dejado marchar a una mujer como yo!

Y con el corazón roto dio media vuelta, solo para darse cuenta de que su situación todavía podía ser más humillante y de que no era su juramento lo que había puesto pálido a Minor: Leonardo estaba parado bajo el quicio de la puerta y los miraba con ojos soñolientos y enrojecidos por el alcohol, pero impertérrito.

—Estoy seguro de que se arrepentirá —dijo. Luego se quitó un gabán tan ancho que parecía un saco, empezó a arremangarse y, con un tono que Aitana no supo si era sarcástico, añadió—: ¿Quiere usted que lo sacuda como a una alfombra vieja, señorita, o prefiere que lo abofetee sin más?

A Aitana le llegó una vaharada de alcohol.

—Oh, diablos, no sea ridículo. Bastará con que me saque de aquí. Vámonos.

Minor avanzó hacia ellos, decidido.

—Le diré a mi capataz que los acerque a la finca. Leonardo no parece en condiciones de coger unas riendas.

Pero Aitana se interpuso en su camino y enseñó los dientes, como él le había dicho que tenía que hacer con los Haeckel.

—¿No crees que yo pueda llevar una simple carreta?

—Está bien —aceptó él con poco entusiasmo. Y muy bajito, para que solo ella lo escuchara, le susurró al oído—: Pero no olvides que tenemos un trato y que, Aitana, mi amor, a pesar de lo que puedas creer, aunque ahora no lo entiendas, te amo, como nunca he amado a ninguna mujer.

Aitana no quiso escuchar más, si le dejaba seguir hablando, se desmoronaría, así que salió de la biblioteca apresuradamente y caminó con pasos acelerados por el corredor, detrás de Leonardo, que se contoneaba como los patos del jardín en un andar desmañado con el que trataba de disimular su borrachera. Dejaron el vestíbulo y atravesaron el patio de la fuente. Toda la hacienda estaba pintada de amarillo albero, un tono ligeramente anaranjado como la yema de un huevo, vívido y cálido, que le recordó al de las plazas de toros de España, aunque ella solo las hubiera visto en carteles ilustrados en color. Las ventanas se sucedían a lo largo de las dos alas de la casa señorial, y se intercalaban entre ellas elegantes pilastras de estilo corintio. El verde vívido de las contraventanas de listones de madera resaltaba a la perfección en aquellas paredes soleadas, les confería un toque alegre y fresco, algo que solo contribuyó a acongojar más el corazón de la joven, que, en contraste con toda la belleza que la rodeaba, rebosaba amargura. No se detuvieron hasta que llegaron a una humilde carreta tirada por un triste caballo que los aguardaba al inicio de la larga avenida de palmeras imperiales por la que se llegaba a la hacienda y que Aitana no había llegado a ver, pues la noche anterior habían accedido por la parte trasera. Se montaron, y ella asió las riendas con decisión. Sin embargo, en lugar de espolear al caballo, se detuvo un momento a despedirse con la mirada de la bonita casa señorial que, por un momento, había soñado sería su hogar. Su tristeza resbaló por cada detalle de las fachadas gemelas del edifico con forma de U, ambas acabadas con la imagen de un trébol en su parte superior, con una ventana circular a modo de rosetón en el corazón de los arcos centrales. En cada uno de sus flancos, cómodamente tumbadas, ajenas al dolor de las pasiones humanas, reposaban bellas cariátides de semblantes plácidos como si estuvieran tomando el sol; en la punta del trébol sobresalía un penacho rematado en cruz. El acabado curvilíneo de los frontones rompía con el estilo más sobrio y estático, de líneas rectas, del resto del edificio.

Todo era bonito en aquella hacienda, demasiado bonito para ser verdad.

De pronto se dio cuenta de que Minor atisbaba detrás de los visillos descorridos de una terraza acristalada de la planta baja, así que, sin demorarse más, arreó al caballo sacudiendo las riendas, pero lo hizo con demasiada violencia, sacudida por una furia interna que no sabía contener, y el caballo, asustado, se metió de un brinco en el jardín, destrozando varios arbustos de azaleas. Leonardo bajó de la carreta para redirigir al animal, que relinchó confuso, pero, para alivio de Aitana, volvió al camino, Leonardo se subió de nuevo y enfilaron por la avenida de palmeras. Iba erguida, respirando todo lo que el maldito corsé le permitía, consciente de que la mirada de Keith estaría clavada en su espalda. No le daría el gusto de volverse a mirar atrás. Concentró la vista en las enormes plantaciones de bananos que iban dejando a su izquierda y en el denso bosque virgen a su derecha, que colindaba con las zonas que daban al lago; de él salían y entraban misteriosos caminos para quienes quisieran pasear o buscaran un poco de umbría, pero lo único que deseaba ya Aitana era alejarse de allí lo más rápido posible.

Mientras salían de la propiedad, no se permitió soltar ninguna lágrima; solo cuando llevaban varias millas recorridas, detuvo el caballo y rompió a llorar como una niña pequeña.

—Vamos, vamos, no llore, vasquita —la consoló Leonardo adoptando un tono dulce—, ese hombre no la merecía. Es usted demasiado buena para él.

—¡Qué sabrá usted! —Aitana apartó bruscamente a Leonardo, lo último que quería era su compasión. Por mucho que las cogedoras dijesen que era bello como los arcángeles, en aquel momento, borracho como estaba, a Aitana, Leonardo le parecía el más vulgar de todos los hombres de la tierra. Odió las repulsivas vaharadas a alcohol de su aliento, odió su falta de ilusión y odió más aún que estuviera roto como ella. Leonardo sacudió la cabeza en un intento por recuperar la sobriedad.

—Entiendo muy bien cómo se siente.

—¡No, no lo entiende! No tiene ni idea de lo que es que la persona a quien amas se convierta en tu peor enemigo.

Eso era lo único en lo que podía pensar, en que amaba a Minor con todas sus fuerzas. Él era todo lo que ella siempre había querido ser: decidido, emprendedor, aventurero, fuerte, pragmático, valiente, osado. Incluso le hubiera dado igual que fuera pobre, pensó, no sin cierto cinismo, olvidando todas las fantasías que había tenido al contemplar la grandeza de Casa Turiri. Le volvían las imágenes recientes de la aventura vivida con él, del momento en que Minor se había estrellado en el río por lanzarse desde una liana como un mono; de cuando le daba brebajes para que se curara los días mágicos que pasaron en La Verbena; su gallardía frente a la poderosa figura de Antonio Saldaña; del instante en que la había salvado de ahogarse en la Laguna Celeste; de los momentos de intimidad después… La desesperación de Aitana no hacía más que crecer, al igual que sus sollozos, se sorbía los mocos sin ningún decoro, limpiándoselos con la manga. Ya no fingía ser una dama elegante, y Leonardo la miraba confuso, sin saber muy bien qué hacer.

—Si usted lo desea, puedo casarme con usted.

Aitana lo miró espantada.

—¿Cómo dice?

—Sé que no es nada romántico, como ustedes las mujeres desean, pero me ofrezco a casarme con usted y ocupar el lugar que mi padre no pudo para reponer no solo la ofensa de Minor, sino para hacerme cargo de la mancha bochornosa, de la injuria infame que mi hermano cometió con usted, forzándola a hacer cosas que usted no quería... Cada vez que pienso que él abusó sexualmente de usted, me reconcome por dentro, ningún hombre, nunca, debería aprovecharse de una mujer. Él no era así, no sé qué le pudo pasar por la cabeza para hacer semejante barbaridad. Por eso me ofrezco a limpiar su honra casándome con usted.

—Oh, por Dios, ¿de dónde ha sacado que su hermano abusó de mí? Intentó matarme, pero no se aprovechó... —Aitana no siguió porque la palabra «sexualmente» era demasiado vulgar, siquiera para pronunciarla.

—Usted me lo dio a entender, el día que me tiró a la charca de los sapos. Dijo de mi hermano, y es algo que no me he podido sacar de la cabeza: «Por su culpa perdí en la cascada lo que más estimo». ¡Y ahora ese maldito de Keith también la ha deshonrado!

Aitana negó con la cabeza, soltó un amago de risa incrédula que se atascó en su garganta, confundida, y sin darse cuenta del apuro que estaba pasando Leonardo, que se le antojaba un hombre torpe y de lo más inoportuno, le espetó:

—¡Me refería a que tuve que deshacerme de mis libros! ¡Santo Dios! ¿Pensó usted que...? ¡No! No, no y no. Traía una maleta llena de libros que acabó en el fondo de la poza de una cascada. Ay, Dios, no sé por qué le estoy dando explicaciones. Además, no necesito casarme con ningún hombre para reponer mi honor, qué idea tan absurda. Es usted un majadero. Y me importan un bledo las habladurías, las convenciones, los chismes, la virtud, el qué dirán y todas esas sandeces. ¡A quien le pique que se rasque! El honor no está entre las piernas, sino en la mollera.

Leonardo estaba tan impresionado por la manera de hablar de Aitana que no se atrevió a decir nada más, solo desvió la mirada hacia el paisaje para no tener que enfrentar aquellos ojos verdes que tan pronto se llenaban de rabia como se anegaban en tristeza. Y es que la ira y la pena se alternaban sin ton ni son en la estresada cabecita de Aitana, que no podía más; sus pensamientos giraban vertiginosamente, como un reloj que se ha vuelto loco y no sabe si marcar las horas al derecho o al revés. Tan pronto apretaba el ceño y en sus ojos espejeaba una esperanza: *¡No es cierto, él me ama, volverá arrastrándose!*, como la mueca se disolvía y la mirada vagaba perdida: *Está casado, llevo las ropas de su mujer. Su amante, quiere que sea su amante. ¿Por qué? ¿Cómo me dejé engañar?* Las palabras de él volvían a su mente: «A pesar de lo que puedas creer y aunque no lo entiendas, te amo, Aitana, como nunca he amado a ninguna mujer», y también sus caricias, cada beso, cada mirada llena de deseo, cada risa compartida, todo, todo volvía con demasiada ternura al corazón roto y la hacía desear estar muerta. Quería morirse, sí, y, como no podía morirse, se ponía de nuevo a llorar; tal era su desconsuelo que Leonardo le quitó con toda la suavidad que pudo las riendas de sus manos frías y temblorosas e hizo avanzar al caballo.

—No todo ha sido malo: veo que al menos ha encontrado no uno, sino dos sapitos dorados. —El joven la miró con extrema dulzura, como si fuera una niña y esperase el atisbo de una sonrisa en ella, pero también con cierta curiosidad.

Por un momento Aitana no entendió a qué se refería, luego se tocó las orejas instintivamente. No debía ir luciendo aquellas piezas de oro o tendría todavía más problemas. Empezó a quitárselos, pero Leonardo la detuvo.

—No lo haga, le sientan muy bien. Para los indios huetar los anuros eran emisarios de la lluvia y poseedores de fecundidad. ¿Quién sabe? Puede que nos traigan suerte y hagan crecer nuestros cultivos.

Era más probable que aparejasen una maldición milenaria, pensó Aitana, pero no lo dijo en voz alta para no tener que explicar de dónde los había sacado y porque no tenía ninguna gana de seguir hablando, solo quería hundirse en su pena. Daba grandes bocanadas de aire, pues el odioso corpiño no la dejaba respirar; tenía los ojos irritados de tanto llorar y estaba demacrada. La luz de la gloria que apenas había rozado había abandonado su rostro. Tal vez no era merecedora de ella y los dioses se lo hacían saber cruelmente, volvían a reírse enviándola de nuevo a ese lugar llamado La Esperanza del que había escapado. ¿Por qué, si no, la habían hecho caer cuando estaba en el punto más alto de la escalera que la llevaba al lugar con el que tanto había soñado? La caída le había hecho olvidar quién era realmente: Natalia, la que ama vivir.

14

Las mil caras del destino

I

Con el estómago lleno de mariposas muertas y un aire frío en la oquedad de su corazón que no la dejaba respirar, Aitana daba trémulas y desasosegantes bocanadas para llenarse de aire. El traqueteo de la carreta disimulaba los temblores del cuerpo fatigado, tan vulnerable a sus vaivenes como una hoja a disposición del viento. Apenas podía sostenerse, y si no se dejaba caer en el camino, si no se echaba a dormir en los maderos húmedos y mohosos del cajón, era solo porque el enemigo se sentaba a su lado. Leonardo había recuperado la sobriedad y ella sabía que tenía que mostrarse fuerte, ¿cómo si no iba a afianzar su posición de forastera que venía para quedarse con su hacienda?, pero no podía. Los labios entreabiertos, amoratados y resecos, le temblaban, y sus ojos verdebronce se habían opacado, ya no resplandecían soñadores. De sus lacerados pies le llegaban horribles punzadas de dolor, y de sus manos, ardores cosquilleantes; no podía moverlas, las tenía agarrotadas como si se hubieran congelado en el instante justo que escapaba de sus dedos lo que habían querido apresar.

Cuando Leonardo por fin detuvo la carreta, el movimiento cesó, pero el cuerpo de Aitana seguía temblando y una terrible sensación de catástrofe la oprimía tanto o más que el corsé. No sabía cuántas leguas habían recorrido, pero ya era mediodía y el sol brillaba poderoso en lo alto del cielo, que tenía un color azul límpido. Las indómitas tierras altas verdeaban en todo su esplendor; la naturaleza desordenada y abundante de Aquiares exhibía una indolencia exultante, salvaje, ante las existencias efímeras de los humanos, ante las fútiles miserias de sus almas. Estaban a escasos pasos de La Esperanza, pero un grupo de jornaleras que acababan de salir de la hacienda les obstaculizaba el camino. Conversaban muy alborotadas y se agitaron mucho más cuando Leonardo les preguntó por qué estaban allí en lugar de trabajando. Colocha, la joven de melena oscura y rizada que había acompañado a Aitana a la casa de los Haeckel el día de su llegada, se adelantó.

—Qué pena con *usté*, patrón —dijo llevándose las manos a la altura del pecho con los dedos entrelazados en actitud pesarosa—, lo que pasa es que *ahorita nos estamos devolviendo* para nuestras casas. Vinimos no más a dar parte de que pues ya no podemos *bretear* en sus tierras. La niña Cira le contará mejor, ella anda como loca en la casa, esperándolos. —Y, dirigiéndose a Aitana, la saludó con su cante abierto—: Qué dicha verla de regreso. Uy, no se ve bien, ¿será que se enfermó?

Leonardo espoleó al caballo obligando a las mujeres a echarse a un lado, sin dejar que Aitana contestara. En La Esperanza, efectivamente, Cira los esperaba ansiosa bajo el porche. Llevaba una blusa blanca y una falda lila, el pelo recogido en una coleta que resaltaba su cuello largo y bronceado. Parecía una flor tan delicada y exótica como las guarias moradas que arreglaba y colocaba en un jarrón sobre la mesa en la que días antes habían tomado el desayuno. En cuanto los vio llegar, se lanzó sobre Aitana y la abrazó.

—Dios bendito, qué mal aspecto trae —dijo. Se separó

para observarla mejor y luego empezó a hablar de manera precipitada—: Mi madre estuvo aquí ayer. Trajo a la mulita, dijo que usted le había cogido mucho cariño al animal y también que estuvo varios días enferma y que, cuando se recuperó, se marchó con ese norteamericano. Dios mío, primero mi marido intentó agredirla, y luego cayó en manos de ese diablo de Keith. Ninguno de los dos volverá a molestarla. No le dé pena que hable así de mi marido. Él mismo nos reconoció que intentó agredirla y luego huyó como un cobarde. Pero con nosotros estará a salvo. No debe tenernos miedo, Leo y yo, al contrario que Álvaro, no la vemos como una amenaza y nosotros respetamos la voluntad de don Rodolfo, ¿verdad, Leo?

Mientras hablaba, Cira había acercado una silla para que Aitana se sentara bajo el porche. Se movía inquieta, con la misma celeridad que las chispitas volcaneras que polinizan las plantas del jardín. Luego empezó a traer de la cocina platos llenos de comida. Iba y venía con más cosas, como si pensara que llegaban hambrientos o para calmar de alguna manera sus nervios. La situación no era cómoda para ninguno. Aitana posó sus ojos en el cojín de la silla; había reconocido la figura de lagarto del petroglifo de El Guayabo pero no le recordaba al tesoro perdido, sino al hombre del que se había enamorado y que la había engañado tan vilmente. *¡Oh, Minor, Minor!*, se martirizaba, *¿por qué no me dijiste que estabas casado? ¿Por qué?* No era fácil alejarlo de su cabeza, centrarse en la delicada situación que le tocaba enfrentar con los Haeckel; tenían que hablar de muchas cosas, demasiadas.

—Deja ya de atosigarla y de traer tanta comida, ¿no ves que no tiene hambre, mujer? Explícanos más bien por qué se han marchado las únicas jornaleras que tenemos.

Cira se detuvo entonces y, llevando los brazos al cielo, exclamó:

—¡Oh, eso! ¡La culpa es de tu amigo Keith también! La compañía del ferrocarril les ha ofrecido a los maridos de todas nuestras cogedoras trabajo en las obras para el tramo que unirá Las Juntas con Cartago.

Mientras Cira les explicaba la situación, Leonardo servía café usando un *chorreador*, una tela con forma de calcetín que servía a modo de colador. Ya no tenía la mirada perdida por el efecto del alcohol y, probablemente, quería terminar de espabilarse con el café.

—Pero si a quienes contratan es a los maridos, ¿por qué se van ellas? —preguntó Aitana.

Los dos la miraron extrañados, como si no esperaran que ella interviniese en esa conversación. A Aitana incluso le pareció que la manera en que Leonardo arrugaba el entrecejo y sonreía de medio lado era su modo irónico de decir: «Claro, ahora esta hacienda le pertenece, ¿cómo no va a hacer preguntas?». Pero, en lugar de eso, dijo:

—¿Le sirvo un poco de *yodo*?

Al ver que se refería al café, Aitana asintió. Ella también necesitaba despejar su cabeza si quería pensar con un poco de claridad y ese café hacía milagros.

—En Costa Rica, por muy humildes que sean los trabajadores, todos tienen su pequeña parcelita de café —explicó Cira—. Al contrario que en otros lugares del mundo, en nuestro país no hay demasiadas diferencias entre la vieja oligarquía cafetalera y los pequeños propietarios. Sin la ayuda de sus maridos, todas nuestras cogedoras tendrán que encargarse a tiempo completo de sus parcelas de café y ya no podrán trabajar en la nuestra.

Cira hablaba de la propiedad como si todavía fuera de ellos, pero ¿acaso no era lógico? Por más que Aitana quisiera ver en ella a una enemiga para poder aceptar la herencia sin remordimientos, Cira era buena persona, siempre intentaba cuidar y agradar a los demás. Incluso le estaba dando prioridad a ella sobre su propio marido, mostrándole su solidaridad como mujer. Pero las palabras de Minor estaban ahí, advirtiéndola: «Esa familia no conoce la decencia. No deje que se aprovechen de su bondad. Manténgase firme». «Intentaron matarla, no lo olvide». Aitana escudriñó a Cira con la mirada, y ella le devolvió una sonrisa tan cándida que las palabras de Minor se le antojaron ridículas. Era ella la que se estaba quedando con su hacienda aprovechándose de una identidad falsa. «Mírelos siempre de frente, como al puma». «Si hace falta, enseñe los dientes». ¿Qué dientes iba a enseñar? Estaba agotada de luchar contra la adversidad, de ahogarse en sus propias mentiras, de tener esperanzas sin fundamento. Su vida le parecía el intento de alargar una ilusión, un no querer despertar de una actuación patética. Imaginabas un futuro y te ponías en marcha para hacerlo realidad, tomabas decisiones importantes, renunciabas a placeres y tentaciones —¡ojalá se hubiera ido a Nueva Orleans con Aitana y David cuando se lo propusieron!—, luchabas, sorteabas todo tipo de obstáculos y, cuando todo parecía tener cierta consistencia, cuando creías que lo habías conseguido, mirabas abajo y entendías que durante todo ese tiempo solo pisabas una superficie vacía. Y entonces, el abismo, el caos; un terror absoluto a caer y caer y caer infinitamente. La función de la mente era rellenar con fantasías ese vacío; un fingimiento patético para sostenerse en la absoluta nada. ¿Qué sentido tenía ir detrás de la gloria, buscar la eternidad? Mejor tumbarse al sol y no hacer nada o darse a la bebida como Leonardo. Él debía haberlo entendido hacía tiempo: que las ilusiones eran nada, pura química del cerebro.

—La muchacha está cansada —insistió Leonardo, que la miraba preocupado—, creo que no es el mejor momento para hablar, Cira. No la presionemos más con problemas que ahora no tienen solución.

—Claro, ¿y no será que quieres irte a echar tragos? Así es como solucionas tú siempre los problemas.

—¡Sí, eso es justo lo que quiero! Hartarme a tomar para no tener que verte.

—¡No discutan, por favor! —Aitana se sorprendió a sí misma gritando. Luego se clavó los dedos de ambas manos en la frente, para sujetarse la cabeza.

—Llevaré su maleta a la habitación. Necesita descansar.

—No, espere. —Lo detuvo. *Lo que necesito es enfrentar la realidad, dejar de distorsionarla, como decía mamá*—. Tenemos que hablar, no tiene sentido mantenerlos con el alma en vilo. Mi madre siempre decía que hay que coger al toro por los cuernos y eso es lo que voy a hacer. Estoy harta de farsas. Los tres sabemos que don Rodolfo me dejó su hacienda en herencia. No demos rodeos. Hablemos de ello.

—Una hacienda maldita. Lo mejor que puede hacer es venderla en cuanto firme los papeles de aceptación de la herencia.

Aitana lo miró con sorpresa: ¿acaso no le importaba perder Aquiares? Cira se sentó en otra silla, junto a Aitana, y la cogió de la mano.

—¡No le haga caso! Leonardo no piensa con claridad desde que murió su padre, menos ahora que Álvaro ha huido. —La barbilla le temblaba por la desesperación—. Nosotros podemos ayudarla a devolver todo su esplendor a Aquiares. Si deja que nos quedemos...

—No tengo ninguna intención de vender estas tierras, y mucho menos de echarlos de su hogar.

—¿Va a renunciar a la herencia? —Leonardo se cruzó de brazos y la miró con una ceja levantada en señal de escepticismo.

—No, yo no he dicho eso. Voy a ser muy clara con ustedes. Mientras veníamos hacia aquí en la carreta he tomado una decisión. —En realidad, lo que había decidido era seguir adelante con la mentira que la llevó a Aquiares hasta que se le ocurriera algo mejor. Por una vez en su santa vida, iba a ser práctica, estaba harta de nadar en el vacío—. Don Rodolfo quería expandir su negocio por Europa, o eso le dijo a mi padre cuando llegaron a un acuerdo. El compromiso de don Rodolfo no era solo conmigo, sino principalmente con él. A ambos les pareció un enlace matrimonial de lo más acertado para sacar a flote Aquiares y los negocios de mi padre en Bilbao. Ustedes pondrían el café, y mi padre, clientes dispuestos a pagar un sobreprecio por un grano que se distinguiese por su gran calidad. Prometí a mi padre que le enviaría cartas periódicamente, así que estará ansioso por recibir noticias mías sobre cómo va la cosecha y de cuándo podremos enviarle los primeros sacos. Si le escribo contándole que don Rodolfo ha muerto, me pedirá que venda la hacienda al mejor postor y que regrese a España; eso si no coge un barco para venir y venderla él mismo, pues dudo que confíe en las habilidades de una mujer. Algo que ninguno de nosotros quiere. Su familia es complicada, pero la mía no se queda atrás. Hay algo que don Rodolfo no sabía y es que mi padre está arruinado, así que toda mi familia depende de mis decisiones. Por eso no voy a renunciar a la herencia, pero me gustaría que ustedes se quedaran. Los tres juntos sacaremos Aquiares adelante. Cuando mi familia se haya recuperado económicamente, les daré a ustedes la opción de que puedan comprar la hacienda para que vuelva a ser suya. Si esto les parece bien, la única condición que pongo... —Aitana tragó saliva— es que don Álvaro no vuelva.

Cira apretó la mano de Aitana entre las suyas. La miraba con intensidad, pero sus bellos ojos azules tenían un efecto calmante, como el de un cielo despejado.

—Le doy mi palabra. Álvaro huyó a Panamá y le aseguro que no tiene ninguna intención de volver a Costa Rica. ¡Y yo no quiero saber nada de él! Lo que le hizo a usted fue horrible. Cuente con nosotros, le enseñaremos todo sobre el negocio. Trabajaremos hombro con hombro. Levantaremos este cafetal.

Las dos jóvenes se miraron con complicidad, pero Leonardo chasqueó la lengua con desdén.

—No tiene ni la menor idea de lo que supone levantar un cafetal. Sea sincera con su padre, venda la hacienda. ¿Sabe cuánto se tarda en replantar los campos? ¿Cuánto se demoran los cafetos en crecer? ¿Cuántas trabajadoras se necesitan para coger mil quintales? ¿Cómo se envía el café de aquí al puerto? ¿Qué cuesta enviar los sacos a España? En cuanto entienda lo difícil que es, venderá Aquiares. Esta hacienda no le interesa lo más mínimo. ¿Sabe lo que pienso? Que lo único que quiere es venganza; quiere evitar a toda costa que Keith se haga con estas tierras.

Leonardo no le dio oportunidad de réplica, cogió la maleta de Aitana y desapareció dentro de la casa.

—¿Por qué es tan negativo?

Cira se encogió de brazos y, en lugar de contestar, retomó la conversación.

—Una cogedora gana treinta centavos al día y saca quince quintales trabajando de seis de la mañana a tres de la tarde, si pudiéramos contratar hombres que trabajasen de seis de la mañana a seis de la tarde, cada uno podría sacar hasta treinta y cinco quintales, eso pensando solo en la labor de coger el café. Antes se requerían muchos peones y muchas horas para descascarillar, pulir y aventar el café, pero gracias a la Guardiola, nuestra máquina secadora... —Cira siguió haciendo cálculos que Aitana no entendía, hasta que concluyó—: La cosecha de este mes es tan escasa que diez jornaleras serán suficientes. Los esquejes que plantemos ahora tardarán dos años en dar frutos, entonces necesitaremos muchas más cogedoras, pero no sé qué podemos hacer para convencerlas. Aunque les pagáramos el doble...

De pronto a Aitana se le ocurrió una idea y se levantó, como movida por un resorte.

—¡No será necesario pagarles el doble! ¡Yo sé cómo convencerlas! Dejaremos que traigan su café aquí y que usen la Guardiola para secarlo. Así se ahorrarán horas de espera de secado al sol y su cosecha aumentará.

Había recordado la conversación que escuchó el día de su llegada, cuando las jornaleras hablaban dentro del beneficio: «Diablo —había dicho Colocha—, el tiempo que nos ahorraríamos Juancho y yo si tuviésemos una Guardiola *comuesta*, que te *secá* todos los granos al tiempo, y bien rápido».

Cira la miró con una mezcla de asombro y entusiasmo.

—¡Caray! ¿Cómo no se me habrá ocurrido a mí? Leonardo tendrá que tragarse sus palabras. ¡Detrás de esa carita de ángel del hogar se esconde toda una portentosa hacendada! ¿Sabe qué? Olvidemos a Leonardo y a todos los hombres; cuando las mujeres nos unimos, no hay quien nos pare. ¡¿Cómo se le ha ocurrido tan buena idea?!

Un orgullo fugaz desnocheó parcialmente el corazón de Aitana. Ella también estaba sorprendida de su iniciativa y le gustaba cómo la miraba Cira. Ya no se sentía como una forastera perdida e ignorante a la que había que aleccionar todo el tiempo, a la que se podía engañar como a una boba. Apretó la mano de Cira con complicidad y sintió un cosquilleo eléctrico similar al que había tenido cuando conoció a la verdadera Aitana. Después de haber pasado toda su infancia encerrada, era bonito tener amigas; las mujeres eran capaces de establecer vínculos muy diferentes a los que establecían los hombres. Ellas respondían a las necesidades con una solidaridad voluntariosa que tal vez estaba hecha de la misma intuición que mostraban como madres; esa que las hacía reconocer una llamada de socorro incluso a un kilómetro de distancia.

—No sé cómo se me ha ocurrido. Supongo que el café de Aquiares estimula el cerebro mucho más que cualquier venganza —bromeó mientras por dentro intentaba serenarse: *No te emociones, Aitana, no te emociones, que luego ya sabes lo que pasa.*

II

Por la tarde, dos sorpresas más esperaban a Aitana. La primera fue la aparición del comisario Orlando Montenegro. En Turrialba ya se había corrido la voz del regreso de la españoleta y el comisario se presentó en la casa de los Haeckel a las cuatro de la tarde. Quería interrogar a Aitana sobre las macabras circunstancias en las que se había hallado el cadáver de don Rodolfo y sobre el paradero de don Álvaro, pero, cuando el comisario pidió que lo dejaran conversar a solas con Aitana en el salón, Cira se mostró reacia.

—La señora Aitana ha sufrido demasiadas emociones desde que llegó, todavía está recuperándose del impacto del fallecimiento de su marido, no la importune demasiado, por favor. Ella no sabe más que nosotros. Ya le dijimos que fue mi marido el que hizo ese extraño ritual con el cadáver de su padre, comisario, y que no está en Costa Rica por ese asunto que tiene con el señor Keith. Álvaro nos lo confesó a mí y a Leonardo antes de huir, que lo había hecho para que el alma de su padre subiera al cielo. Él siempre estuvo muy obsesionado con la madre a la que no pudo conocer y pasaba mucho tiempo con los cabécar, quería saber todo sobre su cultura, pero especialmente sobre prácticas chamánicas. Siempre quiso recuperar costumbres ancestrales para que estas no caigan en el olvido. Todos en el cantón conocían su carácter excéntrico. Aunque es un entierro poco convencional, no se le puede culpar por ello.

—Ese marido de *usté* no la merece —dijo don Orlando asintiendo con la cabeza.

Cuando Cira se decidió a dejarlos solos, el comisario vagó por el salón durante un minuto o dos, recorriendo con la mirada las estanterías llenas de plantas exóticas y botellas de licor, los cuadros costumbristas de las paredes y los sillones tapizados de cuero verde oscuro, hasta que se detuvo frente a la sencilla chimenea de madera; sobre ella habían colocado las fotografías familiares, que ya no estaban en la pequeña mesita donde Aitana las había visto rodeadas de flores la primera vez. El comisario cogió el marco donde aparecían retratados don Rodolfo y Maritza, la foto de recién casados.

—No es que ponga en duda lo que dice Cira, pero es muy fácil cargarle al desaparecido todas las culpas. ¿No cree? —Se acariciaba la barbilla mientras hablaba, como si ese gesto le ayudara a pensar.

Aitana se encogió de hombros.

—¿En qué puedo ayudarlo, comisario?

—Sé que no es un recuerdo agradable, pero me gustaría que me diese detalles de lo que vio el día que llegó a Aquiares.

—No recuerdo mucho, la verdad. Imagino que le habrán contado que me desmayé apenas vi el cuerpo de mi... —Se le hacía raro llamar «marido» a un hombre al que ni siquiera había llegado a conocer—... de mi marido. Tenía un agujero en el estómago y estaba atado encima de una piedra; los buitres, los zopilotes, como ustedes los llaman..., creo que esos animales se habían comido sus ojos...

El comisario posó una mano encima de su hombro y se sentó a su lado.

—Sé que esto no es fácil para usted, y le pido mil disculpas. Efectivamente, en el cadáver hallamos marcas de «vulturización», es decir, desgarros que se correspondían con el descarnamiento que habían hecho los zopilotes del cuerpo de don Rodolfo. Había marcas con forma de U en la superficie del hueso, que variaban apenas unas fracciones de pulgadas, y de una profundidad que coincide con la forma que posee el pico de lo zopilotes negros, así que se puede concluir que las aves rasparon para obtener tejido muscular. También había gusanos, por lo que el cuerpo llevaba expuesto un par de días cuando usted lo vio. Estaba tan destrozado que sería difícil probar que no murió de muerte natural, como afirman los Haeckel, pero no le negaré que haberlo profanado deja la sospecha en el aire de que quisieran ocultar otro tipo de causa. Salió usted huyendo de esa hacienda, como si estuviera asustada. ¿Pasó algo más?

La explicación tan científica del comisario había puesto pálida a Aitana.

—Y lo estaba, Dios me tenga en su misericordia. Imagínese, llegar a un país desconocido y encontrarte con que los buitres han hecho todas esas cosas en el cuerpo de tu marido.

El comisario meneó la cabeza apenado.

—No me cabe duda. Aun así, perdone que insista, pero ¿vio algo que le pareciera sospechoso?

—¿Sospechoso? ¿A qué se refiere?

—A si podría usted aventurar algún comportamiento extraño en alguna de las personas que vio ese día.

Para ocultar su confusión, Aitana dijo lo primero que se le pasó por la cabeza.

—¿Aventurar? Le diré algo que he aprendido, comisario: cada vez que «aventuro» juicios para acercarme a la verdad, lo único que hago es alejarme más de ella. Por más que intento alcanzarla, se me escapa. Y, espero que no se ofenda, pero me parece muy poco profesional que quiera basar sus pesquisas en las elucubraciones de una forastera que apenas lleva una semana en su país. Yo puedo hablarle de *sorginak* y *akelarres*, que son seres de la mitología de mi tierra, pero no tengo ni la más remota idea de chamanes ni de rituales mágico-fúnebres mayas.

—¿Mayas? —contestó el comisario desconcertado.

Aitana se encogió de hombros y esbozó una sonrisa que dio a su rostro un aire inocente.

—¿No eran mayas los indígenas que vivían antes aquí?

El comisario soltó un suspiro, negó con la cabeza y se levantó.

—Tiene usted razón, la estoy atosigando con preguntas. De

nuevo le pido mil disculpas. Me hubiera gustado darle otro tipo de bienvenida a nuestro cantón, pero me temo que no me queda más que desearle que no se lleve más sustos. Cualquier cosa que necesite, estaré encantado de servirla. Y, si recuerda algo, hágame llegar una misiva a mi oficina en Cartago.

Aitana lo acompañó hasta la puerta del porche, allí don Orlando Montenegro se despidió inclinando el ala de su sombrero en un gesto cortés. Fue entonces, mientras el comisario se alejaba y desaparecía por el recodo del camino que rodeaba la casa, cuando Aitana tuvo su segunda sorpresa. Por la misma esquina por la que el comisario había desaparecido, apareció Leonardo con una niña peinada con dos hermosas trenzas. Tendría unos cinco o seis años. Iba subida sobre sus hombros, una pierna a cada lado de la cabeza; en cuanto la vio, dejó de reírse. Sus ojitos rasgados, que tenían un color gris azulado magnético, adoptaron una expresión entre curiosa y atemorizada.

—¿Es usted la españoleta? —le preguntó en cuanto Leonardo la dejó en el suelo.

—Soy yo, sí. Me llamo Aitana, ¿y tú? —contestó ella mientras se agachaba para ponerse a su altura, buscando así su confianza.

—¿Ha venido a quitarnos la casa?

—¡Quetzali! Hija, no seas impertinente. —Cira acababa de salir al jardín y la niña corrió a guarecerse dentro de sus brazos.

—No me ha contestado. —Quetzali la miraba recelosa.

—No, no voy a quitaros vuestra casa.

—Te he dicho mil veces que no puedes decir en voz alta todo lo que se te pasa por la cabeza —la amonestó Cira con mirada severa, aunque su tono de voz era dulce—. Aitana es ahora la dueña de Aquiares, pero nos deja que nos quedemos aquí, así que deberías mostrarte agradecida y hacer que se sienta a gusto.

—Tienes un nombre muy bonito, de ave exótica del paraíso —dijo Aitana para ganarse su confianza.

Pero la niña no respondió nada, así que Cira explicó:

—«Quetzalli» en lengua azteca significaba «hermosa», por eso se lo pusimos. ¿Ha visto alguna vez un quetzal?

Aitana negó con la cabeza.

—Me imagino que tú habrás visto muchos —le dijo a la niña.

Pero Quetzali no parecía tener ganas de hablar.

—Por aquí es raro ver ese tipo de aves —medió Leonardo—. Dicen que siempre traen un buen presagio acompañado de otro malo, y que, si quieres verlos, tendrás que estar dispuesto a aceptar ambos.

Aitana intentó una vez más ganarse la simpatía de la pequeña.

—No me importaría con tal de ver uno. ¿Y a ti?

Quetzali frunció el ceño y puso cara de aburrimiento, como si fuera muy obvio que los adultos estaban alargando la conversación con banalidades para que a ella le cayese bien la extranjera que había venido a robarles su casa. Así que, con la delicadeza de los niños, zanjó la conversación.

—Tengo hambre, ¿podemos cenar ya?

III

Al despertarse a la mañana siguiente, Aitana imaginó la hacienda color albero despuntando igual que un sol entre las colinas, al pie del lago; a Minor saliendo a caballo de Casa Turiri y llegando al galope al final del sendero que desembocaba en la carretera, con intención de ir a buscarla, de presentarse en La Esperanza para rogarle que volviera con él. Ensayó las frases que le diría cuando él la encontrara regia, fría, distante, con la vaporosa blusa blanca de ribetes que había metido en su maleta el ama de llaves y que dejaba sus hombros sensualmente al descubierto. Mientras se componía un moño mirándose en el espejo, le decía a su reflejo: *¿Qué esperabas?, ¿encontrarme desarmada, llorándote? Lo siento, querido, no hay amor que sacie mi sed de gloria. Ya estoy pensando en la siguiente aventura: levantar esta hacienda*; o *No soy de las que sucumben al desencanto, y menos por una alimaña rastrera como tú, un hombre de dos caras, sin escrúpulos, un miserable. Mejor preocúpate por ti, a mí no me has hecho ningún daño. ¡Ah!* —añadía teatralmente—. *Y no te molestes en volver; puedes regresarte al infierno del que has salido, escoria sin honor. Yo estaré ocupada convirtiendo esta hacienda en la mejor de toda Costa Rica; olvídate de que tu ferrocarril pase por estas tierras.* Por un momento se animaba, pero al siguiente volvía a la habitación y se desplomaba sobre la cama, tremendamente abatida. *No vendrá, ¿por qué iba a venir? Está casado, por Dios, ¡casado! Escondió su alianza para que tú no la vieras. Y tú llevas puestas las ropas de su mujer que te dio por caridad, por pena; esta falda y esta blusa que no son más que limosnas miserables.* Entonces la tristeza absorbía de nuevo el color de su rostro y deseaba encogerse en una esquina, arrebujarse como un gato que intenta resguardarse de la lluvia, y llorar, no parar de llorar, pero no lo hizo. En lugar de eso, se dirigió al porche donde Cira y Leonardo discutían de muy malas formas, como siempre. La miraron con asombro, sobre todo Leonardo, cuyos ojos estaban envueltos en una neblina fruto del alcohol que opacaba sus bellos ojos verdes, idiotizándolos.

—Hace bien en salir a cazar marido en lugar de llenarse las uñas de tierra cogiendo bayas de café —dijo mirándola de abajo arriba.

—¡No salgo a buscar marido! —se defendió Aitana—. Voy a buscar a las jornaleras para convencerlas de que vuelvan, y después pienso trabajar en el campo como si fuera una más. A pesar de lo que piense, no soy ninguna delicada damisela de ciudad. Voy así vestida porque no tengo otras ropas y no quería salir en camisón. Esperaba que Cira me prestase algo más adecuado.

Aitana irguió el cuello elevando el mentón. Leonardo podía haber pensado que salía de compras, ¡no a cazar marido!, era una manera de insultarla, de castigarla, probablemente, por su rechazo a su absurda propuesta de casarse con él. No soportaba la forma humillante en que la miraba, como si no creyera ni una sola de sus palabras; así que ella tampoco se mordió la lengua.

—Usted no creo que coja ni una baya, son las seis de la mañana y no se mantiene en pie.

—*Touché!* —Leonardo se llevó la mano al pecho, como si estuviera herido.

—No le haga caso, querida. Venga conmigo —intervino Cira—, a ver qué encontramos en mi armario.

La joven le prestó una camisa de manga larga, unos pantalones, un delantal y un pañuelo azul que le enseñó cómo anudarse alrededor de la cabeza. También unas botas de hule, dos tallas más grandes, pues Cira era bastante más alta que ella. En cuanto estuvieron listas, salieron de la hacienda montadas en el mismo caballo. Era la opción más rápida para visitar a las jornaleras, ya que estas vivían en pequeños ranchos muy alejados unos de otros. Les llevó toda la mañana, pero las cogedoras no solo aceptaron volver a trabajar en el cafetal, sino que se corrió la voz y, a mediodía, se habían reunido en Aquiares un montón de mujeres felices de poder usar aquella Guardiola que les ahorraría tanto tiempo en el procesado del café. Algunas de ellas llevaron consigo a sus hijos para que las ayudaran en la recolección de las bayas. También se les unió la pequeña Quetzali, que portaba un canasto de esterilla más grande que ella.

Enseguida se pusieron manos a la obra.

Decidieron que ese primer día harían un reconocimiento de toda la finca. Cira daba órdenes de dónde habría que empezar a plantar al día siguiente, dónde había que abrir caminos, por dónde pasarían los surcos, qué plantas era necesario podar, y allí donde encontraban zonas en las que ya se podía recolectar dejaba a un par de mujeres para que llenaran sus canastos. Encabezaba la fila de mujeres y les iba asignando zonas. Las matas habían crecido de manera desigual, tan pronto encontraban una loma repleta de arbustos cuajados de bayas como les llevaba un gran lapso de tiempo acceder a otras zonas más alejadas, donde habían crecido por sí solas plantas de café desperdigadas que, aunque tuvieran pocas bayas, debían aprovechar. Horas más tarde, cuando todo el trabajo estuvo repartido, ella y Aitana se unieron a la recolecta. Cira le enseñó a limpiar los arbustos de bayas maduras.

—Es muy importante no arrancar las de color verde lima. Ahora están todos los arbustos desperdigados, pero podríamos sembrar mil plantas por hectárea. Con tres mil que plantemos será suficiente para que recupere su esplendor. Tenemos dos variedades: Typica y Borbón.

—¿Borbón?

—Sí, como sus reyes. Enséñaselas, Quetzali.

La hija de Cira puso en el cuenco de su mano dos bayas que diferían muy poco en la forma; a continuación aplastó una de ellas y retiró la piel roja, que se desprendió como las alas de una mariquita, dejando al descubierto las semillas del café. Estaban recubiertas por una capa de mucílago como las semillas del cacao, solo que la del café era más fina y amarillenta.

—Cada cereza tiene dos semillas. En el beneficio les quitan la pulpa, pero yo la chupo, aunque no está tan rica como la de las semillas de cacao —dijo Quetzali, y se la metió a la boca para chuparla.

Aitana la imitó, pero le supo demasiado amarga y la escupió con asco, provocando la risa de Quetzali. Parecía haber olvidado sus recelos iniciales hacia la extranjera.

—Otro día le enseñaremos todo el proceso para descascarillar, despulpar, lavar y trillar el café, que se hace en el beneficio —dijo Cira—. Hay muchas formas de hacerlo, pero la Guardiola nos ahorra trabajo sin alterar su calidad; aunque, si queremos, podemos agregarle dulzor o aumentar la acidez.

Una de las jornaleras dejó un momento de coger bayas.

—¡Si le digo cómo hacen todavía en algunas haciendas para descascarillar las bayas!

—Ponen a rodar carretas bien cargadas tiradas por bestias para aplastarlas, pero estás orinan y van dejando su estiércol sobre el café, o sea, su caca —dijo rápidamente Quetzali, encantada de poder contar algo que le parecía muy divertido.

Aitana puso cara de estar horrorizada y todas se echaron a reír. Entonces cayó en la cuenta de que había estado tan ocupada durante el día que no había pensado en Minor y esto le hizo sentirse muy bien. Se llenó la mirada de cielo, de verde, de frescor. Hasta que había llegado a Costa Rica, para ella el verde era solo un color más en la tabla de colores, pero ahora era musgo, helechos; era el color del volcán en la distancia; era una rana, una manzana pequeña y peligrosa, un brote tierno de aquellas matas de café, un mango sin madurar, un chapulín saltando de una brizna de hierba a otra. Y luego estaban los naranjas de aquellos árboles floridos repartidos por doquier.

—Los porós dan sombra a los cafetales y hacen de Aquiares una de las fincas más bonitas del país —dijo Cira siguiendo la mirada de Aitana—. En otras fincas usan la planta madero negro, porque fija mejor el nitrógeno a los suelos, y en el Valle Central utilizan el plátano.

Empezaba a anochecer y ya apenas podían ver, así que se despidieron de las jornaleras, que se fueron al beneficio. Las mujeres se habían organizado en turnos de horas y días para poder secar sus bayas. Aitana no sabía de dónde sacaban fuerzas para seguir trabajando, ella estaba agotada y dio las gracias por la deliciosa cena que les había preparado Panchita al llegar a la casa. Después de que Quetzali se fuera a dormir, Aitana y Cira todavía se quedaron un rato conversando junto a la chimenea del salón. Leonardo no llegó a la casa hasta muy tarde y estaba borracho, ni siquiera cenó y se encerró en una habitación.

—No deja que nadie entre ahí, siempre lo tiene cerrado con llave. Algunos días se encierra durante horas —explicó Cira—. Quetzali no para de preguntar qué le pasa, si es por la muerte de su abuelo. Ella no lo echa mucho de menos porque don Rodolfo hacía como si la niña no existiera; nunca hablaba con ella. Todavía no le he dicho que su padre ha huido del país, piensa que se ha ido a Europa en busca de compradores para nuestro café. Eso es lo que le he contado. No sé cuándo se lo diré, creo que aún no estoy preparada.

15

La amante del Rey del banano

I

Unos días más tarde, Aitana y Cira cargaron una carreta con sacos de *gangoche* llenos de granos de café que el capataz Wilman había preparado para que los transportaran a Puerto Limón y así enviar a España una primera remesa.

—Necesitamos encontrar a alguien que lleve los costales, pero, hasta entonces, no nos queda más remedio que llevarlos nosotras, los boyeros están enemistados con nuestra familia y tampoco podemos enviar a Wilman, para un hombre que tenemos, no podemos permitirnos el lujo de prescindir de su fuerza. Hay ochenta y cinco millas de viaje de aquí a Puerto Limón. Iremos hasta la estación La Junta en carreta, y el resto del camino lo haremos en ferrocarril.

A Aitana le entusiasmó la idea de ir a Puerto Limón, pues sería también una ocasión excelente para poder hacer compras navideñas. Durante el largo trayecto, Cira le explicó que la familia de boyeros, los Montealegre, no veían con buenos ojos que Rodolfo se hubiera casado con dos mujeres indígenas, mucho menos la relación de Cira con Álvaro, totalmente pecaminosa para gentes religiosas como ellos; por eso rehusaban trabajar para los Haeckel.

—Nos vendría muy bien su ayuda, pero al menos, desde

que se construyó la ciudad de Puerto Limón, los caminos carreteros han mejorado bastante. Y además ahora la mitad del trayecto puede hacerse en ferrocarril. Antaño, ir desde el Valle Central hasta el Caribe era una odisea, se tardaba mínimo doce días. «Es héroe el que va una vez, pero es tonto el que va dos», se decía.

Llegaron por la tarde al poblado Las Juntas e hicieron noche allí. A la mañana siguiente, tras cargar los sacos de café en el tren, dejaron la carreta y los bueyes en unas caballerizas y subieron a uno de los vagones. Durante el trayecto, Aitana le abrió su corazón a Cira contándole lo que había sucedido con Keith y lo triste que se sentía.

—Ese hombre se cree dueño y señor de todo, no es raro que lo llamen el rey sin corona de Costa Rica, el ferrocarril lo ha transformado todo —reflexionó Cira—. Mi madre cuenta que la primera vez que los ticos vieron esa máquina que caminaba sin necesidad de bueyes, expulsando humo y vapor de agua, creyeron que los conduciría a todos al infierno, que se santiguaron y se encomendaron a sus dioses para que ese demonio en forma de locomotora no los arroyara. Y de alguna manera no se equivocaban: solo en la construcción de las primeras veinte millas murieron cuatro mil hombres. Entre ellos el hermano mayor de Minor, Henry, que se llamaba igual que su tío, Henry Meiggs, el gran magnate de los ferrocarriles.

—Algo de eso me contó tu madre, que su hermano había muerto. ¿Cómo es que aun así él siguió adelante? —exclamó Aitana.

—Quién sabe, a lo mejor quiere terminar el sueño que su hermano no pudo finalizar. La idea ahora es que el ferrocarril una San José con Limón, por eso Minor está tan interesado en Aquiares, quiere que cruce por nuestras tierras. Han empezado los trabajos de construcción a la vez en Alajuela y en Limón, es decir, en cada extremo de la línea. Antes de morir,

Henry era el que se encargaba de Alajuela, que está al oeste de la capital, San José. Cuando Minor llegó a Costa Rica, quedó encargado del comisariato de Limón con la idea de que abasteciera a todos los hombres que llegaran cuando se estableciese allí el servicio de vapores con Nueva Orleans. Por aquel entonces en Limón no había más que dos casas levantadas sobre pilotes en claros abiertos a machetazos en la selva, pero en un abrir y cerrar de ojos se construyeron talleres, casas, cantinas... Y entonces Minor empezó a traer cargamentos de afroamericanos, asiáticos, italianos y norteamericanos en su «Gran Flota Blanca». Los convence diciéndoles que ganarán en un año más que en toda una vida en sus países de origen, pero la mayoría mueren antes de llegar al año. Limón se creó gracias a esa población de extranjeros, pero sobre todo hay jamaiquinos, incluso se dice que es una pequeña Jamaica. Ahora la ciudad tendrá más de seiscientas casas, entre ellas, la de Minor, que deja boquiabierto a cualquiera por lo majestuosa que es.

Pero cuántas casas tiene Minor, pensó Aitana, que no podía creerse que el hombre con el que había vivido una aventura apasionante y la había engañado vilmente fuera el dueño de toda Costa Rica. Según Cira, tenía también negocios de hule, zarzaparrilla y carey, pero el más importante de todos era el de la fruta. Al poco de establecerse en Limón, alimentaba a sus trabajadores con banano y café —un buen cóctel energético—, pero luego se dio cuenta de lo rentable que era exportar esa fruta a Nueva Orleans. Entonces trajo cepas de Gros Michel, un tipo de banano de mejor calidad que el que había en Costa Rica, y lo hizo plantar en fincas que fue adquiriendo a lo largo de la línea del ferrocarril.

—En Norteamérica escasea la fruta tropical, así que para ellos Costa Rica es un «paraíso tropical».

Cuando por fin llegaron a Puerto Limón, encontraron las calles alegremente decoradas con motivo del mercado de Navidad, llenas de llamativos puestos de comidas y mercancías. Una muchedumbre bulliciosa se amontonaba en las calles principales y la ciudad rezumaba carácter con sus colores alegres; era un crisol de culturas, como había dicho Cira. El día de su llegada a Costa Rica, meses atrás, Aitana no había estado más de media hora en aquella ciudad sensual y voluptuosa, alegre y ruidosa, así que ahora le admiraba ver el espectáculo de las calles llenas de corrillos de gente a diferencia de la olla de Turrialba, que era pura selva. Se deleitó con el aroma del oloroso café que molía una mujer y que se mezclaba con el de los platos típicos de la comida jamaiquina, con el de los licores y frutas expuestas en tenderetes en las calles y con el viento salobre de la cercana playa caribeña. En un tenderete vio apiladas sobre una mesa varias botellas de guaro, y Aitana aprendió, gracias a Cira, que ese licor con el que casi se había abrasado la garganta en el templo de Keith se hacía con el jugo de la caña de azúcar que se obtenía en los molinos de los trapiches de los ingenios azucareros. El mercado de Navidad había atraído a muchas familias de la capital y de la meseta central, y Cira le iba explicando quiénes eran los Jiménez, los Oreamuno, los Miraflores, los Montenegro, los Solano, los Polakowsky y todos les daban sus plácemes a las dos jóvenes.

—¡Qué maravilla! —exclamaba Aitana, cada dos por tres, anudada al brazo de su amiga.

Fueron juntas a hacer los trámites para el envío del café, pero luego Cira dejó sola a Aitana con la excusa de acercarse a una tienda de abarrotes, y Aitana se dio prisa en comprar algunos regalos de Navidad porque quería que fueran una sorpresa. Se hizo con un monedero de chaquira y un florero de alabastro para Cira; una guillotina de plata para que Leonardo pudiera cortar sus vegueros; y una adaptación para niños de *Las mil y una noches*, con bellas ilustraciones, para Quetzali, además de una muñeca de porcelana. En un almacén que acababa de recibir un surtido de telas compró casimires franceses e ingleses de lo mejor para Maritza y Cira, y admiró los géneros de fantasía para trajes de señora. Luego compró frutas, jaleas, aceitunas españolas y otros artículos de pulpería que se acostumbraban en el país. Había todo tipo de delicias expuestas a la vista de los ojos golosos y los músicos callejeros hacían vibrar las calles de Puerto Limón. Aitana estaba tan emocionada que no podía controlarse, quería llevárselo todo. No sabía cuándo volvería a tener otra oportunidad de viajar a aquella ciudad, así que se gastó todo el dinero que había llevado en regalos para los Haeckel y para los trabajadores de la hacienda, además de en un par de libros para ella y artículos de papelería. Tenía tal cara de satisfacción cuando Cira volvió a reencontrarse con ella que la joven soltó una carcajada.

—¡Válgame dios, a dónde va tan cargada! Deje que la ayude.

Cuando Aitana le confesó que eran regalos de Navidad, Cira le dijo que no tenía que haberse molestado.

—Me gustaría encontrar una pamela sencilla para mí, de ala ancha, pero ya no me dará tiempo. ¡Aquí el sol quema mucho más que en Bilbao! —Aitana dejó de hablar pues en ese momento se toparon de frente con la familia de los boyeros y Cira desapareció con una excusa mientras la dejaba a ella saludándolos.

—¡*Hombré*! ¿Vos también por aquí? ¡Se vino todo el mundo para Limón hoy por el mercado navideño! Mírela no más, Antonio, no le fue *na mal* a la española, va *cargaita* de *tiliches*, ¿o *qu'es* lo que lleva allá dentro? ¡Cuéntenos en qué anda, muchacha, no se quede callada!

Maruja y Antonio hicieron bromas recordando lo desamparada que se veía el día que la llevaron a Aquiares «¡vestida con esos *chuicas*!». ¡Qué fuerte y sana se la veía en cambio ahora!, le decían. «Cuídese del sol o acabará *comuesos morenos*». No le faltaba razón a Maruja, los días en la selva y el trabajo en el campo después habían bronceado la piel de Aitana y le habían hecho desarrollar, en pocas semanas, músculos que desconocía de sí misma. En la cara le habían salido algunas pecas y vetas rubias en el pelo.

—¡*Callaíto* se lo guardó *qu'era usté* la doña del viejo Rodolfo, que *tatica* Dios lo tenga en su gloria bendita! Qué pena con *usté. Idiay*, cuéntenos, ¿ya le salió algún *enamorao*? —Maruja la miraba de arriba abajo sin ningún comedimiento.

—No tengo tiempo para pensar en amores —contestó Aitana. Y entonces tuvo una gran idea—. Ahora que soy la dueña de Aquiares no paro de trabajar, y la verdad es que necesito ayuda. ¿Podrían plantearse volver a trabajar para nuestra hacienda ahora que no está don Rodolfo? No tendrán que tratar con los Haeckel, solo conmigo. Nos vendría tan bien su ayuda para transportar los sacos de café hasta aquí...

Los boyeros le pusieron todo tipo de excusas, y no parecía que fuesen a ceder, pero cuando Aitana les preguntó por sus hijos, y ellos le comentaron que querían que los niños pudieran estudiar, se ofreció a darles clases ella misma por las tardes si accedían a trabajar con ellos. Y los boyeros aceptaron por fin. Aitana deseaba darle la buena noticia a Cira, pero, cuando se reencontró con ella, la joven traía cara de preocupación.

—Acabo de ver a Leo en la cantina. Le he dicho que vuelva con nosotras a Aquiares, pero me ha echado de malos modos.

—Esto no puede seguir así —dijo Aitana. Luego, con semblante decidido, agarró todas las bolsas que había dejado en el suelo y exclamó—: ¡Vamos a buscarlo! Nos lo llevaremos a rastras si es necesario.

II

La cantina era una de las más frecuentadas de Puerto Limón, pero salvo la mesera, una mujerona negra, corpulenta y de modales muy toscos, solo había hombres en las mesas. Leonardo estaba acodado en la barra, de espaldas a la puerta, donde Cira y Aitana lo miraban con desaprobación. Bebía y reía con un grupo de amigos vestidos de manera extravagante.

—Son los poetas. Se reúnen...

Cira no siguió hablando, se había quedado muda al mirar hacia una mesa en la que varios hombres jugaban a las cartas y fumaban puros. El más corpulento de todos, que tenía una copiosa barba roja, servía ron de una botella en los vasos vacíos. Entre ellos Aitana reconoció al guardés que Minor y ella sorprendieron con la sirvienta la noche antes de la debacle. Era inconfundible, tenía el rostro tan chupado que se podía adivinar la calavera. Y, a juzgar por cómo la miró, él también la había reconocido. La manera en que la examinó le puso los pelos de punta. Tosía mucho y hablaba con voz ronca. Debía de estar bastante borracho porque tenía los ojos vidriosos, y la luz del sol, que entraba de lleno por la ventana, se reflejaba en ellos dándoles un brillo ambarino.

—¡Al menos uno de los hermanos Haeckel es inteligente! —exclamó al verlas—. ¡Vean no más las dos hembritas que vinieron a buscarlo!

Todos los hombres del bar se giraron a mirarlas, incluido Leonardo. Cira susurró entonces que había sido mala idea ir a buscarlo. Luego, sin más explicaciones, salió del bar y dejó a Aitana plantada en la puerta.

—Harías bien guardándote esa lengua, Germán. —Leonardo se había levantado y miraba de forma amenazante al guardés.

Al contrario que el guardés, Leonardo no parecía tan borracho como había sugerido Cira. Germán se levantó también de la silla y caminó hasta Leonardo quedando a dos palmos de él.

Todos guardaron un silencio incómodo en el bar.

—¿*Qui'hubo*? —espetó a Leonardo con gesto amenazante—. ¿Que no quiere que *tos* sepan que no le basta con la mujer de su hermano y ahora quiere darle un buen revolcón a la viudita de su padre? A mí se me *hace que* ella prefiere ser la amante del Rey del banano.

El guardés soltó una carcajada desagradable, a la que siguieron varias toses. Aitana pensó que daba lástima y, como si le hubiera leído el pensamiento, el hombre empezó a caminar hacia ella hasta que estuvo tan cerca que la joven pudo aspirar el olor a chamusquina de sus ropas. Aitana encogió la nariz, asqueada, pero al guardés no pareció importarle, sino que soltó otra carcajada. No había terminado de reírse cuando recibió en toda la mandíbula un puñetazo que le vino por la izquierda y que lo tumbó en el suelo. Aitana observó atónita cómo Leonardo se frotaba el puño dolorido con el que lo había golpeado. Pero, antes de que pudiera decir nada, los hombres de Minor se lanzaron a por él y a por el grupo de poetas, que se veían mucho menos fornidos que ellos, aunque no les faltaba espíritu de pelea y la emprendieron también a golpes. En cuestión de segundos se montó una furiosa y caótica pelea dentro de la cantina. Aitana intentaba distinguir a Leonardo entre el lío de cuerpos, puños y sillas que volaban. Por fin lo vio levantarse y llamar con las manos al guardés para que peleara cuerpo a cuerpo con él. Germán estaba de espaldas, a apenas dos palmos de ella, lo que le permitió advertir el filo plateado del enorme cuchillo que aquel canalla sacaba de un bolsillo cosido en la pernera de su pantalón. Aitana estaba al lado de la mesa donde los hombres jugaban antes a las cartas y, sin pensar, soltó las bolsas, agarró por el gollete la botella de ron que seguía encima de la mesa junto a los puros que se consumían en los ceniceros, pues los hombres estaban demasiado ocupados moliéndose a palos, y la reventó en la cabeza del guardés, que cayó al suelo como un peso muerto. Leonardo se quedó mirándola, con las palmas de las manos abiertas hacia arriba, en un gesto de incredulidad, como si le dijera, «¿Qué diablos acabas de hacer?», pero era un tipo de incredulidad festiva. Aitana se encogió de hombros y puso cara de «¿Qué querías que hiciera? Te acabo de salvar la vida». Los labios de Leonardo dibujaron una sonrisa chistosa. Y fugaz. Pues al momento tenía encima al hombretón de la barba roja. Aitana estaba decidiendo si recoger sus bolsas y escabullirse, cuando un pitido intenso detrás de ella la paralizó: era el silbato de la policía llamando al orden. Todos los hombres se volvieron a mirar en su dirección, pues Aitana estaba de espaldas a la puerta, y en el segundo que dura un parpadeo, los vio huir por las ventanas, por la puerta que llevaba a la cocina y quizá a algún patio trasero; incluso uno se escabulló por una trampilla del techo. Solo Leonardo se quedó en el sitio, probablemente para no dejarla sola, pero chasqueó la lengua en un gesto de fastidio. También el guardés seguía aún en el suelo y cuando empezó a levantarse, dolorido, y miró hacia la puerta, su rostro adoptó la expresión del que sabe que ha hecho algo que ya no tiene arreglo. Aitana se giró, esperando ver hombres uniformados y con gorra de policías, pero en lugar de eso se encontró de frente con la última persona a la que esperaba ver: Minor Cooper Keith. Su añorado amante estaba tanto o más sorprendido que ella y sacudía la cabeza incrédulo. Debía haber visto cómo Aitana agredía con la botella de ron a uno de sus empleados. Junto a él estaba el comisario don Orlando, que también la miraba con los ojos grandes como guayabas.

—¡¿Minor?! —Aitana aún sostenía por el cuello la botella rota, la dejó con mucho cuidado sobre la mesa y se arregló apresuradamente unos mechones del flequillo que se le habían escapado del moño—. Pensé que estaba usted en Nueva Orleans, dijo que pasaría allí dos meses.

Era una apreciación de lo más absurda, dadas las circunstancias, pero él respondió con la misma perpleja normalidad.

—No llegué a irme, mi tío Henry me envió una partida de

cuatro mil hombres desde Perú que empezarán a trabajar en las obras de ferrocarril esta misma semana. Me alegro de verla. Temía que le costara integrarse con los turrialbeños, pero veo que aprende rápido las costumbres.

Y entonces soltó una de sus alegres carcajadas, como si romperle una botella en la cabeza a un hombre hubiera sido solo una chiquillada de Aitana. El comisario había empezado a esposarla, y al no tener ya las manos libres, Aitana echó hacia delante el labio para poder soplar hacia arriba y espantar otro mechón rebelde. Otro agente había esposado a Leonardo y lo hacía andar hacia la puerta. El joven tenía cara de que no le importaba mucho y sacaba pecho con gallardía.

—¿Qué tal, Minor? —dijo al pasar.

El norteamericano lo miró con un gesto que Aitana no supo si era de extrañeza o de desaprobación.

—Espero que no los tenga en salazón mucho tiempo, comisario. La dama y el caballero están invitados a la fiesta que daré por Nochevieja en Casa Turiri. Les haré llegar la invitación a Aquiares con todas esas bolsas de la señora, no creo que sea conveniente que se lleven tanta cosa a la comisaría, ni que tengan manos libres para cargarlas…

III

Aunque no era su jurisdicción, había coincidido que don Orlando estaba de paso en Puerto Limón, por lo que él mismo se encargó de trasladarlos a la comisaría de la ciudad. Solo había una celda, así que los encerraron juntos y al guardés se lo llevaron a la enfermería. Don Orlando les informó de que pasarían la noche allí, para que aprendiesen a comportarse como buenos vecinos y la próxima vez se lo pensasen dos veces, pero dio órdenes de que los soltaran al día siguiente.

—La verdad, no entiendo qué le pasa, Leonardo, le tenía

por el ciudadano más ejemplar del valle, pero desde que murió su padre tiene una conducta errática. Usted no es un hombre que se ahogue en las penas, o eso pensaba yo, aunque uno no deja nunca de sorprenderse. Y usted, señora, es una caja de sorpresas —les dijo antes de marcharse.

Cuando se quedaron solos, Aitana resopló con desesperación y el enfado que sentía por la situación lo volcó en él.

—¡Yo tampoco lo entiendo, Leonardo! ¡También las jornaleras dicen que usted fue siempre el mejor de los dos hermanos, un joven encantador, noble, con una conducta ejemplar! ¿Qué le pasa entonces! No conozco a nadie que no hable maravillas de usted. Hasta los boyeros me han dado recuerdos para el señorito Leonardo, «solo para él», me han especificado. Y no estoy ciega, veo cómo cuida de Quetzali, con tanto amor y ternura. Así que ¿por qué se ahoga en alcohol? No me creo que sea solo porque su padre ha muerto. ¿Es porque traicionó a su hermano acostándose con su mujer? El alcohol no va a arrancarle esa culpa; además, ¿qué importa ya? ¿Por qué es tan cruel con Cira? Supérenlo de una vez.

Leonardo soltó un gruñido.

—¿Qué sabrá usted?

—Sé que Álvaro ha huido y los ha dejado solos. Nada les impide estar juntos.

—Ni loco volvería a andar en líos con esa mujer. No soy como usted.

—¿Como yo? —Aitana lo miró ofendida.

—Ha temblado más al ver a ese Minor que solo la ha usado para sus mezquinos fines que al romperle la botella en la cabeza al imbécil de Germán.

Aitana se quedó en silencio. Lo que decía Leonardo era cierto, pero el suelo estaba sucio y le espantaba la idea de tener que pasar una noche durmiendo sobre esa superficie. Discutir solo empeoraría la situación, así que no reaccionó a sus palabras, que habían pretendido ser hirientes, como si estuviera celoso. En lugar de ello, cambió de tema.

—Ese Germán me parece un hombre espeluznante, lo vi en Casa Turiri revolcándose con una criada. ¿Cree que Cira se fue al verlo a él? Igual es una tontería, pero me dio esa impresión.

Leonardo se encogió de hombros, como si no supiera la respuesta. Luego se levantó para pedir una manta al policía de guardia. Cuando la trajo, la extendió en el suelo y se sentaron sobre ella. Durante un rato, ninguno volvió a hablar, pero Aitana no dejaba de darle vueltas a una idea.

—Solo encuentro una explicación a su conducta.

—Sorpréndame.

—Usted es el padre de Quetzali.

Una vez más, Leonardo no respondió. Tenía las piernas flexionadas y los brazos extendidos sobre las rodillas, la espalda apoyada en la pared y miraba al suelo, cabizbajo, de tal manera que Aitana supo que no estaba equivocada, lo vencía el peso de guardar ese secreto: Quetzali era su hija.

—Aunque no pueda reconocerla públicamente como padre, usted debe comportarse como tal. Esa niña lo adora, lo imita en todo lo que hace. ¿Quiere que su ejemplo sea verlo día sí, día no encharcado en alcohol como un sapo?

—Vaya —resopló él—, ¿ahora le interesan los sapos?

—No me gustan tanto como a usted, desde luego. Pero ya que lo dice, el día que me contó esa historia de los sapitos dorados de la charca… ahora estoy segura de que no hablaba de las ilusiones que tenía su padre antes de convertirse en un hombre lúgubre y consumido, sino de las suyas. En el fondo, y aunque quiera negarlo, aunque se engañe emborrachándose en el bar hasta la inconsciencia como hacía él, nada desea tanto como poder volver a ilusionarse, de lo contrario, no estaría tan triste. Si no deja de beber por usted mismo, hágalo por nosotras: necesitamos su fuerza para devolverle a La Esperanza todo su esplendor. Aumentaría nuestras expectativas…

—¡Por eso no lo hago! —la interrumpió Leonardo, y luego bajó la voz, murmuró entre dientes—: porque es mejor no tener expectativas.

—No se haga el duro conmigo. Seguramente he pasado por cosas peores que usted, pero yo no me rindo. ¿Qué es una vida sin expectativas? Renunciando a ellas se cierra a la felicidad.

—No me cierro a ellas. Cuando lleguen, llegarán. Pero hasta entonces no pierdo el tiempo con fantasías que puedan llevar a desilusiones.

—Pues para mí el mayor momento de felicidad es justo antes de que ocurra lo que uno tanto espera, mientras se sueña con ello. ¿Y qué si luego no se cumplen las expectativas? No tener ilusión envejece el alma antes que el cuerpo. Las grandes cosas de la vida son para los que confían en que sucederán, no para los que huyen por miedo al desengaño.

—¡Está bien, volveré a trabajar en el cafetal! Pero no me martirice más con ese tipo de frasecitas, por favor.

Aitana pensó que estaba de broma, no podía haberlo convencido tan fácilmente.

—¿De verdad? ¿No me miente?

Leonardo giró la cabeza hacia ella y le dedicó una sonrisa como si requiriese más paciencia que una niña, tan dulce que Aitana empezó a entender que las mujeres de Costa Rica tal vez no solo se enamoraban de sus músculos. Lo abrazó y le dio un sonoro beso en la mejilla. Leonardo no se esperaba esa reacción porque pareció repentinamente abochornado y volvió a agachar la cabeza.

—Lo haré solo porque es usted terca como esa mulita Beatrice a la que quiere tanto. Y porque tiene razón: Quetzali se merece mucho más que una familia de hombres alcohólicos. Y porque, aunque no se lo crea, no soy ningún borracho. Y porque hoy me ha salvado la vida. Nunca he conocido a una mujer más desconcertante. Hay que ver cómo engaña con su cara de no haber roto nunca un plato; ¡le reventó una botella de ron a ese desgraciado en la cabeza!

Y entonces soltó una carcajada tan inesperada que Aitana se asustó, pero un segundo después reía con verdaderas ganas también.

—Pues quisiera pedirle algo más: que me enseñe a nadar y a montar a caballo —replicó, cuando dejaron de reír.

Leonardo volvió a reírse y la abrazó contra su cuerpo, revolviéndole el pelo, como si fuera su hermana pequeña. Ella se libró de su abrazo y, echando la cabeza hacia atrás para mirarlo, dijo:

—Acaba de hacerme inmensamente feliz.

—¿Podemos dormir pues?

Se tumbaron entonces sobre la manta, el uno frente al otro, dejando una distancia prudencial. Cerraron los ojos, pero al cabo de un rato Aitana volvió a abrirlos y se quedó mirándolo mientras pensaba lo mucho que los había unido aquel día, y los cerró de nuevo, feliz. No vio que entonces él abría los suyos, y después de contemplarla, al igual que ella los volvía a cerrar y esbozaba una casi imperceptible sonrisa.

A la mañana siguiente, Cira los esperaba fuera de la comisaría y los tres juntos emprendieron el camino de regreso a Aquiares. Llegaron a la hacienda dos días después, a la vez que la invitación a la fiesta de Keith, los paquetes con las compras de Aitana y una caja con hielos, cuyo significado solo ella pudo entender, pero disimuló el escalofrío que le recorrió el cuerpo diciendo:

—De haber sabido que iríamos a un evento así, habría aprovechado para comprar un vestido decente en Puerto Limón. ¡Y una pamela!

16

El oro de Costa Rica

I

El 24 de diciembre Aitana amaneció con una sensación extraña, era la primera Nochebuena que pasaría sin su madre y la primera que no abriría los regalos que le hacía siempre a escondidas don Gonzalo, generalmente libros o artículos de papelería. En ese año que estaba a punto de acabarse, le habían sucedido más cosas que en toda una vida encerrada en la casa de los Velasco Tovar. Además, tenía la impresión de ser una persona totalmente distinta a la que había llegado a Costa Rica, solo algo no había cambiado, seguía siendo la intrusa que vivía en una casa ajena. Ni se atrevía ni quería ejercer de dueña en Aquiares. Todo lo que Cira hacía o decía le parecía bien. Se dejaba guiar y aconsejar por ella, y la admiraba como a una hermana mayor hermosa e inteligente, con una envidia sana y una complicidad absoluta. Por otro lado, empezaba a conocer al verdadero Leonardo: era un joven enérgico y decidido cuando se trataba de hacer tareas en el campo, ya fuera talar árboles para sembrar nuevos cafetales, domar un caballo o dirigir al ganado por intrincados senderos de mulas, pero en lo referente a ella y a Quetzali, su voz se volvía extremadamente suave y protectora, y el rostro se le dulcificaba tanto como a un perro manso aguantando el deseo de lamer un pajarillo *comemaíz* que se le hubiera posado encima de la pata. Solo con la mujer de su hermano, Leonardo —que había vuelto a trabajar en la hacienda y había dejado de beber— seguía mostrando una parte detestable de su carácter. Aitana temía que sus atenciones despertaran celos en Cira y que eso las distanciara, pero, aunque la joven sufría por el desprecio de Leonardo, nunca tenía una mala palabra o un mal gesto para Aitana. Todos en Aquiares disfrutaban con la presencia de la española. Las jornaleras siempre reían con ella y hasta la pequeña Quetzali se pasaba el día pegada a las faldas de la extranjera y siempre le pedía que le contara historias o le leyera cuentos. Al contrario de lo que habría cabido esperar, los Haeckel no la trataban como la usurpadora que se había quedado con la hacienda de su familia. Tal vez su comportamiento se debiera a la promesa que les había hecho Aitana de vendérsela más adelante, pero, en el fondo de su alma, ella deseaba que no fuera ese el motivo.

—Será difícil dejar todo esto cuando llegue el momento.

—Humprf.

Aitana acarició la cabeza de su adorable y fiel confidente. Había salido a dar un paseo con la mula Beatrice y las había sorprendido un espléndido arcoíris que formaba un puente sobre los cafetales. El volcán protegía la tierra de Aquiares de los vientos y eso hacía que muchas veces se acumularan las nubes y, tras los chubascos vespertinos —que no solían durar más de una hora—, cuando el sol empezaba a abrirse paso de nuevo, su luz se descomponía creando aquel fenómeno. Según Quetzali, el arcoíris era la sonrisa volteada de la tierra agradeciendo su cuidado al hombre, y solo el yigüirro, un pajarillo pardo e insulso, podía posarse a cantar encima de esa sonrisa multicolor. De entre todas las aves exóticas de Costa Rica, el arcoíris había escogido a la de plumaje más modesto porque tenía el canto más bello, con su variedad de sonidos era la que mejor anunciaba la llegada de las lluvias y las buenas cosechas. Como los trabajadores del campo, el yigüirro vestía las ropas más humildes, pero tenía el alma más bella.

—Si ahora se ve tan bonita la hacienda —Aitana acarició el lomo de Beatrice, que había dejado de masticar hierba y miraba el arcoíris—, ¿cómo será cuando terminemos de alinear y podar todos los arbustos?, ¿cuando crezcan y se llenen de flores blancas?, ¿cuando perfumen todo el valle?

Aspiró una bocanada de aire, feliz.

El resto del día fue tranquilo. Los tres adultos de la casa se habían puesto de acuerdo para que Quetzali no sintiera la ausencia de su padre, así que Cira y Leonardo no solo no discutieron, sino que se dirigieron miradas y palabras amables. Lo que no sabían era que Quetzali se había puesto el mismo objetivo que ellos.

—Le he pedido al tío Leo que encienda una hoguera en el jardín y que cenemos fuera para que usted pueda ver las estrellas sin pasar frío —le había dicho a Aitana cuando esta volvió del paseo—. También lo he hecho por mi tío Leo. Mamá dice que él solo es feliz ayudando y protegiendo a las personas porque tiene vocación de salvador y nunca cuida de sí mismo, que por eso todas las mujeres del valle están enamoradas de él. Bueno, y porque es muy guapo. Pero desde que murió el abuelo ha estado muy triste y yo sé que encender la hoguera le hará feliz porque mi tío solo tiene ojos para usted. Y usted también...

—¡Vaya! ¿Qué tenemos aquí! ¿Una pequeña Celestina? —La revelación ruborizó tanto a Aitana que pellizcó las mejillas de la niña antes de que pudiera acabar la frase, y luego le hizo cosquillas para que así no pudiera percibir lo nerviosa que se había puesto.

En ese momento volvía Leonardo con los brazos cargados de leña y las encontró rodando por la hierba del jardín, chillando y riendo. Cuando ellas se dieron cuenta de su presencia, él, que había dejado los leños junto a un círculo de piedras excavado en el suelo, se llevó un dedo a los labios y les indicó con la cabeza que miraran hacia la rama baja de un aguacate silvestre.

—¡Un quetzal! —gritó Quetzali con entusiasmo, y se llevó rápidamente una mano a la boca.

No era raro que los indígenas lo hubieran venerado como a un dios. Se trataba del ave más hermosa que Aitana hubiera visto jamás; hacía justicia a su nombre. Su plumaje verde tornasolado lucía como una piedra de jade, el pecho y el abdomen tenían el tono rojo oscuro de la sangre, y el pico era pequeño y amarillo. La cabecita redondeada, de ojos dulces y entrañables, estaba coronada por una pequeña cresta verdeoro y la afamada cola del animal era larga y resplandeciente como una serpiente. Todavía horas después, Quetzali seguía relatándole lo hermoso que era el pájaro a su abuela Maritza, que había llegado para cenar con ellos el día de Nochebuena. Se alegró mucho al ver a Aitana y no parecía molesta porque ella le hubiera ocultado quién era realmente durante sus días en La Verbena.

—Nunca he visto un quetzal en estas tierras. Es verdaderamente extraño. ¡Habrá venido a saludar a Naitali! ¡Qué pena habérmelo perdido!

—Es mi animal preferido —repetía Quetzali emocionada, una y otra vez.

—¿Estás segura? Hasta hace poco decías que tus animales preferidos eran los perros —replicó Leonardo—. Pues mi animal preferido es y siempre será el pájaro bobo.

Después de reírse de su tío, Quetzali le explicó a Aitana que el pájaro bobo era como el quetzal, pero gordo y sin cola. Lo llamaban «bobo» porque era muy confiado: se acercaba a los humanos y no tenía consciencia del peligro.

—¿Salimos con la abuela a ver si volvemos a ver el quetzal y a encender la hoguera, tío Leo? —pidió Quetzali.

Mientras ellos salían a encender la hoguera y con la excusa

de terminar de preparar la cena, Aitana y Cira aprovecharon para esconder los regalos en el salón, bajo la chimenea, sin que Quetzali las viera.

—¿Por qué mi madre te llama «manatí»? —le preguntó Cira divertida.

—«¿Manatí?».

—Eso es lo que significa «naitali» en bribri.

El descubrimiento hizo reír a carcajadas a Aitana, y rápidamente dijo que creía que era porque a Tualia, el señor de la gripe, le gustaban solo los peces, y para los bribri eso debía de convertirla a ella en un manatí, pues había sobrevivido a la enfermedad. A Cira le hizo gracia y no pareció darle más importancia. Para alivio de Aitana, tampoco volvió a mencionarlo después, cuando cenaban todos bajo el porche unos deliciosos tamales. Estos se presentaban envueltos como regalos en hojas de banano, que ayudaban a cocerlos al vapor y le daban un sabor peculiar al que Aitana seguía sin acostumbrarse. Dentro llevaban carne de cerdo aderezada con distintos tipos de verduras, chile dulce, leche agria y grasa, todo ello envuelto en una masa de arroz ablandado. Toda la comida estaba deliciosa, e incluso Aitana había participado con una tortilla de patata. Tuvo que explicarles que no era un plato festivo, solo el único que sabía hacer. En torno a ese tipo de cosas intrascendentes pero entretenidas avanzó la conversación, llena de risas, el resto de la noche.

—Tío Leo, ¿puedes contarle a Aitana «La canción del sapito dorado y el volcán Turrialba»? —pidió Quetzali cuando terminaron de cenar.

—Pero ¡¿cuántas leyendas tiene ese volcán?! —exclamó Aitana.

—Se la contaré —accedió Leonardo—, pero antes habrá que abrir los regalos, ¿no?

El tiempo había pasado volando y ya eran las doce de la noche, así que Quetzali salió disparada hacia el salón. Antes de que ellos hubieran tenido tiempo de llegar y sentarse, había localizado los regalos y se encargó de repartir los de todos. Después empezó a abrir los suyos con tanta ilusión que Aitana se emocionó al ver la alegría de la niña cuando sacó el libro de *Las mil y una noches*. También esperó expectante las reacciones de Leonardo, Cira y Maritza mientras abrían los que ella les había comprado, y se sintió satisfecha ante sus caras de satisfacción.

—¿No vas a abrir los tuyos? —le dijo Quetzali, más impaciente que ella.

Y le puso encima de las piernas un paquete bastante grande que llevaba su nombre escrito en una tarjeta. Cuando lo abrió, Aitana se quedó boquiabierta. Dentro había, esmeradamente doblado y planchado, un precioso traje en distintos tonos de azul.

—¡Vaya, es precioso! —Fue lo único que acertó a decir, pues las lágrimas asomaron a sus ojos.

—Impresionará a todos en Casa Turiri —dijo Cira, con una sonrisa complacida.

—Los hombres no podrán apartar los ojos de usted —añadió Leonardo, dejando un último regalo encima de la falda de Aitana, que supo que con ese «hombres» se refería en concreto a Keith.

Lo desenvolvió y sacó una sencilla pamela de ala ancha muy útil para proteger de los rayos solares que eran tan fuertes en aquellas latitudes.

—Ahora mismo me encantaría llenar de besos al niño Jesús, ¡qué bueno ha sido conmigo!

Leonardo se había levantado y miraba por la ventana hacia el jardín.

—¡Oh, vaya, qué despistado es el niñito! Creo que se ha dejado un regalo en el jardín.

Quetzali salió disparada, con la esperanza de que ese último regalo fuera para ella. Y Aitana aprovechó para decirles lo agradecida que estaba.

—¡Vamos, vamos! Si no el regalo de Quetzali hará mucho ruido y se arruinará la sorpresa —dijo Leonardo.

La sorpresa era nada más y nada menos que una cachorrita de labrador. Después de haber estado tanto rato encerrada dentro de aquella caja, la pobre perrita se puso a correr y a saltar como loca. Todos jugaron con ella y la miraban entusiasmados, pero entre Quetzali y la adorable perrita había habido un flechazo.

—¡La llamaré Chica! —anunció haciendo un guiño al hecho de que Aitana siempre empleara esa palabra, aunque por supuesto ninguno de ellos sabía que la había copiado inconscientemente de la manera de hablar de la verdadera Aitana.

Leonardo y Quetzali jugaban entusiasmados con la perrita. ¿Cómo había podido pensar que Leonardo era un hombre vulgar? Repentinamente él se giró hacia ella y la descubrió mirándolo. Los labios le temblaron por el sobresalto, y se sintió turbada al sentir que su corazón la había delatado bombeando demasiada sangre a sus mejillas. Desvió la mirada, para asegurarse de que Cira y Maritza no se habían dado cuenta, y suspiró al ver que no.

II

Cuando llegó el momento de contar historias, todos se sentaron alrededor de la hoguera a ver las estrellas, sobre unos cojines. Chica se acurrucó en el regazo de la niña y Leonardo, adoptando una voz grave, empezó a contar la historia de «La canción del sapito dorado y el volcán Turrialba».

> Hace ya muchos años, vivía en una charquita de Aquiares una familia de anuros, los Rodríguez. Eran sapitos vulgares y corrientes, sin ninguna peculiaridad. No tenían los ojos rojos como las ranas arborícolas ni veneno para defenderse como

las ranas dardo azules ni eran gigantes como los sapos de caña. Ser vulgar y corriente no gustaba a Chepe, el más pequeño de la familia, pues en la charca del jardín de infancia los otros anuros lo llamaban «baboso» y «gordo». «¡No hay bicho más feo en todo el valle que Chepe!», croaban si él estaba cerca. Chepe quería tener un nombre potente y sonoro, que impusiera con solo pronunciarlo, como el del señor Turrialba, un volcán con muy malos humos que por cualquier nimiedad se enfadaba y hacía temblar las tierras de todo el valle. Aquiares es «una tierra entre ríos» y de ahí le viene su nombre, pero únicamente los turrialbeños saben que no solo es una tierra de ríos claros, sino que también hay un tercer río que fluye escondido bajo el suelo del Valle Central. Es un secreto muy bien guardado, transmitido de familia a familia, que, a quien libere ese río, se le concederá un deseo. Pero los turrialbeños no querían que nadie lo liberase, pues no es un río cualquiera, sino un río de fuego. Así que entre ellos había un acuerdo tácito de silencio, una ley sagrada: «No despiertes al río de fuego». Pero Chepe quería liberarlo porque su deseo era más fuerte que el compromiso que sentía hacia esos vecinos que lo ofendían con sus chistes, quería ser el más bello y popular del valle. Así nunca más tendría que jugar solo ni esconderse en las charcas ni oír terribles insultos.

—¿Cómo de feo era Chepe, tío Leo? —interrumpió la narración Quetzali, llevándose la mano a la boca, para evitar reírse pues obviamente ya sabía la respuesta.

—Oh, vaya, pues muy muy feo y muy muy gordo —contestó Leonardo—. Además, se hinchaba tanto que, cuando croaba, todos decían que en lugar de cantar se tiraba pedos.

Y para escandalizar y divertir a sus oyentes, imitó el ruido de unas pedorretas. El cachorro se despertó y se puso a ladrar; Quetzali y Maritza no podían parar de reír. Aitana también se reía y lo miraba de refilón. Qué distinto era Leonardo cuando estaba sobrio y alegre.

—¡Subiré hasta el volcán y liberaré el río de fuego! Después de eso, todos me respetarán y ya no tendré que esconderme nunca más. —Leonardo se puso a croar y a saltar alrededor de la hoguera, con el cachorro detrás. *Krö, krö, krö, krö...!* Luego, agachado en la postura del sapo, con las piernas dobladas abiertas hacia fuera y los brazos estirados metidos entre ellas, miró con ojos soñadores hacia el volcán Turrialba, que apenas se veía en la negrura de la noche, y croó para él con tanta convicción como un lobo aullaría a la luna: *krö, krö, krö...!*

Entonces se giró y miró a Aitana.

—¡Dame un beso, princesa!

Aitana pegó un bote, confundida. Sabía que todo era parte de una broma, pues Quetzali se tapaba la boca y la miraba pícaramente; la misma expresión cómplice y divertida tenían Cira y Maritza. Y, por complacerlas, decidió arriesgarse. Acercó la cara para que Leonardo depositara en su mejilla el ansiado beso, pero, en lugar de ello, él aprovechó para pegarle un lametón en toda la mejilla, y la perrita se lanzó a por ella con la intención de hacer lo mismo. Aitana pegó un grito, escandalizada.

—¡Aparta, sapo baboso! —exclamó entre risas y empujándolo lejos de ella.

—¡Cuando libere el río de fuego, ya nunca más me llamarás «sapo baboso»!

Entonces Leonardo se puso muy serio, se volvió a tumbar en los cojines y adoptó de nuevo el tono de narrador:

> Chepe el sapito subió montaña arriba, dando enormes brincos, pues lo empujaba un afán mayor que ningún otro: la gloria. Y, cuando por fin estuvo en lo alto de la boca del señor Turrialba, gritó con todas las fuerzas que sus pequeños pulmones de sapo le permitían:

—¡Despierta, río de fuego!

El volcán Turrialba soltó una carcajada que hizo temblar la tierra a su alrededor.

—Si bastara con pedir las cosas para que estas sucediesen, nada tendría valor. ¿Qué te hace pensar que vas a despertar a un río que lleva años dormido solo con un grito de sapito malcriado y caprichoso?

—¡Oh, señor Turrialba, todopoderoso, acepte mis disculpas si lo he ofendido! ¿Podría decirme qué debo hacer entonces para despertar al río de fuego?

—Eso no depende de mí, que no soy todopoderoso como crees, sino de los dioses, pero dime: ¿por qué quieres despertar al río de fuego?

—Para ser el sapito más bello y glorioso.

El volcán se quedó meditando tanto rato que parecía haberse dormido. Finalmente dijo:

—No es ningún secreto que, para alcanzar la gloria, uno de los requisitos que más valoran los dioses es la paciencia. Demuéstrales que eres paciente, y puede que accedan a despertarlo.

Largo rato estuvo Chepe pensando cómo podía demostrar su paciencia, hasta que tuvo una idea brillante.

—¡Puedo contar todas las estrellas que hay en el universo!

El volcán soltó un murmullo de aprobación, seguido de una risa, pero esta vez la tierra tembló muy poco y el sapito solo sintió un cosquilleo en los pies.

—Eso demostraría mucha paciencia, desde luego. Pero ¿no te quedarás dormido como los niños cuando cuentan ovejas? Son muchas las estrellas que hay en el cielo; infinitas, diría yo.

—No, no me quedaré dormido —contestó Chepe con rotundidad.

Y, sin más dilación, empezó a contar estrellas. No habían pasado ni diez minutos cuando escuchó los ronquidos del señor Turrialba. No fue el único. Los niños que contaban ovejas en sus casas también se quedaron dormidos y de las bocas de las ovejas que contaban los niños salían zetas, zetas y más zetas. Todos los habitantes, animales y plantas de Turrialba roncaban plácidamente mientras Chepe seguía contando. Pero él no se aburría. Para el sapito contar estrellas era parte de la aventura. ¡Era la aventura en sí misma! Le llenaba de confianza y de coraje, de una ilusión tan poderosa que vencería cualquier obstáculo en el camino hacia sus sueños. Creía que ellas lo guiaban y por eso se esforzaba en no perder la cuenta, en no olvidarse de ninguna. Las estrellas, por su parte, se mantenían despiertas, habían dejado de mostrarse altivas y distantes para mirar hacia abajo. Como estaban muy lejos, no entendían que el sapito estaba contándolas y pensaron que cantaba para ellas, pues su voz era melodiosa y paciente, tenía el ritmo constante de la monotonía. Y tanto les gustó que le mandaron besos con polvo de estrellas para iluminarlo y que así no se quedara dormido para que pudiera seguir cantando para ellas. Ese polvo de estrellas se plegó sobre su piel como un abrigo dorado y el sapito se puso muy contento, pues, como todo el mundo sabe, el dorado es el color de la gloria. ¡Ya no era un sapo gordo y horrible, sino un bello sapito de oro! También el suelo a sus pies se había ido cubriendo de líquido dorado, pero no era igual que el polvo de las estrellas, sino anaranjado; era lava, y Chepe no se dio cuenta hasta que se quemó una patita. ¡El río de fuego se estaba despertando! El sapito dejó de contar estrellas al entender lo peligroso que había sido despertarlo: ¡ahora toda la ciudad estaba dormida, la lava llegaría a sus casas, y los devoraría a todos sin que se enteraran! Arrepentido, rodó por la ladera del volcán en dirección a su charca. Con su nuevo color de piel, mientras corría entre la lava se confundía con una piedra de lava ardiente más. Chepe corría todo lo rápido que sus ancas de sapo le permitían, y, aun así, el esfuerzo no fue suficiente. Cuando llegó a la charca, encontró a todos dormidos. Con sus gritos pudo salvar a muchos, pero no a todos.

Después de aquella fatídica noche, nunca nadie volvió a reírse de Chepe, que se había convertido en el sapito dorado más bello de la charca, pero ¿a qué precio? La manera en que había logrado su sueño hizo que se sintiera mucho más avergonzado que cuando era feo y gordo. Tarde había entendido que todo deseo tiene un valor y un precio. Por eso se siguió escondiendo en las charcas y es tan difícil verlo.

Bueno, pues ahora ya sabéis por qué se dice que cuando los sapos cantan están contando estrellas.

—*Ès íke*[25] —cerró la narración Maritza, palmeándose las piernas en señal de que ya era hora de levantarse e irse a la cama.

Aitana se había quedado muy callada. Quetzali se dio cuenta y le dijo:

—No tiene por qué ponerse triste, es solo una leyenda. ¿Verdad, tío?

Leonardo asintió.

—Claro, las leyendas son solo para que podamos reflexionar sobre las decisiones y elecciones de sus protagonistas viendo cómo estas determinan sus vidas.

—Mi padre decía que las leyendas y las leyes rigen la conducta de los hombres, pero, mientras la ley impone, la leyenda solo enseña. —Aitana acababa de hablar de su padre en pasado y al darse cuenta lo intentó disimular—: También dice que una leyenda es el legado de la palabra, la única herencia de todos para todos, de los primeros a los últimos humanos, por eso solo sobreviven al tiempo aquellas que son dignas de ser conocidas, las más valiosas y útiles para la sociedad.

Cira dijo entonces que ya era hora de irse a dormir y Quetzali se despidió de todos con un beso de buenas noches, después de que la hicieran feliz al darle permiso para dormir con la perrita. Maritza también les dio las buenas noches a

25. Así es («Ès íke» se usa al final de las narraciones, como cierre. También podría traducirse como nuestro «Sea pues»).

todos, pero, antes de irse, le dijo a Cira algo que Aitana no pudo entender:

—*Wḗm tso' ù wö́rkĩ.*[26]

Se fueron todos a sus habitaciones, menos Aitana, que quiso quedarse un rato más acurrucada bajo el porche. *Contar leyendas en torno a una hoguera en la cálida Nochebuena de Costa Rica, bajo las estrellas, no es, desde luego, la mejor manera de no encariñarse con el enemigo,* reflexionó. Tal vez Minor tuviera razón y los Haeckel solo representaban una comedia para ella; tal vez se aprovechaban de su ingenuidad, de su deseo de pertenecer a alguien más que a su soledad; tal vez era confiada como el pájaro bobo, pero se sentía segura e inmensamente feliz en ese lugar del tiempo con los Haeckel.

III

En los días siguientes, Leonardo cumplió su palabra de enseñarla a montar. Ahora Aitana tenía su propia montura, una yegua de color avellana que él le había recomendado por su carácter tan tranquilo como el de la mula Beatrice. Aunque todavía no se atrevía a poner al animal al galope, se sentía cada vez más cómoda en un paso de trote y daban largos paseos por la finca. Continuamente topaban con animales que Aitana veía por primera vez en su vida, como los osos perezosos, los pizotes, la serpiente terciopelo, los chanchos de monte, los venados de cola blanca y todo tipo de lagartos, como el basilisco, que podía correr sobre el agua. Eso le hubiera gustado saber hacer a ella, pero las lecciones de natación iban más lentas. Se enfundaba en un vestido de baño y Leonardo la sostenía suavemente en el agua para ayudarla a flotar mien-

26. Hay un hombre frente a la casa.

tras le decía cómo tenía que mover los brazos y las piernas. Practicaban en una alberca que había en la parte trasera de la casa y Quetzali siempre los acompañaba. La que no estaba tan contenta era Cira, y, aunque intentaba disimularlo, un día, mientras se preparaban para salir a faenar, le preguntó a bocajarro si le gustaba Leonardo, con los ojos rojos de haber estado llorando.

—¡Oh, no! Para nada. Siento que es como el hermano mayor que nunca tuve. Mucho me temo que sigo pensando en el bobo de Keith. No te preocupes.

La confianza era cada vez mayor entre ambas jóvenes, que ya se tuteaban. Aitana acarició la mejilla del bello rostro de Cira para limpiarle una lágrima. En ocasiones había pensado que Leo era como un río bravo y Cira como un río manso. El río manso es, en realidad, el más peligroso, porque tiene una furia contenida.

—No podría soportar ver a Leonardo con otra mujer —se sinceró Cira—. Maldigo el día en que lo dejé y me fui con su hermano.

—Pensé que había sido al revés, que tú y Leonardo tuvisteis una relación mientras estabas casada con Álvaro. —Aitana le acarició el cabello y puso un mechón detrás de su oreja en un gesto de cariño.

—No, no fue así. Primero estuve con Leonardo, pero Álvaro una noche se hizo pasar por él y luego, bueno, todo acabó en desastre porque nuestros padres aparecieron y nos encontraron, Rodolfo se puso como un loco y yo me marché de la casa. Así se enteró Leonardo y pasaron demasiados días sin que yo le pudiera dar explicaciones. Cuando por fin pude hacerlo, por más que le dije que su hermano me había engañado y que no había sucedido nada, no quiso creerme; me respondió que eso era imposible porque ellos no se parecían en nada.

—Bueno, tanto como en nada...

—Estuvimos enfadados durante un tiempo y yo me comporté como una tonta, no tuve paciencia y empecé una relación con Álvaro para fastidiarlo, pero siempre he amado a Leonardo. No quiero preocuparte con mis problemas, en el fondo me los merezco. Cuéntame mejor cómo estás tú, ¿nerviosa por la fiesta en Casa Turiri? Quedan pocos días.

Sí, Aitana estaba nerviosa, aunque no tanto como habría esperado. Era cierto que seguía pensando en Minor, pero su cabeza intentaba olvidarlo y, por algún motivo en el que no quería profundizar, le hacía mucho bien la compañía de Leonardo.

Por las mañanas, mientras aprendía a plantar esquejes y cubrir los lotes donde había menos sombra con ramas de arbustos para protegerlos de enfermedades como la mancha de hierro, la roya o el ojo de gallo, Aitana iba enterrando despechos; arrancando malezas se sacaba de raíz los resentimientos, y el duro entretenimiento de podar los cafetos le aireaba el corazón de aflicciones inútiles. Ya había tenido suficientes aventuras, ahora quería ser práctica: la fiesta de Minor era la oportunidad perfecta para hacer contactos, y no iba a desaprovecharla. En el cantón del Paraíso todos sabían que el día de Nochevieja se decidiría el futuro del ferrocarril en Casa Turiri y, con este, el de todo el país. «En las casas, en las cantinas, en el mercado, en los negocios, no se habla de otra cosa», le decían los boyeros cuando iban a buscar los sacos de café para llevarlos a Puerto Limón. La mitad de los invitados serían «josefinos» —así llamaban a los habitantes de la capital, San José—, y un tercio, «cartagos» —como denominaban a los del resto del país—, pero también irían hombres de negocios del extranjero, grandes hacendados, políticos y expolíticos, ingenieros, intelectuales, periodistas, artistas, inmigrantes europeos como ella, llenos de entusiasmo y nuevas ideas.

Y también estaría la mujer de Minor.

Esto se lo contaron a Aitana Colocha y Marisel, una mañana, a dos días del evento, mientras recogían bayas. Y también que el chisme de que ella y mister Keith eran amantes había corrido como la pólvora después de que el guardés lo soltara en la pelea del bar. Aitana temía que Cristina Castro, que así se llamaba la mujer de Minor, se enterase y le pidiera a su marido que le retirase la invitación a su «amante». Por el momento no lo había hecho. Colocha y Marisel se mostraban tan emocionadas como si fueran ellas las invitadas, pero Aitana tenía miedo; por nada del mundo quería hacer el ridículo. Cristina era una dama distinguida en la alta sociedad capitalina, hija del expresidente José María Castro Madriz, fundador de la República, hombre respetado incluso por sus opositores. Aitana había aprendido «la ciencia del sombrero, del vestido, de la manteleta, de la bota, de los manguitos, de la tela de moda, del color que mejor sienta», leyendo la obra *Los miserables* de Victor Hugo, y ahora se encontraba en la necesidad de igualarse a las damas de la alta sociedad tica, de demostrar que ella no era una cualquiera, que no era una mujer fácil y vulgar con la que Minor se había pegado un revolcón. Su heroína Cosette decía en la novela que «no quería ser bonita pero mal vestida», sino «seductora, y tan profunda y peligrosa» como las parisienses; lo mismo le sucedía a ella, pero con las josefinas, a las que imaginaba como damas espirituales de gustos refinadísimos. La voz melodiosa de Colocha dando el pie para que todas la siguieran y cantaran con ella una canción disipó momentáneamente esas preocupaciones de la cabeza de Aitana, que cantó con ellas el estribillo:

Se oye un canto quejumbroso
por el agua suplicante
es un yigüirro trinando
desde un higuerón frondoso.

Los canastos de todas las cogedoras se iban llenando, mientras que el suyo apenas cubría el fondo y, al ver que no se daba mucha maña, Rosarito le explicó que tenía que coger también las bayas de las ramas más bajas.

—Hay que coger hasta el último grano maduro, pero que no se le caigan los frutos verdes —añadió—. Y póngale cuidado, que a las bocaracás les gusta dar mordisquitos. Ellas andan por ahí abajo dormiditas y no es bueno molestarlas. *Onde* tenía el brazo izquierdo mi primo Vicente, ahora tiene un muñón negro que le empieza en el codo.

—No seas *sapa*, Rosarito. —Colocha se puso al lado de Aitana y con su machete desyerbó unos surcos para que ella pudiera tener más visibilidad y manipular entre las ramas bajas sin miedo.

—No se preocupe, Colocha, sé que Rosarito solo bromea —dijo Aitana con una sonrisa cómplice.

—No bromea, pero la reprendo no más porque no está bien que se ría de *usté*.

Colocha no pudo evitar soltar ella misma una carcajada al ver la cara que se le ponía a la pobre española. Luego entonó otra canción y siguieron trabajando, pero Aitana hizo todo lo posible por no meter la mano en el fondo, aunque supiera que por ello se perderían muchos granos. A pesar de esas pequeñas bromas, a Aitana le gustaba mucho su compañía y escuchar sus historias. De las jornaleras aprendía cosas tan interesantes como que antaño todo el café se exportaba a Chile y desde allí a Inglaterra, principalmente, y nadie sabía que era grano costarricense. Los abuelos de Colocha eran pobres, pero el gobierno les había donado un solar de veinticinco matas y parte de su cosecha se la daban a un mercader alemán llamado George Stiepel, que lo llevaba a Chile y de allí a Europa, donde se vendía como café chileno. Gracias a eso, pudieron comprar otro solar, y ahora tenían cincuenta matas. El sol pegaba duro mientras recolectaban y charlaban. Al final de la jornada, Aitana siempre sentía que no podía mover ni un solo músculo de su cuerpo, pero no se quejaba, todo le parecía nuevo e interesante. El pago del café recogido se hacía a diario y se contabilizaba por canastos. En lugar de dinero, las jornaleras recibían «boletos de café», monedas con un agujero en el centro que luego podía cambiar por víveres en el comisariato de la hacienda del Guayabal.

No todos los días recolectaba café, en ocasiones Aitana también disfrutaba explorando a caballo nuevas zonas donde los cafetales eran constantemente interrumpidos por cauces, ojos de agua y riachuelos. La tarde anterior al final del año se paró a observar las primeras filas de cafetos ordenadas en pliegues angulosos, verdes y serpenteantes que recordaban a la piel arrugada de un Shar Pei. Admiró el contraste entre las preciosas bolitas rojas y el verde intenso de las hojas; imaginaba cómo quedaría de bonita la propiedad cuando las nuevas plantas llenaran las colinas. Ahora solo se veían los largos cúmulos de tierra húmeda, geométricamente ordenados, como si cada surco fuera la línea de un verso. Cira le había dicho que los esquejes nuevos tardarían dos años en crecer y ella no sabía si sería capaz de aguantar tanto tiempo viviendo dentro de una mentira. ¿Por qué seguía adelante con aquel plan tan descabellado? Podía vender la hacienda a cualquiera que mostrara una firme oposición al ferrocarril y así fastidiar igualmente a Minor; largarse lejos con el dinero que obtuviese de sueldos e inversiones en lugar de gastarse el que había traído de España. Aunque lo cierto era que ya no sentía ninguna necesidad de vengarse de Minor. Solo en el momento de acostarse, a solas con sus pensamientos en su habitación, Aitana se permitía pensar en él y en la aventura que vivieron juntos en busca de El Guayabo, unos días que ahora le parecían lejanos, como si nunca hubieran existido. Pero, con el paso del tiempo, lo había perdonado. Hacer el amor con él en aquella cascada fue uno de los momentos más bellos de su vida y había decidido que no quería que el rencor afease la memoria de los días felices. Con su mentira, Minor rompió parte del hechizo y la decepcionó, pero se alegraba de cada momento que había vivido con él. Él se comportó de manera egoísta, sí, pero había faltas mucho peores que esa. Entonces, si ya no quería vengarse de Minor, si nada la obligaba a reconstruir aquella hacienda, ¿por qué lo hacía?

—Estás muy pensativa. ¿Es porque mañana verás a Minor en la fiesta de Casa Turiri?

Aitana se sobresaltó al ver a Leonardo, que se había acercado por detrás sin que ella se diera cuenta. Venía de trabajar y llevaba la camisa arremangada y el pelo revuelto. Tenía un brillo divertido en la mirada y parecía nervioso, como si no pudiera aguantar las ganas de contarle algo.

—No me he dado cuenta, supongo que sí —contestó Aitana frunciendo el ceño y mirando los puños de él, donde parecía llevar algo oculto.

—Creo que todavía no has visto cómo quedan los granos después de lavarlos y secarlos, sin la pulpa y el mucílago. Acerca tu mano.

Aitana le tendió la mano y Leonardo depositó en la palma abierta un montón de granos secos. Aún estaban rodeados por una finísima y frágil piel de pergamino, una envoltura protectora de color oro, que todavía habría que trillar para obtener como resultado el café verde.

—¡Parecen pepitas de oro!

—Cristóbal Colón nunca se equivocó: sí había oro en Costa Rica, pero solo para quien sabe verlo. Nuestro grano de oro es mejor que cualquier tesoro, ¿no te parece?

Aitana asintió con la cabeza mientras acariciaba ensimismada aquellos granos que realmente parecían grandes pepitas de oro en la palma de su mano. Luego volvió a mirar los ojos verdes en los que ya no había ningún atisbo de las nubes de tormenta de los primeros días, los ojos del hombre que le mostraba lo que ella siempre había buscado sin saberlo.

Y, entonces, todo cobró sentido.

17

«No despiertes al río de fuego»

I

A pesar de lo peligroso que era, Aitana aún conservaba su diario. Le había dado vueltas a cuál sería la mejor manera de deshacerse de él, pero, mientras se decidía, lo tenía escondido bajo unas tablas sueltas del suelo del armario de su habitación. Finalmente, le pareció que la mejor manera de no dejar rastro era quemarlo. Había leído acerca de ceremonias de purificación con el fuego y le gustaba la idea de rendir honor a esa parte de sí misma a la que diría adiós para siempre con la quema de La Gran Aventura. Debía ser un ritual mágico en el que invocaría a los dioses alimentando el fuego con aquella ofrenda. Fue después de que Leonardo le hubiera enseñado los granos de oro cuando se le ocurrió usar el horno de la Guardiola. Así, el gesto de la quema simbolizaría su renacimiento a aquella nueva vida rodeada de cafetos; su transformación en una mujer totalmente distinta, con nuevos sueños y energías. Con esa intención, la madrugada previa a la fiesta en Casa Turiri, salió de puntillas de La Esperanza en dirección a la fábrica del beneficio con la única luz de un canfín, como llamaban los costarricenses a las lámparas de queroseno de uno y cinco galones debido a que en algún momento de su historia confundieron las instrucciones en inglés con el nombre de la empresa: «Kerosene, The best you CAN FIND».

Era una noche sin luna, tan negra que Chepe, el sapito dorado, no habría podido contar ninguna estrella. El ruido del croar de las ranas y los sapos era lo único que se escuchaba en aquella madrugada del último día del año. Aitana no tardó mucho en llegar a la puerta del beneficio porque, aunque estaba oscuro, tenía la ayuda del canfín y conocía bien el camino, pero se detuvo antes de entrar al escuchar jadeos. Un hombre y una mujer mantenían relaciones dentro, a la escasa luz de unas pocas velas de sebo. El hombre envestía por detrás a la mujer, con tanta fiereza que Aitana sintió un terror desconocido. *¿Qué manera tan salvaje es esa de hacer el amor, como los perros?* Rápidamente se echó a un lado, para que no pudiesen verla, pero en el rostro del hombre, aun desfigurado por la mueca cruel y salvaje de un deseo lascivo que poco tenía que ver con el amor, había reconocido al guardés de Minor: Germán.

¿Qué hacía tan lejos de Casa Turiri aquel hombre detestable?

Apagó el canfín para evitar que la vieran, pero no se atrevió a volver a la hacienda por miedo a hacer ruido. Se agazapó detrás de unas cajas. Después de unos cuantos jadeos más, se escuchó un gemido largo, desagradable y ronco, pararon las embestidas, hubo ruido de pasos en el interior, entonces, la mujer dijo algo ininteligible... Aitana reconoció la voz de Cira. *¡Oh, Dios, qué espanto!*, pensó, ¿cómo podía una joven tan delicada y bella como Cira fornicar con semejante bestia? ¿Sería por el despecho que sentía hacia Leonardo? *Aun así, con ese hombre...* Deseó con todas sus fuerzas que se marchasen de una vez, que no la descubrieran en el innoble acto de espiarlos, algo que resultaría extremadamente bochornoso para todos. No tardaron mucho. Después de que se fueran, Aitana estuvo un rato paralizada, envuelta en aquella noche oscura como la angustia que tenía en el pecho. Casi no podía mover los dedos de las manos a causa del frío y se las frotaba en un intento por darse calor. Solo cuando le pareció que hubo transcurrido tiempo suficiente para que no regresaran, se decidió a entrar. Le costó encender de nuevo la mecha del canfín debido a la rigidez y los temblores con que el frío helador agarrotaba sus manos; cuando lo consiguió, se apresuró a reunir varias raíces del arbusto del café, que era la madera que se usaba en los beneficios para encender los fuegos y también la que utilizó Leonardo para prender la hoguera el día de Navidad. Depositó las matas en el suelo junto a la Guardiola y abrió la puertecilla del horno, echó dentro solo las más pequeñas, pues tampoco quería hacer un gran fuego que luego tardara en apagarse. Prendió un fósforo y lo colocó con cuidado entre las raíces, pero no logró que ardieran. Buscó ramitas secas, las amontonó en forma de volcán y probó de nuevo. Cuando por fin se encendió una buena llama, echó dentro el diario y dejó la puerta del horno abierta para observar cómo las hojas se enrollaban y oscurecían rápidamente hasta tornarse de un color gris sedoso, como el de las crisálidas de algunas mariposas. No sintió nada especial, solo una especie de vacío. Pero no le importó demasiado porque le rondaban otras preocupaciones. Temía que a alguien más le entraran ganas de hacer una incursión al beneficio aquella noche; que al guardés le diera por volver, o quién sabía. Cuando el diario terminó de quemarse, sintió alivio por haberse desprendido de aquella prueba. Removió con un palo las cenizas para entremezclarlas con las brasas y el resto de la escoria y así no dejar ninguna pista. Entonces, un objeto brillante, atrapado en el fondo, llamó su atención. Las llamas se habían extinguido, pero no podía meter la mano allí dentro. Era increíble lo rápido que había adquirido temperatura ese horno; también peligroso, así que buscó una pala por el beneficio. Cuando la encontró, hurgó con ella dentro del horno hasta que logró sacar el objeto entre un puñado de cenizas. A continuación sopló con cuidado para apartarlas y ver de qué se trataba, pero, cuando el objeto quedó expuesto, Aitana soltó un chillido y dejó caer la pala. Con absoluta repugnancia, se arrastró por el suelo con las manos, hacia atrás, para distanciarse de él: era una alianza de oro.

Pero no una alianza cualquiera.

Tenía una diminuta hendidura en forma de medialuna.

¡Era la misma que había visto en el bolsillo de Álvaro el día que lo golpeó con el pedrusco!

II

Aitana se detuvo un momento al inicio de la larga avenida de palmeras imperiales, frente a la soleada y palpitante hacienda de color albero. Pero, en lugar de mirar las fachadas gemelas acabadas en forma de trébol de Casa Turiri, giró el rostro hacia el volcán y sus labios esbozaron una sonrisa enigmática al ver que de él salía una columna de humo blanco. *Así debieron verlo los españoles cuando lo bautizaron «Torre Alba»*, pensó. Cira le había recogido el pelo castaño en una bonita trenza, dejando a la vista su cuello largo y delicado, y le había anudado bajo la barbilla la cinta de raso que salía de la pamela de ala ancha, haciendo un bonito lazo. En su perfil desafiante, recortado en el cielo azul, los ojos verdes de Aitana resplandecían con el brillo tenaz que había vuelto a su mirada. Ya no era ninguna chiquilla fácil de engañar, y no temía el reencuentro con Minor. De ahí su sonrisa y la expresión decidida que realzaba los pómulos, que la alejaba de una actitud pasiva. «Mírala, esa es, la amante del Rey del banano», le dijo una mujer a su marido al pasar junto a ellas sin preocuparse de que la oyeran. Justo en ese momento, salía Minor de la casa para recibir a los ríos de gente que iban llegando. Anudada a su brazo iba su mujer, Cristina Castro. Era alta y su melena rizada y negra contrastaba con su rostro de piel nívea, bastante insípido, donde lo más gracioso era su nariz de forma trebolada, curvilínea como el acabado de los frontones de su casa. Tenía una sonrisa seria, de esas que tienen las personas que solo sonríen por educación. A Aitana le fallaron las piernas y Cira la agarró del brazo para que no tropezase.

—No dejes que él te vea triste en ningún momento —le dijo—. Recuerda lo que te he dicho en casa: «La tristeza solo atrae a los zopilotes».

Leonardo las había dejado en la entrada de Casa Turiri mientras él llevaba la carreta a un espacio acondicionado para tal fin que estaba en un prado un poco alejado de la finca. Minor había hecho construir allí una rudimentaria vía férrea por cuyos rieles avanzaba un burrocarril, que consistía en un vagón de madera para pasajeros con ventanas y ocho ruedas tirado por un paciente burro. Los invitados al evento se subían en el burrocarril y así llegaban a la finca en un espectáculo digno de verse. Aitana había oído hablar de ese divertido vehículo que se usaba para llevar los sacos de café de Barranca a Puntarenas, pero hasta ese momento no había visto ninguno. Keith lo había mandado construir como un guiño a la transición entre aquel aparato del pasado y el ferrocarril del futuro. Por muy traicionada que se sintiera, no podía sino admirar su ingenio y le dolía que ese hombre tan poderoso, inteligente y asquerosamente rico no fuera para ella. Volvió a mirar con más detenimiento a la afortunada mujer de Minor, que llevaba un vestido de sirena potenciado en los flancos con canastos. El suyo era mucho más sencillo que el de la mujer de Keith, y mucho más cómodo. Cristina Castro solo podía dar pequeños pasitos y tiraba del brazo de su marido para que Minor, que caminaba con su ímpetu habitual, no la dejara atrás.

—Sin lugar a duda, tú eres la más bonita de toda la fiesta. —La llenó de ánimos Cira, apretándole la mano con más fuerza.

Aitana volvió a mirar hacia el volcán Turrialba. No creía que fuera la más bonita, menos aún teniendo a una belleza exótica como Cira a su lado y a todas aquellas elegantes damas, pero nunca se había sentido más hermosa que con aquel traje de tonos azules que le habían regalado los Haeckel. Y eso, un poco, la consolaba. La blusa de seda natural de manga larga, fruncida en un puño ancho, tenía el color celeste del cielo y la hacía sentirse ligera y fresca, como el agua de un arroyo en un día caluroso. La falda era un poco más oscura, azul Caribe, de talle alto, muy ajustada a su «dulce cintura», como la había llamado Minor; la elegante tela de tablas poco fruncidas permitía que la falda quedase ahuecada. La pamela la protegía de los rayos del sol, pero su piel ya estaba ligeramente bronceada por el duro trabajo en el cafetal, las horas en la alberca y los paseos a caballo. Lejos de disgustarla, le parecía que le daba vitalidad, la que faltaba en esos rostros pálidos de algunas damas que debían abusar del maquillaje para disimular ojeras y rojeces. Ella también se había puesto un poco de color en las mejillas y en los labios, lo justo para disimular que no había podido dormir después de encontrar la alianza de Álvaro dentro del horno de la Guardiola. No era un buen momento para pensar en aquello, pero las dudas la martirizaban. ¿Estaba Álvaro muerto y alguien se había deshecho del cuerpo? No, eso era imposible. El cuerpo de un hombre no cabía dentro del horno de la Guardiola. Además, el anillo estaba en su chaqueta, no lo llevaba puesto. ¿Quién, o quiénes, habrían quemado sus ropas dejando la clara evidencia del anillo? No creía que hubiese sido el propio Álvaro, sino alguien que, por las prisas, no se había preocupado de hurgar dentro de los bolsillos. Leonardo era el que más tiempo pasaba en el beneficio... No quería que fuera él. Mucho menos Cira, a la que adoraba como la hermana que nunca tuvo, a pesar incluso de la contradictoria sensación que le había dejado ver el tipo de relación que mantenía con el guardés. No parecía que echase de menos a su marido, Álvaro. ¿Habría sido ella capaz…? Todas las posibles conclusiones a las que llegaba resultaban aterradoras, pero, lo quisiera o no, ese día más que ningún otro necesitaba el apoyo de los Haeckel, así que borró de su mente el episodio de la noche anterior. Dejó que las tormentas, las nieblas, los despechos perturbadores, las lluvias, los calores, las desilusiones… rugieran por dentro, en el alivio de la sombra, en los pasillos fríos del corazón; por fuera, su sonrisa gloriosa, el brillo retador en la mirada, la serenidad del volcán.

Dejó de mirar la cumbre del Turrialba y volvió la vista a la vibrante hacienda. Justo entonces llegó Leonardo con paso apresurado y alegre. Los tres juntos avanzaron en dirección a los jardines de la hacienda, donde los sirvientes se paseaban con bandejas llenas de canapés. Las terrazas de la planta baja estaban abiertas y de un gramófono escapaban los acordes apasionados y enérgicos de un vals costarricense. Fácilmente habría allí unas doscientas personas: grandes terratenientes y pequeños aparceros a los que Minor quería convencer de las bondades del ferrocarril. También estaba el comisario don Orlando Montenegro, que los saludó en la distancia con una inclinación de su sombrero. Uno de los últimos en aparecer fue el expresidente y padre de la mujer de Keith, José María Castro. Llegó con su esposa y con sus otras hijas en carruaje de coche cerrado y color azul ultramarino, un lujoso landó tirado por dos caballos que le había dejado en herencia el difunto Tomás Guardia. Los anfitriones se acercaron a recibirlo y admiraron los acabados lujosos del vehículo: sus escudos de armas, las cortinas y el acolchado interno cubierto por sedas. Definitivamente, Minor había logrado reunir esa Nochevieja en Casa Turiri a la *crème de la crème*.

A lo largo del día sonaron romances y baladas, villancicos, tonadillas, hasta coplas e incluso una jota. La gente comía, bebía y reía; el ambiente era tan alegre que durante años no se hablaría de otra cosa en Costa Rica. Aunque no era así como se sentía Aitana. Varias veces había cruzado su mirada con la de Minor, pero él fingía no verla. Y no solo eso, incluso en un par de ocasiones pasó por su lado, esquivándola. Aquel comportamiento impropio en él le encogió tanto el estómago que apenas probó bocado. Estaba acostumbrada a tener todas las atenciones de Minor, y verse ninguneada de aquella manera era lo último que había imaginado. Por otro lado, le daba la impresión de que a él, en realidad, le gustaba tratarla como si realmente fuera su amante, relegándola a la oscuridad cuando su mujer estaba delante, pero sin renunciar a ninguna de las dos. Qué mezquina se le antojó toda aquella representación. Mientras que a una mujer el papel de amante enseguida la colocaba como a una buscona, a un hombre le confería poder, atractivo. ¿Era de verdad esa la actitud jactanciosa que había decidido adoptar él? Al evitar saludarla daba todavía más lugar a las habladurías y la dejaba a ella en una situación pésima, que ni siquiera se había buscado, pues, si hubiera sabido que él estaba casado, nunca se habría metido en líos con el esposo de otra mujer. Y no solo por su propia honra y orgullo, sino por respeto a Cristina Castro.

¡Qué injusto era todo!

Aitana intentaba mostrarse sonriente, como si estuviera disfrutando más que ninguno de los invitados de aquella fiesta, pero lo cierto era que empezaba a venirse abajo. Cira y Leonardo, conscientes de la situación, no la dejaban sola ni un segundo y continuamente le presentaban a gente importante, algo que ella hubiera esperado que hiciese Keith, honrando al menos la amistad que pudiese quedar entre ellos, más aún cuando había insistido en invitarla después de todo. Con todas aquellas emociones retenidas en el estómago, Aitana charlaba con hacendados como Jesús Jiménez y Cleto Gonzáles Víquez a los que pedía consejos sobre cómo manejar la hacienda, y ellos elogiaban la gran cultura y el aplomo en el discurso de la española, pero le decían que una mujer tan bonita no debía ocuparse de esas cosas.

—Pues según me han dicho, las mujeres josefinas son muy hábiles en los negocios, sobre todo en los que tienen que ver con el café. —Aitana exageraba sus sonrisas cuanto podía para que nadie pudiera darse cuenta de lo terriblemente infeliz y traicionada por Minor que se sentía.

A ratos pillaba a Keith dirigiéndole escuetas miradas en las que la expresión pícara de sus ojos azules podía significar muchas cosas: reto, admiración, celos, incluso una jovial indiferencia. Como dos gatos que se observan manteniendo las distancias, la tarde transcurrió en ese baile de miradas furtivas que se dirigían el uno al otro. Aitana también tuvo que lidiar con varios jóvenes solteros que alababan su belleza y desparpajo, pero mucho más su hacienda, y que probablemente pensaban que podía ser presa fácil debido al rumor de su aventura con Keith. Ella no contrariaba a ninguno, más bien se dejaba lisonjear. Bajaba los ojos, coqueta, como le había enseñado la verdadera Aitana en el barco, que a la vez lo había aprendido de su madre: «La joven pretendida baja los ojos, finge ruborizarse para darles esa sensación de poder sobre ella a los hombres y, cuando ya los tiene en sus redes, hace con ellos lo que se le antoja». A pesar del dolor de su corazón, Aitana también pensaba en el futuro, en los favores y consejos que tendría que pedir para hacer de Aquiares una de las mejores haciendas del país. Esos hombres acabarían aceptando que una mujer podía llevar perfectamente las riendas de una hacienda, pensaba, y con esa determinación, se esforzaba en hablar como cualquiera de ellos.

—Lo importante aquí, señores —decía con gran afectación a unos—, es el grano de oro, que es lo que ha traído la prosperidad económica a Costa Rica desde que se independizaron ustedes de mi patria. Y bien que hicieron, les ha ido mucho mejor desde entonces.

Y a otros:

—El ferrocarril compensará el precio de los fletes, acortaremos tanto los tiempos que así se podrán hacer muchos más envíos a Europa y Norteamérica. Pronto nuestras ganancias harán aumentar el valor de nuestras divisas y los bancos crecerán de manera nunca vista. Así que sí, apoyo incondicionalmente la construcción de una línea que una el Valle Central con el Atlántico. ¡Estaría loca si no lo hiciera! Nuestra hacienda depende de ello; las de ustedes también. El café costarricense es reconocido por su alta calidad en España y en toda Europa; si no podemos responder a la demanda, irán a buscarlo a otro lado. Y eso, señores, no nos interesa a ninguno. No podemos perder este tren; no volverá a pasar.

Viendo lo bien que parecía desenvolverse Aitana, Leonardo y Cira la dejaron a su aire, pero aún tuvieron que pasar varias horas hasta que Minor por fin se acercó a saludarla. El norteamericano aprovechó un momento en el que la joven se había alejado caminando por un sendero de grava hasta el romántico templete desde el que se podía contemplar el apacible lago de La Angostura. Aitana no estaba acostumbrada a tanta vida social y necesitaba de veras ese respiro. Mientras acercaba la nariz a los perfumados rosales que decoraban el templete, ni siquiera se dio cuenta de que él la había seguido. Minor carraspeó y cuando ella se giró hacia él, sobresaltada, su atractivo rostro adoptó un aire culpable y encantador demasiado ensayado.

—No estaba seguro de si vendría —dijo.

Reunirse a solas con ella daría pie a más habladurías, pensó Aitana con rabia. *Claramente no solo no le molesta, sino que estará encantado de que luego sus hermaniticos lo vitoreen como el gran conquistador que se cree.* Ese pensamiento la puso furiosa. Así eran los hombres, el mundo estaba hecho para ellos, por muy injusto que esto fuera. Y ella solo podía hacer dos cosas: odiarlo o perdonarlo. En cierto modo, aquel comportamiento de Minor, a pesar de que le reconcomía las tripas, también la desenamoraba, le quitaba la honorabilidad que ella, tontamente, le había atribuido. Pero seguía temblando en su presencia. Desvió la vista hacia unas hormigas zompopas que desfilaban en procesión por la barandilla cargando hojas recortadas de llamativo color verde y tres veces más grandes que su tamaño. Aquellas pequeñas porteadoras estaban por todas partes en Costa Rica.

—Sus nidos pueden tener hasta siete metros de profundidad —dijo Keith siguiendo su mirada—, probablemente ahora estemos situados sobre su gran casa subterránea. ¿Sabe para qué usan esas hojas?

Aitana quiso evitar que su voz sonara irritada, pero no lo consiguió.

—Supongo que las llevan al nido para comérselas —dijo sin dejar de mirar a los pequeños insectos.

Minor rio suavemente.

—Son zompopas, no zamponas. Esas hojas son tóxicas, si se las comieran, se envenenarían. En realidad las usan para alimentar un hongo que les da refugio y alimento.

—Las personas llevamos cargas más pesadas y tóxicas que esas hojas verdes, como el odio —dijo Aitana, pero enseguida se arrepintió, no quería mostrarse despechada.

Minor la sujetó entonces por la barbilla, obligándola a mirarlo, y la escudriñó con sus ojos azules.

—¿Significa eso que me sigues odiando?

Aitana se separó de él. No podía controlar el destino, pero sí su carácter. Después de asegurarse de que nadie los estaba mirando, dijo:

—No, ya alimenté demasiado ese sentimiento en el pasado. De nada me sirve. Pero no te hagas ilusiones, no he venido por ti, sino a hacer negocios. Quiero que sepas que no voy a venderte Aquiares, pero pretendo apoyarte en tu aventura del ferrocarril.

—Mientes fatal. Aún me odias, puedo leerlo en tus ojos. —Minor lo dijo como si, en lugar de dolerle, aquello le complaciera—. ¿Por qué me apoyas entonces?

—He encontrado un tesoro mucho más interesante que el que vine buscando: el grano de oro de Aquiares. Así que la construcción de un ferrocarril que una el Valle Central con el Caribe me interesa tanto o más que a ti.

—Pues me alegra saberlo, y para nada me enfada que no me vendas Aquiares. El dueño de la hacienda del Guayabal, el licenciado Manuel Vicente Jiménez, me ha vendido algunos de sus terrenos. Espero poder tener el gusto de presentártelo luego, pertenece a una de las mejores familias de Cartago, los Jiménez y los Oreamuno. Y yo le estoy muy agradecido. En menos de una semana empezarán las obras de construcción del primer edificio del ferrocarril. Así que los dos contentos, ¿no te parece?

A Aitana no le sorprendió que Minor se le hubiera adelantado con una solución alternativa tan rápida, y, aunque lamentó no poder martirizarlo un poco con su decisión de no venderle Aquiares, en el fondo se alegró de que estuvieran en paz. Lo que sí parecía torturar a Minor era la frialdad con la que ella se comportaba, pero debió de darse cuenta de que nada tenía que hacer, pues levantó el brazo e hizo señales a un hombre para que se acercara al templete rompiendo con ello su intimidad. Cuando el hombre estuvo a unos pocos palmos, Aitana se dio cuenta de que su rostro y sus maneras le resultaban de lo más familiares y casi pegó un brinco cuando Minor se lo presentó con su terrible acento español.

—Creo que no ha tenido la oportunidad de conocer al hacendado Troyo. José Ramón es un gran amigo mío. Tiene una finca que linda con sus territorios, así que son vecinos, junto al río Guayabo.

Troyo hizo una reverencia y desplegó una amplia sonrisa.

—Minor me ha hablado maravillas de usted. Estaba deseando que nos presentaran. Dice que nunca ha conocido a nadie, hombre o mujer, con tantos conocimientos sobre culturas antiguas como usted. Y la verdad, si he venido hoy aquí, es para rogarle su ayuda.

—Espero que también sea para apoyarme con la construcción del ferrocarril. ¿No me diga que ve a una mujer hermosa y ya olvida todas sus promesas? —Minor le palmeó la espalda y río con sorna.

Luego, los dejó solos para que hablaran con la excusa de que él tenía que seguir atendiendo a sus invitados. José Ramón Rojas Troyo resultó ser un hombre de lo más agradable y dicharachero, nadie que lo conociera en esas circunstancias podría imaginarlo persiguiendo guaqueros con una escopeta de caza en las noches tropicales. A Aitana le resultaba de lo más hilarante aquella situación. Hasta se sintió un poco culpable mientras Troyo le explicaba que, en sus terrenos, él y Anastasio Alfaro, el encargado de construir el primer Museo Nacional de Costa Rica, habían hecho un hallazgo sin precedentes: se habían topado con un cementerio que tenía restos arqueológicos de una civilización precolombina. Juntos iniciaron las excavaciones en el sitio, en busca de objetos que pensaban exhibir en la Exposición Histórico-Americana que se celebraría en Madrid dentro de unos años, con motivo del cuarto centenario del descubrimiento de América. Aunque todavía quedaba mucho tiempo por delante, era mucho lo que había que excavar, estudiar y clasificar. Y querían que fuera un éxito.

—Nos haría un gran favor si nos ayudase en el estudio y clasificación de las piezas. Además, siendo usted española, con más motivo nos gustaría que, llegado el momento, viajara con nosotros a Madrid para ayudarnos con la exposición y así de paso podrá visitar también a su familia. Me encantaría presentarle a don Anastasio, él se encuentra a cargo de las exploraciones. No lo he visto en los jardines, debe de estar en alguno de los salones, probablemente en el pequeño «cuarto de curiosidades» de Keith. Supongo que usted ya lo habrá visitado.

—¿Un cuarto de curiosidades? Me temo que no he tenido el placer. —¿Con qué más iba a sorprenderle su querido amigo Minor?

—¿No? ¿Cómo es posible? ¡Menudo anfitrión está hecho este Minor! Lo disculparemos por lo ocupado que está hoy, todo el mundo quiere saludarlo. ¡Venga conmigo! —Troyo la cogió galantemente del brazo—. Perdóneme la expresión, pero ¡se va a caer de bruces cuando lo vea!

III

El cuarto de curiosidades resultó estar precisamente en la sala a la que Minor había evitado que ella accediera el día que amaneció en Casa Turiri. Al entrar y ver lo que había allí, Aitana se quedó sin aire, como si tratara de encajar un golpe brutal en el estómago. No podía articular palabra, aunque no hacía falta, el alegre Troyo hablaba por los dos.

—Fascinante, ¿verdad? Debe gustarle tanto o más que a mí el arte; se ha quedado perpleja. No me extraña, aquí debe de haber más de diez mil piezas.

Minor había convertido aquel salón en un pequeño museo ordenado en vitrinas de puertas acristaladas y anaqueles cubiertos con terciopelo negro; sobre ellos descansaba la mayor colección de arte primitivo costarricense con la que pudiera soñar cualquier buscador de tesoros. Incluso en una esquina había una piedra de sacrificio similar a la que había usado Minor en El Guayabo para tumbarse, y, en el centro de la sala, una torre acristalada de unos tres pies de alto, con una plataforma que giraba muy lentamente en su interior, accionada por algún tipo de mecanismo eléctrico sorprendente; en ella estaban expuestas las mejores piezas. Aitana miraba boquiabierta los trabajos en piedra y cerámica; las joyas finamente talladas en cobre, jade y, por supuesto, en oro. Como ella, muchos otros invitados habían entrado a admirar todas aquellas magníficas piezas del cuarto de curiosidades. Cristina Castro, parada junto a una de las vitrinas, explicaba a sus amistades cómo la afición de su marido había empezado unos años atrás cuando, en una de sus muchas fincas —la Mercedes—, situada en el valle del río Santa Clara, en la región del Caribe, un huracán había arrancado de raíz una ceiba centenaria dejando al descubierto treinta magníficos objetos de oro.

—Parece ser que el árbol había crecido sobre la tumba de un cacique. ¿No es así, querido?

Keith acababa de entrar en la sala y se acercó a su mujer, la rodeó cariñosamente por la cintura y asintió con la cabeza.

—Este pequeño *hobby* es lo único que consigue liberarme del estrés de los negocios.

—¿Lo único? —le espetó su mujer haciéndole una burla de lo más cómica que todos aplaudieron. Y siguió hablando con sus amigas sin hacer más caso a su marido.

Minor aprovechó entonces para acercarse a Troyo y a Aitana, que lo interrogó con una mirada en la que hervían muchas preguntas, demasiadas. *¿Cómo pudiste hacerme creer que no te interesaban los tesoros? ¿Por qué me lo ocultaste? ¡Tanto que fingías abrirte a mí hablándome sobre tu pasado! ¿Para qué me has invitado a esta ridícula fiesta si ya ni siquiera te interesa Aquiares? ¿Cuántas más como yo han caído en tus enredos? ¿No será el nombre de esa finca, Mercedes, el de otra de tus amantes? Tú, vil canalla, cobarde, mentiroso, perro adulador, ¿sentiste en algún momento amor por mí o solo un deplorable deseo carnal que te impidió ser sincero? Pero el título de «amante del Rey del banano» me lo quedo yo. ¿Por qué te burlaste de mí? ¿Por qué me hiciste creer* *que...?* Pero lo único que dijo, con un tono ligeramente mordaz, fue:

—Creí que no le interesaban los tesoros indígenas, señor Keith. ¿Cómo es que no me habló de su afición al coleccionismo cuando nos conocimos sabiendo lo mucho que me apasionan las culturas precolombinas?

Minor adoptó de nuevo la expresión de traviesa culpabilidad que tan bien le quedaba en el rostro, pero, al ver que esta vez no camelaba a Aitana, bajó la cabeza en un gesto que Troyo —ajeno a aquella guerra que se estaba lidiando a través de las miradas— claramente confundió, pues dijo:

—Oh, es usted demasiado humilde, mister Keith. No le gusta vanagloriarse aunque tenga delante a una bella dama. Así es él, mi estimada, donde otros que hubieran logrado semejantes proezas se mostrarían arrogantes, él se define como un simple trabajador con metas claras en la vida y mucho café en las venas. Pero Minor Cooper Keith es ya toda una leyenda en Costa Rica.

—Mientras no sea como el Turrialba... ese volcán tiene tantas leyendas que una no sabe ya cuál es la original.

Troyo pareció confundido, pero en ese momento un hombre lo saludó con la mano y se disculpó con ellos.

—Es inaudito el poder de congregación que tiene usted, Minor. ¡Hacía siglos que no veía a don Ernesto! Si me permiten, voy a saludarlo.

Cuando Troyo se hubo alejado lo suficiente para no oírlos, Aitana dijo:

—Ahora sí me empiezo a creer eso de que Costa Rica entera te pertenece. ¿Vas a robarle todos estos tesoros a los costarricenses?

—Yo no he robado nada a nadie, cuida tu lengua. Cuando los demás me entregan sus *tesoros*, los acepto gustoso. Sería una descortesía no hacerlo.

El rostro de Aitana se encendió de ira y miró hacia la vitrina, hacia las miniaturas de aves, pumas, serpientes, anuros y dioses indígenas labrados con una habilidad desconcertante para la época. Agradeció que nadie les prestara atención, que los hombres estuvieran ya achispados por las horas bebiendo y discutieran acaloradamente sobre política. La voz de uno de ellos atraía todas las miradas. En esos momentos, gritaba: «¡Si se ha restablecido el monopolio del tabaco, deberían suprimir el impuesto del timbre»!; en otro grupillo se quejaban de la Compañía de Vapores del Pacífico: «El vapor San Juan no ha entregado todos los sacos de correspondencia en su último paso por Puntarenas. ¡Qué falta de seriedad!». Todo aquello le importaba un bledo a Aitana, pero agradecía que sus voces silenciaran su conversación con Minor. Una sirvienta entró para avisar de que la cena sería servida en breve y, mientras seguían quejándose del malestar económico que sufría Costa Rica, todos menos ellos la siguieron en dirección al salón comedor. En cuestión de segundos, Aitana y Minor se quedaron a solas.

—Estas piezas deben de tener un valor inestimable para Costa Rica —aventuró Aitana, cuyo rostro había adquirido un rictus severo—, así que espero que las dones a ese Museo Nacional que tengo entendido que va a establecer el señor Alfaro.

Minor escupió una risita condescendiente:

—Sí, cuando me muera las cederé al museo, pero no al de Costa Rica. Eso sería nefasto para la historia del país. Aquí no hay nadie suficientemente preparado para estudiar y conservar semejante legado. Las cederé por entero al Museo Americano de Historia Natural de la ciudad de Nueva York.

Aitana apretó los puños y lo miró fijamente a los ojos.

—Ni sé las veces que he escuchado cómo te llaman «el rey sin corona de Costa Rica», pero ahora me doy cuenta de que tú no tienes ningún interés en serlo. Como todo buen yanqui solo amas a tu patria, que curiosamente abandonaste porque nada te ofrecía. Aun así volverás con las manos llenas como el hijo pródigo, para que te rindan honores. Esa historia tuya del ferrocarril que unirá a la humanidad es solo otra farsa con la que enmascarar lo que estáis haciendo los norteamericanos: extender por otros países los tentáculos del avaricioso y gigantesco pulpo que es vuestra amadísima madre patria. Unos tentáculos de hierro extraordinariamente capaces, que agarran todo lo que pillan a su paso, como las exóticas frutas de la dulce cintura de América, esas deliciosas bananas que te están haciendo rico.

Aitana había alzado la voz y Minor le pidió que se calmara, pero ella no podía. Él, en cambio, tenía el mismo semblante, ¿es que nada lo alteraba nunca?

—Hace un rato tú misma reconocías que te interesa la construcción del ferrocarril tanto o más que a mí. Solo eres una pequeña cínica. Eso sí que resulta decepcionante.

—No hagas conmigo lo que haces con los demás.

—¿El qué? ¿Daros lo que ambicionáis? —se defendió Minor.

—Convencernos de que nos estás dando lo que queremos para justificar la manera en que lo haces.

Minor pareció haberse quedado sin argumentos porque, de pronto, su rostro se dulcificó y cogió del brazo a Aitana para evitar que ella se marchara.

—Insúltame todo lo que quieras, me lo merezco por no haber sido sincero contigo desde el principio —murmuró. Y luego añadió, con tono aún más suave y lisonjero—: «Digo que en todo tiene vuestra merced razón... y que soy un asno».

—Oh, cállate. Abusas del «perdón» y es horrible escucharte citar al Quijote con tu terrible acento yanqui.

Keith soltó una carcajada.

—Estás dolida y por eso me hablas así, pero los dos sabemos que omitir que estaba casado no fue más que un pequeño malentendido. ¡Tampoco me lo preguntaste! Por Dios, Aitana, soy un hombre, los hombres no podemos controlar el deseo tan bien como las mujeres. Y vosotras no sabéis separar el sexo del amor, por eso sois tan infelices. No os culpo, vuestra educación os obliga a ello, pero escucha a mi corazón: ¿qué tengo que hacer para que me creas cuando te digo que mi amor era sincero en aquella cascada? Te deseaba con locura, ¡y te deseo todavía! No es un pecado tan grave el que cometí. Yo no planeé enamorarme, Aitana, mi amor, mi vida. ¿No entiendes que simplemente no puedo dejar a mi mujer? No puedes ser tan egoísta como para no ponerte un momento en mi lugar. No todos somos libres para amar a quien nos gustaría. Estoy atado, en cambio tú… Tú eres libre. ¿Por qué en lugar de enfadarte no me ayudas a catalogar todas estas piezas? Así vendrías a Turiri a menudo, ¡y podrías leer todos los libros que quisieras! Seamos amantes, te lo ruego.

Minor se había ido acercando cada vez más a ella y sus rostros casi se rozaban.

—¿Ya estás otra vez con eso? Parece que no me conozcas; deja ya de decir *babosadas*. No pienso venir aquí a catalogar el tesoro de otros. No me gusta que me den migajas, señor Keith.

—Te estás volviendo verdaderamente tica, qué manera es esa de hablar, «¡Babosadas!» —la reprendió, pero enseguida volvió a su tono seductor—. No te hagas más la dura, por favor, sabes tan bien como yo que los dos deseamos quedarnos a solas, besarnos tan apasionadamente como lo hicimos en la cascada. ¿Qué quieres, que me humille, que te diga que desde que nos separamos no he dejado de pensar en ti? Cuando te vi aquel día en Puerto Limón, defendiendo a Leonardo como una loba… Dios, creí morir de los celos. Oh, Aitana, querida, estás tan hermosa hoy, ansiaba poder decírtelo. Sí, me debo a mi mujer, ¿pero no ves que es a ti a quien amo?

—¿Igual que amas Costa Rica, pero te debes a tu patria? —ironizó ella.

Minor no pudo contestar. Su mujer acababa de entrar.

—¡Estás aquí, querido! Os estaba buscando, a los dos. ¡Ya es hora de que me presentes a tu amiga española, Minor! Me han dicho que es usted del País Vasco, casualmente tengo familiares que viven allí. Estoy deseando que me cuente sus primeras impresiones de Costa Rica y las diferencias que encuentra con su tierra. La echará de menos, supongo.

La interrupción de Cristina Castro fue tan inesperada que los dos se separaron de un brinco, pero, a juzgar por la alegría de su rostro, Cristina no había escuchado nada de su conversación. Se lanzó a darle dos sonoros besos en cada mejilla a Aitana, que no se lo esperaba y no supo qué decir.

—¡Oh! No me mire así, con esa cara de susto. No tiene de qué preocuparse: mi marido me lo ha contado todo —explicó Cristina en tono confidencial y reafirmando sus palabras con un gesto asertivo y contundente de la barbilla.

¿Se lo había contado todo? ¿Qué todo? Aitana la miró con los ojos como platos; en ese momento deseó ir en busca de Cira y Leonardo para pedirles que se fueran de aquella casa de locos lo antes posible, aunque los Haeckel no sirvieran como ejemplo de cordura. Pero Cristina Castro se anudó al brazo de Aitana, que temblaba, y la arrastró fuera de la sala, obligándola a caminar por el vestíbulo, en dirección al comedor. Minor las siguió detrás.

—Venga conmigo, querida. Se sentará con nosotros a la mesa, así acallaremos todas esas habladurías de que usted y mi marido son amantes. —Hablaba en voz baja y con tono confidencial—. Minor me ha contado cómo la encontró perdida en la selva, que la muerte de su marido la tenía tan devastada que salió a dar un paseo para serenarse, pero al no conocer la propiedad se desorientó y hasta tuvo un encuentro espeluznante con unos monos Congo. Es usted muy valiente, pero ¡menos mal que lo encontró a él! También me explicó que el día que llegaron exhaustos de la selva encontraron al guardés en una situación de lo más comprometedora con una sirvienta y que, como Minor decidió despedirlo, Germán se vengó de esa manera tan vil, diseminando falsos rumores sobre ustedes dos. ¿Sabe que sus padres lo abandonaron y lo encontraron unos curas en la selva? Vivía como un salvaje. Dicen que se alimentaba de guacamayas y zorros secos. Mis primas me contaron que ese hombre fue abusado por un religioso cuando era un niño, ¡qué horror! Por eso no debe ponerle caso, todo el mundo sabe ya de desvíos. Pero puedo entender que usted le rompiera una botella en la cabeza, debió de sentirse muy ofendida al oírlo soltar aquellas injurias en el bar. Generalmente no soy partidaria de la violencia, pero la honra de una mujer no es algo con lo que se deba bromear. De todas formas, imagino que ustedes los vascos no arreglarán las disputas siempre así; por si acaso, no me enemistaré nunca con usted. ¡Vamos! Nos esperan.

18

El sacrificio a los Sòrburu

I

Media hora más tarde, Aitana se encontraba cenando en un sitio de honor en torno a una mesa redonda, en el centro del salón, flanqueada por dos de las hermanas de Cristina Castro, que hablaban tanto o más que la mujer de Keith. El resto de los invitados se sentaban en mesas también redondas, pero más pequeñas que aquella; entre ellos, Cira y Leonardo. Fue una situación de lo más extraña, pero una buena manera de acallar los rumores que la hizo sentir un poco más cómoda. Cristina debía de ser una gran mujer, la estaba tratando mucho mejor de lo que lo había hecho su marido; también parecía muy enamorada, como lo había estado ella. La había juzgado mal y le dolía aún más ser parte de esa infidelidad no planeada. Después de la cena, los hombres se retiraron al salón de fumar y las mujeres se sentaron a charlar en una sala de suelo ajedrezado y techo alto atravesado por vigas de madera pintadas de negro. Cristina aprovechó para presentarle a Aitana a sus amigas, a las que reprendía continuamente porque su conversación solo giraba en torno a los chismes. Hablaban a una velocidad vertiginosa.

—¿Si vieron a la prima Cenobia? *Anda* con toda la cara *pintarrajiada*, pareciese que lleva una máscara. ¡Lo más fea se ve!

—¡*Acharita*! ¿No ves que quiere ser *cantatriz* y anda haciéndose la artista *pa* que la vean?

—¿Oyeron que su hermana no ha venido porque está enferma? «*Qu'es* la viruela», dicen.

—¡A otro perro con ese hueso! Todos saben que aún está convaleciente. ¡Figúrense que parió en un hospital!

Las mujeres pegaron un gritito y una de ellas se acarició una incipiente barriga.

—Yo creo que si no pudiera parir a mi chiquito Mateo en la casa, la *verdá*, mejor no tenerlo.

—No *exagerés*.

—Esa pobre muchachita estaba en una situación lastimosa. El marido tuvo mala vida porque era hijo de un hombre que sacaba guaro y acá lo desterraron en los tiempos del presidente, el viejo Morazán, cuando decretó esta zona de confinamiento *pa'los* que hacían maldades no muy malas, *comuesa* de sacar guaro.

—¿Y qué fue de la *criaturita*? Yo nunca la vi.

—Al parecer tuvo «un accidente».

—Virgen santísima. ¡Almudena, *dejá* de *apenar* a las muchachas!

—No más cuento la verdad. Lo que es es, no hay de otra.

—Ah, ya. ¿Y por qué no les *contás* algo más bonito?

—Oigan, ¿y será cierto eso de que Silvina nunca se casó?

—Caray, no imagino nada *pior* que una vieja sin hijos ni marido, atrozmente sola.

—Acompañada por los gaticos *na'más*...

—*Ahorita* mismo voy a rezar un padre nuestro por ella a *tatica* Dios.

—¿Vieron a esa de enfrente? Me hace la cruz cada vez que la vuelvo a ver.

—*Di un por sí*. *Vos* ya *tenés* media *pata* en el infierno y el *pisuicas* te está *jalando*.

Viendo cómo hablaban aquellas mujeres, Aitana se preguntó qué no habrían dicho de ella, entonces apareció Cira para rescatarla y salieron escopetadas de allí.

—Estoy literalmente podrida con tanta maldita cotilla —dijo Cira llevándola del brazo hacia el vestíbulo.

Aitana soltó una carcajada porque nunca la había escuchado hablar así.

—Pensé que no aguantaba un minuto más, gracias por salvarme.

—¿Y si buscamos a Leo y nos devolvemos para el hogar? Seguro que la pobre Quetzali nos estará esperando despierta. Mi madre, en cambio, ya se habrá dormido, le parece una tontería esto de celebrar la Nochevieja.

Mientras iban en busca de Leonardo, Aitana le contó cómo había sido el encuentro con Cristina. Cira lo lamentó por ella, pero se alegró de la manera en que aquella mujer había sabido manejar la situación. Cuando llegaron al salón con vistas al jardín trasero donde platicaban los hombres, encontraron a Leonardo mucho más entretenido que ellas, departiendo con los hombres sobre política, pero, en lugar de llamarlo, se quedaron detrás de una columna, escuchándolos. A medida que la noche avanzaba y se bebía más alcohol, los ánimos se habían ido enfebreciendo.

—Yo siempre dije que la mejor ruta para el ferrocarril era pasando por Turrialba y siguiendo el curso del Reventazón, así que estoy con Keith. ¡Por fin alguien que apoya a los cafetaleros de la Meseta Central! Nunca me pareció eso de que el trayecto pasara por los volcanes Barva e Irazú ni las otras alternativas que proponía Tomás Guardia, que en paz descanse, pero de eso el viejo no tenía ni idea. ¿O solo a mí me parece una *chapucería* lo de la vía mixta?

Cira le explicó a Aitana que el hombre que hablaba era el expresidente Jesús Jiménez, que había gobernado la República durante siete años, hasta que fue derrocado por un golpe militar.

—Para ser sinceros, Jesús, tú querías beneficiar a toda la parentela, especialmente a los hijos de tu hermano José Manuel —le contestó Troyo—. Que por eso tu sobrino Manuel Vicente le ha vendido parte de los terrenos del Guayabal a Keith.

—Pues dé gracias porque, si no fuera por la generosidad de mi sobrino, Minor no tendría por dónde empezar a construir. Y hablando de mi sobrino, ¿alguno sabe dónde se ha metido?

—Creo que andaba regañando al pequeño Lico porque lo ha descubierto levantándole las faldas a las señoras.

Los hombres se rieron de aquella gracieta del nieto del expresidente y la conversación pareció serenarse un poco.

—No me entiendan mal. A mí lo que me preocupa es que con todas esas ideas liberales quieran ustedes cargarse los pilares de la familia: el patrimonio, la herencia, la propiedad. —El señor que hablaba estaba apoyado contra la pared, junto a un cuadro con la imagen de una Virgen. Sostenía en la mano una tacita de porcelana decorada con viñetas republicanas, en las que aparecían bellas diosas romanas, que se llevó a los labios—. Pero comprendo que sí, que el ferrocarril es la única manera de hacer llegar nuestro café a todas las partes del mundo, aunque no me gustaría que llegue un día en el que vea a mis nietos tutear a su abuela.

—Válgame Dios, ¿qué es eso? —se escandalizó Jesús Jiménez—. No hay familia más religiosa que la nuestra.

—Pero hacen tratos con un liberal ateo, masón y hereje.

—Cayetano la bocina[27] —lo avisó Jesús Jiménez, al ver aparecer a Keith.

—No le eche cuenta, don Jesús. El arte de desprestigiar es un oficio de perdedores. —Keith se incorporó a la conversación con una sonrisa—. Soy liberal hasta el punto de que creo en las mujeres y en su derecho al voto, pero de ninguna mane-

27. Cállese la boca.

ra me oirá usted tutear a mi abuela. Señoritas, pueden ustedes salir de donde están escondidas y participar en la conversación de los hombres.

Entonces Aitana y Cira se dejaron ver.

—¿Cómo cree eso, señor Keith? ¡Acabamos de llegar! No estábamos espiando nada —replicó Aitana con un tono divertido para disimular y saliendo de su escondite, pero un poco molesta por el tono paternal de él—. Solo veníamos a buscar a Leonardo para que nos acompañe fuera a tomar un poco el aire.

Al verlas, Leonardo se levantó de la butaca en la que estaba sentado.

—Señores, yo los dejo aquí. No se le puede decir que no a una dama, mucho menos a dos.

—¡Esperen! —Los detuvo Keith—. Ya son casi las doce y les tengo una sorpresa preparada en el jardín para dar la bienvenida al nuevo año.

Todos se levantaron ante la sugerencia de Keith y, poco a poco, los invitados salieron al jardín trasero abierto a la noche costarricense y a la dulce brisa que llegaba del lago. Eran tantos que casi no cabían, pues se trataba del jardín más pequeño de la hacienda. Keith se situó en la parte más elevada del terraplén que actuaba como mirador. A su lado estaba un señor que Aitana no conocía.

—¡Damas y caballeros, la visión de un gran futuro me trajo a Costa Rica! —empezó diciendo Keith.

Y, según escuchó esa primera frase, Cira volteó los ojos hacia arriba.

—No soporto los discursos yanquis, prefiero darle la bienvenida al año paseando por las orillas del lago —les dijo a Aitana y Leonardo—. Cuando acabe, venid a buscarme. Quiero regresar cuanto antes a la casa y darle un beso de buenas noches a mi hija.

Dicho aquello, Cira se dirigió hacia un camino iluminado

con pequeñas antorchas que se adentraba en el denso bosque, dejando a Leonardo y Aitana solos. Keith seguía hablando desde la altura del mirador.

—Soy un hombre católico, pero sin prejuicio de ello, les digo que el ferrocarril ligará a los pueblos del mundo mucho más que la religión, porque mientras esta es algo íntimo entre Dios y el hombre, el ferrocarril es algo entre el hombre y el hombre. Marco Vitrubio dijo: «In tutte queste cose che si hanno da fare devesi avere per scopo la solidità, l'utilità, e la bellezza».

—Su acento en italiano es peor que en español —le susurró Aitana a Leonardo.

Él soltó una gran carcajada y luego en susurros añadió:

—Es masón, por eso cita a Vitrubio. Toda su familia política es masona, son los que mueven los hilos aquí en Costa Rica desde hace ya varios años.

—Minor es una caja de sorpresas. ¿Has visto su «cuarto de curiosidades»?

Leonardo asintió con la cabeza.

—Cada vez que remueven tierra para construir las vías del ferrocarril, encuentra un nuevo tesoro. No sé qué lo está enriqueciendo más, si sus bananos o el oro precolombino de Costa Rica.

—Pensaba que todo ese oro lo habían hallado en una de sus fincas.

—Parte sí, pero la mayoría procede de las excavaciones del ferrocarril y de sus minas de oro en Abangares, pero es mejor decir que todo ha salido de su finca porque así nadie cuestiona que se lo quede. Por eso Cira tiene tantas ganas de marcharse, dice que los costarricenses están todos ciegos y no ven las verdaderas intenciones de Minor. Si ha venido hoy aquí, es solo para que no te sintieras sola.

Aitana miró con tristeza la figura de Keith. Era un hombre que provocaba verdadera fascinación: la autoridad de su porte, el tono seguro de su voz, su atractivo natural... Y esa determinación inquebrantable en la mirada. Podía persuadir a un grupo de tenedores de bonos para que redujesen en un 50 por ciento el valor de sus títulos; hacer de su sueño el sueño de los demás. Y todo ello sin que nadie se diera cuenta de que era un hombre lleno de sombras al que no le importaba distorsionar la realidad, moldearla a su gusto, con tal de conseguir lo que quería. Claramente se sentía superior al resto, y en parte lo era, pero también era un embaucador: tentaba a los hombres mejor que el mismo diablo.

—Sé que no está bien por mi parte, pero a ratos pienso que me gustaría pagarle con la misma moneda todo el daño que me ha hecho. Siento que por su culpa no podré confiar nunca más en nadie.

Leonardo la cogió de la mano y la obligó a mirarlo a los ojos.

—Puedes confiar en mí —dijo.

—¿De veras? Entonces, explícame por qué ayer me encontré la alianza de tu hermano en el horno de la Guardiola.

Leonardo se quedó pálido y tardó unos segundos en responder.

—No, no puedo. Es un secreto que no me pertenece.

—Ya, claro, qué fácil, con esa frase lo solucionas todo: «Es un secreto que no me pertenece». Pero no lo niegas. Da igual. Creo que prefiero no saber cuál es la respuesta.

Dejó de mirarlo y volvió la cabeza hacia Minor, que seguía hablando desde su improvisado estrado.

—¡El progreso siempre es avance, damas y caballeros, y nada avanza más que el ferrocarril! Algunos dicen que es lo más parecido a una máquina del tiempo que han visto. No se equivocan, y será aquí, en Costa Rica, donde comience ese viaje hacia el futuro de la humanidad. Muchas cosas buenas están por venir. Amigos, algunos ya habéis conocido a Amón Fasileau-Duplantier. Este hombre ha venido a Costa Rica a instalar una planta generadora de electricidad en mi hacienda, también es el artífice de ese asombroso mecanismo eléctrico que hay en mi cuarto de curiosidades por el que muchos me han preguntado a lo largo del día. Pero eso es un entretenimiento para niños en comparación con lo que ha venido a hacer en Costa Rica mi estimado amigo Amón. Gracias a él y con la ayuda de los ingenieros Manuel Víctor Dengo y Luis Batres García, San José será una de las primeras ciudades del mundo en disponer de alumbrado eléctrico. Hasta ahora, solo París y Nueva York pueden jactarse de tal proeza. Lo siento mucho por los faroleros, pero pronto prescindiremos de las lámparas de canfín para el alumbrado público.

Hubo un estallido de risas y aplausos. Cuando estos cesaron, Minor continuó:

—¡Gracias al señor Duplantier, esta noche podrán ver con sus propios ojos cómo se ilumina una nación! ¡Damas y caballeros, quedan apenas diez segundos para que den las doce en mi reloj de pulsera, ahora nueve, así que les pido que cuenten conmigo los segundos para recibir el nuevo año: ¡Cinco, cuatro...

«...TRES, DOS, UNO!», corearon todos a gritos.

Y después... un suspiro de asombro unánime. La fachada trasera de Casa Turiri acababa de iluminarse en un espectáculo de luces artificiales jamás visto por aquellas gentes. El milagro de Keith. ¿Cómo no iban a creer en él si presentaba sus sueños con la habilidad de un mago? Porque era pura magia contemplar las veinticinco lámparas conectadas por alambres e instaladas sobre postes de madera frente a la fachada. Aitana estaba tan asombrada como el resto de los invitados. Se dio cuenta entonces de que Minor la miraba por el rabillo del ojo, con una sonrisa complacida y un engreimiento que, a pesar de lo fascinada que estaba, la sacó de quicio. ¡No quería estar enamorada de ese hombre y era francamente difícil no estarlo!

—¿De verdad quieres ayudarme, Leo? —susurró en el oído de su amigo.

Leonardo la miró divertido y asintió con curiosidad.

—¡Por supuesto!

—Pues entonces bésame. Pero hazlo como si fuera la primera vez que besas a una mujer, con tanta pasión y lujuria que los escandalicemos a todos. Finge que me amas con un amor verdadero, incorruptible, que sacuda como un rayo a ese odioso de Keith. Finge que me amas y...

—No creo que me cueste mucho fingirlo —la detuvo Leonardo.

Y en un rápido movimiento agarró a Aitana por la cintura para inclinar ligeramente su busto, con la otra mano rodeó sus hombros, la cogió por el cuello y la besó tan apasionadamente que Aitana cerró los ojos y el mundo recién iluminado alrededor de ellos se apagó. Todos sus sentidos se concentraron en los labios gruesos y cálidos, en la lengua de Leonardo buscando la suya, derramando en su boca todo el calor de su ser; despertando un sentimiento, un deseo inconfesable, un asombro que la hizo rendirse y suspirar su nombre «Leonardo» en el silencio de su mente y de su corazón. Aitana correspondió a ese beso con tanta o más pasión que él, hasta que recordó dónde estaban y lo empujó con suavidad, en señal de que ya era suficiente. Él dejó de besarla, pero aún aguantó unos segundos con su frente pegada a la de ella, suspirando al tiempo que aspiraba su olor y lo que quedaba de ese beso. De mala gana, volvió a enderezar el busto de Aitana y sus robustos brazos se separaron de ella.

—Feliz año —dijo guiñándole un ojo.

Y Aitana le respondió con otro tímido «Feliz año».

¿La había visto Minor?

De pronto se dio cuenta de que le daba igual. En realidad, aparte de Minor, muchos de los invitados los estaban mirando sorprendidos, entre ellos Cira, que había vuelto probablemente atraída por el espectáculo de las luces. Durante unos segundos, las dos amigas se miraron, y la tristeza que Aitana descubrió en los ojos grises y celestes de Cira la sacudió con un latigazo de culpabilidad en el pecho, seguido de un miedo angustioso. Tenía que explicarle que solo había sido una tontería para poner celoso a Keith. ¿Lo había sido? ¿Una tontería? ¿Una trastada infantil? *¡El amor hace que los adultos tengamos comportamientos de lo más infantiles, sobre todo cuando se trata de mostrar despecho!*, tenía que explicarle, porque ese beso no había sido más que para dar celos a Keith. ¿Lo había sido, solo eso? Pero Cira desapareció en la espesura del bosque y Aitana tuvo que salir corriendo detrás de ella. Leonardo también, pero lo detuvo y le pidió que la dejara hablar a ella primero, que él fuera a buscar la carreta y las esperase en la entrada de la finca. Con esa idea, se dirigió hacia el caminito por el que Cira había desaparecido, pero, cuando se iba a adentrar en él, Minor la detuvo agarrándola suavemente del brazo:

—¿Qué ha significado ese beso con Leonardo?

Aitana se zafó de su brazo con la misma suavidad con la que él la había cogido.

—Te encanta ser el centro de atención, ¿verdad? Un «simple trabajador», qué gracia que te vendas así frente a tus amigos. Dime, ¿cómo haces para tenerlos a todos tan engañados?

—Les hago creer en lo increíble, como tú hiciste conmigo cuando nos conocimos. No parabas de hablar de la gloria, ¿o es que ya no te acuerdas? Y por lo que veo tú juegas mejor que yo con los hombres: qué callado te tenías tu amorío con Leonardo. Eres muy hábil cambiándome de tema y echándome en cara que yo quiera un poco de reconocimiento por mis hazañas.

—¡¿«Hazañas»?! Lo que quieres es cambiar el rumbo de la historia le pese a quien le pese.

—Acelerarlo un poco. —Sonrió él, con su picardía habitual.

Aitana no tuvo oportunidad de responder porque un montón de gente quería hablar con Minor y se lo llevaron. Esa breve conversación le había hecho perder tiempo y, al adentrarse por el camino del bosque, no vio a Cira, así que aceleró el paso. Pero seguía sin verla y empezó a correr y, mientras lo hacía, escuchó pasos detrás. Suponiendo que Leonardo no le había hecho caso y que era él, no se giró a mirar quién la seguía; un gran error, pues se trataba de Germán, el guardés, que había ido a espiar en la fiesta a la que no había sido invitado y acababa de encontrarse frente a la situación perfecta para vengarse. Aitana siguió corriendo, tanto que se preguntó cómo de largo sería aquel camino. Cuando por fin vio a Cira, se había alejado bastante de la hacienda.

Su amiga estaba sentada sobre una piedra junto al lago, llorando.

—¡Cira! —la llamó.

Pero no pudo decir nada más. Un golpe brutal en la cabeza la hizo caer de bruces contra el suelo y perder el conocimiento.

II

Cuando Aitana recuperó la consciencia, lo primero que vio fueron sus faldas azules serpenteando por el suelo y la punta de sus chinelas. Levantó la vista, Cira tiraba de sus brazos y la arrastraba penosamente por el camino del bosque. Germán apuntaba a su amiga con un revólver, pero solo podía ver la mitad del rostro cadavérico del guardés, la otra mitad estaba oculta por las sombras.

—Vamos, date prisa. Métela ahí —ordenó.

—¿Qué pasa? ¿Qué sucede? ¿A dónde me llevan? ¿Cira? —musitó Aitana.

Pero Cira no le contestó y, obedeciendo las órdenes del guardés, la arrastró dentro de una caseta de pesca mientras él sostenía la puerta, que cerró tras de sí cuando estuvieron los tres dentro. Germán miró a ambas mujeres de forma lujuriosa y se limpió la comisura de los labios con la manga.

—Siéntate ahí —señaló una silla con el revólver y Cira, siguiendo sus órdenes, dejó a su amiga en el suelo y se sentó.

Aitana se frotó la cabeza en el lugar donde había sido golpeada; estaba húmeda y, al mirar sus dedos, los vio llenos de sangre. Con gran desasosiego, echó un rápido vistazo al habitáculo en busca de algo con lo que poder defenderse. Estaba lleno de telarañas y había un zorro seco colgado en la pared como un trofeo de caza, también un par de guacamayas apioladas; varias cañas de pescar amontonadas contra una estantería en la que solo había un par de velas encendidas y una mesa de madera a su derecha. La única ventana de la caseta daba al lago y, a juzgar por la suciedad, no se limpiaba a menudo; al otro lado del cristal, una bruma grisácea y ambarina emergía del agua. Un zopilote posado en el alféizar la miraba desde fuera de la cabaña, con la cabeza ladeada. *El volcán exigirá sus sacrificios,* parecía querer recordarle con su mirada luctuosa. *No pierdas la esperanza.* Aitana intentó incorporarse, pero Germán la amenazó con el arma.

—No se le ocurra gritar, si lo hace, las mato ahora mismo a las dos.

—¿Qué es lo que quiere? —preguntó Aitana.

—No se haga la modosita, lo sabe muy bien. Quiero lo mismo que Leonardo y que Minor, como aperitivo para mi venganza. ¿O es que ha olvidado que me golpeó en la cabeza a traición, por la espalda, y que ese imbécil pretencioso me ha despedido por su culpa? Ahora cállese mientras espera su turno. Seguro que se excita mirando.

El guardés se puso delante de Cira, se arremangó los brazos que tenía llenos de pústulas grises y ulcerosas, se bajó los pantalones y la cogió por el cuello, doblegándola y acercándola a su miembro endurecido y azulado.

—Venga, chupa. —Soltó una carcajada histérica.

Cira mordió su brazo y él, con una crueldad inhumana, manipuló con la garra de su mano el cuello de Cira y empezó a ahogarla.

—¡Suéltela! —Aitana se levantó y se lanzó a por el guardés.

Germán soltó a Cira, pero la apuntó a ella con el arma, haciendo que se detuviera.

—¿Qué le pasa? ¿Está celosita? A lo mejor es que quiere que empiece con usted. En verdad esta indígena está ya tan usada que me saben mejor las putas del burdel.

—¡No lo escuches, Aitana! ¡Es un asqueroso, un despreciable! ¡Él me amenazó! Es un vicioso que me obliga a hacer cosas horribles con él.

Aitana vio horrorizada cómo el guardés se acercaba a Cira, irritado; tenía las venas del cuello hinchadas y resultaba repulsivo. El ambiente cada vez era más sofocante y pegajoso, como el peculiar olor a chamusquina de sus ropas, que embotaba los sentidos.

—Me hace mucha gracia lo amiguitas que se han hecho. ¿No le has contado a Aitana que quisiste cargarle el asesinato de tu esposo Alvarito? Ah, no, claro. Ella no sabe que aprovechaste la pelea que ellos tuvieron para que nadie sospechase de ti. Ni que tú lo mataste. ¡Ah! Mírenla ahora no más, ahora sí se *cuiteo* la damisela, ¡cómo se le cambió la cara! ¿Verdad? Usted se creyó toda esa patraña de que don Álvaro había huido, ¡nada más lejos de la realidad!

Aitana miraba al guardés sin dar crédito a lo que decía. Entonces... ¿Cira había matado a Álvaro? ¿Se había desecho de sus pertenencias quemándolas y por eso ella había encontrado el anillo dentro de la Guardiola? Negó con la cabeza, no podía ser, se lo estaba inventando, seguramente había sido él; Cira sería incapaz de algo así, no podía haberla engañado durante tanto tiempo... ¿O sí?

—¡Miente! ¡Cállate, oh, cállate! —imploró Cira con voz trémula—. Eres un hombre repugnante, te odio. No le hagas caso, no lo escuches, Aitana.

Cira se lanzó llena de rabia a por él, pero Germán, enfurecido, le propinó una patada en el estómago que la empujó contra la pared y la hizo doblarse del dolor. Aitana quiso ayudarla al ver cómo daba grandes bocanadas para coger aire, pero el guardés se lo impidió. Sus ojos estaban llenos de un odio insaciable, de una lascivia colérica que paralizaba. La obligó a retroceder mientras terminaba de quitarse los pantalones y se quedaba a apenas un palmo de ella. Luego le colocó el arma en la sien y fue bajando con ella por el cuello, el pecho y la tripa hasta sus muslos. Buscó entre ellos y apretó el arma allí, excitado. «Súbase las faldas», le ordenó pegando la boca a su oído. Aitana intentó no respirar su aliento sulfuroso, a huevos podridos, y lo empujó con todas sus fuerzas, pero él la inmovilizó y la tumbó sobre la mesa y le levantó las faldas.

—¡Suélteme! Es usted un ser despreciable. ¡No me toque! No se atreverá a usar el arma, todos oirán el disparo, y entonces ¿qué hará? Déjenos ir ahora y podrá huir.

El guardés soltó otra carcajada histérica.

—¿Huir? Nunca he tenido menos ganas de huir que ahora. —Sin dejar de apuntarla, se separó ligeramente de ella, hurgó dentro del cajón de un armario cercano y sacó un cuchillo—. Pero tiene razón, no es buena idea disparar. Mejor uso este cuchillo, ¿qué le parece?

El guardés dejó el revólver en la estantería y volvió a empujarla con extrema violencia contra la mesa de madera, dominándola. Aitana empezó a chillar y a golpearlo, entonces él le hizo un corte en el brazo con el cuchillo. El susto al ver fluir la sangre y un dolor insoportable la paralizaron. Germán le acercó el cuchillo a la cara.

—¿Quiere que haga lo mismo en esta carita de ángel?

A Aitana se le saltaron las lágrimas por la impotencia y negó con la cabeza. *¿Qué podía hacer? ¿Por qué no aparecía nadie? ¿Tan lejos estaban de la hacienda?* Rezó para que Leonardo se diera cuenta de que tardaban demasiado y fuera a buscarlas, no tenía que haberle pedido que las esperara. Ya era tarde. Fijó la vista en el zorro disecado para no tener que ver los ojos del guardés, el reflejo de las llamas de las velas les confería un brillo siniestro. Pero él la cogió por la barbilla, mordió sus labios, metió su lengua dentro de su boca y luego la obligó a mirarlo. Había un algo en su mirada, o más bien una ausencia de algo, un vacío descorazonador que podía devorar cualquier emoción y revelaba un deseo sin límites, una grieta, ¡un hueco en el alma por el que podían entrar los Sòrburu! Entonces recordó: *Son iguales que nosotros, solo que muy muy crueles. Tienen huecos en sus almas.*

—Y ahora te vas a portar bien, española. Y tú, Cira, quietecita ahí si no quieres que la mate. Empiezo a hartarme de tanto hablar —añadió echando una mirada para vigilarla, pero Cira seguía doblada sobre su vientre, intentando respirar.

Germán bajó las enaguas de Aitana y le hizo otro corte en el muslo.

—Uff, eso es. Me gusta que tiembles, me excitas mucho; desde el primer día que te vi desee hacerte esto.

Le arrancó los botones de la blusa y le rajó el sostén con el cuchillo, sobó uno de sus pechos con tanta fuerza que Aitana gritó de dolor. Entonces el guardés le pegó una bofetada que le hizo perder el sentido durante unos segundos.

—Te he dicho que no grites.

La agarró de las nalgas con crueldad y metió su sexo entre las piernas de Aitana, para que ella pudiera sentir lo duro que estaba. Le daba tanto asco, se sentía tan impotente, que empezó a llorar en silencio mientras ese hombre se restregaba contra ella. De pronto, Aitana se dio cuenta de que la mirada del guardés se cargaba de angustia, como si en su extrema locura se identificara con su sufrimiento, con una aterradora diferencia: la del guardés era una angustia placentera, retorcida, disfrutaba del dolor. Germán deseaba su propia muerte en la de Aitana, que moriría en el lugar de él, sacrificada. ¡No podía permitírselo! Quiso empujarlo, pero él la agarró con más fuerza y soltó otra carcajada histérica.

—Déjala, déjala, por favor —gimoteó Cira.

Germán se detuvo y miró a Cira, enervado.

—Qué gracioso cómo la defiendes ahora. ¿No querías que se pudriera en la cárcel? ¿Te da pena? Entonces cuéntale los detalles de cómo mataste a tu esposo, ese hombre al que debías amar; de cómo te encontré intentando descuartizarlo con un hacha para luego meterlo trocito a trocito en el horno. No hay peor odio que el que ha nacido del amor. Pensabas que sería más fácil, pero se necesita mucha fuerza para partir el hueso, ¿verdad? Si no hubiera sido por mí... Me lo debes todo, así que cállate. Si otro te hubiera encontrado en esa situación, no te habría ayudado como hice yo, que me manché las manos de sangre por ti. Y aún pones cara de que te repugno cuando lo único que te he pedido a cambio es que folláramos como te gusta.

Mientras hablaba, el guardés seguía acariciando a Aitana y ella solo pensaba en cómo matarlo. Había soltado el cuchillo porque se sentía poderoso y Aitana quería cogerlo, clavárselo hasta matarlo. *Un miserable infeliz con el alma podrida no me va a arrebatar la vida, no le dejaré,* se decía, pero no alcanzaba el cuchillo y él la seguía manoseando, frotándose contra sus muslos. Dejó de mirar a Cira para centrar toda su atención en ella. Aitana pensó que su peor pesadilla se estaba materializando, pero Germán no era un monstruo porque los monstruos no existían. No era un chamuco salido del volcán ni estaba poseído por los Sòrburu, aunque sus ojos brillasen de manera férvida como los del diablo en la oscuridad. Era algo mucho peor que un monstruo: era humano, era real. Por eso no podía cerrar los ojos y despertar del sueño, había que enfrentar la realidad.

—Necesitáis que os fuercen para no sentiros culpables, para gozar. Es pecado, decís, pero por dentro maldecís esa religión porque todas queréis lo mismo: fornicar. Sois unas putas.

Agarró a Aitana por la cintura y tiró de ella hacia él para penetrarla, pero la joven aprovechó ese movimiento para coger el cuchillo y clavárselo en el vientre lanzando un alarido salvaje. Germán, aturdido, dio unos pasos hacia atrás. Cira se levantó y se lanzó contra él, empezó a golpearlo con los puños. Aitana también se incorporó y lo pateó con verdadero odio en el estómago, pero el guardés la cogió por la pierna y ella perdió el equilibrio. Los tres miraron hacia el revólver, pero él fue más rápido. Lo cogió y disparó primero a Cira, que cayó hacia atrás, y, cuando se disponía a disparar a Aitana, se escucharon gritos fuera de la caseta, ruidos de pasos a la carrera.

—¡Qué pasa ahí!

La puerta de la caseta se abrió con violencia y apareció el comisario don Orlando. El guardés miró a Aitana alarmado, pero ella adivinó lo que pensaba: *No le da tiempo a huir.* Se alejó para que no pudiera agarrarla y tomarla como rehén. Al ver que Germán apuntaba a Aitana con el arma, don Orlando disparó antes de que lo hiciera él y el guardés cayó al suelo fulminado. Entonces más hombres llegaron corriendo, entre ellos Minor. Aitana corrió hasta Cira, que sangraba copiosamente y balbuceaba cosas ininteligibles.

—¡No hables, no hables! Te pondrás bien —intentó consolarla mientras taponaba el lugar de su pecho por el que brotaba la sangre, sin dejar de mirar los ojos de su amiga, que se iban hundiendo más y más en un miedo atroz a morir.

19

Banana fever

I

Después de aquella Nochevieja en Casa Turiri, nada volvió a ser igual en las Tierras Altas del Valle Central. De entre todos los héroes, los dioses habían escogido al diablo para guiar la nación de Costa Rica hacia su nueva identidad. Las obras del ferrocarril empezaron y el mundo entero pareció acelerarse. Ya nadie dudaba de que el todopoderoso Minor Cooper Keith llevaría a cabo aquella gesta épica y muchos se pusieron a su disposición. En cuestión de semanas, el Guayabal dejó de ser el incipiente poblado que había conocido Aitana cuando llegó, en el que no había más que cuatro ranchos en medio de la selva, para convertirse en toda una ciudad que no paraba de crecer. Los primeros en aparecer fueron los negros jamaiquinos, los italianos y los chinos contratados por Mistakeit para construir allí la principal estación de todo el valle; eso hizo que se abrieran varios negocios, entre ellos una cantina, donde los hombres se juntaban a fumar y a beber café negro, guaro y otros licores importados. Las ciudades más cercanas eran Las Juntas, por el este, y Cartago, por el oeste, pero estaban a horas de camino, así que ya no era suficiente con el comisariato de la hacienda de Manuel Vicente Jiménez para abastecer a los hombres que llegaban y a tantos ranchos y fincas que iban copando los alrededores; se abrió entonces una pulpería. Pero las obras del ferrocarril avanzaban al ritmo de un progreso inusitado y, a medida que lo hacían, empezaron a llegar pobladores de zonas aledañas, incluso algunos cartagos cambiaron su residencia al Guayabal. A los meses de iniciarse las obras, Manuel Vicente, que además de ser el dueño del Guayabal era el mejor jurista del país, aprovechó su envidiable manejo del derecho para hacer magníficas compraventas, que le permitieron acumular un gran capital, y vendió los restantes terrenos de su hacienda a la comunidad. Eso incrementó la actividad económica, especialmente la agrícola, y las tierras se revalorizaron porque cada vez ofrecían más oportunidades a los recién llegados. También aumentaron la vida social y los delitos, pues Minor no tenía ningún reparo en contratar a todo tipo de hombres —algunos de ellos condenados por la justicia—, como cuando de uno de sus viajes a Nueva Orleans se trajo a una caterva rufianesca de norteamericanos. La ciudad crecía y crecía a ambos lados de la línea del ferrocarril, tanto que se convirtió en el núcleo central del valle y, poco a poco, el nombre del Guayabal cayó en el olvido, pues ya todos habían empezado a llamarla la ciudad de Turrialba por extensión. Muchos decían que estaba bajo la protección de la Virgen negra de Guadalupe, entre ellos Aitana, que hizo colocar un pequeño altar frente al beneficio de Aquiares, cerca de la ceiba centenaria, con la virgencita negra que le regalara al llegar la hija de los boyeros.

También Aquiares dejó de ser una pequeña hacienda para convertirse en una gran comunidad. Con las primeras ganancias pudieron contratar a más jornaleros y se construyeron cabañas rústicas montadas sobre cuatro pilotes, ordenadas en fila, para que pudieran vivir allí con sus familias. La tierra entre ríos era extremadamente fértil porque su suelo volcánico era profundo y llovía en todas las estaciones. Eso significaba que se podía sembrar y recolectar café todo el año. La tierra también resultaba perfecta para la agricultura —por algo la habían escogido los indios huetares tantos años atrás—, así que los aquiareños podían autoabastecerse sin problema. Incluso Aitana mandó construir una pequeña escuela para los hijos de las jornaleras y, al principio, ella misma se encargaba de darles clases por las tardes hasta que pudieron contratar a una sustituta. Por las mañanas trabajaba hombro a hombro con las jornaleras, por las tardes hacía de maestra y por las noches revisaba los libros de cuentas. Los primeros años fueron años de bonanza, pero también de mucho trabajo. Y, aunque en la finca siempre había algo que hacer, Aitana todavía sacaba tiempo para pasear a caballo con Leonardo, para bañarse en la cascada y para sus lecturas.

Nunca más se volvió a hablar del horrible episodio en el que había muerto el guardés. Aitana y los Haeckel hicieron un pacto de silencio, y el comisario Montenegro cerró el caso dando por supuesto que todo se había debido a una venganza particular del guardés contra Aitana, a la que Germán había culpado de su despido de Casa Turiri. Versión que corroboraron todas las partes, incluidos testigos como Minor y su mujer, que ignoraban que pudiera haber más motivos que ese. Cira se salvó gracias a que la bala había salido por detrás sin tocarle ningún órgano vital, dejándole solo un buen susto y una horrible cicatriz entre el pecho y el hombro, pero se había marchado a vivir a La Verbena con su madre y con Quetzali, dejando al cargo de la hacienda y de su preciado jardín a Aitana y Leonardo.

Era demasiado horrible lo que había hecho.

A los pocos días de la tragedia, Leonardo, Aitana y Cira se reunieron en el salón de La Esperanza, y Cira, tras confesarle toda la verdad a Aitana, había dejado su destino en las manos de su amiga. Les contó que su matrimonio con Álvaro siempre había estado enrarecido por los celos que este sentía hacia su hermano gemelo y por la duda sobre la verdadera paternidad de la niña, que era un misterio para todos menos para Cira. Ella había jugado a atormentarlos a los dos con esa duda. Ese día reconoció ante Aitana y Leonardo que Quetzali era hija de Álvaro, pero que había mentido para intentar recuperar a Leonardo. La duda sobre la paternidad de Quetzali no solo había atormentado durante años a los gemelos, sino también a don Rodolfo, pues había averiguado, espiando una conversación, que en aquel incesto —que de por sí ya le parecía abominable— había participado un tercero: su otro hijo. Ese descubrimiento desencadenó la terrible discusión entre don Rodolfo y Leonardo, que acabó con este último marchándose a vivir a París. También ese había sido el motivo de que quisiera desheredar a sus dos hijos dejándoselo todo a una total desconocida. ¿Por qué había escogido a una extranjera? Eso nadie lo sabía. Hubo otra sorpresa. Cuando Aitana fue a la testamentaría para legalizar el cambio de titularidad en el registro a fin de que constase su nombre legalmente, el notario le informó de que había una cláusula testamentaria en las últimas voluntades de herr Rudolf por la cual legaba todos sus bienes raíces a su esposa, a excepción de los territorios de La Verbena, que cedía por traspaso a los bribri, algo que a todos les pareció bien.

—Lo único que sabíamos nosotros de ese testamento —explicó Cira— es que Rodolfo te lo dejaba todo a ti. La misma tarde que nos informó de que llegarías en una semana, nos dijo que nos olvidásemos de heredar y que empezáramos a buscar otro sitio en el que vivir.

El conocimiento de la existencia de ese dichoso testamento fue lo que hizo que Cira y Álvaro tomaran una terrible decisión: envenenar a don Rodolfo y robarle a Aitana los papeles de matrimonio en cuanto se bajara del barco. Cira mezcló savia lechosa del árbol manzanillo con una salsa picante para camuflar el sabor, y la puso en la comida de don Rodolfo, provocándole grandes ardores. Luego lo acompañó a su cuarto, lo ayudó a acostarse en su cama y se quedó mirando cómo agonizaba mientras se quejaba de una horrible opresión en la garganta. Entonces escuchó ruidos en la cocina. Supuestamente ese día deberían estar ellos dos solos, pues Leonardo se encontraba en San José, pero había vuelto antes de lo previsto y eso lo fastidió todo. Cuando Cira entró a la cocina, Leonardo estaba a punto de meterse en la boca un sándwich con la misma salsa que ella había usado para envenenar a su padre. Se lo arrancó con furia antes de que lo probara, y así fue como Leonardo descubrió la triste verdad. Cuando él entró en la habitación, su padre ya había muerto. No fue capaz de denunciar a su hermano, mucho menos a la que creía la madre de su hija.

En ese punto de la confesión, Aitana miró a Leonardo.

—¿Por eso intentabas ahogar la culpa en alcohol?

Leonardo afirmó con la cabeza, sus ojos se habían llenado de tristeza al recordar el horrible momento, incluso de lágrimas, pero Aitana se dio cuenta de que también había alivio en su mirada. Ahora ella por fin podía entender que no era el ser vulgar y horrible que en algún momento había imaginado.

Aún le quedaba a Aitana escuchar la parte más terrible de la confesión.

—Al día siguiente llegaste tú a la hacienda, sola; así que deduje que algo había salido mal en la parte del plan que le tocaba a Álvaro, pero no sabía qué —continuó Cira—. Tampoco tuve tiempo de ponerme a buscar una respuesta porque el cuerpo de don Rodolfo había desaparecido. Lo siguiente, ya lo conoces: alguien había hecho ese extraño ritual con su cuerpo. Y mi esposo no aparecía, nadie sabía dónde estaba.

—Hasta que yo me desperté y te confesé que lo había golpeado después de que él me atacara —dijo Aitana.

Cira asintió. Por las heridas que le había causado el jabillo supo que Álvaro debía de estar en algún lugar cerca de la cascada, pues en esa zona abundaban los árboles de esa variedad.

Lo encontró malherido en la zanja, sin apenas fuerzas, y juntos regresaron a la hacienda en el caballo de Cira, pero pararon en la fábrica del beneficio, pues temían que el comisario Montenegro decidiera volver para seguir su investigación y, al verlo con esa herida en la cabeza, hiciera preguntas incómodas. Era un buen lugar para esconderse. Cira echó a todos los trabajadores de la hacienda, incluida Panchita, con la excusa de que necesitaban guardar luto por don Rodolfo. Luego volvió al beneficio a llevarle comida a Álvaro, y tuvieron una discusión horrible. Se acusaron mutuamente de haber profanado el cadáver de don Rodolfo, de haber dejado escapar a la española, y Álvaro acabó echándole en cara que siempre había preferido a Leonardo antes que a él.

—No sé qué nos pasó. Los dos estábamos demasiado nerviosos, demasiado preocupados; teníamos miedo. Nada había salido como esperábamos. Mi esposo me insultó y yo le pegué una bofetada. Forcejeamos, y no sé cómo, Álvaro me había enganchado del cuello y yo... yo lo empujé con todas mis fuerzas, cayó y se abrió la cabeza contra una piedra. Entonces apareció Leonardo.

Durante un rato Cira se quedó callada, dejando a Aitana asimilar aquella última revelación, y porque probablemente le costaba encontrar las fuerzas suficientes para seguir: llegaba la peor parte. Leonardo enloqueció al ver a su hermano muerto, le dijo a Cira que tenía que entregarse a la justicia, que él no la ayudaría a encubrir un crimen tan atroz. La insultó, le dijo las peores cosas que se le pueden decir a un ser humano; abrazaba el cuerpo de Álvaro con desesperación, sin saber qué hacer. Cira tampoco sabía cómo consolarlo, solo podía pensar en cómo desviar las culpas de ella: «¡Digamos que fue la española! ¡Esa mujer venía a quitarnos lo que es nuestro por derecho!». Leonardo le dijo que de ninguna manera culparía a nadie de algo tan innoble, que Cira tendría que pagar por su crimen. La acusó de maldad, de ni siquiera llorar a su esposo. Devastado, volvió a la casa dejando a Cira sola en el beneficio, que temblaba por la culpa, el miedo y una desesperación absoluta de no saber qué hacer. Entonces decidió deshacerse del cadáver, porque, si no había cadáver, nadie podía acusarla de nada. Cogió el hacha para cortar la madera del café y así fue como se la encontró Germán, intentando despedazar ella sola el cadáver de su marido, con la ropa llena de sangre. El guardés había acompañado a Minor a reclamar la parte de la hacienda que don Álvaro se había jugado a los dados y se quedó merodeando mientras su jefe entraba en La Esperanza. No dudó ni un segundo en ayudar a Cira a trocear el cuerpo de Álvaro para poder meterlo dentro del horno de la Guardiola y así calcinarlo. Germán se quitó la ropa para no salpicarse de la sangre como le había pasado a Cira. Fue algo grotesco. Después de desmembrar el cuerpo de Álvaro, ella se quitó toda la ropa, que estaba llena de sangre, y la quemaron también. A cambio de su silencio, Germán le pidió que se acostara con él. A Cira le pareció un precio muy bajo y aceptó, ni siquiera le preguntó qué hacía allí. Dejó que él fornicara con ella como un perro —no imaginaba cuántas veces tendría que soportar ese suplicio a cambio del silencio del guardés. Ese hombre solo obtenía placer causándole dolor, humillándola, incomodándola—. Se despidieron sin hablar, Cira montó en la yegua desnuda y cabalgó hacia la casa. *Entonces fue cuando debió verla Minor,* pensó Aitana, y recordó el momento en que el norteamericano le había contado aquello la noche que navegaron por el Reventazón volviendo de su aventura, pero no interrumpió la narración de Cira; ni ella ni Leonardo necesitaban conocer ese detalle.

—Entré a la casa para decirle a Leonardo que me había deshecho del cadáver —continuó Cira—. Él me explicó que Minor había estado allí, para reclamar la hacienda, y que le había explicado que pertenecía a una española con la que se había casado don Rodolfo, que usted debía andar perdida por algún lugar porque creía que había matado a Álvaro, pero que su hermano había huido a Panamá y, bueno, esa parte de la historia ya la conoce.

—No quería que la madre de Quetzali acabara en la cárcel —se excusó Leonardo, mirando hacia el suelo—, pero odiaba a Cira, y odiaba lo que había hecho. El dolor por la muerte de mi padre, por la muerte de mi hermano, ¡mi gemelo!, era insoportable. No sé qué alma humana puede aguantar tanto dolor sin perder la cordura. Que usted se quedara con la hacienda me pareció un castigo blando y cobarde para nosotros, pero un castigo al menos. Cira no iría a la cárcel, pero tampoco se quedaría con este lugar. Yo tampoco me sentía digno de heredarla, pues mi silencio me convertía en cómplice de aquellos actos abominables. Ni siquiera ahora que sé que Quetzali no es mi hija, quiero que mi sobrina tenga a su madre en la cárcel.

Y eso era todo lo que había sucedido.

Los Haeckel acababan de contarle su terrible secreto, pero Aitana no les confió el suyo: que no era la verdadera Aitana. Dejó que siguieran pensando que era una mujer buena y generosa, pues mantendría ese pacto de silencio con ellos, que evitaría la cárcel para Cira aun sabiendo que había intentado responsabilizarla del asesinato de su marido. Aitana podía haberse marchado en aquel momento de Aquiares, haber sido honesta, haber ido con la verdad de frente, como ellos, pero no lo hizo. Prometió no revelar aquel secreto, pero se guardó el suyo. Dejó que Cira y Quetzali se marchasen de la casa después de decirle lo decepcionada que se sentía, lo horrible que le parecía que hubiese envenenado a don Rodolfo por una herencia y que no hubiera confesado el crimen de Álvaro, aunque no hubiera sido intencionado. Y que hubiera querido culparla a ella de todo. Después se engañó a sí misma diciéndose que necesitaba tiempo para planear qué haría, a dónde iría, que solo se quedaría en la hacienda un par de meses.

Y que, cuando ya lo hubiera decidido, no aceptaría ningún dinero por la hacienda, sino que haría un traspaso a nombre de Leonardo Haeckel en la testamentaría, sin esperar nada a cambio. Por otro lado, Leonardo no quería ni oír hablar de ser el dueño de la hacienda, le rogó que no le negara esa manera de expiar su culpa.

Pero pasaron un par de meses, y luego cuatro, y luego seis, y luego un año, y luego dos, y luego muchos más, y Aitana no se decidía a irse de Aquiares.

II

Durante los dos primeros años que tardaron en crecer todas las matas de café, Aitana había entendido cómo la vida de aquellas gentes giraba en torno a las cosechas. En Turrialba, estas se iniciaban antes y duraban desde julio hasta diciembre; si bien octubre, noviembre y diciembre eran los meses de mayor cosecha, entonces se juntaba toda la familia a recolectar café. Por las tardes se elevaba en el aire el perfume de las cerezas del café que habían estado madurando en los solares, en los jardines y en los beneficios de las casas. Era el aroma de una nación que viajaba por todo el país mezclándose con el del jugo de la caña de los ingenios azucareros, con el de los cacaotales, cocoteros y plataneras; que robustecía la ya cargada brisa marina embalsamando los valles y colinas de aquella tierra entre océanos.

Con el paso de los años, Aitana también había intercambiado correspondencia frecuente con don Enrique Ugarte Lequerica, y ya no le resultaba extraño leer cartas de un padre que creía hablar con una hija que no lo era. En estas cartas hablaban sobre todo de negocios, siempre con vistas a septiembre, que era el cierre del año fiscal, cuando los compradores europeos pagaban las remesas recibidas. Ese mes se tomaban decisiones sobre el crédito, las tasas de interés y muchos otros indicadores económicos que dependían de los precios internacionales del café y del monto pagado por cajuela a cada familia de cogedores durante la cosecha. Solo en una de ellas, don Enrique habló de temas personales para informarle de que había contraído nuevamente matrimonio con una mujer que tenía un hijo y para decirle que deseaba viajar algún día a Costa Rica para que pudiera conocer a su hermanastro. Al final le enviaba recuerdos y sus mejores deseos para ella y para herr Rudolf. Sí, para herr Rudolf, pues Aitana no le había comunicado su muerte y la verdad parecía haberse quedado caracoleando en algún lugar indeterminado del tiempo.

Además de esa correspondencia, Aitana también recibía una vez al mes extraños paquetes sin remitente. Dentro siempre había libros y una guaria morada, sin una nota que identificara a la persona que los enviaba. Panchita, Colocha y Rosarito bromeaban con que le había salido un admirador, pero Aitana los dejaba a un lado, como si no le interesaran. No tenía muchas dudas de quién los enviaba. *¿Por qué Minor sigue insistiendo después de tantos años?* Por las noches, cuando nadie la veía, cogía aquellos libros y los leía con una alegría casi infantil; luego los volvía a dejar en la estantería que se había ido rellenando con cada nuevo título. También el resto de la casa había cambiado de aspecto: Leonardo y Wilman la pintaron de blanco por fuera, arreglaron las contraventanas, los muros de la hacienda y el portón de madera claveteada; además, instalaron retretes en los baños y arreglaron los techos. La Esperanza parecía incluso más grande. Por su parte, Aitana se encargó de cuidar el jardín, aunque nunca le parecía tan resplandeciente como cuando Cira vivía con ellos. A pesar de que fuera una asesina, su amiga siempre se había mostrado dulce con ella y le había enseñado todo lo que sabía sobre el cafetal, y el corazón —que no entiende de traiciones— la añoraba. Maritza y Quetzali los visitaban a menudo y les traían plantas medicinales y otros regalos de La Verbena, muchos de ellos de parte de Cira. Y ella tenía preparado algo de vuelta, ya fueran telas que había comprado en la nueva ciudad de Turrialba o sacos de café o juguetes que Leonardo hacía a mano para Quetzali, como un bonito tren de madera que Maritza prefirió que se quedase en La Esperanza.

—Con la llegada del ferrocarril al valle, la compañía bananera también quiere apropiarse de las tierras que nos dejó don Rodolfo. Dicen que Antonio Saldaña ha saboteado varias plantaciones y vías ferroviarias, y como él es el rey de los bribri, de los cabécar, de los teribes, de los chanquinolas y los boruca, hemos recibido amenazas; quieren que nos marchemos a Talamanca, con los demás bribri. Saldaña es el único hombre capaz de enfrentar a mister Keith, y no negaré que estamos orgullosos de sus acciones. Él sí es un auténtico rey. Lucha por defender la tierra, por que no se destruya ni se le ponga precio. Sabe cuál es su verdadero valor: creemos que la tierra es lo único que perdura, pero la niña Iriria también puede morir y, el día que lo haga, solo habrá espacio para la tristeza. No recordaremos quiénes somos ni qué hacemos aquí. Pero eso no es algo que el espíritu de los hombres de hoy en día pueda entender.

A Aitana no le extrañaba nada de lo que contaba Maritza. Todos los contratos que había firmado Keith con el gobierno le habían supuesto grandes pérdidas y había sacrificado mucho de su propio capital, pero sabía jugar con las cartas que le daba la vida mejor que nadie y había acordado con el gobierno un trato preferente para su compañía, la Northern Railway: no solo podía transportar a precio reducido cualquier cantidad de fruta por muy grande que fuera, sino que podía cargar sus bananos en cualquier punto de la línea y se le proporcionaban trenes especiales. Su monopolio perjudicaba a la otra compañía de trenes y al resto de productores y agricultores.

—Keith necesita proveer a sus plantaciones de servicios ferroviarios, todos necesitamos esos servicios, pero él abusa, trafica con los contratos —dijo Aitana—. Es demasiado avaricioso. Como él trajo los primeros rizomas del Gros Michel, se cree con más derechos. Se jacta de que el banano que había aquí no servía más que para alimentar a los chanchos.

Leonardo asintió con tristeza.

—Su oro verde, como él lo llama, atrae a los hombres tanto o más que los yacimientos de oro de la aldea de Coloma. No es raro que todos quieran hacer negocios con él. El otro día conocí a un escritor que se hace llamar O. Henry, llamó a las naciones dominadas por Keith «Repúblicas bananas».

El nombre le pareció a Aitana lamentablemente acertado. Gracias a Minor se había instalado el primer sistema de luz eléctrica en San José, que ya había llegado a Cartago también; era el artífice de los sistemas de cloacas y cañerías, de la construcción de mercados y tranvías en las ciudades más importantes; había construido baños públicos, una fábrica de hielo, fundado bancos, incluso se dedicaba al cambio de monedas. No había una sola provincia en la que no tuviera posesiones ni existía mayor latifundista que él. Y no solo tenía plantaciones de banano, sino también de caña de azúcar, cacao, café, papas, maíz, pastos y ganado. Tenía todo tipo de negocios, pero la joya de su vasto imperio era, sin lugar a duda, el banano. Su empresa Tropical Trading and Transport Company, que controlaba la producción de plátanos en Costa Rica, se había extendido por toda Centroamérica, y llegaba hasta Colombia, Venezuela, Brasil y Las Antillas.

Aitana se preguntó si volvería a verlo algún día, y cómo sería el reencuentro ahora que ella tenía su grano de oro, y Keith, su oro verde. Los dos, ella con su imperialismo romántico y él con su imperialismo capitalista, se habían integrado de manera muy distinta en la vida costarricense.

III

Que Leonardo era un artista había sido un descubrimiento tardío y mágico para Aitana. Un mes después del horror —así llamaba ella al incidente con el guardés—, Leonardo le mostró que la habitación donde solía encerrarse a beber y en la que no dejaba entrar a nadie no era un despacho, sino un taller de pintura en el que había cuadros colgados en las paredes, apilados en las estanterías, tirados por el suelo unos encima de otros... Algunos representaban imágenes que parecían más reales que las de los daguerrotipos; otros, que él definía como abstractos, eran más espirituales, y en ellos usaba diferentes técnicas. A Aitana le gustaba especialmente uno que representaba una serie de sembrados desdibujados, intercalados con campos de maíz y de caña de azúcar en los que mezclaba amarillos y rojos intensos, en el que había pintado una jornalera caminando en la distancia; los trazos imprecisos le recordaban a los cuadros de William Turner. Se lo dijo y, unos días después, colgaba en la pared de su habitación.

Después de que Leonardo compartiera con ella su afición, se estableció un vínculo mayor entre ellos. Las tardes de los domingos, Aitana se tumbaba a leer en un banco que Leonardo había puesto para ella bajo la ceiba que marcaba el final del jardín de La Esperanza, en el mirador que daba al valle de porós. Leonardo colocaba allí un caballete y pintaba mientras ella leía, así pasaban la tarde hasta que se iba el último rayo de luz del atardecer. Esos días, Aitana creía que había encontrado su lugar en el mundo, y que no necesitaba nada más.

—No hay mayor pincel que el del sol —le dijo una de esas tardes Leonardo—, todo lo baña con su luz inteligente.

Aitana levantó la vista del libro que tenía entre sus manos y siguió, hipnotizada, el movimiento del pincel que iba y volvía de la paleta de colores al lienzo. Si aquí perfilaba una roca de bermellón, allá difuminaba una montaña con matices carmesí.

Si untaba un claro con tierra verde, luego lo moteaba de margaritas; si tintaba de bronce los perfiles de los troncos, luego pigmentaba cada una de sus miles de hojas; si bocetaba un corzo silvestre que salía de su madriguera, segundos después lo untaba de un brochazo de ocre fresco. Leonardo bosquejaba un estanque y, en sus proximidades, en la rama de un arbusto, daba forma de taza a un nido de colibrí reforzándolo con arabescos de paja y cobalto, y a continuación realzaba los picos de los polluelos con blanco plomo. Embadurnaba de arbustos una llanura, manchaba de agua un hoyo y luego lo retocaba con azul celeste para sublimarlo con esa luz. Perfilaba, adornaba, veteaba con briznas de hierba las llanuras. Todo ello con una habilidad que provocaba calma y admiración en Aitana.

Contemplarse cada día durante varios años fingiendo que entre ellos solo había amistad se había vuelto una costumbre que ninguno de los dos se atrevía a romper, a pesar de la intensidad con la que a veces intercambiaban miradas. Incluso si a alguno de los dos le salía algún enamorado, trataban de ocultárselo al otro como si realmente hubiera algún tipo de compromiso entre ellos. Lo que Aitana sentía por Leonardo no tenía nada que ver con el arrebato que había tenido con Minor, ese enamoramiento exaltado, bello y fogoso de la forastera que un día había creído que podría conquistar Costa Rica, y la conquistada había sido ella. No, era otra cosa. Era un sentimiento más profundo y valioso, una complicidad que los unía y que era evidente para todos, menos para ellos dos, que todavía se empeñaban en seguir tratándose como hermanos. Pero Leonardo tenía sobre Aitana el mismo efecto que el café: por las noches, le quitaba el sueño y, durante el día, estimulaba todos sus sentidos, despertaba en ella nuevas inquietudes. Y él debía sentir lo mismo porque secundaba a Aitana en todas sus ocurrencias, como la que tuvo esa tarde mientras lo miraba pintar aquel cuadro.

—¿Y si organizamos una fiesta en la cascada para celebrar la buena cosecha y la enorme demanda de café?

La gran demanda de café a la que aludía se debía a que el emperador Pedro II de Brasil había enfermado hacía un par de años y su hija, Isabel La Redentora, había conseguido votos para abolir la esclavitud. Eso provocó una crisis en sus plantaciones que aumentó la demanda de café a Costa Rica. Leonardo dejó de pintar y dijo que le parecía una propuesta magnífica, y Aitana siguió elucubrando sobre lo que podrían hacer.

—Una fiesta hará que la comunidad de Aquiares se sienta aún más unida. Habrá baile, comida, música... Las mujeres nos vestiremos con el traje tradicional, ¡y escogeremos a un rey y a una reina del café! Los que más café hayan recolectado este año serán coronados con una diadema hecha con dos ramas de café.

Después de aquella tarde, Aitana hizo correr la voz por toda la comunidad y se decidió que la celebración sería en el mes de septiembre, al final de la cosecha.

20

Un lugar en el mundo

I

Un día antes de la fiesta en la cascada, Leonardo se fue a comprar a Turrialba algunos enseres que faltaban para la celebración y Aitana se quedó sola en La Esperanza. Dedicó la mañana a reunir las mesas portátiles en las que pondrían todas las viandas y cargó con ellas hasta la entrada de la finca, donde más tarde las recogerían Wilman y Leonardo para subirlas en la carreta y llevarlas hasta la cascada. El día era soleado y sudaba por el esfuerzo, así que, con la idea de refrescarse un poco, cogió una de las placas de hielo que usaban para mantener frescos los alimentos. La envolvió en un trapo y salió al porche para golpearla en el suelo con un martillo; luego agarró uno de los pedazos y se fue con él en la mano al salón. Se sentó en la butaca y, como el hielo le estaba congelando los dedos, subió la pierna al sofá y se arremangó la falda dejando la pantorrilla al descubierto para enganchar el hielo mejor con la tela de su falda. Lo acercó a su cuello y, al momento, notó una sensación de alivio enormemente placentera en la piel, que le hizo recordar cuando Keith puso hielo en su tobillo después de su aventura de El Guayabo. Lo colocó en su sien, en las mejillas, lo deslizó por su cuello, arriba y abajo, se bajó la blusa y jugueteó con él dibujando círculos para enfriar también la piel de su pecho. Dejó escapar un gemidito y cerró los ojos, aliviada. Ese remedio casero era un calmante milagroso. Siguió haciendo círculos, pero esta vez apretó más fuerte la placa fría al cuerpo, incluso se atrevió a rozar ligeramente uno de sus pezones, que se endureció. Soltó un gemido de placer mucho menos comedido. Ese frío abrasador no solo la calmaba, también estaba despertando una sensación muy distinta por dentro, excitante, que se multiplicó por todas las terminaciones nerviosas de su cuerpo y logró humedecerla. Aitana se acarició con la mano libre entre los muslos, echó la cabeza hacia atrás y subió el hielo por su cuello, por la nuca... bajó de nuevo a los pechos, a hacer círculos alrededor de estos, volviéndolos más y más turgentes, sin importarle que el hielo se derritiera empapando su blusa, se mordió los labios. Lo que había empezado como algo inocente se estaba convirtiendo en un juego erótico. Su cuerpo se arqueó con un ligero estremecimiento. Ya no podía parar, entreabrió los ojos un momento y el corazón se le detuvo, la mandíbula le tembló. Leonardo estaba parado en la entrada del salón con la boca entreabierta y titubeante; los ojos abiertos por la sorpresa. Paralizado. Durante unos segundos, el susto y la vergüenza también la dejaron paralizada a ella, hasta que pudo reaccionar.

—¡No mires! —gritó.

Leonardo se dio la vuelta de inmediato y chocó con la pared. Luego encaminó mejor sus pasos y se perdió por el pasillo, hacia las habitaciones. Aitana se levantó, se subió la blusa, con el hielo todavía en la mano se dirigió al porche para deshacerse de él lanzándolo al jardín, pero tropezó con Leonardo que volvía del pasillo y no la vio por llevar la vista clavada en el suelo. Él agitó algo en el aire con su mano.

—Me había dejado la cartera —murmulló con voz queda, a modo de disculpa.

—¡Pues qué oportuno! —gritó Aitana, que intentaba disimular la vergüenza encolerizándose.

Leonardo agachó más la cabeza, salió corriendo por la puerta y desapareció. Pasados unos minutos, Aitana salió al jardín y lanzó el hielo que le quedaba en la mano todo lo lejos que pudo. Caminó en círculos durante un rato, hasta que el corazón dejó de bombearle dentro del pecho. ¿Cómo podría volver a dirigirse a Leonardo después de que la hubiera pillado en semejante situación? *¡Ahora creerá que soy una cochina!* Se encerró en su habitación y pensó que ya nunca más se atrevería a salir de allí, ¿con qué cara iba a mirarlo? *Qué vergüenza, Dios mío,* se atormentaba, *qué vergüenza, me quiero morir y morir y morir. No saldré nunca de la habitación, así me muera de hambre.* Y durante unas horas permaneció allí, pero al final tuvo que salir porque había demasiadas cosas que preparar para la fiesta del día siguiente. Pensó que tal vez Leonardo no estaría, pero se lo encontró en el salón encendiendo la chimenea. Los dos se miraron confundidos, los rostros encarnados por la vergüenza.

—Siento... —empezó él—. No quería mirarte, no pienses que soy un mirón, por favor. Es que entré demasiado rápido en la casa y no esperaba... bueno, ya sabes. Prácticamente no vi nada.

—No, claro, sí, por supuesto. —Aitana tartamudeaba tanto o más que él—. Ha sido culpa mía por... lo que pasa es que hacía mucho calor y yo solo quería refrescarme. Debes pensar que soy una cochina, pero no es lo que crees, yo solo intentaba refrescarme.

A Leonardo se le escapó entonces una risa, entre pícara e infantil.

—No te disculpes. Es normal.

—¿Es normal?

Él se encogió de brazos.

—Claro, bueno, todos hacemos esas cosas. —Y, como para quitarle hierro al asunto, hizo un gesto de despreocupación con la mano y añadió—: No es más que un pecho.

Aitana intentó sonreír también, pero sintió una punzadita por dentro, ¿no es más que un pecho? ¿Eso le parecía?

—Pues lo mirabas como si fuera la cumbre del volcán —replicó con mucha dignidad.

Él siguió removiendo la lumbre del hogar con un atizador, como si nada.

—No es para tanto —dijo con guasa. Y la miró para comprobar su reacción: Aitana fruncía el ceño, indignadísima—. Me refiero a la cumbre del volcán, que está muy sobrevalorada.

Aitana chasqueó los dientes, agarró un cojín y se lo tiró, pero por dentro agradeció su manera de manejar la situación. Para demostrar que ella tampoco le daba más importancia al asunto —lo cual no era cierto—, se sentó en el sofá y se quedó un rato mordisqueándose el dedo pulgar como una niña, fingiendo indiferencia mientras miraba cómo él terminaba de avivar el fuego. Cuando acabó, Leonardo se incorporó y adoptó una expresión reflexiva.

—Lo único que he pensado al verte, de hecho, es que, si Chepe el sapito hubiera sabido que el hielo despierta tan rápido los ríos de fuego, no habría perdido el tiempo contando estrellas. Quién sabe, a lo mejor existe una leyenda apócrifa del volcán con esa otra versión.

Aitana lo miró sin dar crédito.

—¡Oh, eres! —Le tiró otro cojín que él cogió entre risas. Luego agachó la cabeza con timidez y lo miró por el rabillo del ojo, entre culpable y divertida—. Mejor no le inventemos más leyendas al volcán Turrialba, me parece que ya tiene suficientes.

Leonardo estuvo de acuerdo. Se disponía a salir al jardín, pero en el último momento se giró.

—Y también pensaba que...

Aitana lo miró recelosa.

—¿Que...?

Los ojos verdes de Leonardo brillaron con malicia, ladeó el cuello y soltó un resoplido, como si intentara contener un deseo irreprimible.

—¡... que quién fuera hielo! —exclamó.

Y salió corriendo por la puerta al ver las ganas de matarlo en la expresión escandalizada de ella, que fue tras de él y, cuando lo alcanzó, lo empujó, lo tiró al suelo y empezó a pegarle, pero sin demasiada fuerza. Después de un rato sin parar de reír, soltando con alivio aquello que los había atormentado durante todo el día, Leonardo agarró por los brazos a Aitana para que dejara de zarandearlo. La miró fijamente a los ojos sin decir nada y durante un rato se mantuvieron así.

—Vas a matarme si sigues mirándome de esa manera —dijo él al fin, con aparente sufrimiento, pero claramente esperaba el permiso de ella para hacer lo que los dos hacía años que deseaban.

—¿De qué manera? —jugueteó ella haciéndose la tonta.

—Lo sabes perfectamente.

Y entonces Aitana lo besó, y él respondió con tanta pasión a ese beso que se quedaron casi sin respiración. Ella no se atrevía a separarse por miedo a que eso tan bonito que sentía se acabase, a que de pronto él se arrepintiera. Pero, cuando se separaron, ninguno de los dos se detuvo, siguieron besándose, con la furia de ese deseo contenido demasiado tiempo. Sus cuerpos temblaban y ardían. Leonardo acariciaba el rostro de ella con una indecible ternura. Y, entre beso y beso, Aitana pensaba cosas como que por fin había encontrado su lugar en el mundo y que ojalá no tuviera que separarse nunca de Leonardo porque lo amaba, y que, ahora sí, todo iba a salir bien, y que lo deseaba tanto que quería morderlo, lamerlo, besarlo, acariciarlo... Leonardo la llevó dentro de la casa en brazos y, sin dejar de besarla, la tumbó junto al hogar. Desabrochó su blusa despacio, agarró uno de sus pechos y empezó a lamerlo haciendo círculos, como ella había hecho horas antes con el hielo, hasta que estuvo tan turgente que Aitana soltó un gemido; Leonardo cogió con suavidad el otro y repitió la misma acción. Entonces se detuvo y alzó el rostro para ver la reacción de ella. Aitana lo contemplaba entre extasiada y sorprendida de que el simple hecho de mirarlo fuera tan calmante y agradable. Se abismó en los ojos verdes, excitados y anhelantes, de Leonardo, en cuyo fondo ardía un deseo profundo y misterioso como el alma. De pronto, nada en el mundo tenía más sentido que estar allí, con ese hombre que la hacía perder la sensación de individualidad en cada roce, en cada beso. Lo amaba como amaba instintivamente la naturaleza. «Leonardo», susurró, «Leo», a modo de ruego, para que no dejara de tocarla. Él había terminado de desnudarla, y movía sus dedos igual que si fueran los pinceles con los que pintaba sus obras de arte, con intuitiva sensibilidad, explorando con ellos cada rincón de su cuerpo. Aitana recibía esas caricias con la misma docilidad que la hierba la brisa del viento, arqueándose y ronroneando de placer. ¿Había algo mejor que el tacto de las yemas de esos dedos que recorrían su cuerpo con extrema delicadeza? No, no lo había. No podía haberlo. Aitana adoraba esas manos, el pecho robusto, los brazos musculosos de Leonardo; su piel, que brillaba como el cobre a la luz de las llamas del hogar. Adoraba su fragancia a tierra húmeda, estimulante y sanadora, que aspiraba con la misma expectativa, incertidumbre y afán con que se había adentrado por primera vez en los bosques selváticos de las Tierras Altas. Al olerlo se sentía más viva. «Leo», musitó una vez más. Se incorporó y empezó a desvestirlo con menos delicadeza de la que él había empleado con ella, ansiosa de explorarlo también. Cuando acabó, se tumbó y mordió el labio inferior de él con suavidad, atrayéndolo; abrió sus piernas para que se colocara sobre ella. Quería más, quería todo de él. Cogió las manos de Leonardo, las llevó hacia sus caderas. Quería que borrara los contornos de la realidad, que apagara el mundo como había hecho la primera vez que la besó en la fiesta de Casa Turiri, para que solo existieran ellos y esa energía mágica y natural que desprendían sus cuerpos. Era tan bello poder tocarlo al fin, ver sus labios temblar de placer; sus gemidos la excitaban y conmovían tanto como el delicado crepitar de las llamas. Leonardo entró en ella provocándole un calor inmensamente placentero. Rugió. De los primeros movimientos lentos y acompasados, pasaron a otros más ansiosos, a amarse con vehemencia, casi con furia, pues ninguno de los dos podía aguantar ya. Aitana mordisqueaba los labios, las mejillas, el cuello de él... Quería devorarlo, ir más allá, no sabía muy bien a dónde, a un lugar donde solo existiera ese inmenso y delicioso placer, ese escalofrío que recorría toda su piel, dominándola. Cerró los ojos para que nada la distrajera y concentrarse en esa sensación, con la fantasía de poder eternizarla. Nada importaba, solo la música de sus cuerpos moviéndose de manera violenta y repetida; el mundo entero parecía vibrar ligeramente a su alrededor, con ellos. Hasta que Leonardo echó la cabeza hacia atrás, entonces sintieron un súbito y abrasador goce extremo, un estallido multiplicador, liberador, glorioso, expandiéndose fuera de su ser, como Dios creando el mundo, que se prolongó durante unos instantes de delicioso placer y los dejó a ambos extenuados. Luego, permanecieron junto a la chimenea, disfrutando del contacto de sus cuerpos desnudos, acariciándose, mirándose embobados como si la vida no tuviera más sentido que seguir por siempre en ese lugar del tiempo.

II

Al día siguiente, todos los trabajadores de Aquiares y los amigos de Aitana y Leonardo acudieron a la fiesta de la cascada. Las mesas portátiles se llenaron de tamales, de patas de ternero con el hueso envuelto en papel recortado, de gallo pinto, olla de carne y chiles rellenos. El olor a barbacoa ascendía en el aire y el humo se perdía entre los árboles. Una banda de músicos cantaba y los chiquillos, con servilletas atadas al cuello, comían en manteles puestos sobre el suelo ante la mirada vigilante de los padres, no fueran a acercarse demasiado a la cascada. También estaba Quetzali, que jugaba con un grupo de chicos de su edad. La hija de Cira era ya toda una adolescente. Era tan bonita como su madre, y sus gestos le recordaban mucho a Leonardo, aunque probablemente fueran del padre que ella apenas había llegado a conocer.

—¿Maritza no ha venido aún? —le preguntó Aitana a Leonardo mientras los dos iban recibiendo y saludando a todos los convidados.

—No la he visto, pero seguro que está al llegar. ¡Comisario don Orlando! ¡Qué alegría que haya podido venir!

El comisario Orlando, que además de su rol oficial era el confidente de todos y siempre se lo veía aquí y allá, repartiendo consejos, resolviendo problemas entre los trabajadores, ese día disfrutó más que ninguno sacando a bailar a Rosarito. Muchas parejas salieron de aquella fiesta, pero la más celebrada fue la que hacían Leonardo y Aitana, que no escondieron su amor.

—Se los ve radiantes —les dijo Colocha.

Y así era. Aitana no recordaba haberse sentido nunca tan feliz. Llevaba el pelo recogido en una trenza y adornado con una guaria morada. Vestía como las demás mujeres, con el traje típico costarricense, blusa blanca con vuelos que dejaba los hombros al descubierto y enagua de vuelos amplios, para poder agitarla mejor durante los bailes que se fueron sucediendo unos detrás de otros. Bajo la falda a tres colores, todos ellos vívidos, cada mujer llevaba distintas combinaciones y era todo un espectáculo verlas girar y agitar aquellas faldas al viento. Los hombres iban con camisa y pantalón blanco y un pañuelo rojo anudado al cuello y otro más grueso, del mismo color, atado a la cintura. A Aitana le había entrado la risa la primera vez que vio así a Leonardo y tuvo que hablarle de los Sanfermines, una fiesta popular de su tierra en la que los hombres corrían delante de los toros en una carrera que llamaban «el encierro» porque culminaba en una plaza de toros.

—¡Ah! —exclamó él—. Pues entonces quiero ir a España para correr delante de los toros.

También los boyeros se acercaron a la fiesta. Maruja y Antonio sorprendieron a todos con su carreta, que ya no estaba pintada de rojo ocre. Se la había decorado un amigo italiano con colores tan vivos y alegres como las faldas de las mujeres, haciendo bellas formas geométricas terminadas en puntas de estrella en las ruedas y en el cajón. El italiano le había pintado espirales, flores y paisajes simétricos en miniatura.

—No queda otra que «modernizarse», como dicen los jóvenes ahora —explicó Antonio—. Es que ese ferrocarril de ustedes va a acabar con nuestro oficio, y eso no se puede permitir. Nuestro trabajo es humilde y muy sacrificado, requiere de constancia y paciencia como dibujar a mano, ¡es todo un arte!

Aunque Maritza todavía no había aparecido, Leonardo y Aitana decidieron que no se podía demorar más la elección del rey y la reina del café. Salieron elegidos Rosarito y Wilman, entonces alguien tuvo la brillante idea de pasearlos en la carreta y luego Wilman, tal vez con unos tragos de más, se lanzó vestido a la cascada. Varios invitados más los imitaron, entre las risas de todos. Y así el día transcurrió entre la parranda y el guarito, como decía don Orlando, y el baile se alargó hasta muy tarde.

—Tienes un don para unir a la gente —le dijo Leonardo a Aitana en un momento que la sacó a bailar—. Todos te quieren porque has sabido cómo levantar esta hacienda y lo has hecho creando una comunidad.

—La hemos levantado todos juntos. —Se ruborizó ella.

—Con esa carita de ángel que tienes, pareces frágil y vulnerable, pero eres la mujer más fuerte que he conocido. Desde que llegaste sentí la necesidad de protegerte, pero has sido tú quien me ha protegido a mí. Creo que, si no te hubiera conocido, sería un hombre muy distinto, peor.

—Oh, cállate ya, Leo, o acabaré creyéndome lo que dices.

—Es verdad, Aitana. Estoy loco por ti. Quiero...

Leonardo no pudo terminar la frase porque por fin apareció Maritza, pero la mujer traía el rostro descompuesto por la tristeza:

—Han matado a Antonio Saldaña —dijo cuando llegó a donde estaban ellos.

En cuestión de segundos todos se enteraron de la noticia, y las risas se tornaron en preocupación, e incluso en llanto, pues Antonio Saldaña era considerado por muchos un héroe.

—Él era el último rey de los bribri —se lamentaba Maritza mientras Aitana y Leonardo trataban de consolarla—. Ahora sí tendremos que abandonar La Verbena e irnos a Talamanca. Las cosas se están poniendo muy feas para nosotros.

Aitana estaba triste, pero sobre todo preocupada por el futuro de Maritza y de Cira, y por Leonardo, a quien se le había cambiado la cara; no sería fácil ni para él ni para Quetzali vivir tan lejos el uno del otro.

—Pero ¿se sabe quién lo ha asesinado? —preguntó sin saber muy bien qué decir ni qué hacer.

Maritza negó con la cabeza, y Aitana, que todavía estaba intentando asimilar esa noticia, recibió otra mucho peor para ella. Y es que, como ya se sabe, las malas noticias nunca llegan solas.

—Qué tristeza arruinar el día en que ha llegado su familia con esta fatalidad —le dijo Maritza compungida.

—¿Mi familia?

—Pasé por La Esperanza primero y allí estaba Panchita

con ellos, ayudándolos a desempacar su equipaje antes de traerlos acá, supuse que usted ya lo sabía. El chico es más pequeño que Quetzali, pero estoy segura de que estará feliz de hacer un nuevo amigo. Tal vez eso la distraiga de la mala noticia cuando se entere de que nos tenemos que ir, aún no lo sabe. Pobre muchacha.

En ese momento se acercó hasta ellas don Orlando y se puso a hablar con Maritza robando toda su atención. La expresión en el rostro de Aitana había cambiado por completo, pero nadie se dio cuenta de ello porque todos hablaban del asesinato de Antonio Saldaña, de su oposición a la explotación bananera y el ferrocarril, de las extrañas circunstancias en que lo habían encontrado junto a su sobrino José, los dos envenenados. Aitana se había quedado fuera del grupo donde Orlando, Leo y Maritza discutían con varias personas sobre las consecuencias que tendría el asesinato del rey bribri. Entonces Aitana se dio cuenta de que hacía varios meses que no recibía cartas de don Enrique Ugarte, y que eso le había parecido raro, pero ¡hacer ese viaje hasta allí sin avisarla! Al momento recordó el deseo que le había comunicado don Enrique en su correspondencia de visitarla algún día en Costa Rica para que conociera a su hermanastro. El corazón le bombeaba con fiereza en el pecho mientras pensaba todo esto. Tras recuperarse del shock, se alejó de la cascada sin que nadie se diera cuenta, pero, en lugar de ir hacia La Esperanza, montó en su yegua, y salió disparada al galope en dirección a La Angostura. Solo había una persona que podía ayudarla, el hombre con más contactos del país: Minor Cooper Keith.

III

¿Cuál sería la reacción de Leonardo cuando descubriera la verdad? Cuando supiera que era una embustera, una usurpadora cuyo verdadero nombre era Natalia Amesti y no Aitana Ugarte, ¡que había fingido ser la verdadera dueña de Aquiares durante años! En todo ese tiempo, Aitana había tratado de justificarse frente a sí misma de mil maneras. Se decía cosas como que todo lo que lograban en la propiedad sería más tarde para Leonardo o que él mismo insistía siempre en que no quería ser el dueño de Aquiares; incluso que la verdadera Aitana le había cedido su identidad por espontánea voluntad y, por tanto, no necesitaba más crédito que ese. Pero Aitana sabía que eran excusas para no irse de Aquiares, de ese lugar del mundo que había aprendido a amar.

Y ya no había vuelta atrás.

Cuando por fin llegó a Casa Turiri, la joven sudaba igual que la yegua y se sentía exhausta, como si en su carrera hubiera intentado huir de lo único de lo que no puede escapar un ser humano: de su propia sombra. Estaba determinada a irse de Costa Rica, sin nada, como había llegado. Y Minor era la única persona que podía ayudarla. *El podrá conseguirme una nueva cédula de identidad.* Sabía que su antiguo amigo estaba en Turrialba porque unas jornaleras habían mencionado en la fiesta de la cascada que andaba por allí para la inauguración del ferrocarril, pero no se sintió tranquila hasta que le dejó la yegua a uno de los capataces de Casa Turiri, y este se lo confirmó. Al parecer, Minor estaba reunido con unos señores en uno de los salones, aunque la casa le pareció a Aitana inquietantemente silenciosa y tranquila, como si la poseyera el mismo vacío que queda en el ambiente cuando el aire se enfría y se mueve hacia arriba para cargar las nubes de tormenta.

—Dígale que es urgente —le insistió al capataz, que se apresuró para ir a darle el recado a su señor.

Cuando se quedó sola en el vestíbulo, Aitana vio la puerta del cuarto de curiosidades entreabierta, caminó hasta ella y entró. La estancia se hallaba tenuemente iluminada por unas lámparas de canfín y la joven, que aún intentaba recuperar el aliento después de la frenética carrera a caballo, empezó a llorar en silencio. Seguramente contemplaba por última vez el magnífico tesoro precolombino por el que, años atrás, había decidido viajar a la misteriosa Costa Rica; ese tesoro cuya búsqueda había disparado su imaginación cuando era solo una adolescente, que la había hecho soñar con que su nombre quedaría algún día escrito en los libros de Historia y que sería sinónimo de gloria. *La vida no me dio el tesoro que yo buscaba, sino uno mucho mejor,* pensó con tristeza. *Y ahora voy a perderlo por no haber sido sincera. Leonardo, oh, Dios mío, Leonardo, ¿qué harás cuando sepas que te he traicionado? Ojalá pudiera explicarte cuántas veces estuve a punto de marcharme por no enfrentarme a la verdad, pero que no quería alejarme de ti ni de Aquiares.* Mientras Aitana le decía a Leonardo en su imaginación lo que no se atrevía a decirle en persona, su mirada se detuvo en la vitrina giratoria del centro de la sala y el corazón se le contrajo por la repulsa que le causó ver el último trofeo de Keith: el colgante del águila arpía que Antonio Saldaña llevaba colgado en el pecho la vez que discutió con él en La Verbena. La joven no tuvo tiempo de analizar cómo había llegado hasta allí esa pieza de oro porque Minor entró en el cuarto y la saludó efusivamente, tanto que casi volcó el contenido del vaso que llevaba en la mano y contenía un líquido oscuro con hielos.

—¡Aitana, mi vieja amiga española! ¡Cuánto tiempo! Cuando mi capataz me ha dicho que me buscabas, no me lo podía creer. Acabo de dejar plantados al presidente Próspero Fernández y al empresario Andrew Preston por ti. ¿Qué es eso tan urgente que me tienes que decir? ¿Qué ha sucedido? Dime solo cómo puedo ayudarte y lo haré. ¡Pareces una auténtica costarricense con ese traje, pero estás demacrada, querida! Toma, bebe un poco de Coca-Cola, la bebida de la templanza. Te devolverá la energía.

—¿Otro de sus mejunjes? —Aitana no esperó una respuesta, agarró el vaso y se lo bebió entero, saciando la horrible sed provocada por la larga carrera a caballo.

—No has cambiado nada —dijo Minor, y se apoyó en el mueble de la vitrina para deleitarse en la contemplación de su amiga—. Vuelves a aparecer en mi vida de la misma manera alocada que irrumpiste en mi templo de la selva el día que te conocí. Aun sofocada y sudorosa como estás, te encuentro igual de arrebatadora que siempre. —Minor soltó una de sus alegres carcajadas y, por un momento, Aitana quiso pensar que nada había cambiado, volver atrás en el tiempo, pero lo cierto era que ya nada era igual. Y esa nueva pieza de oro en la vitrina abría una brecha insalvable entre ambos—. ¡Vamos, acompáñame! Siéntate conmigo en uno de los sofás de la biblioteca y cuéntame tranquilamente qué ha sucedido. A mis amigos no les importará esperar.

Aitana negó con la cabeza.

—No, tengo que irme. Ha sido un error venir aquí.

—No creo que sea recomendable que vuelvas a montar en el caballo, pareces exhausta.

—Da igual, debo irme —repitió decidida—. Lo siento, Minor. Había olvidado que eres como tu querido ferrocarril, arrasas con todo a tu paso.

Keith siguió la mirada de Aitana, que ella tenía clavada en la joya de Antonio Saldaña.

—Y sin embargo estás aquí. No sé qué te ha sucedido, pero es a mí a quien recurres. No somos tan distintos, querida.

—Tienes razón, no lo somos. —Aitana suspiró ligeramente—. Por demasiado tiempo he engañado al hombre que amo y acabo de comprender que es hora de cerrar el último acto de esta comedia.

—Déjame adivinar, ¿Leonardo? Lo envidio —dijo Minor esbozando una sonrisa—. No he vuelto a ser tan feliz como contigo en la Laguna Celeste. Recuerdo cada momento, cada día que pasamos juntos.

Aitana lo contempló más detenidamente mientras él seguía hablando. Minor había engordado un poco y tenía menos pelo, pero sus ojos azules, su expresión pícara y divertida no habían perdido un ápice de su atractivo, incluso cuando ella le hablaba de otro hombre, él sonreía como si supiera que el papel que había escogido representar en la vida no le permitía ser tan humano como ella hubiera querido que fuera en el pasado. No había tristeza ni pesadumbre en la nostalgia que inundó de pronto la mirada de Minor, solo una especie de añoranza feliz, como si Aitana fuera una fantasía a la que recurrir en los momentos de cansancio, no una mujer real, de carne y hueso. Minor extendió las manos hacia ella.

—No sé por qué estoy aquí —murmuró Aitana, que se echó hacia atrás, negándose a coger las manos que él le ofrecía—. No tenía que haber venido, lo siento de verás, Minor. Vuelve con tus invitados. Yo me voy. Aunque hay algo que sí quiero pedirte: no me envíes más libros.

Aitana salió del cuarto y escuchó las últimas palabras de Minor sin volverse a mirarlo.

—¿Libros? Yo nunca te he enviado libros. Querida, no sé qué es lo que sucede, pero no deberías marcharte así.

Por supuesto que no era Minor quien le había enviado todos aquellos libros durante los últimos años —pensó con vehemencia mientras llegaba hasta donde estaba su yegua y volvía a montarse en ella con celeridad—. Igual que tampoco había sido Minor quien le había enseñado a montar a caballo ni a nadar ni a levantar una gran hacienda como Aquiares, hacia donde cabalgó de nuevo. Había llegado el momento de decirles a todos que ella no era Aitana Ugarte.

IV

Aitana llegó a La Esperanza cuando el sol empezaba a desaparecer, ató la yegua a una valla cerca del abrevadero que había justo delante de la entrada de la hacienda para que el animal pudiera beber y, tras pasar el portón, subió lentamente por la avenida de palmeras. ¿Cómo reaccionaría don Enrique al ver que su hija no era su hija? Si deseaba reclamar la hacienda, Leonardo podría perder su hogar y ella se lo habría arrebatado todo sin querer. La joven abría y cerraba las manos mientras avanzaba con pasos temblorosos, intentando encontrarle alguna solución a semejante entuerto; tan ensimismada iba que Quetzali le pegó un susto de muerte al aparecer corriendo, con Chica ladrando a sus pies.

—¡Aitana! ¡Todos te están buscando! Ha venido tu familia y están preocupados porque creo que no traen buenas noticias, pero ha sucedido algo que yo sé que te alegrará.

La muchacha agarró su mano y la apretó. La miraba a los ojos con complicidad, como si quisiera decirle que allí estaba ella para darle fuerzas. Pero eso solo hizo que Aitana sintiera aún más ganas de llorar y de echarse atrás, pues, cuando todos descubrieran su embuste, también perdería a Quetzali, a la que ya consideraba como a su propia hija.

—Están todos en el mirador, te acompaño —añadió la niña.

Aitana tragó saliva y la siguió. No era momento para llorar ni de adoptar el papel de víctima, sino de hacerse responsable del dolor que estaba a punto de generar en las personas a las que más quería. Caminó detrás de Quetzali en dirección al mirador, pero la niña le hizo detenerse a la altura del estanque y señaló una luz anaranjada y luminosa que estaba muy quieta entre las hojas de nenúfar. Al principio le pareció una pelota de goma, porque cuando Quetzali la tocó empezó a botar, pero desprendía a su paso un polvo brillante. Si hubiera tenido que describirlo, habría dicho que era lo más parecido a una piedrecita rodante del volcán o la miniatura de un sol dorado. Entonces Quetzali levantó unas hojas y Aitana vio que había una familia entera de sapitos dorados.

—¡Los Rodríguez! —exclamó olvidándose por un momento de todos sus problemas.

Quetzali asintió feliz con la cabeza.

Entonces apareció un niño corriendo y se paró delante de Aitana. Con voz afectada, como si quisiera aparentar ser un muchacho mayor, pues debía parecerle que la situación lo requería, dijo:

—Hola, tía Aitana. Soy tu sobrino Guillermo.

«¿Tu sobrino?». ¿Cómo que «su sobrino»? ¡Si la verdadera Aitana no tenía hermanos! Entonces escuchó una risa conocida, electrificante, y a esta le siguió una voz familiar que había echado demasiadas veces de menos. Era la voz de la mujer que había cambiado el curso de su vida.

—¡Qué pasa, chica! ¿No vas a venir a darle un abrazo a tu hermana Natalia?

Aitana se lanzó a sus brazos y cerró los ojos, como si temiera despertarse de un sueño. Y, al sentir la fuerza con la que su querida y añorada amiga correspondía a su abrazo, empezó a llorar, dejando salir toda la angustia acumulada, que se mezcló con aquella inesperada felicidad. Por más que intentaban hablar, decir algo, la emoción por el reencuentro provocaba que las dos jóvenes lloraran y rieran sin contención. Entonces apareció David, que se unió al abrazo. Cuando se calmaron, se observaron de arriba abajo para ver cómo habían cambiado, y los tres coincidieron en que se veían iguales. Aitana miró de reojo a Leonardo, que la contemplaba con una sonrisa, aunque tenía un aire de preocupación en la mirada.

—Empezábamos a pensar que te había pasado algo —dijo.

El sol terminó de meterse en la montaña y, sin dejar de abrazarse, entraron todos dentro de la casa y se sentaron en el salón. Quetzali y Guillermo se quedaron jugando en el jardín. Entonces Natalia y David le dieron a Aitana la mala noticia: su padre había muerto. Aitana se quedó tan impactada que no supo qué decir. Leonardo debió entender que «las hermanas Ugarte» necesitaban un momento de intimidad porque se levantó y, después y de coger un candil, dijo que quería volver a ver a la familia de sapitos, que de noche siempre estaban más activos.

—Además, me parece que ustedes tienen muchas cosas de que hablar —añadió tras acariciar la cabeza de Aitana y besarla en la frente.

Por fin a solas, sus amigos pudieron contarle a Aitana que habían vuelto a España, y al pasar por delante de su antigua casa, en Bilbao, encontraron el edificio en ruinas. Así fue como se enteraron de que don Enrique y su nueva familia habían perdido la vida.

—Los tres murieron atrapados en las llamas de un incendio.

—Qué horror —Aitana ahogó un suspiro y miró a su amiga—. Pero ¿tú estás bien?

La verdadera Aitana se encogió de hombros.

—Nunca he tenido relación con mi padre. Por supuesto que me afectó, pero... —La joven no terminó la frase, tampoco era necesario. A pesar de que hubiera pasado mucho tiempo, las dos amigas seguían entendiéndose con la mirada—. No te preocupes por mí, sí, estoy bien. He llorado mucho estos últimos meses, pero David siempre ha estado a mi lado.

—No hemos venido solo de visita —intervino David con voz grave—, sino también a decirte que eres completamente libre y que los negocios del señor Ugarte ahora te pertenecen a ti.

—¡Pero deberían perteneceros a vosotros, no a mí! No entiendo.

—Yo ya renuncié a todo lo que tuviera que ver con mi padre hace años. Además, cuando me vendió a un desconocido estaba arruinado, si rehízo su fortuna fue por los beneficios que ganó gracias al café de Aquiares, por lo que nos dio a entender el notario. Por otro lado, no necesitamos el dinero. Tenemos muchas cosas que contarte...

La pareja le habló a Aitana de la exitosa carrera de la gran Natalia Karolina Amesti, como todos la conocían en Broadway. Ambos trabajaban en el teatro, ella como actriz y David era el dueño, y tenían una hermosa casa en Manhattan. Cuando terminaron de ponerle al día con los detalles más importantes, su amiga dijo:

—No sabes lo difícil que fue disimular frente al notario que yo no era la Aitana que vivía en Costa Rica y seguía escribiéndose con su padre. Te hemos traído todos los papeles de la herencia, pero ya hablaremos después de eso. Ahora cuéntanos tú también. ¿Encontraste el tesoro de tu antepasado? ¿Cómo es que aún vives aquí? ¿Tiene algo que ver ese hombre tan guapo que te mira como si fueras su diosa? Caray, tenemos que hablar de tantas cosas, chica. Habíamos pensado quedarnos por aquí un par de semanas, si te parece bien, por supuesto.

—¡Nada me puede hacer más feliz! Y espero que no sean solo dos semanas, sino mucho más tiempo. Pero antes de responder a todas vuestras preguntas, tengo que hacer algo. Voy a contarle a Leonardo la verdad, así que es posible que me acabe marchando con vosotros...

Aitana salió de la casa y encontró a Leonardo sentado en el banco del mirador, pensativo. Al verla llegar, alargó una mano para que ella se sentara junto a él. Le preguntó si estaba bien, pero en lugar de contestarle, Aitana dijo:

—Te estarás preguntando por qué nunca te dije que tengo una hermana.

Leonardo se encogió de hombros e hizo un gesto de indiferencia.

—Sé que tú eres Natalia y que Natalia es Aitana.

Aitana se quedó boquiabierta, quiso decir algo con sentido que la justificara de alguna manera, pero solo conseguía titubear.

—¿Cómo...? ¿Te lo han contado ellos? No entiendo, ¿cómo lo sabes? ¿No estás enfadado conmigo?

Leonardo negó con la cabeza y clavó la mirada en algún lugar perdido del horizonte.

—No me lo han contado ellos.

—¿Quién entonces? ¿Desde cuándo lo sabes?

—Desde el primer día. No es muy inteligente viajar con un diario en el que cuentas todos tus secretos... Es como sacarse el corazón del pecho y creer que no te vas a quedar sin respiración. No estuvo bien leer tu diario, pero cuando llegaste eras una completa extraña para mí y necesitaba saber quién eras.

Aitana lo agarró de la cara para que la mirase directamente a los ojos.

—Pero entonces ¿por qué me dejaste seguir adelante con la mentira?

—Ya te lo dije, no creía que nosotros nos mereciésemos estas tierras. Cira mató a mi padre y a mi hermano, y yo nunca la denuncié. Me miras como si esperases que te castigue por haber hecho algo horrible, pero a mí no me lo parece ni me importa cómo te llames, Aitana, o Natalia. Me dan igual tu nombre y tu pasado. Yo te conozco, sé cómo eres: tienes un alma soñadora, generosa y noble. No necesito saber más. Todos hacemos cosas de las que nos arrepentimos. Así que, sí, lo sé desde el principio, y nunca me importó. De hecho, todas las veces que me parecía que ibas a decirme la verdad, hacía cualquier cosa por evitarlo porque temía que te fueras.

—¿Cosas como regalarme libros y dejarme creer que era Keith quien los mandaba?

—Me daba igual que pensaras que eran de Keith si con eso lograba que te quedaras. Te amo, Aitana.

—Pero ¿por qué nunca me hablaste de tus sentimientos?

—¡Después de la cara que pusiste el día que te propuse matrimonio cuando fui a recogerte a casa de Keith! Uno puede estar muy enamorado, pero no por eso perder su orgullo. Además, tampoco tú lo hiciste.

—No me sentía digna de tu amor, os estaba engañando a todos al esconder mi verdadera identidad. Entonces ¿me perdonas?

—No tengo nada que perdonarte, Aitana, siempre te he aceptado tal y como eres. Y no quiero por nada del mundo que te vayas.

—¿No me odias?

Leonardo no contestó, sino que le apartó un mechón de su cara y susurró:

—No te odio, te amo. Y sería feliz si te casaras conmigo. Llevo años queriendo preguntártelo, Aitana, ¿quieres ser mi esposa?

Pero ella, en lugar de responderle, lo besó tan apasionadamente que los dos se cayeron del banco, y entre risas felices le dijo decenas de veces que sí. Luego Leonardo la rodeó con sus brazos fornidos y poderosos, que a ella le parecían capaces de calentar una tierra invernal, como un sol glorioso. Leonardo no solo era el hombre al que amaba, sino un refugio, porque, como sucedía en las historias de sus adorados libros, dentro de sus brazos la vida se detenía y se sentía reconfortada, olvidaba cualquier pena. Y Aquiares —solo ahora tomaba plena consciencia de ese pequeño milagro— era su lugar en el mundo. No necesitaba huir ni buscar más. Se acomodó dentro de los brazos de Leonardo y se quedó mirando el cielo plagado de estrellas. Creyó entonces escuchar la voz de su antepasado, don Íñigo de Velasco Tovar y de la Torre, que le decía: «Al fin, mi muy cara, al fin». También se escuchaban las notas dulces, breves y agudas de la familia de sapos, que rompían con su croar el silencio de la noche. La loca cabecita de Aitana se dejó transportar por esa melodía de sonidos sucesivos. Y, sin darse cuenta, se ausentó de la realidad, empezó a fantasear con nuevas aventuras. Había escuchado hablar de un cerro llamado Chirripo, desde cuya cima se podía ver salir el sol por el Caribe y ponerse por el Pacífico; se imaginó viajando allí con Leonardo, tal vez en su luna de miel. También quería conocer el volcán Arenal para saber si lo que un guanacasteco le había contado era cierto: que se había bañado en sus aguas termales y que estas eran milagrosas. Fantaseó con conocer las playas de arena blanca y fina de Montezuma, con adentrarse por las selvas de Tortuguero o por la inexplorada jungla de Corcovado, allá en la lejana península de Osa, donde ni ranchos había; incluso con viajar a la isla de Coco, donde se decía que habitaban unos animales prehistóricos... Por supuesto, en algún momento viajarían a Europa y, cuando lo hicieran, traerían vitrales de Italia o de Alemania para construir una iglesia para el pueblo de Aquiares.

Como se había ido haciendo más y más de noche, y Aitana miraba el cielo con aire tan soñador, Leonardo inclinó su cabeza sobre la de ella y, acariciándole el pelo, le preguntó con curiosidad:

—¿Qué piensas? Te has quedado absorta.

Y Aitana, sin dejar de mirar el bello cielo turrialbeño, murmuró:

—Nada. Estoy contando estrellas.

Nota de la autora

El sapo dorado es una especie extinta en Costa Rica. Se cree que se debe al cambio climático que no se lo haya vuelto a ver desde hace más de cincuenta años. La última vez que se vio uno fue en los bosques nubosos de Monteverde, donde le gustaba anidar.

Antonio Saldaña fue asesinado en 1910 (en la novela se han alterado las fechas en favor de la ficción), en misteriosas circunstancias, y la sombra de la culpa siempre rondó en torno a la compañía bananera. Minor Cooper Keith fue un personaje controvertido en la historia de Costa Rica y una figura clave en el nacimiento del capitalismo latinoamericano. En 1899 fusionó su compañía con la United Fruit Company, popularmente conocida como Mamita Yunai. Cuando ocupaba el cargo de vicepresidente en la UFCO le exigió al ejército colombiano que reprimiera una huelga de trabajadores, lo que condujo a la masacre de las bananeras, en la que fallecieron varios miles de trabajadores. Un año después moría afectado de una grave neumonía en su casa de Nueva York, a los ochenta y un años, justo antes del crac del 29.

En el caso de Minor Cooper Keith, algunos de los pasajes de su vida están documentados gracias a libros que se han escrito sobre su persona (especialmente la obra de Watt Stewart), testimonios y hechos reales sacados de los periódicos de la época, como *La Gaceta Oficial* de Costa Rica, *La estrella* de Panamá, *El heraldo* de Costa Rica y *El Costarricense*, que he podido consultar gracias al Sistema Nacional de Bibliotecas de Costa Rica, SINABI. También he entrevistado a historiadores y consultado la red de bibliotecas de la Universidad de Costa Rica y el Portal Nacional de Costa Rica, de la Biblioteca Virtual Miguel de Cervantes, entre otros portales que reúnen información sobre la historia del país.

Agradecimientos

Mi principal agradecimiento, una vez más, es para mi editor, Alberto Marcos, al que adoro. Cada comentario suyo es para mí una enseñanza. A veces pienso que, cuando lee, sobrevuela el texto como un águila, como si le hubiera sido concedido el don de abarcar una perspectiva más amplia de lo normal y de mantener un enfoque nítido; creo que puede ver un conejo a tres kilómetros de distancia, aunque él dirá que no, y que por favor no le manden textos en letra minúscula, para mantener en secreto ese don. Lo cierto es que su percepción sobre cada historia que cae en sus manos es precisa y aguda, ve con facilidad donde otros tal vez no verían nada. Y lo expresa con claridad y sencillez. Saber que él va a leer mi manuscrito me da la seguridad que tantas veces, demasiadas, me falta. Por eso, gracias por «confiar» en mí —ese verbo talismán—, Alberto, y por ayudarme a contar estrellas.

Gracias al equipo de Plaza & Janés, que piensa hasta en el más mínimo detalle para que al lector le lleguen las historias de la manera más bella y cuidada. En esta ocasión, he podido hacer un guiño dentro del libro como pequeño agradecimiento al equipo que hace las portadas, pues tanto esta como la anterior son preciosas. Gracias también a Pilar Capel, la editora técnica, que ha estado pendiente hasta del más pequeño detalle. ¡Eres increíble! Alberto no solo me ha abierto las puertas de Plaza & Janés, sino que ahora soy un poco pingüina gracias a él, pues me presentó a Jose Rafoso, que es una de las mejores personas que he conocido en toda mi vida, y con él, a todo el equipo de la Escuela Cursiva, unas mujeres maravillosas que siempre me arrancan una sonrisa. Mi otra escuela de escritura es Escuela de Escritores, a la que siempre estaré en deuda porque con ellos he crecido y sigo creciendo. Y, por supuesto, a los Chéveres, especialmente a Herminia, que este año ha batallado tanto o más que la prota de mi novela y, aun así, no ha dejado de estar a mi lado.

Las otras tres personas que también me han ayudado a contar estrellas y a mejorar la calidad de esta obra han sido: mi tía, Amparo Suárez-Bárcena, cuya corrección estilística ha sido un lujazo (qué habría hecho sin ti); mi amigo David Albert, que ahí estaba para asegurarse del rigor histórico de cada capítulo y para empujarme cuando lo necesitaba, y mi nuevo amigo tico, Orlando Burgos, a quien pude consultarle todas las dudas habidas y por haber sobre su querida Costa Rica y con quien he compartido muchas risas.

Gracias a «mis incondicionales» en esta aventura —de no ser por ellos habría sido muy solitaria—: Álvaro (que en nada se parece al personaje que bauticé con su nombre como guiño), y a los festivaleros. En la cocina de mi hermana Natalia se fraguaron las primeras ideas de esta novela, pero terminaron de coger forma durante mis paseos con Álvaro por los acantilados de Maioris. A mis festivaleros os debo el rock & roll, especialmente a mis chicas, Rocío, Romi y Silvia, que hasta el último momento estuvisteis comentando conmigo cada detalle de la trama. Gracias por tantos ánimos, risas y cariño que me dais, ¡salserillas! Y a mi amiga Gloria Lázaro, que apareció en mi vida cuando estaba empezando a escribir esta novela y ha sido mi guía en todo el camino.

A mi familia, que es a quien dedico esta novela; gracias porque vosotros sois quienes más sufrís que haya escogido una profesión que me roba mucho tiempo y por la que acabo sacrificando horas de estar con vosotros; sobre todo con mis sobrinos, que me sacan tantas sonrisas y me hacen inmensamente feliz.

En esta ocasión, le doy gracias especialmente a mi amiga del alma, Betty Mena —mi Bettuga—, que me organizó el viaje a Costa Rica con la ayuda de la agencia de viajes Costa Rican Trails. No sé qué habría hecho sin la guía del agente Luis Ángel Ceciliano. Él me puso en contacto con Wilman Solano, que me ayudó en mis investigaciones, y de su mano conocí la finca de café más grande de Costa Rica, la bella e inolvidable Aquiares, el lugar mágico donde se ambienta esta novela y que, por unos días, sentí que era mi lugar en el mundo. La verdadera historia de esta hacienda con más de cien años es más tranquila que la ficción que yo inventé, pero no menos interesante. A don Diego, gracias por hacerme sentir en su hacienda como en mi propia casa; a la bella Marisel y a su mamá, que me deleitó con sus poesías, y a toda la comunidad aquiareña, especialmente a las cogedoras de café. Gracias a Luis Ángel también conocí a la comunidad bribri de Stribrawpa, con quienes pude convivir varios días y así conocer su labor de empoderamiento a través del turismo comunitario. Estoy especialmente agradecida a Bernarda y a Maritza. Con Maritza viví toda una aventura cuando nos perdimos por la selva en busca de una cascada fascinante y misteriosa —¿qué habría sido de nosotras sin ese machete...?—; me enseñó a confiar, pero sobre todo a no apoyarme en árboles cuyo tronco estuviera cubierto de púas gruesas como las de los manguales usados en el Medievo para romper cabezas. Y sí, esta aventurita inspiró varios pasajes de la novela.

Gracias al equipo del Centro Cultural de España en Costa Rica (CCECR) y de la Agencia Española de Cooperación Internacional para el Desarrollo (AECID), por facilitarme algunos medios de consulta para ampliar la información para mi libro.

A todos mis alumnos de EscribE, Escuela de Escritores y Escuela Cursiva. A la librería Agapea, por darme ese espacio mágico para mis clases presenciales que me alegran la semana, y por ayudarme tanto en la difusión de mis libros. Especialmente a Rocío Rivera Ocaña, te quiero mucho. ¡Y a mis Amigrinch!

Y bueno, por supuesto, a Farruco.

Glosario

A

Achará, acharita: lástima.

B

Babosadas: ridiculeces.
Beneficio: hacienda donde se cultiva café.
Brete: trabajo.
Bocaracá: serpiente venenosa.

C

Canfín: lámpara de queroseno.
Cantar viajeras: morirse.
Camote: loco.
Caribes: habitantes de la zona Caribe de Costa Rica.
Cartago: originario de la provincia de Cartago.
Cayuco: embarcación indígena.
Chapucería: chapuza.
Chécheres: trastos.
Chismiar: cotillear.
Chuicas: trapos viejos. Ropa de uso personal.
Chunches: objetos, trastos.
Chepe: originario de la provincia de San José.
Comemaíz: pájaro.
Crés: crees.
Cuzuco: armadillo.

E

Españoleta/e: forma despectiva de llamar a los españoles.

F

Finado: persona muerta.

G

Gangoche: tela burda de cáñamo de los sacos usados para transportar café.
Gringos: norteamericanos.
Güila, güilas: niña, niños.
Guayabas: ojos.

J

Jalar: coger, recoger.

LL

Llorar: llover.

M

Metiche: cotilla.
Morenos: negros.

P

Palenque: rancho indígena.
Pejibaye: fruto comestible de la palmera.
Pisuicas: el diablo.

S

Sapa: persona que habla más de la cuenta.
Sucristo: Jesucristo.

T

Tatica: hipocorístico de «tata»; tatica Dios, mi tatica (padrecito).
Tato: abuelo.
Ticos: costarricenses.
Tiquicia: Costa Rica.

V

Vaina: expresión típica a la que se da distintos usos. «¡Qué vaina!, ¡qué desgracia!»

W

Wakala: expresión de sorpresa.

Y

Yodo: café.

Z

Zaguates: perros.
Zopitolotes: buitres.

Índice

Primera parte
Forastera

Segunda parte
Conquistando la dulce cintura

Tercera parte
La gloria entre ríos